사람은 마카 사람 사이에서 살아야 하듯
드라마도 오직 사람들 속에 있어야 한다고 생각합니다.
함께 해주셔서 진심으로 감사했습니다.

신하은 2021.10

바이칼 호수 만큼 사랑하는 갯차를 만나,

혜진이를 만나, 홍반장을 만나, 공진즈를 만나

행복했던 뜨거운 여름날을 잊지못할겁니다.

갯마을 차차차와 혜진이를 사랑해주신 많은분들께

감사합니다.

바이칼 호수 만큼 행복하세요.

여러분의 윤혜진, 신민아

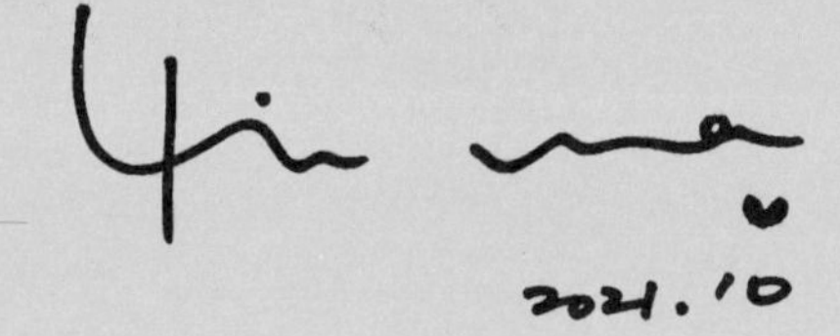

홍반장처럼 "지금 내 삶이 좋다"라고

말할 수 있는 인생이면 좋겠습니다.

2021. 10.

갯마을 차차차

2

신하은 대본집
갯마을 차차차 2

초판 1쇄 인쇄 2021년 10월 25일
초판 1쇄 발행 2021년 11월 8일

지은이 | 신하은
펴낸이 | 金湞珉
펴낸곳 | 북로그컴퍼니
책임편집 | 김나정
디자인 | 김승은
주소 | 서울시 마포구 와우산로 44(상수동), 3층
전화 | 02-738-0214
팩스 | 02-738-1030
등록 | 제2010-000174호

ISBN 979-11-6803-005-3 03810

· 이 책의 원작은 시네마서비스 영화 〈홍반장〉입니다.

· 블로그: blog.naver.com/blc2009
· 인스타그램: @booklogcompany
· 페이스북: facebook.com/blc2009
· 유튜브: 북로그컴퍼니

신하은 대본집

북로그컴퍼니

작가의 말

처음 이 드라마를 하기로 했던 때가 기억이 납니다.

패딩이었나 코트였나, 두꺼운 외투를 입고 있던 한겨울이었어요. 제안을 받고 고민하다가 거절하기로 결정했는데, 어쩌다 보니 수락을 해버렸습니다. 솔직히 고백하자면 다소 즉흥적인 결정이었어요. 그리고 진짜 고민은 그때부터 시작됐습니다.

원작이 되는 영화의 러닝타임은 108분. 따뜻하고 매력적이지만 드라마로 옮기기엔 이야기가 작았습니다. 이 친구를 무럭무럭 키울 수 있는 힘이 나에게 있을까, 의구심이 들었습니다. 그리고 몹시 TMI입니다만, 사실 전 시골에 살아본 적이 없습니다. 바닷가 마을의 정서를 구현하고 그곳에서 살아가는 사람들의 이야기를 글에 담아내야 하는데, 가짜를 쓰게 될까 봐 겁이 났습니다. 머리 빠개지게 고심하던 저는 깨달았습니다. 이 약점을 극복하는 방법은 하나밖에 없다는 것을요.

바로 사람 공부였습니다.

그때부터 사람에 대해 계속 생각했습니다.

좋은 사람, 나쁜 사람, 고루한 사람, 깨인 사람, 속물적인 사람, 현학적인 사람...

들여다보면 볼수록 사람은 마치 만화경萬花鏡과 같아서 특정한 형상으로 단정 지을 수가 없었습니다. 그래서 결심했습니다.

이 이야기는 오롯이 사람으로 채워야겠다고 말입니다.

그 결과, 여러분도 아시다시피 저희 드라마에는 극성이라곤 없습니다.

대단한 사건 사고가 일어나지도 않습니다. 그저 사람과 사람이 얽혀 빚어지는 크고 작은 소동과 감정의 진폭이 전부입니다. 드라마는 곧 '갈등'이라고 배웠는데, 대본을 쓰며 제 발등을 얼마나 찍었는지 모릅니다.

그럼에도 불구하고 이 이야기는 그래야 할 것 같았습니다.

진짜 어딘가에 있을 법한 마을, 우리 앞집, 옆집에 살고 있을 것만 같은 사람들.

그리고 결핍을 가진 불완전한 두 주인공.

이들이 사랑으로 서로를 구원하는 이야기면 충분하다고 생각했습니다.

비록 조금은 슴슴하고 느릴지라도 말입니다.

저는 영상화되지 못한 대본은 힘이 없다고 생각합니다.

대본은 제가 그린 최초의 밑그림일 뿐,

많은 분들의 채색으로 〈갯마을 차차차〉가 색깔을 낼 수 있었습니다.

정말 많은 분들께 빚을 졌습니다.

대본집을 드리면 일단 놀리기부터 하실 유제원 감독님, 존경합니다.

열심히 대본만 쓸 수 있게 멋진 멍석을 깔아주신 조문주 CP님, 너무 든든했습니다.

매주 아름다운 부제를 써주시고 다양한 콘텐츠를 기획해주신 이상희 PD님, 진심으로 감사합니다.

저희 드라마에는 '애드리브'가 참 많습니다.

책상머리에 앉아 있는 제 상상력으론 절대 구현할 수 없는 현장의 감각들입니다.

처음에 배우님들께 말씀드렸습니다. 이 대본에 있는 모든 여백은 여러분들의 것이라고. 놀라운 해석과 빛나는 순발력을 보여주신 모든 배우님들께 감사의 말씀을 전합니다.

이분들이 얼마나 찬란한 연기를 해주셨는지 대본집을 통해 모든 분들이 확인하셨으면 좋겠습니다.

저희 드라마는 대부분 포항 로케이션으로 진행했습니다.
초반엔 유독 비가 많이 왔고, 중반엔 너무 더웠고, 후반에 다시 비가 왔습니다.
산 위로 배를 올리고, 오징어 동상을 세우고, 야외 세트를 지어야 했습니다.
작업실에서 매일 일기예보만 들여다보며 죄인의 마음이었습니다.
이 잊지 못할 뜨거운 여름을 함께 해주신 모든 스태프분들께
함께 일할 수 있어 영광이었단 말씀 꼭 드리고 싶습니다.

저는 작가이기 이전에 참으로 사소한 인간입니다.
희로애락이 취미요, 일희일비가 특기입니다. 걱정이 많고, 자책을 자주 합니다.
그래서 제 글이 드라마가 되는 것이 아직은 무겁고, 무섭습니다.
아마 앞으로도 쭉 그럴 것 같습니다.
두려움의 무게를 알기에 돌다리 두드려가며 조심스럽게 쓰겠습니다.
그렇게 글을 쓰다 방지턱에 걸리는 순간이 오면, 여러분께 받은 응원을 떠올리겠습니다. 그 힘으로 울퉁불퉁한 시간을 어떻게든 넘을 수 있을 것 같습니다.

신하은

일러두기

1. 이 책의 편집은 신하은 작가의 집필 방식을 따랐습니다.

2. 드라마 대사는 글말이 아닌 입말임을 감안하여, 한글맞춤법과 다른 부분이라 해도 그 표현을 살렸습니다. 지문의 경우 한글맞춤법을 최대한 따르되, 어감을 살리기 위해 고치지 않고 그대로 둔 경우도 있습니다.

3. 대사와 지문에 등장하는 말줄임표나 쉼표, 느낌표와 마침표 등의 문장부호 역시 작가의 집필 의도를 살리기 위해 그대로 실었습니다.

4. 이 책은 작가의 최종 대본으로, 방송된 부분과 다를 수 있습니다.

5. 본문 내 인용된 저작물은 저작권사의 인용 사용 허가를 받아 수록했습니다.

차 례

기획의도

"더 많이 사랑하는 것 외에 다른 사랑의 치료약은 없다."

- 헨리 데이비드 소로우*

만약 당신에게 조만간 라틴댄스 강습에 등록하겠다는 원대한 꿈과 계획이 있다면, 삼바, 룸바, 자이브 대신 '차차차Cha-Cha-Cha'를 추천하겠다.
그 이유는
첫째, 비교적 쉬워서 파트너의 발을 가장 덜 밟을 것이기 때문에.
둘째, 근심을 털어놓고 슬픔을 묻어놓고 싶기 때문에.
셋째, 다 모르겠고 가장 흥겹고 신나기 때문에.

~~~

이 이야기는 청호시 공진동에서 벌어지는 활기차고 리드미컬한 갯마을 스토리다.
대문은 없고 오지랖은 쩔고 의좋은 형제처럼 음식 봉다리가 오가는 이곳에서
평균체온이 1도쯤 높을 게 분명한, 뜨끈한 인간들의 '만유人력'이 작동한다!

삶의 템포가 정반대인 두 남녀가 신나게 서로의 발을 밟아대는 불협화음 러브스토리다.
성취지향형 여자 '윤혜진'과 행복추구형 남자 '홍반장'의 호흡은 그야말로 최악.

* 극 중 두식이 즐겨 읽는 『월든』의 저자이자, 미국의 시인.
~~~

리듬은 놓치고 박자는 틀리고 엉망진창인데, 그게 어쩐지 재미있어지기 시작한다.
조금 안 맞아도 삐걱거려도 그 나름대로 운치가 있다.
남자의 여유로움은 근사하고 여자의 분주함은 달콤해지는데...
밀고 당기다 꼬이고 엉켜버린 이들의 티키타카 로맨스가 4분의 4박자로 펼쳐진다!

매 순간 모두가 주인공이 될 수 있는 휴먼스토리다.
사람은 누구나 인생이라는 무대에 오른다. 그 위에서만큼은 자기 자신이 주인공이다.
모든 존재는 저마다의 가치가 있다는 것을,
때론 진주보다 햇볕에 반짝이는 모래알이 더 빛이 난다는 것을 보여주는
평범한 사람들의 위대하고도 특별한 일상이 밀려온다!

~~~

애석하게도 이 드라마에 춤은 포함되어 있지 않다.
그러나 파도가 실어 오는 이 귀엽고 유쾌한 바닷가 마을 이야기에 귀 기울이다
문득 당신의 마음이 춤추기 시작한다면 그것으로 충분할 것이다.
~~~

등장인물

윤혜진 (34세) - 치과의사

그녀가 걸어가면, 아주 잠깐 세상이 슬로모션으로 움직이는 착각이 든다.

기분 좋은 목소리에는 시를 노래하는 듯한 음률이 느껴진다. 보조개가 보이게 웃을 때면, 주변의 조도照度가 100럭스쯤 밝아지는 것 같다. 예쁘다는 말로는 모자란, 사랑스러움의 의인화 그 자체다. 그런데 또 하필 직업까지 치과의사다. 명문대 치의대를 우수한 성적으로 졸업, 서른 살에 전문의를 취득했다. 현재는 페이닥터로 억대 연봉을 받고 있다.

여기까지가 혜진에 대한 객관적인 정보다.

이렇게 완벽해 보이는 그녀의 실체는 사실... 모순덩어리다!

교과서 위주로 공부하고 전공만 판 덕분일까. 일반상식이 부족하다. 다른 책은 거들떠도 안 보는 편이다. 술 좋아하는데 잘 못 마시고, 특히 와인 좋아하는데 잘 모른다. 저소득층 아동부터 아프리카 학교 짓기까지 각종 단체에 성실히 정기후원을 하고 있지만, 명품이라면 사족을 못 쓰는 쇼핑 중독자다. 고생 한 번 안 해본 공주님처럼 보이지만 실은 자수성가의 아이콘이다.

혜진은 태어나서 단 한 번도 대충 살아본 적이 없다.

어릴 적부터 형편이 여유롭지 못했다. 어머니는 학교 급식실에서 일했고 아버지는 중소기업에 다녔다. 부유하진 않아도 소박하고 화목한 가정이었다. 그러나 혜진의 나이 여섯 살 때 어머니가 복막암 판정을 받았고, 어머니는 혜진의 초등학교 입학식을 보겠다는 약속을 지키고 세상을 떠났다. 2년 투병생활의 끝이었다. 어머니가 떠난 뒤 여덟 살 혜진의 목표는 엄마 없는 아이 소리를 듣지 않는 것, 홀로 남은 아버지를 속상하게 하지 않는 것이 되었다. 숙제도 잘하고 준비물도 잘 챙기고, 공부도 달리기도 1등만 했다. 열심히 노력하고 준비해가면 스스로가 초라하지 않았다. 항상 칭찬을 받을 수 있었다. 그런 혜진이 유일하게 어쩌지 못했던 것이 바로 소나기다. 갑작스레 쏟아지는 빗속에서 우산을 들고 친구들을 데리러 오는 다른 엄마들을 보며, 혜진은 교실에 숨어 몰래 울었다. 맑은 날에도 우산을 챙기는 혜진의 습관은 그때부터 시작됐으리라. 혜진에게 비는 외로움이었고, 불안함이었다. 그렇게 혜진은 빨리 철이 들었다. 다가오는 친구들이 많았지만 적당히 잘 지낼 뿐 그 누구에게도 마음을 터놓지 않았다. 중학 시절부터 지치지도 않고 졸졸 쫓아다니던 미선이 그녀의 거의 유일한 친구다.

이과였고 공부를 잘했으니 의사가 돼야겠다고 생각한 건 어쩌면 당연한 일. 혜진은 무사히 치의학과에 합격했고, 그녀가 대학에 들어간 해에 아버지는 명신과 재혼했다. 명신이 싫은 건 아니지만 허물없이 지내기엔 어려워 독립을 했다. 그로 인해 혜진의 대학생활은 조금 더 빠듯해졌다. 대학등록금과 생활비가 버거웠던 탓이다. 넉넉지 못한 아버지에게 손을 벌리고 싶지 않았다. 과외를 여러 개 했고, 장학금을 놓치지 않기 위해 학업도 병행해야 했다. 늘 바빴던 탓에 혜진의 대학 시절 별명은 '신데렐라'였다. 수업 때도 학과 행사에서도 언제나 시간에 쫓기듯 사라졌기 때문이다. 유리구두를 신은 것처럼 혜진은 늘 종종거리며 살았다. 그런 혜진에게도 사랑이 찾아와 연애를 시작했지만, 그로 인해 자신의 초라함을 경험하게 된다. 그때 혜진을 위로해준 이가 바로 대학 선배 성현이다. 따뜻하고 배려 넘치는 성현에게 특별한 감정을 갖게 되지만, 혜진은 자신의 마음을 애써 모른 척했다. 자신에게 상처를 준 전 남자친구의 친구였기 때문이고, 가장 들키고 싶지 않은 모습을 들켜버린 까닭이다. 결국 성현이 군대에 가며, 두 사람의 관계는 흐지부지된다.

지난했던 20대를 지나 서른이 넘은 혜진은 이전과는 전혀 다른 삶을 살게 된다.

학자금 대출을 갚고, 원룸을 벗어나 오피스텔로 이사하고, 해외여행을 가며, 명품도 산다. 세상에 예쁜 게 너무나도 많다는 사실을 알아버렸다. 그래도 나름대로 합리적 소비를 지향한다. 해외직구를 선호하며, 할인코드와 쿠폰 먹이기에 제법 소질이 있다. 와인을 마시고, 각종 취미생활도 즐기게 되었다. 요가와 필라테스, 주짓수부터 폴 댄스까지 섭렵했다. 생활이 안정을 찾고 꽤 많은 사람을 소개받았지만, 지난 상처 때문인지 연애가 쉽게 이뤄지지 않았다. 그렇다고 또 비혼주의자는 아니다. 지금은 그저 스스로에게 온전히 집중하는 생활도 나쁘지 않다고 생각한다.

현재의 혜진에게 돈과 성공은 매우 중요한 가치다.

초중고 12년에 대학생활 6년, 거기다 4년의 수련 과정까지 무려 22년의 시간을 모두 지금 이 순간을 위해 바쳤다 해도 과언이 아니다. 노력에 대한 보상은 당연히 이루어져야 한다. 소소한 행복이니 하는 건 루저들의 자기위안일 뿐, 인정욕구와 사회적 성취는 인간에게 가장 중요한 목표 아닌가! 혜진에겐 이미 인생계획이 다 짜여 있다. 페이닥터 생활을 5년쯤 더 한 뒤 서울에 자신의 병원을 개원할 참이다. 그런데 이 계획이 틀어져버린다.

그것도 내면에 숨어 있던 2%의 정의로움 때문에!

과잉진료를 강요하는 원장을 들이받고, 우여곡절 끝에 공진에 치과를 개원하게 된다. 그런 혜진 앞에 '홍반장'이란 정체불명의 남자가 나타난다. 고등학교 졸업한 후로 처음 들어보는 반장이란 직책, 멀쩡하게 생겨서는 동네 잡다구리한 일이나 맡아 하는 반백수! 말싸움으로 어디 가서 안 져본 혜진을 KO시켜버리는 짜증 나는 말발의 소유자. 자꾸만 선을 넘어와 온갖 일에 참견하고 오지랖을 부리는 남자. 온갖 소문을 몰고 다니는 이 미스터리한 남자가 너무너무 거슬리다가... 궁금해지기 시작한다.

홍두식 (35세) - 청호시 공진동 5통 1반 반장

그 남자의 이목구비에는 서사敍事가 있다.

조각 같은 콧날에는 그리스 비극의 짙은 비애가 배어 있고, 소년 같은 미소는 첫사랑의 향수를 불러일으킨다. 심연을 아는 깊은 눈빛에 절로 "당신의 눈동자에 건배"(〈카사블랑카〉의 명대사)를 외치고 싶어지는 이 남자를 사람들은 '홍반장'이라고 부른다!

그렇다. 모름지기 반장이란, 행정구역 동·리·통·반 중 반의 대표를 뜻하는 말로 동네에서 입김 좀 세다는 중년 어른들의 전유물 아니던가. 게다가 일 년에 두 번, 명절 상여금 5만 원이 수당의 전부라 봉사라 봐도 무방한 명예직이건만... 두식은 벌써 몇 년째 청호시 공진동 5통 1반의 반장으로 활동 중이다. 공진에는 불가능을 가능으로 만드는 마법의 주문이 있으니, 그건 바로 "도와줘요 홍반장"이다. 두식은 어디선가 누군가에 무슨 일이 생기면 틀림없이 나타난다. 도배, 미장, 배관 공사부터 전자기기 수리까지 못 하는 게 없으며 좀도둑을 잡고 선로에 떨어진 노인을 구했다. '용감한 시민상'을 두 차례나 수상한 바 있다. 공진에서는 두식이 슈퍼맨이고 스파이더맨이다. 그리고 이 완벽한 남자의 공식적인 직업은... 무직이다.

극과 극은 통한다고, 직업은 없으나 하는 일은 무한대에 가깝다.

두식은 바로 자발적 프리터족이다!

짜장면 배달에, 슈퍼 카운터에, 뱃일, 라이브카페 일까지 각종 아르바이트로 생계를 유지하는데, 페이는 더도 덜도 말고 딱 최저시급 8720원만 받는다.

완벽한 하드웨어에 비해 소프트웨어가 떨어지는 게 아닌가 하는 의심은 넣어두시길 바란다.

두식은 이미 여섯 살에 천자문을 모두 외워 신동 소릴 들었고, 아홉 살 때 IQ검사에서 148을 기록했다. 어디 그뿐인가. 수산경매사, 공인중개사, 타일·미장·도배 기능사, 배관기능사, 한식조리기능사, 색종이접기지도사, 과일플레이팅자격증 등 가진 자격증만도 셀 수가 없다. 수준급 암산 능력에 발명 특허도 몇 개 있다. 술을 담글 줄 알고 다도에 조예가 깊으며, 향초와 비누도 만든다. 전매특허 요리에 비밀 레시피가 수두룩하다. 러시아에서 온 외국인 노동자와는 제법 프리토킹이 가능하다. 고가의 카메라를 몇 대 보유하고 있으며 사진도 잘 찍는다. 어디 그뿐인가. 보들레르부터 칸트까지 인문학에 대한 조예마저 깊다. 화룡점정으로 그는 서울대 기계공학과를 나왔다.

모르는 것도 못 하는 것도 없는 이 특별한 남자는 바로 여기 공진에서 나고 자랐다.

할아버지와 아버지는 배를 탔는데, 여섯 살 때 풍랑으로 부모님을 잃었다. 두식을 혼자 남겨놓고 배를 탈 수 없던 할아버지는 어업을 정리하고 기름집을 차려 두식을 애지중지 길렀다. 그러나 그런 할아버지마저 두식이 열여섯이던 2002년 돌아가셨다. 잊을 수 없는 그날은 월드컵 8강 스페인전이 열린 날이었다. 그 뒤로 두식은 마을의 품앗이로 컸다 해도 과언이 아니다. 중학 시절 강원도 수학경시대회에서 입상하는 등 공부에 재능이 있었지만, 일찍 자립해야겠단 생각에 공업고등학교에 입학했다. 그러나 같은 반 친구에게 폭력을 행사하던 선주의 아들을 말리던 도중 공고를 무시하는 모욕적 언사를 듣는다. 그의 콧대를 꺾기 위해 오기로 다시 공부를 했고 보란 듯이 서울대에 합격했다. 타고나길 배짱이 두둑하고 한 번 한다면 하는 성격이다. 기본적으로 평화주의자지만, 싸움 실력도 보통이 아니다. 이 밖에도 공진에는 두식에 대해 전해져 내려오는 전설이 한 트럭이다. 그러나 두식에 대해 유일하게 알려지지 않은 것이 있으니, 그건 바로 대학 졸업 후 5년간의 공백이다.

북파간첩이었냐, 국정원 비밀요원이었다, 에베레스트를 정복했다와 같은 전설부터 감옥에 다녀왔다, 정신병원에 입원해 있었다 류의 소문까지...

별의별 얘기가 다 전해지나, 그에 대해 두식은 단 한 번도 입을 연 적이 없다.

다만 확실한 건, 그 5년이 두식의 인생을 바꿔놨다는 것이다.

고향으로 돌아온 두식은 할아버지와 함께 살던 집을 고치고 그대로 눌러앉았다. 한동안 집에 칩거해 있던 두식을 마을 사람들은 아무 말 없이 들여다보고 음식을 해다 먹였다. 길고양이를 돌보듯 무심하고 따뜻하게. 어느새 두식은 혼자 사는 할머니 집의 전구를 갈아드리고, 고장 난 보일러를 고쳐주게 되었다. 슈퍼 카운터를 봐주고 택배 배달도 대신 해주었다. 그리고 그게 곧 생활이 되어버렸다. 두식은 사람들을 도와 적절한 시급을 받으며, 일하고 싶을 때 일하고 쉬고 싶을 때 쉬는 자유로운 생활을 누린다. 일이 끝나면 할아버지가 남긴 배를 수리하거나 서핑을 하며 자기만의 시간을 보낸다. 자연스럽게 흘러가는 대로 그저 그렇게 놔두는 것, 이게 바로 두식이 선택한 삶의 방식이다.

두식은 이 안에서 비로소 자신이 인생의 주인이 되었다는 느낌을 받는다.

이 남자, 작고 사소한 것에서 행복을 찾고 주변을 끊임없이 돌아본다. 타고난 오지랖으로 이웃의 모든 대소사에 관여한다. 대놓고 다정하거나 살뜰하진 못해도 투박하게 따뜻하다. 그러나 그 안에는 어쩌지 못할 외로움이, 결핍이 내재돼 있다.

이런 두식 앞에 그와는 전혀 다른 여자 혜진이 나타난다. 서울에서 와 굳이 이 공진에 치과를 개업한 여자. 소셜 포지션 타령하며 '사짜' 부심을 부리고 더럽게 비싼 구두를 신는 여자. 사람들을 향해 금을 딱 그어놓고 깍쟁이같이 구는 여자. 그런 주제에 쓸데없이 성실하고 자기 삶에 열정적인 여자. 비가 올까 봐 항상 가방에 우산을 넣어갖고 다니는 이 여자가 자꾸만 두식의 신경을 건드리기 시작한다.

지성현 ~~~~ (35세) - ovN의 스타 PD

요즘 방송계에서 '지성현'이라는 이름 석 자를 모르면 간첩이다.

ovN의 예능 PD로 〈최초의 맛〉, 〈무엇이든 먹어보살〉 등을 성공시킨 예능계 마이더스의 손, 그가 바로 성현이다. 사람의 먹고 사는 얘기를 따뜻하고 소소하게 그려내는 관찰예능, 친인간적 콘텐츠로 공전의 히트를 기록하고 있다. 게다가 화면에 언뜻 비친 그의 외모가 너무나도 훈훈했기에 더 유명해져버렸다.

그의 인생은 언제나 예측불허였다. 스티븐 스필버그를 좋아하던 소년은 영화감독이 되고 싶었다. 어른이 되어선 기자를 지망하며 언론사 시험을 준비했고, 결국은 엉뚱하게도 예능 PD가 되었다.

인생은 항상 자신을 더 재미있는 쪽으로 데려간다는 믿음이 있다. 건축가 아버지와 아동심리학과 교수 어머니 아래서 자랐다. 통제보다는 자율을 지향하는 집안 분위기 덕에 자유로우면서도 건전하게 성장했다. 새롭고 낯선 것을 좋아해 여행을 즐긴다. 대학 시절 휴학하고 세계 일주를 다녀온 적이 있다. 생긴 것과 달리 먹는 걸 좋아하는 식도락가다. 바쁜 와중에도 식사만큼은 제대로 챙겨 먹어야 하는 타입이다. 굶으면 예민해지고, 맛없는 걸로 배 채우는 건 혐오한다. 먹는 것과 여행을 좋아하다 보니 PD가 되어서도 그런 프로그램을 하게 되었다. 가장 보편적인 것에서 특별한 게 나온다고 믿는다. 스스로 잘 모르고 자신도 없는 실험적인 프로그램을 위해 수백 명 스태프들을 고생시킬 순 없다고 생각한다. 이처럼 스태프들의 처우를 중요하게 생각하지만, 본의 아니게 자주 민폐를 끼친다. 그건 바로 성현이 해맑은 워커홀릭이기 때문이다.

촬영, 편집, 회의, 답사로 이루어진 단조로운 삶을 살고 있는데, 그 과정을 진심으로 즐긴다. 함께 일하는 동료들도 비즈니스 관계가 아닌 진짜 친구처럼 생각하기에, 아이디어 회의가 꼭 수다 떠는 것 같다. 좋은 생각이 떠오를 때면 밥 먹다가도 화장실에 갔다가도 메시지를 보내는 관계로 단체채팅방 지분율을 70% 넘게 차지한다. 거기다 점잖은 외모와 달리 애교 섞인 말투와 각종 이모티콘을 작렬해 후배들이 눈살을 찌푸리곤 한다. 창의적 인간인 것과 별개로 행정 처리에 미숙하고 타고난 길치이며, 뭘 먹을 땐 그렇게 잘 흘린다. 작가 지원과 조연출 도하의 도움 어린 손길이 없었더라면 진즉에 도태됐을 것이다. 그럼에도 불구하고 사람들은 모두 성현을 좋아한다. 그건 바로 권위적이지 않고 투명한 그의 성정 덕분이다. 방송사에서 온갖 일그러진 인간 군상을 경험한 사람들에게 성현은 청정구역에 가깝다. 성현은 누군가 A라고 말하면 A'나 A"를 의심하지 않고 A라고 받아들이는 사람이다. 마음에 꼬인 구석이 하나도 없다. 그래서 선입견도 편견도 없다. 어떤 의견이라도 귀 기울여 수용할 줄 아는 사람이다. 대부분의 취향을 모두 존중해주는 편인데, 유일하게 고집을 피우는 분야가 바로 음식이다. '탕수육은 부먹, 밥은 고두밥, 대광어는 숙성회' 이 부분에 대해서는 절대 양보가 없다. 토론하다 불리해지면 백종원 선생님에게 전화를 거는 게 버릇이다.

꿀 떨어지는 목소리의 소유자로, 대학 시절 방송국에서 아나운서로 활동했다. 인기가 많아 얼마나 많은 고백을 받고 거절했는지 차마 셀 수도 없다. 성현이 혜진을 만난 건 한 교양수업에서였다. 혜진의 첫인상은 '피곤해 보인다'였다. 질끈 묶은 긴 머리에 수수한 복장, 어딘가 지쳐 보였지만 눈빛만큼은 반짝이는 게 인상적이었달까. 게다가 한 끼를 먹어도 맛있는 걸 먹어야 하는 자신과 달리, 주머니에 소시지 몇 개로 식사를 대신하는 모습이 새로웠다. 조별발표를 준비하며 혜진에게 호감을 갖게 되었을 무렵, 성현은 청천벽력 같은 사실을 알게 된다. 혜진에게 남자친구가 있고, 그가 바로 성현의 고등학교 동창인 강욱이었던 것! 엇갈린 인연에 애태우고 있을 무렵, 성현은 강욱이 주최한 모임에서 다시 두 사람을 만나게 되고... 그날 혜진의 옷차림과 낡은 신발이 조롱의 대상이 되는 것을 목격한다. 화가 났지만 자신이 나서면 혜진이 더 상처를 입을까 봐 모른 척해야만 했다.

그리고 며칠 뒤 강욱의 생일날, 예쁘게 꾸미고 와 강욱에게 일갈을 가하는 혜진을 목격한다. 성현은 스스로 자존심을 지키는 혜진의 태도에 다시 한번 반한다. 그때부터 두 사람은 자주 같이 밥을 먹는 사이가 되지만 연인으로 발전하진 못했다. 성현 앞에서 자신의 바닥을 보인 혜진은 조심스러웠고, 혜진을 배려하려던 성현은 선뜻 고백을 할 수 없었다. 좋은 선후배 사이라는 울타리에 머물며 만남을 이어가던 두 사람은 성현이 군대에 가고 혜진이 바빠지며 흐지부지되고 만다. 그러나 성현의 가슴에는 그 십 년도 더 된 인연이 아련하게 남아 있다. 아마도 첫사랑이리라.

대한민국 최고의 아이돌 DOS 멤버 두 명이 바닷가 마을에서 밥 해먹고 생활하는 아날로그 버라이어티 〈갯마을 베짱이〉를 기획, 그 배경으로 공진을 선택한다. 원래 계획한 답사 장소는 다른 곳이었지만, 길치인 성현이 운전하다 길을 잘못 들어 공진항을 발견했다. 그런데 그곳에서 혜진과 재회한다. 언젠가 꼭 한 번 만나고 싶다 생각한 적은 있지만 그게 여기일 줄은 몰랐다. 성현은 생각한다. 운명이 자신을 여기로 데려다놓은 게 아닐까 하고. 혜진에게 직진하기로 결심하지만, 혜진이 다른 곳을 보고 있음을 깨닫는다. 프로그램을 물심양면으로 도와준 공진의 홍반장 두식. 의리 있는 두식과도 벌써 우정이란 게 생겨버렸는데, 이 삼각관계 어쩐지 녹록

치 않을 것 같은 예감이 든다.

표미선 (34세) - '윤치과' 치위생사. 혜진의 친구

중학교 2학년 때 혜진과 짝으로 만나 15년 넘게 친구로 지내고 있다. 공부 잘하고 얼굴도 예뻐 다들 어쩐지 어려워하던 혜진을 막 대하며 친해졌다. 깍쟁이 같아 보여도 알고 보면 마음 여리고 착하다는 걸 본능적으로 알아봤다. 공부보다는 노는 쪽에 특화되어 있다. 학창시절부터 책상 밑으로 만화책을 숨겨 보던 만화광답게 여전히 순정만화를 사랑한다. 푼수기 넘치는 사차원. 뇌와 입이 연결되어 있어 필터링을 잘 못하는 팩트폭격기다. 뼈 때리는 조언을 아끼지 않는데, 의외로 철학적인 구석이 있다.

3년제 치위생과를 나와 10년째 치위생사 생활을 하고 있다. 투철한 직업정신의 소유자로, 손이 꼼꼼하고 환자들에게도 친절하다. 간식을 좋아해 초콜릿, 과자를 입에 달고 사는데, 살이 안 찌는 축복받은 체질이다. 그러나 세상은 어찌나 공평하던지 이는 또 그렇게 잘 썩는다.

셀카를 굉장히 잘 찍는다. 오랫동안 연마해온 특급기술이다. 감각이 있어 SNS 피드도 예쁘게 잘 꾸민다. 그 덕에 5만 명 이상의 팔로워를 보유하고 있다. '사랑이 없는 인생은 여름이 없는 계절과 같다'라는 말을 제일 좋아한다. 연애지상주의자로 열여덟 살 이후로 남자친구가 없던 적이 없다. 그 다사다난했던 연애사 끝에 얻은 결론은 '남자는 얼굴'이다. 그렇게 데이고 까여도 여전히 나쁜 남자가 좋고, 잘생긴 남자는 더 좋다. 남자친구가 바람을 피우자 홧김에 혜진을 따라 공진으로 내려온다. 그리고 이 마을에서 자신의 취향인 홍콩 미남상 은철을 만나 한눈에 반한다. 처음엔 얼굴에 반했을 뿐인데, 진짜로 빠져들게 되자 본인도 크게 당황한다.

김감리 (80세) - 할머니 3인방의 대장

공진의 원로이자, 사람들의 정신적 지주이며, 할머니들의 대장 격이다. 본래는 해녀 출신으로 지금은 소일거리로 생선이나 오징어 손질을 하며 살아간다. 열아홉에 시집을 갔으나 남편이 딴 살림 차려 집을 나가버렸다.

물질로 번 돈으로 자녀들을 악착같이 공부시켜 다 도시로 보내놓았다. 딸은 세종에서 공무원 생활을 하고, 아들은 서울에서 회계사를 한다. 자식 농사 잘 지은 게 인생의 자랑이다. 내 팔자는 기구했지만, 그 복이 다 자식에게로 갔다고 생각하면 마음에 위안이 된다.

그녀의 이름 감리는 태극기의 상징 건곤감리乾坤坎離에서 따온 것이다. 아버지가 한국광복군 출신의 애국지사였으나 작전 수행 중 돌아가셨다. 감리가 어머니 배 속에 있었을 때의 일이다. 어릴 적 천자문을 뗀 두식이 감리의 아버지가 독립운동가였다는 증거를 발견했다. 그걸 계기로 아버지가 독립유공자로 인정받으며 보훈급여금을 받게 됐다. 돈보다도 아버지의 이름을 찾아준 두식에 대한 고마움이 있다. 열여섯에 할아버지를 잃고 혼자가 된 두식이 생인손 앓듯 아프다. 그래서 그 이후로 쭉 친손주처럼 살뜰하게 챙기고 있다.

요 근래 이가 시원찮아져 딱딱한 걸 못 먹지만 치과는 비싸다며 손사래를 친다. 제일 좋아하는 음식은 오징어다.

이맏이 〰〰 (76세) - 할머니 3인방의 둘째

맏딸로 태어나 이름이 맏이지만, 할머니 3인방에선 애석하게도 둘째를 맡고 있다. 동네 형님 감리에게는 서열이 밀려 꼼짝도 못 한다. 대신 막내 숙자에게 강하다. 옛날에는 덕장을 했으나 지금은 다 정리하고 감리와 함께 가끔 오징어 할복장에 나간다. 평생 비린내를 온몸에 묻히고 살아 자주 씻는 습관이 있다. 장점보다 단점을 귀신같이 보는 비관적 성격이다. 칭찬에 인색하나, 본인에겐 관대한 편이다. 매사에 투덜거리고 불평불만이 많다. 레깅스만 입고 조깅하는 혜진을 보고 속곳만 입고 돌아다닌다며 기겁을 한다.

평소엔 강원도 사투리를 쓰지만, 어머니 고향이 벌교라 전라도 사투리도 할 줄 아는 언어 능력자다.

박숙자 (70세) - 할머니 3인방의 막내

할머니 3인방 중 막내일 뿐만 아니라, 이 마을 할머니 할아버지 중에서도 막내다. 오십 년 전 경기도에서 시집와 거의 표준어를 쓴다. 나이가 일흔인데 아직도 막내인 게 분통 터진다. 같이 늙어가는 처지에 무릎 아프고 관절 시린 건 매한가진데 경로당에 가면 밥하고 청소 다 해야 된다. 형님들이 전화하면 가끔 일부러 안 받을 때도 있다. 그래놓고는 심심해서 결국은 쪼르륵 형님들에게 가서 논다. 기본적으로 천진난만하고 소녀 같다.

오춘재 (49세) - 라이브카페 겸 호프집 주인. 전직 가수

밝을 때는 커피 팔고, 어두워지면 술을 판다. 나이보다 한참 어려 보이며 우수에 젖은 눈동자, 사연 있어 보이는 외모의 소유자다. 실제 90년대 히트곡 하나를 내놓은 채 사라져버린 비운의 가수로 예명은 '오윤'이다. 윤이라 불러달라고 하지만 동네 사람들은 모두 "춘재!" 하며 본명으로 부른다. 〈달밤에 체조〉라는 노래로 1993년 〈가요톱텐〉에서 2위까지 했으나(당시 1위는 서태지와 아이들이었다!) 매니저에게 사기를 당하며 연예계 활동이 중단되었다. 그 뒤로 나이트와 행사무대를 전전하다가 바다가 좋아 공진에 정착했다.

공진에서 그의 노래를 알아주던 유일한 팬과 결혼해 라이브카페 '한낮에 커피 달밤에 맥주'를 열었지만, 딸 주리를 얻자마자 상처했다. 그 딸이 벌써 열네 살이 되었는데, 워낙 되바라져서 도무지 감당이 안 된다. 눈물이 많고 감정기복이 심한 편이다. 과거의 영광에 젖어 살고 있으며 언젠가 〈슈가피플〉에서 자길 불러주기만을 기다리고 있다. 바리스타, 라이브, 주방 일까지 전천후 만능인 두식을 이 동네에서 제일 많이 부르는 사람이다.

장영국 (42세) - 공진동 동장

7급 공무원으로 공직생활을 시작해 작년, 만으로 40세에 청호시 최연소 동장이 되었다. 감수성 풍부한 문학소년 출신으로 걱정거리가 있으면 잠을 못 자는 세상 예민한 성격이다. 소심하고 남의 눈치를 많이 본다. 15년 전, 첫사랑에 실패하고 소꿉친구였던 화정과 결혼했다. 결혼 5년 만에 귀한 아들 이준을 얻고 잘 사는 듯했으나 3년 전 화정과 이혼했다. 대외적인 이혼 사유는 성격 차이지만, 사실 화정과 왜 이혼했는지 본인도 잘 모른다. 뜨겁진 않아도 평탄하게 살았던 것 같은데, 하루아침에 화정의 태도가 돌변해버렸다. 처음에는 화정과 생활반경이 같은 것이 껄끄러워 다른 지역으로 발령을 신청했다. 그러나 티오가 나지 않아 일이 년 기다리다 보니 서로 얼굴 마주치는 일이 익숙해졌고 결국 계속 공진에 살고 있다. 아들 이준을 끔찍이 사랑해 떠날 수 없었던 것도 있다. 화정과 쿨한 관계를 유지하는 듯 보였으나, 동장이 되면서부터 화정이 껄끄럽고 불편해진다. 시청 눈치 보랴 전 와이프 눈치 보랴 인생이 괴로워지기 시작한다. 이때 여전히 미혼인 첫사랑 초희가 공진으로 돌아온다. 하필이면 아들 이준의 담임선생님으로.

여화정 (42세) - 공진동 5통 통장. '화정횟집' 사장

공진에서 나고 자란 토박이로 5통 통장을 맡고 있다. 옛날에 두식의 할아버지가 돌아가셨을 때 헐값에 인수하다시피 한 기름집이 잘돼 살림이 폈다. 보은하는 마음으로 두식을 동생처럼 귀하게 여긴다. 의리가 있고 화통한 여장부 스타일이다. 열심히 일해 지금은 상가와 집을 여럿 가진 횟집 오너다. 혜진의 집과 치과의 건물주이기도 하다. 지역 사랑이 대단해서 자원봉사 하는 의미로 통장 일을 시작해 벌써 3번째 연임 중이다. 이제 그만 물러나 두식에게 통장직을 넘겨주고 싶은데, 두식이 한사코 거절하고 있다. 소꿉친구였던 영국과 결혼했으나 3년 전 이혼했다. 이혼 후, 둘 다 계속 공진에 머무르며 지방에선 흔치 않게 헐리웃식 관계를 유지하고 있다. 화정이 양육 중인 아들 이준의 학교행사를 두 사람이 함께 참관할 정도다. 그러나 영국이 동장으로 임명되며 공적으로 부딪치기 시작한다. 화정 본인은 동을 위해 건

의사항을 요구하는 것이라 하지만, 어째 끝나지 않은 부부싸움의 향기가 난다. 게다가 영국의 첫사랑 초희까지 공진에 컴백한 후로는 사는 게 골치 아파진다.

유초희 (39세) - 청진초등학교 교사

꽃다운 20대에 첫 발령받았던 청진초등학교에 불혹을 앞두고 돌아온다. 세월이 변했지만, 여전히 누군가의 첫사랑인 듯 청순한 분위기를 물씬 풍긴다. 다정한 목소리에 아이들을 좋아하니 초등학교 교사가 천직이다. 15년 전 처음 공진에 왔을 때 화정의 집에 세 들어 살며, 그녀를 친언니처럼 따랐다. 화정의 소꿉친구였던 영국과도 친해져 셋이 항상 붙어 다녔다. 돌이켜보면 그때가 인생에서 가장 행복했던 때인 것 같다. 자신을 향한 영국의 마음을 눈치챘을 무렵, 어머니가 뇌출혈로 쓰러지며 공진을 떠난다. 반신불수가 된 어머니는 초희의 병수발을 받다 작년에 돌아가셨다. 외로운 마음에 공진으로 돌아왔다가 이혼한 화정, 영국과 재회하며 미처 끝나지 않은 삼각관계에 휘말리게 된다.

조남숙 (41세) - '공진반점' 사장. 상가번영회 회장

중국집 사장으로 상가번영회 회장을 맡고 있다. 이 지역 토박이로 부모님이 하시던 중국집을 물려받았다. 통장인 화정과는 묘한 라이벌 관계다. 빠른 연생이라 학교를 일찍 들어가 화정과는 동창이지만 자신이 1살 어리단 사실을 은근 강조한다. 입도 싸고 엉덩이도 가벼워, 공진의 소문은 모두 남숙을 통한다. 남 얘기만큼은 『천일야화』의 '셰에라자드'보다 더 오래 할 자신이 있다. 이 동네의 상징인 두식이 화정과 친한 것을 공공연히 질투하며, 그와 친해지고 싶어 한다. 가게도 없는 두식을 상가번영회 명예회원이자 총무로 받아들인 것도 그 때문이다. 밉살스런 짓을 하며 동네를 시끄럽게 하기 일쑤지만, 그런 남숙에게도 씻을 수 없는 아픈 상처가 있다.

최은철 (30세) - 공진파출소 순경. 금철의 동생

어려서부터 누가 봐도 형 금철보다 나았다. 외모가 훌륭한 것은 물론 뺀질거리는 형과는 달리 정직하고 준법정신이 투철했다. 일찍이 여덟 살 때 빨간불에 횡단보도를 건너려는 형의 목덜미를 잡아당겨 목숨을 구한 바 있다. 현실 형제답게 금철과는 별로 말을 섞지 않는다. 오히려 친형보다 두식을 더 좋아하고 잘 따른다.

무엇이든 열심히 하는 성실한 타입이다. 하루에 15시간씩 공부에 매진한 끝에 순경시험에 합격, 어엿한 경찰공무원이 되었다. 융통성이 없고 곧이곧대로인 성격에 한 우물만 파는 타입이다. 잘생겼지만 엄청난 철벽남이라 제대로 연애를 해본 경험이 없다. 사극 마니아로 한복이 잘 어울리는 여자가 이상형이다. 우아하고 근엄하면서 말씨가 차분하고 온화한 카리스마까지 갖춘다면 더 좋겠다. 예를 들면 〈왕이 된 남자〉의 '소운'처럼. 그런데 이상형과는 정반대인 미선과 엮이며, 마음이 혼란해지기 시작한다.

최금철 (35세) - 철물점 사장. 두식의 친구

두식과는 불알친구다. 골목대장 자리를 놓고 잠시 다투었으나 두식보다 잘하는 게 하나도 없는 관계로 바로 밀렸다. 그 뒤로는 현실에 순응해 살아가고 있는 중이다. 고등학교를 졸업하자마자 큰 꿈을 품고 서울로 상경했으나 1년 만에 빈털터리가 되어 고향으로 돌아왔다. 동네 동생 윤경과 속도위반으로 결혼했다. 코흘리개 꼬맹이라고 생각했는데 어쩌다 보니 불이 붙어버렸다. 현재는 9살 딸 보라와 배 속에 둘째까지 있는 어엿한 가장이다. 나름 사랑꾼이긴 한데, 어딘가 세심하지 못하다. 아버지가 하시던 철물점을 물려받아 운영하고 있으며, 배 수리에 필요한 물건도 들여온다. 그러나 팔기만 할 뿐, 손재주는 없는 기계치다. 뺀질거리는 성격에 그릇이 작고 욕심이 많아 내 것 챙기는 걸 최우선으로 삼지만, 두식에겐 찍소리도 못 한다. 각종 물건을 거의 원가에 납품 중이다.

함윤경 (31세) – '보라슈퍼' 사장. 금철의 아내

동네에서 제일 큰 슈퍼마켓을 운영한다. 스무 살에 동네 오빠 금철과 결혼해 딸 보라와 배 속에 둘째가 있다. 뜨개질을 좋아하고 조근조근 예쁘게 말하는 젊은 새댁처럼 보이지만, 사실 윤경에겐 놀라운 비밀이 숨겨져 있다. 공진 최고의 날라리 출신으로 한때 껌 좀 씹었다. 결혼과 동시에 화려했던 과거를 모두 정리했으나, 흥분하면 소싯적 모습이 튀어나온다. 말괄량이 딸 보라를 다정하게 타이르지만 피는 못 속이는 것 같아 뜨끔할 때가 있다. 몸이 무거워 두식에게 카운터며 배달이며 자주 신세를 진다. 동네에 젊은 사람이 별로 없어 혜진이 이사 오자 몹시 친해지고 싶어 한다.

반용훈 (36세) – 공진동 주민센터 주무관

공진동 동장 영국의 오른팔이다. 비위가 몹시 약하고 변화를 싫어하며 눈치가 없다. 화정을 볼 때마다 자꾸만 자동으로 '사모님' 소리가 튀어나와 죽겠다. 더위를 많이 타서 조금만 움직여도 땀이 줄줄 난다. 손수건이 금세 축축해져 두세 개씩 갖고 다닌다. 대부분의 일을 책상에 앉아서 처리하려고 하며, 외부업무를 극도로 싫어한다. 그래서 걸핏하면 쳐들어오는 두식을 무서워한다. 점심메뉴 정하는 게 인생의 가장 중요한 일이다.

오주리 (14세) – 중학생. 춘재의 딸

예습복습 공부는 안 하지만, 중2병은 선행학습 중인 미친 열네 살. 콤플렉스는 삐죽 튀어나온 덧니. 말 씹기가 취미요, 말대꾸가 특기다. 항상 앞머리에 대왕 헤어롤을 말고 다니며, 헤어 스타일링이 제대로 안 되면 학교를 결석해버리는 극단적 성향의 소유자다. 가끔은 두식조차 상대하기 버거울 정도다. 춘재의 말론 태어나자마자 엄마를 잃은 게 안타까워 오냐오냐 키운 자기 잘못이란다. 아이돌 그룹 DOS의

광팬으로 장래희망은 DOS의 스타일리스트가 되는 것이다. 공진에서 패션잡지를 정기 구독하는 유일한 인물로 이 동네에서 혜진의 옷, 가방, 구두 브랜드를 알아보는 단 한 사람이다. 물론 명품들을 실제로 본 적이 없어 처음엔 짝퉁이라 주장하긴 했다. 서울에서 온 혜진을 고까워했으나, 혜진이 DOS 멤버 준을 치료해줬단 사실을 안 뒤로 혜진을 존경하게 된다.

장이준 (9세) – 화정과 영국의 아들

화정과 영국이 결혼 5년 만에 얻은 귀한 아들이다. 부모에게 폭풍 같은 사랑을 받고 자랐지만 애교라곤 전혀 없는 애늙은이 타입이다. 타고나길 둔감하고 선비처럼 점잖은 성정이라 어린 아들 앞에서 나이 먹은 부모가 재롱을 떨곤 한다. 그마저도 크게 리액션이 없다. 일찍이 백일이 지나면서부터 주사를 맞고도 울지 않았다고 한다. 3년 전, 부모의 이혼에 잠시 충격을 받는 듯했으나 딱 일주일을 앓아눕고 일어나 부모의 인생을 존중한다는 현답을 내놓았다. 그 뒤로 학부모 참관일에 이혼한 부모가 함께 오는 자신의 운명을 겸허히 받아들이고 있다. 동네에 또래친구는 보라 하난데 정신연령이 안 맞지만 항상 붙어다닌다. 일찍이 『소학小學』과 『명심보감明心寶鑑』을 독파했으며 사자성어를 즐겨 사용한다. 또한 명필이다. 1학년 때 시작한 서예가 딱 적성에 맞았다. 자신을 치료해준 혜진과 새로 온 담임선생님 초희가 모두 마음에 든다.

최보라 (9세) – 금철과 윤경의 딸

또래의 여자 친구들이 파란 엘사 드레스 입고 〈렛 잇 고〉, 〈인투 디 언노운〉 부를 때 태권도복에 파란 띠 묶고 개다리춤 추는 초딩이다. 시끄럽고 부산스럽기가 비글 같다. 아침에 학교 갈 때 머리를 아무리 예쁘게 빗어 보내도 집에 올 땐 항상 산발이 되어 있다. 조심성 없고 품 안에 들어온 건 뭐든지 부서뜨리는 마이너스의 손이다. 자신이 슈퍼집 딸인 걸 자랑스러워하며 걸핏하면 가게에서 과자며 젤리를 가져다 학교에 뿌린다. 금철과 윤경 모두 자기를 안 닮았다고 주장하고 있다. 생각이 없고 단순하며 딱 그 나이대 아이처럼 해맑다. 돌부처 같은 이준과 정반대지만, 제법 조화롭게 지낸다. 아무도 몰랐지만, 노래할 때는 꾀꼬리 같은 목소리가 난다.

윤태화 (65세) - 혜진의 아버지

말이 없고 무뚝뚝하며 감정표현에 서툴다. 그리고 생각보다 잘 삐친다. 경제적으로 풍요롭다거나 사회적으로 큰 성공을 하진 못했지만 그래도 정직하고 올바르게 살아왔다는 신념이 있다. 무엇보다 딸 혜진이 있어 자신의 인생은 충분히 가치 있다고 생각한다. 혜진을 세상에서 가장 사랑하며 못해준 게 많아 늘 미안하지만, 쑥스러워 표현해본 적은 없다. 아내를 잃고 10년간 홀로 생활하다가 명신을 만났다. 만난 지 얼마 안 돼 재혼을 결심했지만, 혜진이 아직 미성년자고 한창 예민한 시기니 성인이 된 뒤로 미루자는 명신의 마음이 고마웠다. 혜진이 대학에 들어간 뒤, 명신과 재혼해 한적하게 살아가고 있다. 활동적인 명신과 달리 정적인 사람이라 집에서 혼자 바둑 기보를 보거나 난 가꾸는 일에 골몰해 있다. 그저 혜진이 좋은 사람을 만나 행복해지길 바란다.

이명신 (58세) - 태화의 아내. 혜진의 새어머니

똑 부러지고 당찬 성격이다. 스스로에게 부끄러울 일은 하지 않는다는 게 신조인 멋진 여성이다. 전직 조리사였으며, 현재는 각종 봉사활동을 다니며 지낸다. 활동적인 성격으로 이것저것 배우러 다니는 걸 즐긴다. 30대 중반에 자녀가 없는 채로 이혼한 경력이 있다. 처음 태화와 만났을 당시 혜진이 고등학생이라 충격을 주고 싶지 않다며 오랫동안 결혼을 미뤘다. 새로 생긴 딸 혜진이 예쁘고 기특하지만, 너무 가까이 다가가면 부담이 될까 봐 적당한 거리를 지킨다.

왕지원 (35세) - <갯마을 베짱이> 메인작가

경력 11년 차 베테랑 작가다. 성현이 조연출이던 시절부터 만나 7년째 인연을 이어가고 있다. 성현의 아이디어를 현실화시켜주는 소울메이트 같은 파트너다. 촬영 장소 조율부터 사전답사까지 온갖 업무를 도맡아서 하며, 편집실에서도 함께 살다시피 한다.

성현 못지않은 워커홀릭으로 일할 땐 안경과 헤어밴드를 필수템으로 장착한다. 온 앤 오프가 확실해 그렇지 상당한 미인이다. 최근 지원의 화두는 첫째, 30년짜리 아파트 대출금. 둘째, 반려묘 구름이와 노을이의 건강. 셋째, 자신을 공적 영역으로만 대하는 성현이다.

김도하 (30세) - <갯마을 베짱이> 조연출

ovN에 입사한 지 3년 차 되는 PD로 〈갯마을 베짱이〉 조연출을 맡고 있다. 일도 좋지만, 자신의 인생도 중요한 90년대생이다. 방송사의 살인적 스케줄 속에서 워라밸을 찾기 위해 고군분투 중이지만 영 쉽지 않다. 바로 해맑은 워커홀릭 성현 때문! 걸핏하면 날아오는 성현의 메시지로 인해 노이로제에 걸려 있다. 그러나 롤모델인 선배 성현을 진심으로 좋아하고 따른다. 프로그램을 준비하며 도움을 주는 두식과도 친해지게 되는데, 자유로운 두식의 삶이 부럽다. 개인주의자처럼 보이지만, 틈만 나면 편찮으신 아버지에게 들르는 효자다.

준 (23세) - 그룹 DOS*의 메인래퍼. <갯마을 베짱이> 출연 멤버

DOS의 메인래퍼이면서 음악 프로듀서 역할까지 겸하고 있다. 타고난 재능에 노력파이기까지 하다. 스타일리시한 외모와 독보적인 패션 감각의 소유자로 명품 브랜드의 앰버서더로 활약하고 있다. 특히 자기관리가 철저하기로 유명하다. 데뷔를 위해 극한의 체중감량을 했으며 현재도 365일 다이어트 중이다. 성현과는 형 동생 하는 사이로 프로그램 게스트로 나갔다가 친해졌다.

인우 (23세) - 그룹 DOS의 서브보컬. <갯마을 베짱이> 출연 멤버

본명은 정인우. 남자판 국민 첫사랑이라 불리는 꽃미남이다. 싹싹하고 명랑한 성격으로 낯가림이 없다. 친화력이 좋은 탓에 여자 아이돌과도 친분이 있는 편이라 팬들이 늘 경계한다. 평소 요리하는 걸 좋아한다며 자신만만하게 셰프 역할을 맡지만, 요리를 인터넷으로 배운 탓에 응용이 안 된다. 음식을 몇 번 망한 뒤 감리에게 레시피를 물어보지만 '요만치', '조금만', '코딱지만큼' 추상적인 계량법에 자주 당황한다.

* 대세 남성 아이돌 그룹. 준, 인우, 강윤, 유케이, 재후 총 5명의 멤버로 구성되어 있다. DOS(Disk Operating System)라는 그룹명은 컴퓨터공학과 출신의 소속사 대표가 정했으며, 가요계의 핵심 운영체제가 되겠다는 포부를 담고 있다. 정작 멤버들은 1990년대 후반에서 2000년대생으로 구성되어서 DOS가 뭔지 모르는 게 함정이다. 공식 팬클럽 이름은 '해커'다.

용어정리

S#	장면(Scene)을 의미하며 같은 장소, 같은 시간 내에서 이루어지는 일련의 행동이나 대사가 한 씬을 구성한다.
insert	화면의 특정 동작이나 상황을 강조하기 위해 삽입한 화면. 인서트 화면이 없어도 장면을 이해하는 데에는 별다른 지장이 없으나 인서트를 삽입함으로써 상황이 명확해지는 한편 스토리가 강조된다.
cut to	가까운 공간 안에서의 각도 전환을 의미한다.
flash cut	화면과 화면 사이에 들어가는 순간적인 장면. 극적인 인상이나 충격 효과를 주기 위해 삽입되는 매우 짧은 화면을 지칭한다.
flash back	회상을 나타내는 장면. 지금 일어나고 있는 사건의 인과를 설명할 때 쓰이기도 하고, 인물의 성격을 설명하기 위해 쓰이기도 한다.
몽타주	따로따로 편집된 장면들을 짧게 끊어 붙여서 하나의 긴밀하고 새로운 장면을 만드는 기법을 뜻한다.
오버랩	현재의 화면이 사라지면서 뒤의 화면으로 바뀌는 기법이다.
(N)	내레이션을 지칭하는 용어로, 장면 밖에서 들려오는 목소리를 나타낸다.
(E)	효과음(Effect)을 뜻하며, 보통 등장인물은 보이지 않고 소리만 나는 경우에 사용한다.
(F)	필터(Filter)의 약자로, 전화기 너머의(필터를 거쳐 들려오는) 목소리 등을 표현할 때 쓴다.

9화

이상하다. 분명 오늘 처음 만났는데... 여기 지금 홍반장이 있는 풍경은 왜 이다지도 자연스러운 걸까? 왜 저 남자는... 어색한 공기마저 희석시키고 주변을 이토록 따뜻하게 만드는 걸까.

S#1. 골목길 및 혜진의 집, 대문 앞 (밤)

8화 S#71에서 이어진다.
혜진, 뒤쪽으로 신경이 곤두서고 긴장한 손에서 휴대폰이 미끄러진다.
바닥에 탁- 떨어지는 휴대폰 소리 요란하게 울려 퍼지고!
멈춘 혜진의 걸음과 함께 뒤에서 쫓아오던 발걸음도 뚝 멈춘다.
혜진, 등골이 서늘해지고 다시 뚜벅뚜벅- 발걸음이 혜진을 향해 다가오는데!
그 순간 저 반대편에서 찰칵- 하얀 불빛이 켜진다.
겁에 질려 움츠러들었던 혜진, 고개를 들어보면 저 멀리 두식이 플래시를 들고 서 있다.

두식 ...치과? 영업시간 끝난 지가 언젠데! 제발 일찍 일찍 좀 다니,

두식의 말이 미처 끝나기도 전에 혜진, 그대로 달려와 두식의 품에 안긴다.
그 순간 두식의 심장이 쿵 내려앉고, 허공에 들린 플래시 불빛 흔들린다.
두식, 잠시 얼어붙어 있다가... 한 손으로 꽉 강하게 끌어안는다.
그렇게 안고 있는 두 사람, 심장이 터질 것만 같다.
혜진, 고개를 들어 두식을 보면 두식, 역시 혜진을 내려다본다...
두근두근 떨리는데 그때 옆에서 들려오는 소리.

용훈 　저기 휴대폰...

혜진·두식 (놀라서 보면) ......?!

용훈 　(휴대폰 바닥에 슬쩍 놓고) 여기 두고 갈게요. 하던 거 계속 하세요.

용훈, 가면 두식의 팔에서 힘 빠지고, 까치발 든 혜진의 발꿈치가 땅에 닿는다.
그리고 말없이 천천히 떨어지는 두 사람, 차마 시선을 못 마주치겠다.

혜진 　(바닥의 휴대폰 들어) 액정이... 안 깨졌네!
기술력 좋은 거 봐. 우리나라 핸드폰 되게 튼튼하게 잘 만들어.

두식 　(눈 안 마주친 채) 그치! 우리나라가 IT강국이잖아!

혜진 　(허둥지둥) 그러니까! 저기, 나 먼저 갈게!

혜진, 후다닥 도망치듯 자리를 뜨는데 뒤에서 갑자기 플래시 불빛 비춰진다.
순간 혜진, 우뚝 멈춰 선다. 혜진의 발아래 맴도는 동그란 빛무리!
혜진, 다시 걸어가면 두식, 무심하게 플래시로 혜진의 동선을 비춰준다.
플래시 불빛이 혜진이 걷는 걸음에 맞춰 함께 움직인다.
돌아보지 않고 걷는 혜진과 박자를 맞추는 두식, 그렇게 집 앞에 도착하면...

두식 　(뒤에서) 조심히 들어가.

혜진 　(돌아보지 않은 채) 고마워, 바래다줘서.

혜진, 그 말만 하고 후다닥 대문 안으로 들어간다.
두식, 혜진이 현관문까지 열고 들어가는 것까지 확인한 뒤 플래시를 끈다.
그러면 어둠 속에서 비로소 적나라하게 솔직해지는 표정!
두식, 혜진을 끌어안았던 자신의 손을 보다가 심장에 대면 쿵쾅쿵쾅 뛴다.

두식 　(멍하니) 놀라서 그래. 놀라서...

S#2. 혜진의 집, 거실 및 부엌 (밤)

집에 들어온 혜진, 바로 부엌으로 가 냉장고 문을 열고 생수를 꺼내 마신다.

혜진 아, 더워. 왜 이렇게 덥지? 여름이라 그런가?

혜진, 혼자서 괜히 오버로 중얼거리며 열린 냉장고 안에 얼굴을 바짝 들이민다. 심장이 벌렁거려 냉기를 쐬는데... 냉장고에서 딩동딩동- 경고음 울린다.

S#3. 분할화면 및 교차편집. 잠 못 이루는 두 사람 몽타주 (밤)

- 두식, 침대에 누웠는데 잠이 오질 않는다.
  왼쪽, 오른쪽 번갈아 돌아눕다가 "수맥이 흐르나..." 하며 거꾸로도 누워본다.
- 그 시각, 혜진 역시 마찬가지다. 계속 뒤척거리다가 결국 거실로 나간다.
  거실을 배회하는 혜진, 슴슴이를 손에 올려놔도 보고, 괜히 훌라후프도 하고 쿠션을 안고 데굴데굴 굴러다니고 우유도 데워 마신다.
- 두식 역시 온갖 쓸데없는 짓을 하고 있다. 오밤중에 괜히 청소를 하고,
  눈에 안 들어오지만 책도 읽어보려 하고 차도 따라 마시지만 소용없다.
  그렇게 잠 못 이루는 두 사람의 모습에서 암전.

S#4. 해안도로 및 두식의 차 안 (아침)

두식의 트럭이 바닷가를 끼고 달린다.
들뜬 모습의 두식, 운전하며 기분 좋은 듯 콧노래를 흥얼거린다.

S#5. 셀프주유소 (아침)

두식의 트럭이 주유소 안으로 들어온다.

주유기 앞에 정차한 두식, 차에서 내려 기름을 넣으려는데
맞은편 주유기 앞에서 중년 남자(태화)가 기계가 낯선지 헤매는 느낌이다.

두식 (대뜸) 결제 방법 뭘로 하실 거야? 카드? 현금?
태화 예? 아... 카드요.
두식 그럼 이거 누르셔야지. 휘발유 누르시고... 몇 만 원 어치?
태화 5만 원...
두식 5 누르시고 인제 카드 넣으시고. 되셨네. 주유건 꽂으셔.
태화 (공손하게) 고마워요...
두식 (웃으며) 별 말씀을. 요새 무인화다 뭐다, 전부 기계로 대체하는 거
이거 문제야. 어르신들 적응하려면 시간 필요한데.

두식, 그러고는 자기 차로 가 1만 원 어치 주유를 하는데 전화 걸려온다.

두식 (전화 받는) 응. 지금? 사이즈는 표준규격이지? 알았어. 잠깐 들를게.

전화를 끊은 두식, 주유를 마치고 차에 올라탄다.
두식의 트럭이 주유소를 빠져나가는데, 차에 타고 있던 명신이 태화에게 묻는다.

명신 다 됐어? 그러게 사람 있는 데로 가자니깐.
태화 끝났어.
(주유건 뽑으며) 근데 좀 전에 저 친구 나한테 반말한 거 맞지?
명신 (대수롭지 않게) 그랬나?
태화 (뒤끝으로 주유건 잡은 손에 힘 들어가며) ...그랬어.

S#6. 도로 및 상가거리 (아침)

혜진, 열심히 조깅하는데 그날 밤 기억이 또 떠오른다.

flash cut.
S#1. 두식, 혜진을 더 강하게 끌어안던 순간!

그러면 자기도 모르게 비죽- 웃음이 새어나오고...
괜히 민망해져 안 웃은 척 고개를 흔드는데 마침 신호에 걸려 횡단보도 앞에 멈춰 선다.
(이차선도로의 아주 짧은 횡단보도다! 건너편 소리가 들릴 정도!)
맞은편에 배달트럭이 한 대 서고 짐을 내리는데, 그때 남숙, 혜진에게 온다.

남숙 (호들갑으로) 어머야라, 선생님! 아침부터 운동 다녀오시나 봐?
혜진 네, 몸이 찌뿌듯해서 좀 뛰었어요.
남숙 (떠보듯) 마음이 찌뿌듯해서가 아니고?
혜진 (무슨 소린가 싶은) 네?
남숙 (의미심장하게) 나... 다 알아.

"반주무관한테 들었어." 등등 남숙, 계속 뭐라고 더 말하는데
트럭에서 내리는 짐 소리며 운전기사의 목소리가 커서 혜진, 듣지 못한다.

혜진 (약간 목소리 높여) 뭐라고 하시는지 못 들었어요.
남숙 (기차화통 삶아 먹은) 반주무관이 그러는데, 선생님이랑 홍반장이랑
오밤중에 아주 끌어안고 블루스 추고 난리가 났었다며!
혜진 (눈 커지는) 네?
남숙 (쩌렁쩌렁) 걱정 마. 나 아부한테도 얘기 안 했어!
혜진 (당황해서) 그게 아니라요,
남숙 (계속 쩌렁쩌렁) 알아! 나도 다 이해해!
홍반장이랑 하룻밤은 보냈는데 지피디랑 썸도 있고. 복잡하겠지!
혜진 아뇨, 전혀 복잡하지 않구요.
남숙 걱정 마! 나 절대 소문 안 낼 테니까!!! (하고 가버린다)
혜진 저게 비밀을 지키겠단 사람의 데시벨이야?

아주 건너동네 사람들까지 다 들었... (하다가 뭔가 보고 말을 뚝 멈춘다)

건너편 트럭이 빠진 자리에 표정을 읽을 수 없는 태화와 난감한 얼굴의 명신이 서 있다.
신호등이 초록불로 바뀌지만, 대치하듯 서로를 보고 있는 혜진과 태화!

S#7. 혜진의 집, 현관 및 거실 (아침)

혜진, 긴장한 얼굴로 태화와 명신을 집 안으로 들인다.
태화, 약간 어질러져 있는 집 안을 물끄러미 보면 혜진, 괜히 눈치가 보이고 소파에 대충 걸쳐놨던 옷가지 같은 것들 급히 수습하며 어색한 모습이다.

혜진 미리 오신다고 연락을 하시지. 그럼 집을 좀 치워놨을 텐데...
태화 (무표정하게) 내가 오자고 한 거 아니다.
명신 (어이없다는 듯 보며) 어머, 웃겨. 혜진아 이거 거짓말이다?
근처에 일이 있어 왔는데 이 사람이 너 보고 가자고.
내가 연락부터 하자고 했는데 굳이 그냥 온 거 있지?
혜진 아... (하며 태화 보는데)
태화 (헛기침하며) 화장실이 어디냐?
혜진 (문 가리키며) 저쪽이요.

태화, 화장실 문고리를 여는데 안에서 문을 열고 나오는 사람, 두식이다!
휘청하는 태화와 엉겁결에 태화를 잡는 두식! 머리카락과 상의가 젖어 있다.

혜진 (경악으로) 홍반장?
태화 (더 놀라는) ...홍반장???
두식 (둘의 부름에 번갈아 보며 대답하는) 어? 어.
혜진 (당황해서) 호, 홍반장이 왜 여기 있어?
두식 (태연하게) 아, 샤워기 고치러 왔어. 헤드가 깨져서 물이 이리저리 튀는 바람에 쫄딱 젖었네. 수압 짱짱한 걸로 갈았다?

혜진 (기막힌) 그걸 왜 아무도 없는 집에서...

두식 표쌤 있다 나갔지. 치과 곧 올 거니까 고치고 있으라던데?

혜진 표미선... (얼른 수습하려는) ...알겠으니까 얼른 가봐.

두식 (손 내밀며) 돈 줘.

태화 (그 말에 표정 구겨지는) !

혜진 (태화 눈치 살피며) 어?

두식 돈은 줘야지.

혜진 (두식 등 떠밀며) 이, 일단 가 있어. 이따 계좌이체 해줄게.

두식 아이, 왜 사람을 밀어? 간다, 가. (하며 현관으로 밀려 나가는데)

태화 ...잠깐!

혜진 (긴장으로) !

두식 (돌아서며) 나 부르셨어?

태화 (반말에 울컥하지만) ...자네가 홍반장이란 말이지?

두식 에, 뭐...

태화 (손 내밀며) 나 혜진이 애빌세.

두식 예상은 했는데... (반갑게 손 마주 잡고) 아까 기름은 잘 넣으셨지?

태화 (두식의 반말에 악수한 손에 힘이 들어간다)

두식 (어랏 싶은데) ?

명신 (대신) 네, 덕분에. 아까는 고마웠어요.

혜진 (혼란스러운) 이 사람을... 어디서 만나셨어요?

두식 (태화에게 손 잡힌 채) 응, 아까 주유소에서 내가 좀 도와드렸거든.

태화 (손에 또 꾹- 힘주며) 원래 이 집에 자주 드나드나?

두식 빈도로 따지면, 가끔은 아니지?

혜진 (당황해서) 아빠, 그게 아니라요.

태화 (손에 힘 계속 세지며) 우리 딸이랑 어떤 사인가?

두식 응? (하는데 손 아프고)

태화 내 듣자 하니 둘이 하룻밤을 보냈다던데? 아닌가?

두식 아, 그게... 아닌 건 아닌데, 또 맞다고 하기에는 좀,

태화 (손에 힘 더 들어가며) 둘이 밤에 부둥켜안고 있었다던데?

두식 그것도 나름대로의 사정이... (하다가 태화가 손에 힘 더 주면) ...아앗!
손은 계속 잡고 계실...? 놓을 생각이 없으시겠구나.

혜진 (말리는) 아빠, 제가 다 설명할게요!

태화 됐다. 벌써 다 들었어. 거기다 이렇게 집까지 들락날락하는 걸 봤으니
변명할 생각은 말아라.

혜진 아빠, 일단 이 사람 보내고 제가 다 말씀드릴,

두식 (말 자르며) 됐어. 그냥 내가 얘기할게.

혜진 (영문 모른 채) 어?

두식 네, 맞습니다. 제가 치과, 아니 혜진이 남자친구입니다.

두식의 손을 움켜쥐고 있던 태화의 손에서 힘이 탁 풀리고 명신, 어머나 놀라서 보고 갑작스런 두식의 선언에 혜진, 놀랍고도 설레는 얼굴로 본다!

S#8. 혜진의 집 외경 (낮)

S#9. 혜진의 집, 부엌 및 거실 (낮)

거실의 태화, 못마땅한 표정으로 부엌 쪽을 노려본다.
부엌에 서 있는 혜진과 두식의 뒷모습, 싱크대 앞에 나란히 서서 과일을 깎는다. 두 사람 거의 복화술로 속삭이듯 대화를 나누고 있다.

혜진 (약간 떠보듯) 저기... 대체 무슨 생각으로 그런 말을 한 거야?

두식 (툭) 오늘만 넘기려고.

혜진 (버럭) 뭐?

혜진의 고성에 거실의 태화, 부엌 쪽을 한 번 더 힐끗 본다.

혜진 (화났지만 목소리 낮추고) 장난해? 고작 그딴 생각으로 그 말을 했다고?

두식　그럼 어떡해. 손이 부서지게 생겼는데.
그리고 생각해보니깐 이게 제일 쉽고 빠른 방법이겠더라고.

혜진　(보면)

두식　저렇게 단단히 오해하고 계시는데 변명해봤자 입만 아플 것 같고.
그럴 바엔 차라리 하루 깔끔하게 연극하는 게 낫지.

혜진　그러고 나면?

두식　헤어졌다 그래도 되고. 그때 가서 뭐 어쩌실 거야.

혜진　(찌릿) 뒷수습은 자기 일 아니라 이거지?

두식　그냥 하루 알바 쓴다고 생각해. 일일 남자친구 대행.

혜진　(못마땅) 그 와중에 알바비는 받으시겠다?

두식　(어깨 으쓱하며) 대신 샤워기는 부품값만 받을게.

혜진　(고민하는 표정으로 과일 깎는데 껍질 계속 끊어지는) ...

두식　싫어? 그럼 지금 가서 아니라고 이실직고하고.

혜진　(마지못한 수락) 아, 과일이나 마저 깎아! 그건 뭐 토끼야?

두식　응. 나 과일 플레이팅 자격증 있어.

cut to.
혜진과 두식, 태화와 명신 앞에 과일과 차가 놓인 쟁반을 내려놓는다.
과일들이 꽃모양, 토끼모양 등 가지각색으로 깎여 있다.

명신　어머나. 꼭 파는 것 같이 예쁘게도 깎았네.

두식　별것도 아닌데 뭘. 맛있게 드셔.

바닥에 앉는 두 사람. 혜진, 저도 모르게 무릎을 꿇는데 두식, 당당하게 양반다리한다.
혜진, 지금 내가 뭐 하고 있나 싶고... 그런 두식을 째려본다.

태화　혜진이 잠깐 방에 들어가 있어라.

혜진　(방어적으로) 싫은데요?

태화　(잠시 멈칫했다가 두식에게) 그럼 자네 저쪽에서 나 좀 보지.

혜진 (바로) 그것도 곤란해요!

두식 안 된다는데?

태화 (고요하게 울컥하는데) ...!

명신 남자친구가 혜진이 말을 참 잘 듣네.

두식 (과일 집어 먹으며) 여자 말 들어 나쁠 거 없으니까.

명신 (태화에게 핀잔주는) 세상 진리를 벌써 다 깨쳤으니 당신보다 낫네.

태화 가만히 좀 있어.

명신 (찌릿) 지금 나한테 명령한 거야?

태화 (움찔하는) 아니... 부탁한 거지.
(괜히 헛기침하고 두식에게) 자네 이름이 뭔가?

두식 홍두식... (하다가 혜진 눈치 보고) ...이요.

태화 나이는?

두식 서른다섯... 인데요?

태화 (계속 못마땅) 두 사람 만난 지는 얼마나 됐나?

두식 대략 세 달 정도?

태화 (충격으로 호흡곤란 오려고 하는) 고작 만난 지 세 달 만에 어떻게 그런...

명신 오버하지 말고 숨 쉬어, 숨.

태화 (심호흡을 한다) ...

명신 요즘 애들 우리랑 달라. 옛날 사람인 거 티 좀 내지 마.

태화 (겨우 참으며) 그럼 자네, 하는 일은 뭔가?

두식 딱히 정해져 있는 건 없고 이것저것 뭐 골고루 합니다.

태화 그 말은... 직업이 없단 뜻인가?

혜진 (당혹스럽고) !

두식 세상에 존재하는 모든 일들을 경험해보고 있는 중인데
그걸 굳이 직업으로 국한시키신다면, 예! 없네요.

태화 혜진이 너 지금 백수를 만난다는 거냐?

두식 (틀린 말은 아니지, 끄덕끄덕해 보이면)

혜진 그게... (에라 모르겠다 지르는) 아, 제가 잘 버는데 남자 직업 뭐 중요해요?
사람만 괜찮으면 됐지!

태화 (충격으로) 뭐?

두식 (얘가 왜 이래 하는 눈으로 보는데) !

명신 (재미있다는 듯) 어머, 어머머.

혜진 그리고 홍반장 아빠가 생각하는 그런 무능력한 사람 아네요.
이 얼굴에, 이 키에, 서울대까지 나왔다구요!

태화 (놀라는) 서울대?

혜진 네! 그것도 수석입학! (두식 보며) 화학과라 그랬지?

두식 기계공학...

혜진 아... 하여튼! 지금은 고향에서 리프레쉬refresh 중이라구요.

태화 (아주 약간 누그러져) 정말인가?

두식 (뭐라 대답해야 되나 잠깐 망설이는데)

혜진 (선수 치는) 당연하죠! 아빠 딸 그렇게 사람 보는 눈 없지 않아요.

명신 (쾌활하게) 그래! 어련히 알아서 잘 골랐을까.
(태화 보며) 우리 혜진이네 치과 구경 가요. 동네도 좀 둘러보고.

태화 뭐 그러던가.

혜진 그러면 홍반장은 이만 보내고 제가,

태화 (소심한 권위로) 자네가 안내하지.

두식 제가요?

태화 왜? 싫은가?

두식 (태연한 척) 아뇨 뭐. 그러죠.

태화, 일어나 명신과 나갈 채비하는 사이 혜진, 두식을 끌어당겨 속삭인다.

혜진 어떡하려고 그래? 이러고 나가면 사람들 이상하게 볼 텐데.

두식 (평정심으로) 침착해. 다 방법이 있으니까.

S#10. 보라슈퍼 안 (낮)

미선, 조미료 코너의 소금, 설탕, 후추, 고춧가루, 된장, 고추장, 간장 등
물건들을 쳐다보지도 않고 장바구니에 담으며 윤경에게 말을 건다.

미선　은철씨는 슈피에는 잘 안 와요?
윤경　도련님이요? 아니, 가끔 가게도 봐주고 하죠 왜. 오늘은 출근하셨지만.
미선　(혼잣말로) 더 자주 와야 되나...?
윤경　네?
미선　(카운터로 오며) 아니요, 계산해주세요.
윤경　(바코드 찍으며) 조미료를 종류별로 다 가져오셨네?
미선　(둘러대는) 아... 하필이면 얘들이 전부 한꺼번에 똑! 떨어져서.
그리고 보라슈퍼 물건이 워낙 좋잖아요.
윤경　(신나서) 그렇긴 하지. 다 합쳐서 58000원이에요.
미선　(너무 비싸고) 예? 아... 많이 사서 그런가... 많이 나왔네요...?

하며 카드 내미는데 그때 미선의 휴대폰 알림음이 울린다. 발신인, 두식이다. 메시지를 본 미선, 놀라서 참기름 병을 툭 치는데 들어오던 금철, 몸을 날려 받아낸다.

금철　아이, 조심하셔야지! 참기름 이거 깨지면 바닥 미끌미끌, 대가리 깨져요!
윤경　안 깨졌음 됐지, 어디 단골손님한테!
금철　(깨갱해서 참기름을 봉지에 담아주는) ...아니, 그냥 그렇다고.
미선　(그러거나 말거나 정신없이 메시지를 작성 중인)
윤경　(카드와 영수증 주며) 여기요.
미선　(쳐다보도 안 본 채) 네, 안녕히 계세요.

미선, 짐 들고 계속 메시지 치며 나가는데
잠시 후, 윤경과 금철의 휴대폰에 동시에 알림음 울린다.

미선(E)　친애하는 공진 주민 여러분께 안내 말씀드립니다.

S#11. 미선의 메시지 받는 사람들 몽타주 (낮)

공진 이곳저곳에서 미선의 메시지를 받는 사람들의 모습 보여진다.

미선(E) 현재 피치 못할 사정으로 인하여
홍두식 반장님이 윤혜진 원장님의 남자친구 역할을 대행하고 있습니다.
주민 여러분께서는 두 사람의 역할극에 적극 협조해주시길 바랍니다.
가장 크게 기여하신 한 분께는 윤치과 30% 할인권을 부상으로 드립니다.

- 화정, 횟집에서 이준 밥 차려주다 말고 메시지를 본다.
- 춘재, 커피 연습 중인데 주리, 힐끗 춘재의 휴대폰을 봤다가 "헐!" 한다.
- 남숙, 걸어가다 말고 메시지 확인하고 재밌어 죽겠단 얼굴이 된다.
- 금철과 윤경, "30%?" 하며 눈을 반짝인다.

S#12. 감리의 집, 마당 (낮)

준과 인우, 그늘막 아래 앉아 졸린지 눈을 끔뻑끔뻑하고 있다.

성현 니들 밥 먹고 앉아 있으니까 졸리지?
준 어마무시하게요.
성현 (웃으며) 카메라 딱 두 시간만 끌까?
인우 헐. 진짜요?
성현 어. 너무 땡볕이라 우리 스탭들 일사병 걸릴 것 같아 그래.
우리도 근무환경 개선 좀 해보자!
스태프들 (환호하는) 오오!
성현 대신 다들 딴짓하지 말고 숙소 들어가 쉬는 거야.
스태프들 예!
성현 다들 헤쳤다가 2시까지 모입시다!

스태프들, 부산스럽게 현장을 정리하고 하나둘씩 나가기 시작한다.

그때 감리, 맏이, 숙자가 찜통, 소쿠리 등을 이고 지고 들어온다.

감리　야야라, 니 그렇카믄 다 쏟아진다니.

성현　(쫓아가 받아 들며) 할머니! 뭘 이렇게 무겁게... 주세요!

준　안녕하세요? (하고 역시 받아 들며) 근데 이게 다 뭐예요?

감리　벨건 아이고, 우덜이 맹근 감재떡이오.

맏이　새벽부터 그 난리를 페놓고 벨게 아이긴! 지끔 허리잔뎅이가 끙케나가요.

숙자　(둘러보더니) 지금은 촬영 중 아닌가 봐?

성현　네. 잠깐 휴식시간이라... 감사합니다. 이따가 다 같이 나눠 먹을게요.

감리　먼처 맛이라도 좀 봐요.

성현　그럴까요? (하고 먹어보더니) 와, 이거 엄청 맛있는데요?
감자는 쫀득쫀득하고 이 안에 씹히는 게 콩이죠?

맏이　강낭콩이라니. 날이 더워서 밖에다 뒀다간 마카 쉴 거인데.

인우　제가 안에 들여놓을게요. (하며 들고 들어간다)

맏이　(따라가는) 냉장고에 넣으믄 딱딱해져서 아이 돼.

숙자　(같이 따라가며) 선풍기 앞에 놓으면 되는데.

성현　(떡 먹으며) 단짠단짠에 식감도 예술이고! 준이 너도 하나만 먹어봐.

감리　이 장제이 아즉도 다이어튼가 머인가 하나?

준　(어른 말씀에) 아, 아니요! 잘 먹겠습니다! (먹고) 맛있어요!

감리　(환하게 웃는) 마숩나?

S#13. 상가거리 및 보라슈퍼 앞 (낮)

태화와 명신, 주변을 두리번거리며 걷고 혜진과 두식, 뒤를 따라 걷는다.

명신　(태화에게) 동네가 아담하니 좋네. 그치?

태화　(괜히) 시골 동네가 다 똑같지 뭘.

명신　혜진아. 저 사람 왜 이렇게 재미없다니?

혜진　네?

명신 아니 뭐라도 반응이 있어야 말이 오갈 건데 매사 감흥도 없고
그저 뚱해가지고. 뭔 생각을 하는지 도통 알 수가 없어.

두식 (옆에서) 아, 그런 성격 힘든데. 잘 삐치시진 않고?

태화 (작게 울컥하는) 삐치긴 누가,

명신 (태화의 목소릴 덮어버리며) 아유, 하루 온종일 삐치는 게 일이에요.
계란후라이 노른자 터졌다고 삐져, 화장실에 휴지 떨어졌다고 삐져.

태화 (또다시 항변해보는데) 내가 언제!

두식 고생 많으시겠네. 그럼 이마에 참을 인자 많이 새기셨겠는데
어떻게 주름 하나 없으시지?

명신 (까르르) 어머, 남자친구가 말도 재미있게 하네. 혜진이 좋겠다.

혜진 (당황해서) 네? 아, 네에...

저 앞 슈퍼 근처에 사람들 모여 있는데, 다들 뭔가를 위해 대기하는 느낌이다.
목을 가다듬거나 허공에 대고 연기 연습하는 분위기!
혜진과 두식, 서로를 보는데... 그때 윤경, 금철이 자리에서 벌떡 일어나 외친다.

윤경 (국어책 읽는) 윤선생님이랑 홍반장님이시네?
우리 동네 최고의 커플 아니랄까 봐, 정말 선남선녀가 따로 없다.

금철 (윤경보다 심한) 그러게. 나의 친구 두식이는 오늘도 참으로 멋지구나.

이들의 심각한 발연기에 경악하는 혜진과 두식, 표정이 일그러진다...

혜진 (어금니 꽉 깨물고) 방법이 있다며...?

두식 (눈으로 욕하는) 어디서 저런 발연기를.

춘재 안녕하십니까. 윤선생님 부모님. 저는 가수 오윤이라고 합니다.
우리 홍반장과는 호형호제하는 사이고
윤선생님과는 음악적, 문화적으로다가 교류를 하고 있습니다.

태화 예? 아, 예에. 반갑습니다.

춘재 (주섬주섬 뭘 꺼내며) 제가 아버님 위해 미리 준비해둔 게 있는데
여기 이건 제 싸인 CD, 그리고 이건 제 브로마이드.

혜진 (혼잣말로) 저걸... 또...
춘재 (고 찡긋해 보이며) 비록 지금은 미약하나
간직하시면 대대손손 창대한 선물이 될 지도 모릅니다.
태화 (엉겁결에 받는) 아, 예에... 감사합니다.

그때 입이 근질근질한 남숙, 나서려 하면 화정, 남숙의 이마를 밀어젖히며 일어난다.

화정 (깍듯하게) 안녕하세요? 어머님, 아버님. 공진동 5통 통장입니다.
저희 공진에 치과가 없었는데 윤선생님 덕분에 큰 도움 받고 있어요.
혜진 건물주님이세요. 저희 집이랑 치과.
태화 (더 깍듯하게) 인사가 늦었습니다. 저희 혜진이 잘 부탁드립니다.
화정 아유, 제가 더 잘 부탁드려야죠.
홍반장 이따 부모님 모시고 점심 먹으러 와. 내가 잘해놓을게. 응?
남숙 (튀어나오며) 아니, 거기 말고 우리 공진반점으로,
화정 (남숙 발 콱 밟으며) 모시고 와?
남숙 (너무 아파 소리도 못 내고 얼어 있는) !
두식 예에, 그럴게.
혜진 (얼른 이 자리 피하려는) 아빠, 저희 저쪽으로 가요.

태화와 명신, 사람들 향해 다시 목례하고 혜진의 안내에 따라 자리를 뜬다. 화정, 발을 떼면 남숙, 침묵과 고통의 깨금발로 뛰어다니고 춘재, 〈달밤에 체조〉 부른다. 금철과 윤경, 30%를 외치며 서로의 입 안을 관찰한다. 이들을 배경으로,

태화 (갸웃) 어째 동네가 좀 이상한 것 같은데... 그리고... 왜 날 다 알아?

태화의 말에 움찔하는 혜진과 두식, 못 들은 척 더 빨리 걸어간다.

S#14. 감리의 집, 마당 및 대문 앞 (낮)

성현, 진지한 얼굴로 뭔가를 열심히 하고 있다.
지원, 다가가 보면 성현, 〈갯마을 베짱이〉 큐시트로 종이비행기를 접고 있다.

지원 (등짝 갈기며) 죽을래? 피고름으로 쓴 큐시트 갖고 뭐 하는 짓이야?
성현 (아프고) 아앗, 이게 비행기가 되면 잘 날아갈지 궁금했어.
지원 (또 때리는 시늉하며) 장난해? 쓸데없는 짓 할 거면 나가서 한 바퀴 걷고 와.
성현 아, 알았어. 손 진짜 매워. (하며 대문 밖으로 나가다가 그 앞을 기웃거리는 주리 발견하고) ...어? 준이 보러 왔어?
주리 (화들짝 놀라며) 아니요? 해커는 공과 사를 철저히 구분하거든요?
성현 그래서 DOS 안 보고 싶어?
주리 (혹하는) 오빠... 안에 있어요?
성현 아니. 쉬는 시간이라 잠깐 스탭 숙소 갔는데.
주리 (실망으로) 아... 일찍 와 있을걸. 그럼 오빠 나가는 거라도 봤을 텐데!

성현, 그런 주리가 귀여워 웃다가 저만치서 걸어오는 혜진 일행을 발견한다.

성현 어? 혜진이네? 홍반장은 왜 같이... (하고 다가가려는데)
주리 (막으며) 안 돼요!
성현 왜?
주리 지금 언니네 부모님 오셔서 삼촌이 일일 남친 대행 중이래요.
성현 (경악으로) 뭐? 말도 안 돼! 대체 왜?
주리 (심드렁) 제가 알아요?

순간 안에서 뜨거운 게 울컥 올라오는 성현, 혜진 향해 성큼성큼 걸어간다.

성현 혜진아!
혜진 (당황해서) 서, 선배. 촬영 중 아니었어요?
태화 ...선배?

성현 (깍듯하게) 안녕하십니까. 저는 혜진이 대학 선배 지성현이라고 합니다.

태화 (고개 숙여 인사 받으며) 아, 예에.

명신 이름이 어째 낯이 익은데... 어머, 유명하신 피디님 아니세요?

성현 (쑥스러운) 아, 알아봐주셔서 감사합니다.

두식 (살짝 못마땅해지려고 하는데)

태화 (슬쩍 묻는) 당신 알아?

명신 응. 내가 엄청 재미있게 본 프로들, 다 이분이 만드셨어.

태화 아, 만나서 반가워요. (하며 악수를 청한다)

성현 (손 맞잡으며) 만나 뵙게 돼서 영광입니다, 아버님.

태화 아버님? 허허... 듣기 좋으네.

두식 (괜히 심술) 뭘 이렇게 악수씩이나. 지피디 안 바빠? 촬영 안 하나?

태화 (안을 슬쩍 들여다보며) 촬영?

성현 아버님, 저희 지금 휴식 중인데 잠깐 들어오시겠어요?
제가 현장 구경시켜 드릴게요.

혜진 (당황해서) 네? 아니, 선배 안 그래도 되는데...

태화 정말 그래도 돼요? 실례 아닌가?

성현 절대 아닙니다. 들어오세요.

태화, 명신 서로 마주 보고 고개를 끄덕이더니 성현을 따라 들어간다.
지원, 혜진 일행을 보고 엉겁결에 인사하지만 갑작스런 상황이 신경 쓰이는 눈치다. 혜진 역시 이 상황이 난감해 성현을 불러 세운다.

혜진 저기 선배. 그니까 지금 이 상황이 어떻게 된 거냐면요.

성현 알아. 나도 들었어.

혜진 (당황해서) 네?

성현 (다정한 미소로) 걱정하지 마. 너 곤란하게 안 해.

S#15. 감리의 집, 방 안 (낮)

태화와 명신, 두리번거리며 구경하느라 여념이 없다.
혜진, 햇빛이 비치는 바깥쪽에 앉아 있는데 치마라 좀 불편해 보인다.

태화 아유, 방 안에 카메라가 이게 몇 대야?
명신 TV 보니깐 사람 움직일 때마다 막 돌아가던데. 우리도 찍히는 건 아니겠지?
성현 (들어오며) 지금은 꺼뒀어요. 아이스커피 괜찮으세요?
태화 아유, 그럼요. 좋죠.
두식 (구시렁거리는) 빈속에 커피, 거 뭐가 좋다고.
성현 (멈칫) 아, 다시 차로 바꿔 올까요?
태화 아니에요, 잘 마실게요. 괜한 얘길 해서... (하며 두식을 살짝 째려본다)
성현 (혜진이 햇빛 쪽에 앉은 걸 보고) 햇빛이 세다. 안쪽으로 들어가.
혜진 네? 괜찮은데. (하며 안에 들어가 앉는다)
태화 (혜진을 배려하는 성현의 모습 흐뭇하고)
두식 (커피 호로록 마시며) 냅둬 좀. 빛 좀 쐬게. 맨날 실내에서 시들시들
일하는 거 광합성이라도 해야 비타민D를 섭취하지!
태화 (두식의 말에 크흠, 다시 못마땅해지는데)
혜진 영양제로 다 보충하고 있거든?
두식 자연에서 얻을 수 있는 걸 왜 인위적으로 해? 간도 힘들어!
혜진 (어금니 꽉 깨물고) 내가 알아서 해...
성현 (혜진의 치마 보고 담요 건네는) 이거 덮고.
혜진 (미소로) 고마워요, 선배.
태화 (성현의 행동이 마음에 드는)
성현 (다정하게 간식 권하는) 어머님, 아버님. 이거 제가 서울에서 사온 건데
한번 드셔보세요. 달지도 않고 비건 베이킹이라 부담도 덜해요.
태화 비건이면 고기 안 먹는 사람들 아닌가? 빵에 무슨 고기가 들어가.
성현 (뭐라고 말해야 할지 망설이는) 아, 그게...
두식 (악의 없이) 에이, 아부지 그게 그 뜻이 아니고 채식주의에 단계가 있거든?
채식을 지향하되 고기는 유동적으로 섭취하는 플렉시테리언,
생선은 먹고 고기는 안 먹는 페스카테리언,
그중에서도 비건은 우유, 달걀까지 다 안 먹는 적극적인 채식주의자.

그니까 이 빵엔 우유랑 달걀이 안 들어갔다구.

두식, 자세히 가르쳐줬지만 정작 태화는 민망해 얼굴이 벌겋게 달아오른다. 두식, 태연하게 빵을 집어 먹고 혜진, 두식을 째려보는데 성현, 급히 분위기를 수습한다.

성현 (태화, 명신에게 빵을 건네며) 담백하고 먹을 만해요. 드셔보세요.
태화 (끄응 하고 있는데)
명신 (대신) 고마워요.
혜진 아빠. 우리 이것만 먹고 빨리 일어나요.
태화 그래야지. 한창 바쁠 텐데.
성현 괜찮아요, 아버님. 혜진이 지금 저한테 폐 끼칠까 봐 그러는 거예요.
대학 때부터 그랬어요. 아, 저희가 교양수업에서 처음 만났거든요?
태화 (혜진의 대학 때 얘기 반갑고) 예에.
성현 조별발표 준비를 어찌나 야무지게 하던지. 거기다 발표까지 맡아서 다들 찍소리도 못 하게 찍어 누르는데. 아버님. 혜진이 말싸움 잘하는 거 아세요?
두식 (추임새 넣듯) 완전 쌈닭이지.
혜진 (두식 째려보고) 선배는 내가 또 언제 그랬다고.
태화 (은근슬쩍) 말 좀 해줘봐요. 혜진이 어땠나.

성현, "혜진이 어땠냐면요..." 하며 말 이어가고 분위기 화기애애한데 두식, 빵 씹으며 아무렇지 않게 허허 웃지만... 꿔다놓은 보릿자루처럼 뻘쭘해진다.

S#16. 감리의 집 외경 (낮)

화기애애한 웃음소리 울려 퍼진다.

S#17. 감리의 집, 방 안 (낮)

시간이 얼마나 흘렀을까. 어느새 접시엔 빵 하나만 남았다.
태화, 그 빵이 먹고 싶은지 계속해서 시선을 둔다.

성현 다음번에는 방송국으로 놀러 오세요. 제가 구경시켜드릴게요.
명신 (화색으로) 진짜 그래도 돼요?
태화 아이, 미안하게 뭘 또... (하며 남은 빵을 힐끗 쳐다본다)
성현 원하시면 〈개그빅리그〉 방청 티켓도 구해놓을 수 있는데.
명신 정말요? 내가 진짜 좋아하는 프론데.

태화, 그 와중에 빵이 먹고 싶은지 접시를 또 힐끗 보는데 두식, 그 빵을 넙죽 집는다.

두식 (우물우물 먹으며) 참 이상해. 꼭 마지막 남은 건 아무도 안 먹더라.
태화 (순간 울컥해서 보는데) !
명신 (커피 마시다 움찔하며 커피를 옷에 흘리는) 어머나, 이를 어째.
성현 계세요. 제가 얼른 휴지 가져올게요.
혜진 아니에요. 저 물티슈 있어요.

혜진, 가방의 내용물들 꺼내다가 물티슈와 함께 차키에 달린 라마인형 딸려 나온다. 라마인형을 보는 성현과 두식의 표정이 서로 다르고!
명신, 혜진이 준 물티슈로 옷을 닦는데 마침 성현을 부르기 위해 온 도하도 라마인형을 본다.

도하 저, 감독님. 이제 촬영 준비하셔야 되는데...

S#18. 감리의 집, 대문 앞 공터 (낮)

혜진, 두식, 태화, 명신 서둘러 나오면 따라 나오는 성현, 괜히 송구스럽다.

성현	안 바쁠 때 봤으면 더 좋았을 텐데. 급히 나가시게 해서 죄송해요.
태화	아니요. 충분히 구경 잘했어요.
명신	친구들 단체 톡방에 이 프로 꼭 보라고 얘기할게요.
성현	(깍듯하게) 감사합니다! 그럼 조심히 들어가시고, 제가 다음에 꼭 정식으로 다시 인사드리겠습니다!
혜진	선배. 연락할게요.

태화, 명신, 혜진 먼저 자리를 뜨면 두식, 따라가려는데 성현, 그런 두식을 불러 세운다.

성현	(말에 뼈가 있는) 어른들 잘 부탁해. 오늘 하루 알바겠지만.
두식	응, 오늘만큼은 내 역할에 충실할 예정이야. 치.과.남.자.친.구.대.행. (성현 어깨 잠깐 짚었다가 간다)
성현	(약 오르는) 아우, 저어... 사람 그렇게 안 봤는데 진짜!

성현, 분을 삭이며 돌아서는데 지원과 도하, 살벌하게 팔짱 끼고 서 있다.

도하	나도 선배 그렇게 안 봤는데... 가방에 시청률 부적이 어디 갔나 했더니 저분이 갖고 계시네요?
지원	지피니. 나 30년 대출로 십 샀다. (휴대폰 배경의 고양이늘 보여주며) 우리 주인님들도 부지런히 먹여 살려야 되고. 잘하자... 응?
성현	(무섭고... 고개를 끄덕인다)

S#19. 버스정류장 (낮)

미선, 짐을 바리바리 들고 앉아 있는데 경찰차가 와서 선다.

은철 (운전석에서 차창 내리고) 표선생님 여기서 뭐 하십니까?

미선 (반갑게) 최순경님! 아... 시간 때우고 있어요.
어째 아직 집에 들어가면 안 될 것 같아서.

은철 (영문 모르고) 네? 그게 무슨 말씀...?

미선 별거 아니에요. 출근하셨다더니 어디 가세요?

은철 네. 전 관내 순찰하고 독거 노인분들께 도시락 배달하러 갑니다.

미선 (손 번쩍 들며) 어? 그럼 제가 도와드릴게요. 자원봉사 지원이요!

은철 예? 안 그러셔도 되는데.

미선 (비닐봉지 챙겨 일어나며) 어차피 할 일도 없는데요 뭘. 잘됐다.
저 타도 되죠? (하며 보조석 문 여는데 도시락이 한가득) ...이게 다...?

은철 도시락입니다.

미선 (좋다 말았다) 네에...

S#20. 경찰차 안 (낮)

은철, 운전하고 미선, 사모님처럼 뒷좌석에 앉아 있다.

미선 (들떠서) 살면서 경찰차 처음 타봐요. 근데 의자 시트가 뭔가 신기하네요?

은철 에나멜로 방수 코팅한 겁니다.
차의 특성상, 주취자분들이 구토를 하거나 대소변을 보는 일들이 있어서요.

미선 (경악으로) 뭐, 뭘 봐요?

은철 걱정 마세요! 어제 불미스런 일이 있었지만, 제가 깨끗이 청소했습니다.

미선 아... 그러셨구나... (하며 엉덩이 들어 스쿼트 자세 취한다)

은철 (불법 유턴하는 차량 발견하고) 잠시 실례 좀 하겠습니다.

은철, 경광등을 켜고 차를 출발시키면 반동으로 미선, 의자에 주저앉는다.
그러나 미선, 찝찝함을 느낄 새도 없이 은철의 멋짐에 또 다시 반한다.

S#21. 도로 위 및 경찰차 안 (낮)

은철의 경찰차, 사이렌 울리며 불법유턴차량을 쫓아간다.

은철　8736! 8736 차량! 불법 유턴하셨습니다. 조속히 갓길에 정차하십시오.

결국 차량이 갓길에 차를 대면 은철, 역시 그 뒤에 차를 주차한다.

은철　(미선에게) 잠깐 계세요.
미선　(황홀한) 네? 네에...

은철, 밖에 나가 불법유턴차량 운전자의 면허증을 확인하고 딱지를 끊는다.

미선　(그 모습 보며) 아, 어떡해. 일하는 거 보니까 더 멋있어...!

cut to.
업무를 마친 은철, 차에 다시 올라탄다.

은철　(뒷좌석 돌아보며) 기다리시게 해서 죄송합니다.
미선　아까 그 차 딱지 끊으신 거예요?
은철　네. 중앙선 침범이라 벌점 30점에 벌금 6만 원이었습니다.
미선　은철씨도 벌받아야 되는데.
은철　(영문 모르고) 네?
미선　(회심의 고백을 날리는) 은철씨도 침범했거든요, 제 마음.
벌금은 그때 그 통닭으로 퉁 쳐줄 테니까, 우리 사귀어요!
은철　...너무 성급하신 발언 같습니다.
미선　(당황해서) 네?
은철　저에 대해 아직 잘 모르시지 않습니까.
미선　(순간 말문이 막히고) !
은철　요즘 쉽게 좋아하고 가볍게 만나고 연애도 인스턴트 같은 시대란 거 압니다.

근데 전 촌스러워서 그게 잘 안 돼요. 부디 이해해주셨으면 좋겠습니다.

미선 (넋 나간) 아... 네... 저 죄송한데 제가 급한 일이 생각나서...
제가 도시락 배달은 다음에 꼭 도와드릴게요.

쪽팔려 죽겠는 미선, 급히 짐 챙겨 차에서 내리려는데 문 여는 장치가 없다!
그러면 은철, 차에서 내려 밖에서 뒷좌석 문 열어주며 말한다.

은철 ...경찰차 뒷좌석은 안에서 문이 안 열립니다.

미선, 차에서 허둥지둥 내려 도망치고 은철, 미선의 뒷모습을 가만히 본다.

S#22. 윤치과, 로비 (낮)

명신, 병원을 둘러보는데 태화, 성현이 마음에 드는지 혜진에게 슬쩍 묻는다.

태화 혜진아. 저 지성현 피디는 여자친구가 있냐?
혜진 아니...요? 없을걸요.
태화 그래? 사람이 참 괜찮던데... (하며 두식을 못마땅하게 본다)
명신 병원이 아늑하네. 너무 넓지도 않고 그렇다고 답답하지도 않고.
두식 (넙죽) 그치? 장소 섭외부터 인테리어까지 다 내가 했어!
태화 (혼자 구시렁) 생색은...
두식 예? 방금 뭐라 그러셨어?
태화 (말 돌리는) 혜진이 화분 죽이지 말고 잘 키워라.
명신 아유, 당신이나 잘해! 난蘭을 벌써 몇 개를 죽였으면서.
두식 무슨 난을 키우셨길래?
태화 (심드렁하게) 있네, 철골소심이라고.
두식 철골소심이면 춘란이네. 꽃대 올리려면
겨울철 동면관리를 잘했어야 되는데. 온도는 어떻게 유지하셨어?
태화 (약간 노여운) 사람을 뭘로 보고. 당연히 거실로 들여놨지.

두식 에이, 그럼 온도가 너무 높아지지. 춘란은 보통 영상 5도에서 15도 사이에서 60일 정도는 휴면을 해줘야 꽃이 피거든.

태화 (놀라서) 그래? 아니, 난 얼어 죽을까 봐... 근데 자네 난에 대해 어떻게 아나?

두식 아, 군대 있을 때 식물병이었어요.

혜진 (금시초문인) 식물병? 그런 것도 있어?

두식 응. 계룡대에서 행사 때 쓰는 나무도 키우고 꽃도 피우고.

태화 (뒤에서 우물쭈물) 저기... 내가 제주한란도 하나 있는데...

S#23. 화정횟집, 1층 (낮)

두식과 태화, 식물 얘기하며 들어서고 혜진과 명신, 뒤를 따라 들어온다.

두식 그게 한란은 원래 좀 그늘진 숲에서 자생하거든. 그래서 춘란보다 온도는 높게, 물이랑 비료는 많게, 햇빛은 적게 주셔야 돼.

태화 (깨달음으로) 아아...

화정 (안에서 나오며) 오셨어요? 이층으로 올라가는 게 낫겠지?

두식 응. 전망이 그게 좋지.

하는데 그때 태화, 홀린 듯이 저편으로 걸어간다.
홀 한 편의 테이블 위 바둑판, 이준과 어촌계장, 바둑 두고 있다.

두식 (혜진에게) 아부지 바둑 좋아하셔?

혜진 (잘 모르는) 글쎄...?

명신 엄청 좋아해요. 집에서도 맨 기보만 들여다보고 있어요.

두식, 끄덕이며 다가가면 이준과 어촌계장, 바둑 끝내고 집을 계산 중이다.

어촌계장 홍반장!

두식 누가 이기셨어?

이준　제가 두 집 반 승 이겼어요. (하고는 어촌계장에게) 죄송합니다.

두식　죄송하긴 뭘 죄송해.
(어촌계장에게) 뭐 하셔? 얼른 데려가서 짜장면 사줘야지.

어촌계장　(일어나며) 안 그래도 간다, 가!

두식　(넉살로) 탕수육도 시켜주고!

어촌계장과 이준, 일어나서 가면 태화, 바둑판을 뚫어져라 본다.

두식　(태화를 보더니) 나랑 한 판 두실텨?

태화　(좋으면서 괜히) ...뭐 둘 줄이나 알아?

두식　그야 둬보시면 알지.

태화　그럼 한 번 해보던가.

혜진　진짜 여기서 바둑을 두시게요?

cut to.
두식과 태화, 두 사람만 남아 진지하게 바둑을 두고 있다.
말 한 마디도 없이 바둑판만 뚫어져라 보는 두 사람. 전쟁이다!

S#24. 화정횟집, 2층 (낮)

한편, 혜진과 명신도 어색하게 마주 보고 있다. 둘이 있으려니 할 말이 없다.
명신, 목이 타는지 물만 마시는데 마실 때마다 따가움에 움찔움찔한다.
혜진, 명신의 모습을 이상하게 보는데 화정이 다가와 메뉴판을 준다.

혜진　주문은 바둑 끝나고 할게요.

화정　그래요. 이럴 줄 알았음 횟집 말고 기원을 할걸 그랬어.

혜진　(웃으면) 이준이는 어쩜 바둑도 잘 둬요?

화정　난도 쳐. 조선시대에 태어났으면 정승판서는 해먹었을 건데.

혜진　지금도 크게 되겠던데요 뭘.

화정 윤선생님이 크게 됐지. 이런 딸 두셔서 얼마나 자랑스러우세요?

명신 (그런 말 듣기 민망한) 네? 아, 네에...

화정 (칭찬으로) 근데 어머니가 되게 젊으시다.

화정, 그 말을 하고 일층으로 내려가면 혜진과 명신, 급격히 어색해진다.
명신, 물을 또 따라 마시는데 입 안이 따가운지 결국 "아..." 소리를 낸다.

혜진 어디 안 좋으세요?

명신 아니, 괜찮아. 별거 아냐.

혜진 아까부터 물 계속 드시던데, 갈증이 심하세요?

명신 그게... 실은 그게 병원엘 갔었는데 구강작열증후군이래.

혜진 아... 혹시 열감이 심하세요? 입 안은 화끈화끈하지 않으시구요?

명신 으응, 좀. 이러다 말겠지.

혜진 (가방에서 목캔디류의 사탕 꺼내 내밀며) 이거 드세요.

명신 응? 아아, 고마워. (하고 받는다)

혜진 구강작열증후군은 침이 안 마르게 관리를 잘해줘야 돼요.
껌이나 사탕... 물도 자주 드시구요. 아, 근데 찬물은 안 되고.
잠시만요. 제가 따뜻한 물 좀 가져올게요.

명신 아니, 안 그래도 되는데...

혜진, 벌써 정수기로 향하면 명신, 손에 사탕 쥔 채 그런 혜진을 고맙게 본다.

S#25. 화정횟집, 1층 (낮)

바둑을 두던 중 두식, 회심의 한 수를 두고! 태화, 움찔한다.

두식 이제와 드리는 말씀인데, 난 짜장면을 돈 내고 먹어본 적이 없어.

태화 (당했다 하는 눈으로 보면)

두식 나를 키운 건 팔 할이 내기바둑이란 말씀.

태화　　...한 수만 좀 물러주게.
두식　　에이, 내가 그렇게 물러 보이셔?
태화　　노안이 와서 잘못 봤어. 자넨 장유유서長幼有序도 모르나?
두식　　승부에 나이를 거론하는 건 반칙이지!
태화　　(삐친) 됐어. 그만두게!
두식　　(놀리는) 아부지 삐치셨어?
태화　　(버럭) 삐치긴 누가 삐쳐! 그리고 내가 왜 자네 아버진가?
두식　　(넉살로) 아부지를 아부지라고 부르지 그럼 뭐라고 부르지?
태화　　(순간 말문이 막히는데) !
두식　　(웃으며) 알았어. 물러드릴게. 대신 딱 한 번만이야?
태화　　(짐짓 화난 척) 됐다니까.
두식　　(능청스럽게 바둑돌 빼며) 자자, 물렀다 물렀어! 다시 아부지 차례야.

태화, 못 이기는 척 다시 바둑판을 들여다보면 두식, 그런 태화가 귀엽다는 듯 슬며시 웃는다.

S#26. 초희의 집, 대문 앞 (낮)

영국, 과일바구니 들고 집 앞을 기웃거리는데 마침 초희가 뒤에서 걸어온다.

초희　　오빠?
영국　　초희야! 아니, 내가 너 괜찮은가 걱정이 돼서 병문안을 왔는데...
　　　　(과일바구니 내밀며) 저기 이거 받어. 비타민C가 건강에 좋대.
초희　　(받으며) 이런 거 안 사 오셔도 되는데.
　　　　집은 좀 그렇고... 오빠 우리 밖에서 얘기 좀 할래요?
영국　　(화색이 돌며) 우리 둘이? 좋지!

S#27. 라이브카페 안 (낮)

춘재, 기타를 뚱땅거리고 남숙, 마른 노가리를 뜯고 있다.

남숙	아우, 심심해 뒤져버리겠네.
춘재	입이 심심하대서 노가리까지 구워다 줬는데 왜.
남숙	노가린 뜯는 게 아니라 까야 맛이지. 뭐 재밌는 일 좀 없나?

남숙의 말이 끝나자마자 문이 열리고 영국과 초희 함께 들어온다.

춘재	어? 장동장이랑 유선생님이네.
남숙	어머야라... 새 안주감이 넝쿨째 굴러 들어왔네. (하며 휴대폰 집어 든다)

S#28. 화정횟집, 1층 (낮)

화정, 진동이 와서 휴대폰 열어보면 라이브카페에서 찍힌 초희와 영국 사진이다. 화정의 표정 굳는데 그때 두식과 태화가 화정을 향해 걸어온다.
화정, 아무 일도 없었다는 듯 쾌활하게 묻는다.

화정	바둑은 끝났어? 누가 이겼... (하다가 죽상을 하고 있는 태화를 보고) ...어떻게 식사 준비할까?
두식	응. 넷이 풍족하게 먹을 수 있게 누나가 알아서 해줘.
화정	그래. 오늘 상다리 한 번 제대로 뿐질러보자.
두식	아부지 뭐 따로 드시고 싶으신 거 있어?
태화	(입 댓 발 나온 채 대답 안 하면)
두식	에이, 돌은 아부지가 던져놓고 계속 그렇게 삐쳐 계실 거야?
태화	(꽁해서 아무 말도 없이 2층으로 간다)
두식	(따라가는) 아부지, 같이 가...

화정, 두 사람 보며 피식 웃는데 득달같이 걸려오는 남숙의 전화! 수신 거부

한다.

S#29. 라이브카페 안 (낮)

"고객께서 전화를 받을 수 없어" 흘러나오면 남숙, 구시렁거린다.

남숙 화정이 이 기집애는 왜 전화를 씹어?
아이, 너무 멀어서 뭐라 그러는지 안 들리네.

남숙의 눈길이 꽂혀 있는 구석자리에 영국과 초희, 마주 앉아 있다.

영국 (목청 가다듬고) 초희야. 내가 할 말이 있는데... 잘 들어봐.
내가 그다지 사랑하던 그대여.
초희 (놀라서 보면) ?
영국 (숙연한 가운데 계속 읊는) 내 한평생에 차마 그대를 잊을 수 없소이다.
내 차례에 못 올 사랑인 줄은 알면서도 나 혼자는 꾸준히 생각하리다.
자, 그러면 내내 어여쁘소서.
초희 (조용히) 이상이 쓴 시詩네요.
영국 (감동) 역시... 초희 넌 나랑 대화가 통하는구나. 마치 소울메이트처럼.
내가 이 시를 외운 이유는 내가 아직 너를 좋아,
초희 (말 자르며) 오빠.
영국 (당혹스러운) 어? 아직 내 말 안 끝났는데.
초희 처음 만났을 때부터 오빠는 저한테 참 잘해주셨죠. 늘 고맙게 생각해요.
근데 전 오빠를 이성으로 생각해본 적은 없어요.
영국 (충격으로) !
초희 앞으로도 계속 좋은 오빠 동생 사이로 지냈으면 좋겠어요.
영국 ...화정이 때문이야?
초희 (당황해서) 네?
영국 날 거절하는 것도 그렇게 선 긋는 것도... 화정이 때문 맞지?

초희 (잠시 멈칫) 그런 거 아녜요. 언니랑 상관없어요. 저... 먼저 일어나볼게요.

초희, 나가버리면 홀로 남은 영국, 망연자실한 채 앉아 있다.

화정(E) 맛있게들 드세요.

S#30. 화정횟집, 2층 (낮)

혜진, 두식, 태화, 명신 앞에 진수성찬이 차려져 있다.

두식 공진바닥 해산물이 여기 다 올라와 있네. 아부지, 이거 한번 드셔봐. 멍게는 원래 뒷맛이 기가 막혀.

태화 (삐친) 됐네.

명신 당신 지금 바둑 졌다고 이래? 하여간 쓸데없는 승부욕!

두식 어? 그거 치과도 있는데. 거기다 한 술 더 떠 정체 모를 똥고집까지. (혜진 보며) 아부지 닮았구만?

혜진 (괜히) 내가 뭘?

명신 당연히 닮았겠죠. 부녀지간인데.

혜진 (그 말에 태화와 눈 마주치면 괜히 멋쩍은데) ...

두식 아까부터 느꼈지만 둘이 참 안 친해.

태화 (당황하고) !

혜진 (역시 당황해서) 가족끼리 친하고 말고가 어디 있어.

두식 왜 없어? 가족은 뭐 인간관계 아니냐? 안 되겠네. 조만간 친해지길 바래 한 번 찍던가 해야지.

혜진 쓸데없는 소리 좀 하지 마.

두식 (어깨 으쓱) 어색 뻘쭘 민망할 땐 먹는 게 최고지. (젓가락으로 멍게 집어 내밀며) 아부지, 이것 좀 드셔봐.

태화 미끄덩한 건 질색이네.

혜진 아빠 해산물 잘 못 드셔.

두식 아이고. 우리 아부지 회도 초장 맛으로 잡숫지?
나 믿고 드셔봐. 내가 오늘 해산물의 정수를 보여드릴 테니깐!

태화 내가 자넬 왜 믿어야 되나?

두식 그야... 바둑돌을 같이 나눈 사이잖아.

태화 (보면)

두식 옛날에 할아부지가... 득호우得好友라, 바둑을 통해 좋은 벗을 얻는다.
바둑판 앞에 마주 앉은 사이는 이미 좋은 친구라 그랬어.

혜진, 눈 동그래져서 쳐다보고 태화, 두식의 말에 눈만 끔뻑거린다.

명신 (재미있다는 듯) 뭐야? 그럼 두 사람 벌써 친구 먹은 거야?

태화 친구는 무슨... (하며 싫지 않은 듯 말끝을 흐리는데)

두식 (젓가락으로 멍게 집어) 얼른 아 하셔! 자, 아아!

태화 (엉겁결에 받아먹는) 아...

두식 꼭꼭 씹으셔. 그럼 짭짤하다가 뒤에 상큼한 게 딱 온다니까?

태화 (인상 찌푸리지만 씹을수록 괜찮은) ...

두식 어때? 맛이 싱싱하지?

태화 뭐... 나쁘진 않네.

두식 오오, 멍게 정복! 다음은 개불이야, 아부지!

태화 (질색하며) 에잇, 그걸 징그럽게 어떻게 먹어!

두식, "이게 이렇게 생겼어도 식감이 기가 맥혀!" 권유하고 태화, 싫다고 버럭하고 명신, "해삼은 어때?" 하며 장난을 치면...
혜진, 그 모습에 마음이 몽글몽글해진다.

혜진(N) 이상하다. 분명 오늘 처음 만났는데... 여기 지금 홍반장이 있는 풍경은
왜 이다지도 자연스러운 걸까? 왜 저 남자는... 어색한 공기마저 희석시키고
주변을 이토록 따뜻하게 만드는 걸까.

S#31. 화정횟집 외경 (낮)

S#32. 화정횟집, 2층 (낮)

식사를 마친 테이블, 접시들이 깨끗하다.

명신 밥을 두 공기나 드시고. 평소엔 입도 짧은 양반이 웬일이래?
태화 가족이 다 같이 모여 먹어서 그래. 한 밥상에 앉아야 진짜 식구食口잖아.
혜진 (그 말에 저도 모르게 피식 웃는데)
태화 (두식에게) 자넨 여기가 고향 같던데, 부모님도 함께 계신가?
두식 (태연하게) 아... 아뇨. 두 분 다 어릴 때 돌아가셨어.
태화 (잠시 멈칫) 그래? 그럼... 다른 가족은?
혜진 (당황해서) 아빠 뭘 그런 걸 묻고 그러세요.
두식 괜찮아. 할아버지가 계셨는데 중학교 때 돌아가셨고 지금은 저 혼자.
태화 (표정이 눈에 띄게 굳는다) !
명신 어머나... 외로웠겠네.
두식 동네에서 워낙 다들 잘 챙겨주셔서 괜찮았어요.
혜진 (두식을 살피고) 우리 자리 옮기면 어때요? 카페 가요, 카페.
명신 그럴까? (하며 짐 챙기려는데)
태화 (낮은 목소리로) 됐다...
명신 왜? 차 한잔 마시고 가지.
태화 (가라앉은) 차 막히기 전에 출발해야지.
두식 하긴. 주말 오후라 막히겠다.
그럼 내가 얼른 가서 커피를 테이크아웃 해올 테니까 차에서 드시면서,
태화 (단호히) 됐네! 그럴 필요 없어.
두식 (멈칫하고) ...
혜진 (당혹스러운) 아빠?

자신으로 인해 분위기가 냉각됐음을 느낀 두식, 일어나며 쾌활하게 말한다.

두식 저기 나 잠깐 화장실 좀 다녀올게. (하고 일층으로 내려간다)

혜진 (두식 안 보이면) 아빠, 갑자기 왜 이러세요?

태화 너... 저 녀석이 천애 고아라는 거 알고 있었냐?

혜진 고아라니, 무슨 말이 그래요? 저 사람도 부모님이 계셨어요.
일찍 돌아가셨을 뿐이지. 그게 무슨 잘못이라도 된다는 듯 왜 그러세요?

태화 잘못이다.

혜진 (귀를 의심하는) 네?

태화 개인적으론 안 된 일이다만, 널 만나는 데는 큰 잘못이야.

혜진 (큰 목소리로) 아빠!

태화 딸이 혈혈단신 고아를 만난다는데 두 팔 벌려 환영할 부모는 세상에 없어!

명신 (만류하는) 여보...

태화 더 정들기 전에 헤어져라. 어차피 만난 기간도 짧고
난 저렇게 결함 있는 친구, 식구로 들이고 싶지 않다.

두식 (2층으로 올라오다가 그 얘길 듣고 멈칫하는) ...

혜진 ...아빠 기준대로라면 저도 결함 있는 인간이네요.

태화 (충격으로) 뭐?

혜진 저도 여덟 살 때 엄마 돌아가셨잖아요! 거기다 새어머니까지 있는 재혼가정!

태화 (소리치는) 윤혜진!

혜진 저도 하자 있어요! 근데 왜 비겁하게 홍반장한테만 그러세요?

명신의 얼굴 굳고, 노여움으로 보던 태화, 벌떡 일어나 밖으로 나가버린다.
혜진, 굳은 얼굴로 앉아 있는데 두식, 망설이다가 태화를 따라 나간다.

S#33. 화정횟집 근처 일각 (낮)

태화, 담배에 불을 붙이려는데 바닷바람에 라이터가 꺼진다.
몇 번 더 시도해봐도 계속 불이 꺼지면 에잇... 하는데 두식의 소리 들려온다.

두식　담배도 태우시네. 뭐 몸에 안 좋은 걸 다 해!

태화　혜진이도 안 하는 잔소릴... (담뱃갑 다시 주머니에 넣고는) ...미안하네.

두식　(보면)

태화　자네가 듣든 안 듣든, 그런 말은 하지 말았어야 되는데.

두식　(피식 웃고) 이것도 아부지 닮았네. 치과가 보기보다 반성이 빠르거든요.

태화　(쓸쓸하게 웃고) 변명 같겠지만... 혜진이도 자네만큼 외롭게 컸어.

두식　(보면)

태화　집사람 가고 내가 한동안 술만 퍼마셨거든.

S#34. 과거. 혜진의 옛집, 방 안 (아침)

방바닥에 술병들 굴러다니고 젊은 태화, 구석에 모로 누워 잠들어 있다. 혜진(8세), 혼자 가정통신문 보며 야무지게 책가방을 싼다.

태화(E)　애비라고 그냥 있기만 했지, 그 어린애 책가방 한 번을 안 싸줬네. 그랬더니 녀석이 너무 일찍 커버리더라고.

책가방을 멘 혜진, 고사리손으로 이불을 끌어다가 태화 위에 덮어준다. 그러고는 현관으로 가 배웅하는 이도 없는 집을 향해 외친다.

어린 혜진　학교 다녀오겠습니다.

S#35. 화정횟집 근처 일각 (낮)

태화, 옛날 생각에 쓸쓸해진 얼굴로 말하면 두식, 묵묵히 들어준다.

태화　그게 항상 맘에 걸렸어.

두식　(물끄러미 보는데)

태화 자네가 싫어서도 아니고, 내가 못해준 거 남한테 미루는 것도 아는데...
그래도 난 혜진이가 복닥복닥한 집에 시집가 사람들 속에 살길 바라네.
어릴 때 못 받은 사랑도 실컷 받고.

두식 아부지 완전 틀리게 생각하고 계시네. 혜진이... 충분히 사랑받았어요.

태화 (보면)

두식 그렇지 않고서야 이렇게 사랑이 충만한 사람으로 컸을 리 없잖아요.

S#36. 화정횟집, 2층 (낮)

둘만 남은 식탁. 혜진, 무거운 표정으로 명신에게 사과한다.

혜진 ...좀 전에 한 말은 죄송해요. 어머니께 실례되는 말을 했어요.

명신 괜찮아. 네 아버지가 먼저 잘못했는데 뭘. 근데 혜진아. 부모 맘이 원래 그래.

혜진 (보면)

명신 아버지가 했던 말 솔직히 치사빤스였거든?
근데 자식 일엔 그게 공평하게가 잘 안 돼. 남의 흠은 집채만 하게 보이는데
내 새끼 흠은 티끌 같아서 그냥 모르는 척 후- 불어 없애주고 싶어.

혜진 (듣고만 있는데)

명신 그래도 내가 뒤지게 혼내줄 테니까... 아빠 미워하지 마.
온통 널 향한 사람인데 그럼 너무 불쌍하잖아.

혜진 아빠...가요?

명신 치과에 그 화분. 그거 고른다고 꽃집을 열 군데도 더 갔어.

S#37. 과거. 태화 몽타주

- 꽃집 (낮)
태화, 혜진에게 보낼 개업 화분을 성심성의껏 고르고 있다.

태화 의미 있고 귀한 놈이었으면 좋겠는데.
일도 잘되고, 사람도 건강하고, 행운도 불러오는 그런 거.

태화, 말하면서 휴대폰 패턴 풀면 액정에 혜진의 어린 시절 사진 나타난다.

명신(E) 핸드폰 배경화면은 네 어릴 적 사진이고.

- 태화의 집, 거실 (밤)
태화, 바둑 두는데 라디오에서 때마침 일기예보 흘러나온다.
강원도 지역에서는 밤사이 천둥·번개와 돌풍을 동반한 많은 비가 집중될...

태화 (명신에게) 강원도에 비 온다는데 혜진이 괜찮을까?
명신 걱정되면 전화해봐요.
태화 ...좀 있으면 태풍도 올 텐데 아마.

S#38. 화정횟집, 2층 (낮)

혜진, 놀란 채 듣고 있고 명신, 하던 얘길 이어간다.

명신 밖에는 비가 오는지 눈이 오는지도 모르면서
강원도 날씨는 풍속이 어쨌네, 파도가 어쨌네...
혜진 (몰랐다) ...
명신 그뿐이야? 집에선 말도 없는 양반이 밖에선 어찌나 네 자랑만 하고
다니는지. 곧 있으면 얼마 없는 친구 다 떨어져나가게 생겼어.
혜진 (뭉클한데 피식 웃음도 나고) ...
명신 혜진아. 주파수가 안 맞아서 가끔 오늘처럼 지지직거려도
아버지 안테나는 항상 너를 향해 있어.

S#39. 화정횟집 근처 일각 (낮)

태화와 두식, 앞만 보며 나란히 앉아 있다.

태화 우리 딸... 많이 좋아하나?
두식 (진지하게) 예!
태화 (그 대답에 진심이 느껴져 멍하니 보는데)
두식 (덧붙이는) 근데 남자 말고 친구로.
태화 그게... 무슨 소린가?
두식 사실 치과랑은 그냥 동네 친구 사이예요. 오해가 좀 있으신 것 같아 본의 아니게 두 분을 속였는데... 걱정하시는 그런 일 없었어요.
태화 (멍해지는데)
두식 (진솔하게) 죄송해요.
태화 그니까 자네가 혜진이 남자친구가 아니라고?
두식 예. 근데 좀 전에 했던 말은 다 진심이에요. 치과, 따뜻한 사람이고... 그래서 언젠가 그 친구 옆에, 정말 좋은 사람이 있길 바라요.
태화 (보다가) 그게... 자네일 수도 있잖아.
두식 (그저 피식 웃는데, 어딘가 쓸쓸한 느낌이다)

S#40. 화정횟집 앞 (낮)

두식과 태화 도착하면 때마침 혜진과 명신도 안에서 나온다.
순간 어색한 분위기가 감돌면 침묵을 깨기 위해 혜진이 먼저 입을 연다.

혜진 (아무 말이나 하는) 밥이나 먹으러 가요.
태화 (횟집 올려다보며) 여기서 좀 전에 먹었잖아.
혜진 (아...) 그럼 커피.
태화 난 차 마실란다.
혜진 (작게) 아, 아빠랑은 진짜 안 맞아...

그러고는 혜진과 태화, 가운데에 한침 사이를 벌려두고 걸어간다.

두식　(뒤에서) 그림이 참 상당히 어색하고 좋네요.
명신　(웃는) 왜요. 난 진짜 좋은데? 같이 가요!

명신, 따라가서 혜진과 태화 사이의 빈자리를 채운다.
두식, 역시 그 옆으로 걸어가면 네 사람이 나란히 걸어가는 모습이다.

S#41. 감리의 집, 마당 (낮)

카메라 앞의 준과 인우, 아궁이 위치를 옮기려 벽돌을 새로 쌓고 있다.
딴생각에 잠긴 성현, 불안한 얼굴로 작게 중얼거린다.

성현　또 늦으면 안 되는데...

S#42. 과거. 대학, 카페테리아 (낮)

어느덧 제법 친해진 대학생 성현과 혜진, 커피 마시며 얘기를 나누고 있다.

성현　오늘도 과외 있다 그랬지?
혜진　네. 남맨데 말 징그럽게 안 들어요.
성현　그래? 너무 심하면 나한테 연락해.
나 애들 되게 잘 다뤄. 한때 유아교육과 지망이었다니까?
혜진　(푸핫 웃음 터뜨리는) 말도 안 돼.
성현　(같이 웃으며) 진짜야!
혜진　알겠어요. 저 잠깐 화장실 좀 다녀올게요.
성현　응, 다녀와. (혜진 일어나면 품에서 뮤지컬 티켓 두 장을 꺼낸다)

(연습하는) 내가 공짜로 티켓이 생겼는데, 같이 보러 갈래?
(더 쾌활하게) 이 뮤지컬 되게 재미있대. 시간 되면 같이 가자.

성현, 괜히 머리를 긁적거리는데 걸어오던 혜진, 누군가와 만난다.
혜진, 다정하고 사랑스런 눈길로 그 남자를 올려다보는데 바로 강욱이다.

혜진 선배!
강욱 야, 지성현!
성현 (뮤지컬 티켓 손으로 구겨 숨기며) 어, 어어. 강욱아.
강욱 와, 세상 진짜 좁다. 그러잖아도 다음 모임 때 소개해주려고 했는데.
인사해, 여기 내 여자친구. 윤혜진.
성현 (충격인) 어? 아아...
혜진 선배랑 오빠랑 고등학교 때부터 친구라면서요? 진짜 무슨 인연인가 봐.
성현 (멍하니 두 사람을 보는) ...

S#43. 감리의 집, 마당 (낮)

성현, 여전히 생각에 빠져 있는 얼굴이고 지원, 그런 성현을 힐끗 본다.
준과 인우, 아궁이에 솥을 걸치려는데 솥에 비해 아궁이 너비가 너무 넓다.

준 망했네.
인우 다시 만들까?
준 (좌절로) 이미 늦었어...
성현 (자기한테 하는 말) 늦긴 뭐가 늦어!

준과 인우를 비롯해 전 스태프들 동시에 성현을 쳐다본다.

성현 (정신 차리고 수습하는) 늦었다고 생각할 때가 제일 빠른 거다
뭐 그런 뜻으로다가... 뭐 해? 다시 안 쌓고.

S#44. 혜진의 집 근처 거리 (낮)

혜진과 두식, 차에 탄 태화와 명신을 배웅한다.

명신 (차창 내린 채 두식에게) 오늘 덕분에 즐거웠어요. 고마워요.

두식 그럼 다행이고. 아, 어머니! 옷에 커피얼룩은 베이킹소다로 지우셔. 식초에 주방세제 섞어도 되고. 탄산수로 문지르셔도 돼.

명신 살림 솜씨가 나보다 낫네요.

혜진 하여튼 별걸 다 알아… 아빠, 운전 조심하세요.

두식 아부지, 졸리면 갓길에 차 세워. 안 그럼 큰일 나!

태화 …자네 잠깐 이쪽으로 좀 와보게.

두식 나? (하며 운전석 창 쪽으로 가면)

태화 가까이 좀…

두식 아, 왜? 나 귓속말하는 거 근지러운데. (하면서도 귀 갖다대면)

태화 (벼르고 벼른) 너 왜 자꾸 나한테 반말하냐?

두식 (넉살 좋게) 아, 그거. 이게 또 내 철학인데, 친근하고 좋잖아.

태화 (두식만 들리게) 너나 좋지, 새끼야…

두식 (동공이 확장되는) …!!!

태화 간다.

혜진 들어가세요!

태화의 차가 출발해서 멀어지는 동안에도 두식, 한 방 맞은 듯 멍한 얼굴로 서 있다.

혜진 (왠지 기대로) 아빠가 뭐라 그랬어?

두식 (혜진 힐끗 보고 그냥 걸어간다)

혜진 (쫓아가며) 아, 뭐라 그랬는데?

S#45. 태화의 차 안 (낮)

차 안의 태화, 운전하며 자기도 모르게 씩 웃으면 명신, 그 모습을 봤다.

명신 당신... 그 친구 맘에 들었지?

태화 (들켰다! 괜히 말 돌리는) 저기... 우리 가다 차 막히면 휴게소에서 군것질 좀 하고 갈까? 당신 달달한 거 좋아하잖아.

명신 됐어, 난 벌써 있어. (하며 혜진이 준 사탕을 소중하게 쥐어본다)

S#46. 해안도로 (낮)

태화의 차가 도로를 길게 미끄러져 간다.

S#47. 언덕 위, 배 앞 (낮)

두식, 겉에 걸쳤던 셔츠를 벗고 배를 고치고 있다.
혜진, 그런 두식의 모습과 언덕 위 배가 신기하다는 듯 기웃거린다.

두식 왜 괜히 따라와서 어슬렁거려? 정신 사납게.

혜진 아니, 뭐 그냥 내가 좀 지적 호기심이 있는 편이라.

두식 뭔 동문서답東問西答이야?

혜진 예전부터 궁금했는데, 이거 홍반장 배야?

두식 응.

혜진 오... 근데 배를 왜 이 높은 데다 올려놨어? 아니, 이걸 여기까지 끌고 오는 게 어떻게 가능했지?

두식 헬기도 알아보고 트럭도 구해보고 골머리 좀 앓았지. 결국 이렇게 올렸잖아.

혜진 그니까. 그 짓을 대체 왜 했냐고. 배는 바다에 있어야 되는 거 아냐?

두식 평생을 바다에서 보낸 친구라, 공진 구경 실컷 하라고 올려놨어.
원래는 할아버지 배였거든.

혜진 아... (감명 깊은 듯 고개 끄덕이다가) ...역시 정상은 아냐.
고작 그런 감상적인 이유로 돈과 시간을 탕진해?
난 뭐 대단한 사연이라도 있는 줄 알았네.

두식 (어깨 으쓱해 보이면)

혜진 (본론으로) 홍반장은... 왜 여기서 이렇게 살아?

두식 시비 거는 건가?

혜진 (진심으로) 아니, 정말 궁금해서.

두식 (혜진을 보면)

혜진 홍반장, 대학 졸업하고는 무슨 일 했어? 5년인가 그동안.

두식 (멈칫, 대답 대신 시선 피하면) ...

혜진 그래 뭐. 다 지난 일 뭐가 중요해.
그럼 지금, 말이야. 지금은 그냥 좀 쉬는 거지?

두식 (그냥 앞만 쳐다보는데)

혜진 (그랬음 하는 바람으로) 사람이 살다보면 지치기도 하고 그러니까.
고향 내려와서 재충전도 하고 다음 계획도 세우고.
여기서 계속 이렇게 살 건 아니잖아.

두식 (바로) 아니? 앞으로도 쭉 이렇게 살 건데? 난 지금 내 삶이 좋아.

혜진 (울컥) 말도 안 돼! 그건 완전 비효율적인 자원 낭비지!
그래, 마치 최고사양 컴퓨터로 지뢰찾기 하는 거랑 마찬가지야.
제로백 2초대 슈퍼카로 아우토반 대신 논두렁 달리는 거라고!

두식 (웃어넘기는) 지뢰찾기가 지닌 단순함의 미학을 무시하지 마.
그리고 여름밤 논두렁이 얼마나 운치 있는데! 알지도 못하면서.

혜진 ...홍반장이랑 대화가 될 거라고 생각한 내가 미친년이다.

두식 여기 어디 꽃이라도 꺾어 달아줘?

혜진 됐거든? (하고 내려가려는데 계단 끝이 안 보일 만큼 까마득하다)

S#48. 혜진의 집, 현관 및 거실 (저녁)

현관문을 쾅 닫고 들어오는 혜진, 화난 얼굴로 중얼중얼하며 신발을 벗는다.

혜진 내가 잠시라도 딴생각을 했단 사실이 수치스럽다.

혜진, 거실로 들어오는데 멍하니 앉아 있는 미선의 뒷모습 보인다.

혜진 야, 표미선! 너 집으로 홍반장을 부르면 어떻, (하다가 미선 보고 놀란다) ...?
미선 (넋 나간 얼굴, 울었는지 눈가에 마스카라 다 번져 있다)
혜진 (놀라서) 미선아. 너 무슨 일 있어?
미선 (우에엥 또 우는) 나 은철씨한테 고백했다 차였어.
혜진 (하아... 우는 미선 토닥여주는)

S#49. 언덕 위, 배 앞 (저녁)

노을로 붉게 물든 하늘. 먼 바다를 보는 두식의 표정이 복잡하고 심란해 보인다. 어둑해지는 하늘과 두식의 얼굴 위로 내린 짙은 그림자에서 암전.

S#50. 윤치과 외경 (낮)

S#51. 윤치과, 진료실 (낮)

혜진, 체어에 누운 환자 치료 마무리 중인데 미선의 휴대폰이 계속 울린다. 미선, 슬쩍 눈치 보고 수신거부 하는데 또 전화 온다. 액정의 발신인 '엄마'다.

혜진 여긴 내가 마무리할 테니까 받아.
미선 (혜진에게) 미안. (환자에게) 죄송합니다.

(작게 전화받는) 아, 엄마 나 일하는데! (하다가) ...뭐? 많이 다쳤어?

S#52. 윤치과, 로비 (낮)

미선, 운 것 같은 얼굴로 앉아 있고 혜진, 누군가와 통화 중이다.

혜진 넘어지면서 바닥을 손으로 짚으셨대. 응, 맞아. 복합골절...
오늘 최대한 빨리 가능할까? 알겠어... 땡큐!

미선 (멍하니 혜진을 쳐다보면)

혜진 친구가 오늘 밤에 시간 된대서 급하게 수술 잡았어.
실력 좋은 친구니까 걱정하지 마.

미선 (그제야 안도로) 고마워...

혜진 얼른 짐 챙겨서 서울 가자.

미선 너도 가게?

혜진 당연하지. 일단 오후진료 캔슬부터 시키고,

미선 오늘 이정연 환자 야간진료는? 임시치아 떨어지셨잖아.

혜진 아...

미선 환자분 불편하셔서 안 돼. 나 혼자 갈 테니까 넌 그냥 있어.

S#53. 윤치과 건물 앞 (낮)

비번이라 사복 차림인 은철, 걸어가는데 택시 한 대가 그를 지나쳐 간다.
윤치과 건물 앞에 서는 택시! 미선, 경황없는 얼굴로 택시 문을 연다.

혜진 그냥 이거 타고 서울까지 가지!

미선 아냐. 아빠랑 현선이도 도착했대고. 터미널에서 버스 타면 금방이야.

혜진 도착하면 바로 전화해? 알겠지?

미선 응. (하면 미선이 탄 택시 출발한다)

혜진 (돌아서면 뒤에 은철 있고) 깜짝이야! 최순경님 여기서 뭐 하세요?
은철 ...표선생님 어디 가십니까?

S#54. 보라슈퍼 앞 (낮)

슈퍼 앞에 깨끗하게 세차된 금철의 차가 주차돼 있다.

금철 내가 시내 청과상에 특별히 주문한 두리안, 드디어 도착했대!
윤경 왜? 아주 애 낳고 구해오지.
금철 에이, 또 무슨 말을 그렇게 섭하게 해. (배에 대고) 밥풀아. 좀만 기다려? 아빠가 둘이 먹다 하나 죽어도 모를 두리안 구해올게!
윤경 간 김에 혹시 드래곤후르츠랑 리치 같은 것도 있나 물어봐.
금철 ...우리 밥풀이 입맛이 참 이국적이네. 전생에 외국 사람이었나?
윤경 (상냥하게) 헛소리 그만하고 다녀와.

금철, 오두방정을 떨며 차문을 여는데 뛰어온 은철이 금철을 밀어낸다.

금철 (바닥에 나동그라지며) 야! 너 인마 지금 뭐 하는 거야?
은철 형, 미안한데 나 차 좀 쓸게! (하며 차에 올라탄다)
금철 뭐? 야! 안 돼! (하지만 차 출발해버리고) ...저 자식이!

S#55. 터미널 앞 도로 (낮)

미선, 택시에서 눈물범벅인 얼굴로 횡단보도 앞에서 내린다.
길 건너편에 청호시 터미널 건물 보이고 빨간 신호등이 초록불로 바뀐다.
그 순간 횡단보도 앞에 끼익- 급정거하는 차!

은철 (차창을 내리며) 표선생님!

미선 ...최순경님?

은철 (안에서 보조석 문 열어주며) 타세요! 서울까지 모셔다드릴게요!

미선 (잠시 망설이다 차에 올라탄다)

S#56. 감리의 집, 마당 (저녁)

카메라, 조명 등 장비를 나르는 스태프들과 철수하는 현장 분위기.

두식 오늘 편집하러 서울 올라간다며?

성현 응. 갔다가 다음 주에 내려올 거야.

두식 (끄덕이고) 이번엔 자막을 잘 좀 달아봐.
내가 보니까 〈쉬면 뭐하니〉, 〈신삼국지〉보다 그게 좀 약하더라.

성현 (빠직하지만) 좋은 충고 고마워.

두식 알면 좀 잘해.

성현 (참고) 어머님 아버님은 잘 올라가셨지?

두식 아마 그럴걸?

성현 홍반장. 혹시나 해서 묻는 건데 그 알바... 진짜로 끝난 거 맞아?

두식 (빤히 보다가) 응. 총 7시간에 61040원. 훌륭하게 완수했지.

성현 그래? 근데 왜 내 눈엔 아직 안 끝난 것처럼 보일까?

두식 (툭) 그렇게 보이면, 그렇게 보이는 거지.

성현 (어라? 하는 느낌으로 보면) !

두식 조심해서 올라가라. (하고 간다)

성현 (묘한 감정으로 두식을 보는) ...

S#57. 화정횟집 외경 (저녁)

빛의 잔해가 남아 있는, 막 어둑어둑해지기 시작한 하늘.

S#58. 방파제길 (저녁)

화정, 걷기 운동 중인데 남숙, 목에 수건을 두른 채 그 옆을 따라 걷는다.

화정 속이 부대껴서 한 바퀴 돌려는데 왜 따라붙어? 끈끈이야?

남숙 나도 운동하는 거거든? 이 몸매 유지가 뭐 쉽게 되는 줄 알아?
(하다가) 어머야라, 저기 영국 오빠 아냐?

화정 (영국 뒷모습과 소주병 보이고) ...너 저쪽으로 돌아.

남숙 아, 왜애!

화정 (남숙 째려보고 영국에게 가서) 술도 못 먹는 게 왜 여기서 청승이야?

영국 (힐끗 보고) 아직 한 모금밖에 안 마셨다.

화정 두 모금이면 치사량이지! 집에 가 발 씻고 잠이나 자! (하고 가려는데)

영국 ...너 때문이야.

화정 (돌아보면) ?

영국 초희가 나 안 받아주는 거 다 너 때문이라고.

화정 (냉정하게) 첫사랑에 두 번 실패한 건 안타까운데
그렇다고 나한테 책임 전가하는 건 너무 비겁하지 않냐?

영국 비겁한 건 너지! 3년 전에 너 나한테 어떻게 했냐?

화정 (멈칫하면) !

영국 내가 양말 뒤집어 벗었다고 갑자기 이혼하자 그랬지?
잘못했다고 다신 안 그런다고 싹싹 빌었는데, 너 그날로 나 내쫓았어.
야, 마른하늘에 날벼락이었지만 나 군소리 없이 도장 찍었다.
왜? 네가 나랑 더는 한 집서 못 산다니까.

화정 (어쩐지 슬퍼 보이고) ...

영국 너 해달라는 대로 다 해줬잖아. 근데 왜 자꾸 내 발목을 잡아!

화정 (고요하게) 넌 내가 왜 이혼하자고 했는지 모를 거야.

영국 (눈 커지는) !

화정 그래, 그렇게 평생 몰라. 모른 채 살아. (하고는 가려는데)

영국 (벌떡 일어나) 여화정! 너 방금 뭐야?

우리 이혼에 무슨 다른 이유라도 있는 것처럼 그거 뭐냐고!

화정 (그냥 가려고 하면)

영국 (손목 잡으며) 그러고 가면 어떡해? 너 진짜 나 피 말려 죽일라 그러냐?

남숙 (영국을 수건으로 후려치며) 오빠야말로 죽고 싶어?
공무원이 어디 여자 손목을 강제로 잡아? 전처면 뭐 그래도 돼?

영국 (당황해서 손 놓으며) 내가? 아니야, 나 잠깐 할 말이 있어서.
나 악력이 약해서 고등학교 때까지 얘한테 팔씨름도 졌어. 그치, 화정아?

화정 어, 솜방망이야. (하고 아무 일 없었다는 듯 가버린다)

남숙 조심해! 내가 이 구역의 CCTV란 거 잊지 마.

남숙, '지켜보고 있다'는 손동작 해보이고 가면 영국, 다리에 힘이 풀린다...

남숙 (화정 따라가며) 소문 안 낼게.

화정 (무표정하게) 퍽이나.

남숙 그래! 솔직히 장담은 못 하겠다.
그래도 입 싼 내가 낫지. 너 속에 그렇게 꾹꾹 담아놓다간 병 나.
말도 똥이랑 똑같아서 주기적으로 싸질러줘야지 안 그럼 독 오른다?

화정 (피식 웃지만 금세 웃음기 걷히는) ...

S#59. 공진항 (밤)

두식, 짙은 상념에 잠긴 얼굴로 우두커니 앉아 오징어배 불빛을 보고 있다.

S#60. 골목길 (밤)

늦게 퇴근한 혜진, 혼자 걸어가는데 성현으로부터 전화 걸려온다.

혜진 (반갑게 받는) 여보세요. 선배?

S#61. 교차편집. 성현의 차 안 + 골목길 (밤)

운전 중인 성현, 블루투스로 혜진과 통화한다.

성현 지금 어디야?
혜진 퇴근 중이에요. 집 걸어가는 길.
성현 나도 서울 올라가는 중인데. 촬영 끝나고 바로 출발하느라 인사도 못 했네.
혜진 괜찮아요. 바쁜데 그럴 수도 있지. 그리고 또 내려올 거잖아요.
성현 응... (하고 잠깐 멈칫했다가) ...혜진아.
혜진 네?
성현 (결심으로) 나 돌아오면, 시간 좀 내줄래?
혜진 (웃으며) 시간이요? 당연히 내드리죠.
성현 꼭 내줘야 돼. 너한테 꼭 해야 될 말이 있어.
혜진 네? (하며 가로등을 보는데, 환하게 불 들어와 있다) ...가로등 고쳐졌네?

S#62. 과거. 골목길 (낮)

수리기사가 사다리 위에 올라가 가로등을 교체한다.
실연당한 영국, 가로등을 흐뭇하게 올려다보는 두식에게 〈해바라기〉 오태식 st로 항변한다.

영국 ...꼭 그렇게 오늘 고쳐내야만 속이 후련했냐?
두식 (바로) 응. 속이 다 시원하네. 이렇게 바로 되는 걸 여태 미뤄두고 말이야. IT강국이 시민안전에는 막 무관심하고 그래도 돼?
영국 나 간다...
두식 (수첩 꺼내며) 가긴 어딜 가! 나 민원 넣을 거 천진데. 첫째, 마을회관에 공공 와이파이가 없는 게 말이 돼? 요새 어르신들 너튜브 얼마나 많이 보는데!

영국, 죽을 맛이고 두식, 민원 제기하는 사이 가로등에 불이 반짝 들어온다.

S#63. 골목길 (밤)

불 켜진 가로등을 보는 혜진, 두식이구나... 저도 모르게 웃음이 걸린다.

성현(F) 혜진아. 내 말 듣고 있어?

혜진 (정신 차리고) 아, 네. 선배 내려올 때 연락해요. 내가 밥 살게요.

S#64. 성현의 차 안 (밤)

성현, 혜진의 말에 조용히 답한다.

성현 응, 다녀와서 보자.

혜진(F) 네. 운전 조심해요, 선배.

전화가 끊어지고... 성현, 혜진과 통화했지만 뭔가 안 풀린 듯 맘이 답답하다. 잠시 생각에 잠긴 채 운전하던 성현, 뭔가의 결심이 선 듯 중얼거린다.

성현 그래. 이번엔 늦지 말자. (하고는 핸들을 꺾어 유턴한다)

S#65. 화정횟집 근처 일각 (밤)

터덜터덜 걸어가던 두식, 태화와 얘기하던 자리를 지나는데 그날의 기억이 떠오른다.

두식(E) 치과, 따뜻한 사람이고 그래서 언젠가
그 친구 옆에, 정말 좋은 사람이 있길 바라요.

태화(E) 그게... 자네일 수도 있잖아.

두식, 떠오른 태화의 말에 비로소 용기가 생긴 듯 굳건한 표정이다.
결연한 느낌으로 어디론가 성큼성큼 걸어간다!

S#66. 분할화면. 성현의 차 안 + 골목길 + 바닷가 도로 (밤)

가로등 아래 설레는 혜진과...
그녀를 향해 속도를 높이는 성현과 뚜벅뚜벅 전진하는 두식!
그렇게 각기 다른 세 사람의 모습에서.

S#67. 에필로그. 트라우마trauma

- 신경정신과, 진료실 (낮)
의사, 두식의 차트를 보며 묻는다.

의사 수면장애는 많이 나아지신 것 같네요.
이제는 약 용량을 좀 줄여봐도 될 것 같은데.

두식 (희미한 미소로) 네.

의사 오늘은 홍두식 씨가 지닌 두려움의 근저에 대해 돌아보려고 해요.

두식 (멈칫, 의사를 보면)

의사 아직도 그런 생각이 드세요? 홍두식 씨 곁에 있는 사람들...

- 공진, 장례식장 (낮)
두식(16세), 할아버지 영정사진 앞에 눈물마저 말라붙은 얼굴로 앉아 있다.
문상객들, 자기들끼리 쑥덕거리는데 그 소리 어렴풋이 들린다.

문상객1 아유, 어린 게 복도 지지리도 없지.
부모 잃은 것도 모자라서 이젠 할아버지까지.

문상객2 사람 잡아먹는 팔자라는 게 있긴 있는 모양이야.

- 서울, 대형병원 장례식장 (낮)

검은 양복을 입은 두식(32세), 텅 빈 표정으로 장례식장 복도를 휘청휘청 걸어간다. 조금 다친 듯, 이마에는 반창고가 붙어 있는 상태다.
어느 빈소 입구 앞에서 얼음처럼 굳어버리면, 눈에 눈물 차오른다.

- 신경정신과, 진료실 (낮)

고개를 푹 숙인 두식... 바닥을 향해 떨군 손은 기도하듯 절박하게 손깍지를 낀 채다.

의사 홍두식 씨가 사랑하는 사람들은 전부 다 홍두식 씨를 떠나버린다고?

두식 네... 다 저 때문이에요.

두식, 천천히 얼굴을 들면... 눈에 맺혔던 눈물이 뚝 떨어진다.

10화

...좋아해! 나 홍반장 좋아해!

뭐 어떻게 해달라고 말한 거 아냐. 그냥 내 맘이 자꾸 부풀어 올라서 이러다간 아무 때나 뻥 터져버릴 것 같아서. 나도 어쩔 수가 없어.

...나도. 나도 이제 더는 어쩔 수가 없다.

S#1. 골목길 (밤)

9화 S#61, S#63, S#64와 동일 장면, 혜진의 시선에서 쭉 이어진다.

성현(F) 나 돌아오면, 시간 좀 내줄래?

혜진 (웃으며) 시간이요? 당연히 내드리죠.

성현(F) 꼭 내줘야 돼. 너한테 꼭 해야 될 말이 있어.

혜진 네? (하며 가로등을 보는데, 환하게 불 들어와 있다) ...가로등 고쳐졌네?

성현(F) 혜진아. 내 말 듣고 있어?

혜진 (정신 차리고) 아, 네. 선배 내려올 때 연락해요. 내가 밥 살게요.

성현(F) 응, 다녀와서 보자.

혜진 ...네. 운전 조심해요, 선배.

전화를 끊는 혜진, 조금 들뜨고 설레는 기분으로 걸어간다.

S#2. 혜진의 집, 현관 앞 (밤)

집 앞에 도착한 혜진, 비밀번호를 누르고 안으로 들어간다.

S#3. 혜진의 집, 현관 및 거실 (밤)

혜진, 현관에 들어서고 현관문이 자연스럽게 닫히려는 찰나,
그 틈을 비집고 들어오는 낯선 남자, 미처 막을 새도 없이 밀고 들어온다.
그 뒤로 현관문 쾅 닫히고! 놀라 돌아보는 혜진.

혜진 (공포로) 뭐야, 당신?

혜진, 메고 있던 가방을 떨어뜨리고 겁에 질려 뒷걸음질 친다.
모자를 눌러쓴 괴한, 점차 고개를 들면 드러나는 얼굴! 8화 S#28의 남자다!

혜진 누군데 남의 집에 함부로 들어와?

남자, 가소롭다는 듯 소름끼치게 웃으면
혜진, 겁에 질렸지만 최대한 침착하게 이 상황을 빠져나갈 방법을 찾는다.

혜진 다, 당신! 여기 방범 시스템 돼 있거든? 경찰 오는 거 금방이야!
(하며 손을 등 뒤로 돌린다)
괴한 (가소롭다는 듯) 내가 그것도 확인 안 해봤을까 봐?
혜진 (등 뒤로 휴대폰 조작하며) ...어, 어제 신청했거든?
괴한 (싸늘하게) 핸드폰으로 뭐 해? 신고하려고?

괴한, 그 말이 끝나자마자 바로 옆에 있던 눈에 보이는 책을 집어 던진다.
"악!" 책이 날아와 혜진의 손을 맞추고 혜진이 들고 있던 휴대폰이 바닥에 떨어진다. 혜진, 책에 맞은 손을 감싸 쥔 채 뒷걸음질치고,
괴한, 바닥에 떨어진 혜진의 휴대폰을 주워 자신이 챙긴다.

괴한 (품에서 칼을 꺼내며) 이제... 너 도와줄 사람 아무도 없어.

혜진, 완전히 코너에 몰리는데 갑자기 빠르게 현관문 비밀번호 누르는 소리가 들린다. 혜진과 괴한 둘 다 놀라고! 띠리리- 문 열린 신호음 들리는데 그 뒤로 아무 소리도 들리지 않는다.

괴한 뭐야!

괴한, 의심 가득한 표정으로 칼을 든 채 현관으로 향하면 현관문 열려 있다.

S#4. 혜진의 집, 현관 앞 (밤)

괴한, 칼을 든 채 문 밖을 확인하는데 문 뒤에 숨어 있던 두식!

두식 나쁜 놈 잡기 좋은 밤이네.

그 말과 함께 괴한의 손목을 홱 잡아당기며 밖에서 문을 쾅 닫는다.
그러면 문에 몸이 끼인 괴한, "으아악!" 고통스런 비명 지르며 칼을 떨긴다.
그러면 다시 문을 열어 괴한을 제압하며 안으로 밀고 들어가는 두식!

S#5. 혜진의 집, 현관 및 거실 (밤)

두식, 괴한의 얼굴에 주먹을 날리고 뒷덜미를 잡아 신발장에 머리를 처박는다. 그러고는 안에 있는 혜진에게로 달려간다.

두식 치과 괜찮아?
혜진 (겁에 질려) 홍반장...
두식 어디 다친 데 없지? 괜찮은 거 맞지?
혜진 (일어나려 애쓰며) 으응... 괜찮아.

두식, 휘청하는 혜진을 부축하며 일으켜주고는 경찰서에 전화를 건다.

두식　　여보세요. 여기 공진동 앞나루길 14번진데요,

하는 사이 정신을 차린 범인, 다시 칼을 주워 들고 혜진을 향해 달려든다.

두식　　혜진아!!!

그러면 두식, 본능적으로 혜진을 감싸 안으며 그 칼을 대신 맞는다.
칼이 스치고 지나간 두식의 왼팔 상단부, 셔츠 위로 붉은 피가 질게 배어 나온다.

혜진　　(놀라서) 홍반장!
두식　　(팔을 부여잡은 채 애써 웃으며) 귀청 떨어지겠다.

괴한, 다시 괴성과 함께 칼 들고 덤비면 두식, 소파 옆의 스탠드를 집어 든다.
고작 조명을 무기 삼아 방어하는 두식! 두 사람 거칠게 몸싸움을 벌이는데,
그사이 바닥에 떨어졌던 두식의 휴대폰, 소파 밑으로 들어갔다.
혜진, 바닥을 기며 휴대폰 찾지만 안 보이고, 순간 눈에 들어오는 무언가!
한편 두식은 왼팔 부상과 칼 든 괴한에 의해 수세에 몰리는데... 그때 들려오는 소리!

혜진　　야!

범인, 반사적으로 돌아보면 눈앞에 타다닥 요란한 소리와 함께 불꽃이 인다.
괴한, 아아악! 하며 얼굴을 감싸 쥔 채 뒤로 물러난다.
두식 보면, 혜진이 전기 모기채를 들고 씩씩거리며 서 있다.
그러면 두식, 재빨리 발차기로 괴한의 칼을 날려버리고 그다음 얼굴에 주먹을 날린다! 바닥에 나동그라지는 괴한, 눈이 풀렸다.
두식, 그제야 거친 숨을 몰아쉬고 혜진, 그 자리에 털썩 주저앉는다.

S#6. 혜진의 집 근처 골목길 (밤)

경찰차의 경광등 불빛이 돌아가고 때 아닌 소동에 동네 사람들 몇몇 나와 있다. 김경위와 경찰 한 명, 만신창이인 괴한의 손목에 수갑을 채워 끌고 온다. 때마침 헐레벌떡 뛰어오던 성현, 그 광경을 보고 멈춰 선다!

S#7. 종합병원, 응급실 (밤)

두식, 응급실 침대에 걸터앉아 있고 혜진, 그 옆에 서 있다.

의사 다행히 신경 손상은 없어서 바로 봉합하시면 되겠네요.
기다리고 계시면 준비해서 오겠습니다.

혜진 (침착하게) 네. 감사합니다.

의사 (커튼 치고 나간다)

혜진 (두식 보며) 다행이다... 아프진 않아?

두식 (능청스럽게) 왜 안 아파. 종이에 손만 베여도 아픈데 이따 만한 칼로.
한 30센치 되지 않았나?

혜진 과장하지 마. 날 길이 15cm 미만의 과도였어.

두식 (피식) 놀랐을까 봐 걱정했는데 누가 의사 아니랄까 봐 생각보다 침착하네?
(하다가 혜진 손의 멍을 보고) ...그 멍은 뭐야? 다쳤어?

혜진 (그제야 보고) 아... 별기 아니야.

두식 (화나서) 별거 아니긴! 다쳤잖아!

혜진 (눈 동그래지는데) !

두식 (혜진 손 끌어 잡아당겨서 보며) 얼마나 다친 거야? 아프진 않아?
아까 선생님한테 말 안 하고 뭐 했어!

혜진 ...홍반장이 훨씬 많이 다쳤거든?

혜진의 눈에서 눈물이 후두둑 떨어진다. 긴장 풀린 듯 걷잡을 수 없이 눈물 흐르고. 침대에 앉은 두식, 혜진의 손을 잡은 채 그런 혜진을 당황해서 본다.

두식　치과... 울어?
혜진　(울음 터져서) 난 진짜 무슨 일 나는 줄 알고.
　　칼 들고 덤비는데 거기 뛰어드는 사람이 어디 있어!
두식　(누그러져) 너 다칠까 봐 그랬지.
혜진　(보면)
두식　내 눈앞에서 너 다치는 꼴을 어떻게 봐.

두식, 투철한 눈빛으로 혜진을 보고 혜진, 눈물 그렁한 채 두식을 내려다보는데 그때 커튼이 촤악- 걷혀지며 들어온 사람, 성현이다!

혜진　(놀라서) 선배???
두식　...지피디?

성현, 당혹스런 얼굴로 상황을 파악하듯 두식과 혜진을 번갈아 보면
혜진, 그제야 두식이 잡고 있던 손을 빼서 황급히 눈물을 닦는다.

성현　(다가와서) 혜진아, 너 괜찮아?
혜진　(놀란) 네, 괜찮아요. 선배 여긴 어떻게 알고 왔어요?
성현　(약간 횡설수설) 아, 그게 잠깐 내가 뭘 좀 놓고 와가지고.
　　근데 경찰차도 와 있고 마을이 시끄러워서.
　　두 사람 병원 갔단 얘기에 바로 달려왔는데...
혜진　아...
성현　홍반장은? 많이 다친 거야?
두식　그냥 좀 긁혔어. 근데 우리보다 지피디가 더 놀랐는데?
성현　(침착하려 애쓰지만 당황한 기색 역력한) 아, 아니야.
　　걱정했는데 그래도 이만하길 다행이다.

성현, 다시 두 사람을 가늠하듯 보다가 애써 노력하는 느낌으로 말한다.

성현　저기 내가, 어... (쥐어짜듯 생각해내는) 하드... 그래, 하드를 갖고 다시 올라가봐야 돼서. 두 사람 괜찮은 거 봤으니까 이만 가볼게.

혜진　이렇게 바로요?

성현　(다정하게) 응. 놀랐을 텐데 몸조리 잘하고, (두식 보며) 홍반장, 혜진이 구해줘서 고마워.

두식　별 말씀을.

성현　나, 갈게.

혜진　선배...

혜진, 미안함에 주춤주춤 따라나서려는데 때마침 의사가 들어온다.

의사　봉합 준비 마쳤습니다. 보호자 한 분만 빼고 나가주세요.

혜진　(곤란한 듯 성현을 보면)

성현　(웃어 보이며) 얼른 치료부터 받아.

성현, 혜진과 두식을 남기고 돌아서서 걸어가는데... 웃음기 점차 사라진다. 또 늦은 것에 대한 아쉬움, 지금 할 수 있는 게 아무것도 없음에 대한 무력감이다...

S#8.　종합병원 외경 (밤)

S#9.　종합병원 입구 (밤)

봉합을 마치고 붕대를 감은 두식과 혜진, 병원에서 나온다.

혜진　칼까지 맞아놓고 그깟 주삿바늘을 무서워하는 게 말이 돼?

두식 원래 국에 데본 놈이 냉수 보고도 놀라는 거야.

혜진 (툭) 고마워.

두식 (쑥스럽고) 뭐야, 갑자기.

혜진 공식적으로 아직 고맙단 말을 못 한 것 같아서.

두식 비공식적으로 벌써 했어. 아까부터 눈이, 엄청 고마운 눈이야.

혜진 (괜히) 내 눈이 또 뭐 어땠다고.

두식 이제 어떡할래?

혜진 뭘?

두식 오늘 밤 말이야. 집이 졸지에 사건현장이 돼버렸잖아.

혜진 아...

S#10. 두식의 집, 현관 (밤)

드르륵- 미닫이문을 열고 들어오는 두식, 괜히 혜진에게 안내를 해준다.

두식 어서 와. 우리 집은... 처음이 아니지?

혜진 (괜히 어색하고) 이번이 세 번짼 것 같은데.

두식 (아무말대잔치) 그치. 원래 삼이 참 여러모로 좋은 숫자야.
삼세판. 삼선짜장. 최진사댁 셋째 딸... 이 제일 예쁘다던데...?

혜진 (뭐냐... 하는 눈으로 보면)

두식 어쨌든 집에 혼자 있는 것보단 이편이 낫잖아. 표쌤도 서울 갔다며.

혜진 응.

두식 오늘만큼은 내 집이다 생각해. 필요한 거 있음 말하고.

혜진 저기... 그럼 갈아입을 옷이 있으면 좋겠는데.

두식 (어색하게) 아, 그럼 내가 집에 가서 챙겨 올까? 아님... 내 옷이라도 입을래?

S#11. 두식의 집, 부엌 및 거실 (밤)

씻고 나오는 혜진, 두식의 티셔츠로 갈아입었다. 옷이 헐렁하고 크다.
부엌에서 캐모마일 차를 우리던 두식, 혜진을 보고 순간 심쿵하지만 티 내지 않는다.

두식 나왔어?
혜진 (쑥스러운) ...옷이 좀 크네.
두식 (괜히) 크기는! 아주 맞춤옷처럼 딱 맞는구만. 치과가 어우, 어깨가 좋아.
혜진 (울컥하는) 뭐?
두식 (컵 들고 거실로 와서) 이거나 마셔.
혜진 (퉁명스레) 뭔데?
두식 캐모마일. 정신안정, 숙면엔 이만한 게 없어. 식기 전에 쭉 들이켜.
혜진 맛없기만 해.

혜진, 그래놓고는 홀짝홀짝 잘도 마시는데 두식, 담요를 들고 와 혜진에게 둘러준다. 한쪽 무릎을 꿇고 몸을 낮춰 혜진의 어깨 위로 마치 담요를 망토처럼 감싸주는데.

혜진 뭐야. 여름에 웬 담요를.
두식 (담요 끝자락을 잡고) 덮고 있어. 오늘 같은 날 몸살 나기 딱 좋아.
근육도 놀랐을 테고.
혜진 (순간 확 긴장되고) 됐어... 더워 죽겠는데 무슨!

얼굴 빨개진 혜진, 두식의 담요를 뿌리치며 일어나는데 바닥에 딛는 발에 쥐가 난다.

혜진 아악... (하며 소파에 다시 풀썩 주저앉는다)
두식 쥐 났네. 그러게 내 말 들으라니까. (하며 바로 혜진의 발을 주무른다)
혜진 (당황스러운) 뭐 하는 거야!
두식 왜? 발 안 씻었어?
혜진 (발끈) 씻었거든?

두식　　그럼 가만있어. 바로 안 풀어주면 경련 더 심해져.
할 거 없으면 아옹이나 하고 있던가.

혜진　　(괜히 부끄러우니까) 뭐야...

두식　　(혜진의 발을 정성껏 주무르는)

혜진　　(잠시 내려다보다가) 이제 그만해. 괜찮아졌어.

두식　　그래? (하며 그제야 몸을 일으키는데)

혜진　　(나와 있는 나무 제기들을 보고) 제기는 왜 꺼내놨어? 누구 제사야?

두식　　할아버지...

혜진　　아... 언제?

두식　　내일. 아니다, 열두 시 넘었으니까 오늘.

혜진　　(조심스레) 할아버지 많이 생각나?

두식　　...아니. 생각이 잘 안 나. 하나도 안 까먹고 다 기억하고 싶은데
자꾸 희미해져. 할아버지 목소리, 눈빛, 손...

혜진　　(두식이 처음 내비친 속내에 마음 아프고)

두식　　(그리움으로) 우리 할아버지 손이 엄청 거칠었거든? 젊어선 뱃일하시고
부모님 돌아가신 다음에 기름집을 했으니, 고울 리가 없지.
근데 엄청 크고... 따뜻했어. 그 손으로 컸지, 내가.

혜진　　(일부러 장난스럽게) 어릴 때 말썽 엄청 부렸지?
사진 보니까 이마에 개구쟁이라고 써놨던데.

두식　　빙고! 동네방네 쑤시고 다녔어. 할머니들이 널어놓은 오징어 훔쳐 먹고
목덜미가 벌겋게 익을 때까지 밖에서 공이나 차고.

혜진　　공?

두식　　(웃으며) 응. 내가 축구를 엄청 좋아했거든.
아, 나도 치과만큼 좋아하던 신발 있었는데. 파란색 축구화.

혜진　　(귀엽다는 듯 웃고) 지금도 축구 좋아해?

두식　　(표정 바뀌는) 아니... 이젠 안 해. 그리고 안 봐.

혜진　　왜?

두식　　(무겁게) 축구 때문에, 아니, 나 때문에... 할아버지가 돌아가셨거든.

혜진　　(놀라서 보면) !

S#12. 과거. 공진 외경 (낮)

우와아!!!! 함성소리 들리고 클랙슨, 북, 호루라기 등 각종 반주에 맞춰 빠밤빠밤빰! 대한민국! 소리(E)가 울려 퍼진다.

S#13. 과거. 두식의 집, 마당 및 툇마루 (낮)

2002년 6월 22일 스페인전이 끝난 후 비 더 레즈 티셔츠를 입은 두식(16세), 흥분해서 뛰어 들어온다. 신난 목소리로 할아버지를 부르며 외친다.

두식　　할아버지! 할아버지! 우리 월드컵 4강 진출했어!

두식, 파란색 축구화를 벗으며 미닫이문을 여는데 툇마루에 할아버지가 모로 누워 있다.

두식　　할아버지 자? (대답 없음에 뭔가 심상찮은 기운을 느낀) ...할아버지?

반쯤 벗었던 파란색 축구화가 두식의 발에서 툭 떨어져 바닥에 나동그라진다. 두식, 할아버지를 흔들어 깨우며 울먹거린다.

두식　　할아버지!!! 무섭게 왜 그래. 일어나, 할아버지...
나 좀 봐! ...할아버지! 할아버지! 나 혼자 두고 가지 마...

S#14. 두식의 집, 거실 (밤)

얘기를 들은 혜진의 눈에 눈물 맺혀 있고 두식, 애써 담담하게 말한다.

두식 심장마비였어. 너무 늦게 발견했고.
내가 월드컵 응원한다고 밖에 놀러 나가지만 않았어도...

혜진 그랬음 할아버지가 안 돌아가셨을 거라고, 설마 그렇게 생각해온 거야?

두식 (부정하지 않는)

혜진 그런 가정은 무의미해. 세상엔 너무 많은 변수들이 있고
그건 우리가 어찌할 수 있는 영역이 아냐.
(힘주어 말하는) 그러니까 홍반장 잘못, 아니라고.

두식 (혜진의 위로에 마음이 왈칵) ...

혜진 지금까지 그런 바보 같은 생각을 하고 있었다니,
할아버지 하늘에서 복장 터지셨겠다!

두식 (희미한 웃음으로) 많이 터지셨을까?

혜진 그걸 말이라고! ...근데 처음이네? 홍반장이 자기 얘기해준 거.

두식 (스스로도 조금 놀란) 그러게. 이런 얘기 해본 사람... 살면서 네가 두 번째야.

혜진 (순간 기분 나쁘고) ...두 번째?

하는데 그 말과 함께 혜진의 배에서 꼬르륵 소리가 난다.

두식 (피식 웃는) 내가 눈치가 없었다. 차로 될 게 아니었는데.

S#15. 방파제 (밤)

성현, 밤바다를 보며 우두커니 앉아 있다. 가만히 떠오르는 혜진과의 기억...

S#16. 과거. 대학, 카페테리아 (낮)

성현, 카페테리아에서 커피를 사서 돌아서는데 여학생 무리가 말을 건다.

여학생1 오빠. 오늘 방송도 잘 들었어요.

여학생2	저두요. 오빠 목소리 너무 좋아요!
성현	어, 고마워.

성현, 여학생들을 지나쳐 가려는데 저편에서 걸어오는 혜진이 보인다.
구두를 신고 스커트를 입고 예쁘게 차려입은 혜진, 강욱을 향해 또각또각 걸어간다.

강욱	혜진아? 뭐야. 왜 이렇게 예쁘게 하고 왔어?
혜진	(말없이 쳐다보면)
강욱	(화색으로) 평소에도 이렇게 좀 하고 다니지. 오늘 오빠 생일이라고, 오빠 위해 이렇게 꾸미고 온 거야?
혜진	(싸늘하게) 그럴 리가.
강욱	응?
혜진	착각하지 마. 지금 내 모습은 널 위해서가 아니라 날 위해서야.
강욱	(당황해서) 너, 너...?
혜진	(태연하게) 응, 너. 아무리 비싼 걸 걸쳐봐야 존재 자체가 빈티 나는 너 같은 인간한텐, 내가 너무 아깝거든.

어느새 카페테리아의 학생들 웅성웅성하며 혜진과 강욱을 힐끗거리고
성현, 야무지게 말하는 혜진을 보며 역시... 하는 느낌으로 너털웃음 짓는다.

강욱	뭐 빈티? (하다가 흠칫) 야, 너 그때 그거 들었구나. (주변 신경 쓰며) 그래도 그렇지. 사람들 있는 데서 이게 뭐 하는 짓이야. 나가서 얘기하자, 니가시.
혜진	(일갈하는) 아니. 내 인생에 더 이상 너한테 내줄 시간 없어. 지금껏 낭비한 3개월로도 충분해. (또각또각 도도하게 먼저 가면)
강욱	야! 혜진아! 우리 얘기 좀, (혜진 잡으려다가) ...으아아!!!

강욱, 갑자기 우당탕탕 소릴 내며 앞으로 엎어진다.
혜진, 순간 돌아보면 넘어진 강욱 뒤에 성현이 발을 턱- 내밀고 있다.

S#17. 과거. 대학, 캠퍼스 벤치 (낮)

벤치에 앉아 있는 혜진, 구두를 벗는데 발뒤꿈치 까져서 피 난다.
그때 성현, 뚜벅뚜벅 걸어와 혜진 앞에 한쪽 무릎을 꿇고 가방을 뒤진다.
혜진, 잠시 흠칫해서 보는데 성현, 가방에서 밴드를 꺼낸다.

혜진 (괜찮은 척 농담으로) 거기선 먹을 것만 나오는 줄 알았는데.
성현 (포장 벗기며) 나 배고프면 밴드도 씹어 먹어. 껌처럼.
혜진 (피식 웃는) 말도 안 돼.
성현 (뒤꿈치에 밴드 붙여주고) ...예쁘네, 구두가.
혜진 두 달 치 과외비를 썼거든요. 손은 좀 떨렸는데 그냥 샀어요.
생각해보니까 나 자신을 위해서 뭘 사준 적이 없더라구요.
성현 잘했어. 그런 위로도 필요해.
혜진 근데 예쁜 애들은 가시가 있나 봐요. 첫날 바로 피 칠갑을 하게 될 줄이야.
성현 (구두 뒤축을 일부러 꺾었다 폈다 하며) 길들이면 괜찮아질 거야.
원래 처음은 다 힘들어. 신발이든, 연애든.
혜진 (마음이 뭉클해지는데)
성현 자... (혜진 앞에 구두 놔주고) 밥 먹으러 갈래?
혜진 (끄덕) 네! 좋아요.

혜진, 밝게 웃으며 다시 구두를 신고 일어나면... 나란히 걸어가는 두 사람.

S#18. 방파제 (밤)

잠시 옛날 기억을 떠올린 성현, 마음이 조금 서글프다.

S#19. 두식의 집, 부엌 (밤)

혜진, 국수를 그릇째 원샷 하고 테이블에 내려놓는다.
맞은편의 두식, 그런 혜진을 신기하게 보면 혜진, 괜히 민망하다.

혜진 (새침하게) 잘 먹었어.
두식 (바로) 어, 잘 먹더라.
혜진 (민망함에 큰소리) 만든 사람의 성의를 생각한 거야!
그러게 뭐 하러 다친 팔로, 내가 한다니까.
두식 (입만 웃으며) 응, 난 절대 다신 너한테 부엌 안 맡겨.
(거실 쪽 보며) 저기 전화 오는 것 같은데?
혜진 (거실 테이블 가서 전화받는) 미선아! 잘 도착했어? 어머니 수술은?
미선(F) 좀 전에 수술실 들어갔어. 의사 선생님이 큰 수술 아니라고 괜찮을 거래.
혜진 다 잘될 거야. 너무 걱정하지 마.
미선(F) 너는? 혼자서도 잘 있는 거지?
혜진 ...응? 아, 그럼. 여긴 아무 일도 없고 나 잘 있어.
두식 (그런 혜진을 힐끗 보는)

S#20. 병원, 수술실 앞 복도 (밤)

미선, 수술실 앞 복도 의자에 앉아 통화하고 있다.

혜진(F) 내려오지 말고 엄마 옆에 있고 싶을 때까지 있어. 무기한 휴가야.
미선 봐서... (저만치서 오는 은철 보이고) 나 그만 끊을게. 얼른 자. 응...
은철 (드링크제 건네며) 드세요.
미선 (받아 들며) 아... 고맙습니다.
은철 (미선과 한 칸 정도 떨어진 옆에 앉으면)
미선 이제 그만 가보세요. 최순경님 내일 출근하셔야 되잖아요.
은철 비번입니다. 표선생님은요?

미선　전 수술 마치면 엄마 깨는 거 보고 새벽에 동생이랑 교대하려구요.
혜진인 오지 말라는데, 그래도 출근해야죠.

은철　그럼 같이 내려가세요.

미선　밤새 계시면 불편하실 텐데. 아까 괜히 저희 아빠도 만나시고.

은철　괜찮습니다. 저 말고 표선생님이 걱정이죠.

미선　(보면)

은철　오늘 고단하셨을 텐데 잠깐이라도 눈 붙이세요.
어머니 나오시면 제가 바로 깨워드릴게요.

미선　최순경님이 더 피곤하실 텐데...

은철　(드링크제 다시 가져가 따서주며) 전 밤샘근무 익숙해서 끄떡없습니다.

미선, 그제야 은철이 다시 쥐어준 드링크제를 조심스럽게 마신다.

S#21. 두식의 집, 부엌 (밤)

혜진, 고무장갑 벗으며 큰소리를 뻥뻥 친다.

혜진　홍반장. 설거지는 내가 했다?

두식　(방에서 나오며) 방문 3회 만에 드디어? 뭐 쿠폰에 도장이라도 찍어줘?

혜진　좋은 소리 들을 거란 기대는 안 했어.

두식　아까 보니까 오늘 일 표쌤한테 말 안 하더라?

혜진　아... 가뜩이나 엄마 수술 때문에 심란한데 나까지 보탤 순 없잖아.

두식　(기특한 눈으로 보고) 방에 침구 갈아놨어. 들어가 자.

S#22. 두식의 집, 침실 (밤)

두식, 이불 걷어주며 혜진에게 말한다.

두식　뭐 해? 안 눕고?

혜진　(망설이는) 나 이렇게 막 다친 사람 침대 뺏어도 돼?

두식　놀란 놈 침대 하나 더 준다고 생각해.

혜진　치잇, 그래 뭐. (침대로 들어가고) ...설마 또 누가 들어오진 않겠지?

두식　(안심시키는) 나 있잖아.

혜진　아니, 여기 말고 우리 집.

두식　아... 원하면 내가 내일 당장 대문 달아줄게.

혜진　담장 넘어서 들어오면?

두식　(든든하게) 그럼 철조망도 쳐줄게. 아니다, 집 주변에 아예 지뢰를 깔자.

혜진　(순간 설레서 보면)

두식　그니까 안심하라고.

혜진, 고개를 끄덕이고 두식, 나가려는데 그 순간 창문이 깨질 듯 요란하게 흔들린다. 혜진, "엄마야!!!" 소리 지르면 두식, 어느새 혜진을 보호하고 있다.

두식　(살피며) 바람이야, 바람... 오늘따라 유독 요란하네.

하며 혜진을 놓는데 이번에는 갑자기 늑대의 하울링 소리가 들려온다.
혜진, 놀라서 꺅 비명 지르면 두식, 또 혜진을 감싸고 창문에 대고 버럭한다.

두식　야, 흰둥이 너 조용히 안 해?
어촌계장님네 백군데, 가끔 지가 늑댄 줄 알아... (하며 혜진을 보면)

혜진　아... (하며 두식을 바라보고)

두식　(고개 돌리며) ...이제 그만 자. 나 밖에 있을 테니까.

하고 가려는데 몸이 덜컹한다.
두식, 돌아보면 혜진이 자신의 옷자락을 잡고 있다.

S#23. 두식의 집, 거실 (밤)

민망한 얼굴의 혜진, 쿠션을 안고 소파에 앉아 있다.

두식 (보며) 그래서 아예 여기서 밤을 새시겠다?

혜진 혼자는 잠이 안 올 것 같은데 어떡해.

두식 누워. 내가 5초 안에 잠 오게 해줄게.

혜진 (눈 동그래져서) 어떻게?

두식 누워보면 알아.

혜진, 쿠션을 베고 대충 누우면 두식, 시집을 뽑아 들고 혜진의 머리 위쪽 소파 한구석에 앉는다. 마치 무릎베개를 한 것처럼 보이는 구도다.

혜진 시집이네?

두식 (장난기로) 치과처럼 책과 거리가 먼 사람들에겐 이만한 명약이 없지.

혜진 (발끈해서) 나도 책 읽거든?

두식 제일 감명 깊게 읽은 책이 뭔데?

혜진 (바로 태세전환) 뭐 해? 안 읽고?

두식 (피식하고는) 읽는다. 들어도 좋고, 잠 오면 더 좋고.

두식, 시를 읽어 내려가기 시작한다. 김행숙의 「문지기*」라는 시다.

두식 여기서 이러시면 안 됩니다, 라고 말하는 것이 내 직업이다.
당신의 목적을 부정하는 것이 내 직업이다.
다음 날도 당신을 부정하는 것이 내 직업이다.
당신을 부정하기 위해 다음 날도 당신을 기다리는 것이 내 직업이다.
그다음 날도 당신을 기다리다가 당신을 사랑하게 되는 것이 내 직업이다.
그리하여 나의 사랑을,

---

* 김행숙, 「문지기」, 『에코의 초상』(문학과 지성사), 2014

시를 읽던 두식, 마지막 문장에 이르러 순간 멈칫한다.
"*그리하여 나의 사랑을 부정하는 것이 나의 직업이다*" 구절이 비춰진다.
마지막 문장을 차마 읽지 못한 두식, 혜진을 보면 벌써 잠들어 있다.
두식, 책을 내려놓고 담요를 덮어준 뒤 일어나려는데
혜진, 두식의 옷깃을 잡고 있다. 두식, 보면 혜진, 잠결에 웅얼거린다.

혜진 ...있잖아... 할아버지 얘기... 첫 번째... 해준 사람... 누구야.

두식 (나지막하게) 있어. 어떤 사람. 아주... 따뜻했던 사람...

혜진 (잠결에 욕하는) 에이 씨바...

두식, 혜진의 욕설에 픕- 웃음이 나오는데 소리가 날까 봐 꾹 참는다.
음냐음냐... 잠든 혜진을 보며 자꾸만 웃게 되는 두식이다.

cut to.
혜진, 소파에서 자고 있고 두식, 소파 아래 바닥에 잠들어 있다.
혜진에게 덮어줬던 담요가 어느새 아래로 축 늘어져 두식에게도 덮여 있다.
바닥과 소파에서 마주 보고 잠든 두 사람, 어쩐지 연결돼 있는 느낌이다.

S#24. 공진 전경 (아침)

춘재(E) 뭐? 어제 윤선생님 집에 침입한 괴한이랑,

S#25. 보라슈퍼 앞 (아침)

마을 사람들 다 웅성웅성 모여 있는 가운데 춘재, 화정에게 놀라 묻는다.

춘재 유초희 쌤 납치하려던 놈이 같은 놈이라고?

화정　응. 경찰서 가서 진술하고 오는 길이야. 김경위님 말이, 전과 11범이래.
그 집서 훔친 여자 물건만 한 트럭이 나왔고.

남숙　(흥분해서) 내 브라자 훔쳐갔던 놈도 그놈이었어!
증거 품목에 내 브라자가 떡하니 있는데... 그 잡놈의 새끼!

윤경　그럼 제 원피스도 그놈이 가져갔나 봐요! 어머, 어떡해. 어머!

감리　그런 몹쓸 위인이 공진엔 우태 왔다니?

화정　두 달 정도 됐대요. 출소해서 이리저리 떠돌다 온 모양인데,
제 버릇 개 못 준 거죠.

맏이　(분노로) 그런 숭악한 놈은 사지를 찢어발기야 되는데.

주리　(해맑게) 헐. 지금 경찰서 가면 구경할 수 있어요?

춘재　얘가 세상 무서운 줄 모르고. 오주리 너 빨리 학교나 가!

주리　아, 진짜 잔소리! (책가방 메고 일어나다가) 어? 저기 언니랑 삼촌이다!

출근하는 두식과 혜진, 함께 걸어오고 있다.

주리　(와다다 뛰어가) 삼촌! 언니! 이따 톡 할 테니까 어제 얘기 나중에 해줘요?

그러고는 빛의 속도로 가버리는 주리.
혜진과 두식, 너털웃음을 짓는데 이번엔 마을 사람들 우르르 몰려든다.

화정　선생님 괜찮아요? 어제 일 듣고 얼마나 놀랬나 몰라.

맏이　(걱정으로) 홍반장 팔에 가우질을 했다든데 마이 아파서 우태하나!

남숙　어머야라, 선생님 하루 새 얼굴이 쏙 빠졌네. 진짜 괜찮아?

두식　(넉살로) 아이고, 발 없는 말이 또 천리를 갔네.
나 괜찮아. 치과도 뭐 괜찮은 것 같고.

혜진　그걸 왜 홍반장이 대신 얘기해?
저 괜찮아요. 괜히 걱정 끼쳐드려 죄송해요.

화정　아냐, 내가 집주인으로서 면목이 없어. 당장 방범서비스 신청해줄게.

혜진　아... 감사합니다.

감리　(청심환 껍질 까주며) 일단 이 청심환부터 잡싸.

놀래켰을 땐 이기 하나 딱 까먹으믄 속이 다 잠잠해져.

혜진 네? 아, 네에... (하며 감리가 손으로 준 청심환을 군말 없이 먹는다)

숙자 (예쁘게 보며) 아유, 잘도 먹네. 써도 꼭꼭 씹어 삼켜.

두식 (감리에게) 감리씨, 내 껀 없어?

감리 (움찔) 집에 하나 뿐이 없어서. 니는 게떠거 사주께.

윤경 (안에서 꿀물음료 갖고 나오며) 선생님, 이것도 좀 드세요.

두식 뭐야. 그것도 왜 한 병만 갖고 나와?

혜진 (받으며) 고맙습니다.

춘재 이런 날은 좀 쉬시지. 출근하시는 거예요?

혜진 네. 병원은 열어야죠.

춘재 그럼 좀 계셔. 내가 얼른 커피 한 잔 내려다드릴게. 선생님 최애 아아로다가.

혜진 아니, 안 그러셔도 되는데...

춘재 내가 드리고 싶어 그래.

두식 얼씨구?

남숙 (이 와중에) 근데 어제는 홍반장이 어쩌다 구해준 거야?
설마 그 야심한 시각에 같이 있었던 거야?

혜진 ...네?

남숙 (건수 잡은) 그리고 지금도... 왜 둘이 같이 와?

화정, 그런 남숙을 홱 째려보지만 마을 사람들 은근 궁금한 눈치.
놀랍지도 않은 두식과 그럼 그렇지... 남숙을 보는 혜진, 감동 파사삭된다!

S#26. 윤치과 건물 근처 거리 (아침)

혜진과 두식 함께 걸어간다.

두식 (싫지 않은 눈치) 다들 나보다 치과를 걱정하는 거 같은 건, 내 기분 탓이지?

혜진 (괜히 으쓱) 글쎄. 근데 왜 계속 따라와? 이러다 치과까지 같이 출근하겠어.

두식 그럴라고.

혜진 ...어? 왜?

두식 나온 김에 공짜커피 한 잔 하게. 오늘은 달달하니 믹스가 땡기네.

참나... 혜진, 어이없다는 듯 피식 웃는데 그때 미선, 은철이 달려온다.

미선 혜진아!

은철 두식이 형!

혜진 (보고 놀라는) 미선아?

두식 뭐야, 둘이 왜 같이 와?

은철 두 분 어제 큰일 날 뻔 하셨다면서요!

미선 (혜진을 살피며) 야! 너 괜찮아? 너 왜 어제 전화했을 때 얘기 안 했어?

혜진 너 놀랄까 봐 그랬지. 나 아무렇지도 않아. 어머닌? 괜찮으셔?

미선 응, 수술 잘됐어. 다 네 덕분이야.

혜진 (안도의 한숨) 다행이다... 엄마 옆에 있으라니까 왜 내려왔어?

미선 야, 내려오길 잘했지. 하루 없는 새에 이 사단이 났는데!
(덥석 안으며) 나 이제 절대 자리 안 비울게. 껌딱지처럼 딱 붙어 있을게!

혜진 (안긴 채) 야아...

혜진과 미선, 누가 먼저랄 것도 없이 얼싸안고 운다.

두식 (빤히 보며) 나 이 장면 봤어.

은철 저두요. 형은 괜찮으신 거예요? 팔 다치셨다면서요. (하며 두식의 팔을 잡는다)

두식 (아파서 헉 소리도 못 내고) !

은철 왜요? 많이 아프세요?

두식 (겨우 쥐어짜듯) ...놔. 놓으라고.

그제야 은철, 다친 팔이 여기구나 화들짝 손을 떼면... 다친 팔을 부여잡는 두식의 눈에 눈물 고여 있다.

S#27. 윤치과, 로비 (아침)

의사가운과 치위생사복으로 갈아입은 혜진과 미선, 안에서 나온다.

혜진 최순경님이랑은 어떻게 된 거야?

미선 (수줍게) 그게… 서울 병원까지 데려다줬어.
엄마 수술 끝날 때까지 옆에서 기다려도 주고. 오늘 같이 내려왔어.

혜진 (웃으며) 뭐야. 차였다더니 완전 그린라이트네.

미선 어제 수술실 앞에 같이 앉아 있는데, 갑자기 옛날 생각이 나는 거야.
우리 아빠 입원했을 때 필승인 병문안 한 번을 안 왔거든.
괜히 부모님한테 인사했다가 결혼 얘기 나올까 봐.

혜진 (울컥) 그 새끼 그때 죽이자니까!

미선 나 솔직히 처음엔 그냥 은철씨 얼굴이 맘에 들었던 거거든?
내가 원래 홍콩 미남상에 심장이 반응하잖아.
근데 어떡하냐. 이제 진심이 돼버렸어.

혜진 (놀라서) 야… 그럼 더 잘된 거 아냐?

미선 (그러나 표정 복잡한) …

S#28. 주민센터, 동장실 (낮)

영국, 퀭한 얼굴로 화정, 초희와 함께 찍은 옛 사진을 보고 있다.
사진 속 초희 쪽을 바라보면 떠오르는 기억…

flash back.
9화 S#29. 초희의 말. "근데 전 오빠를 이성으로 생각해본 적은 없어요.
앞으로도 계속 좋은 오빠 동생 사이로 지냈으면 좋겠어요."

다시 화정 쪽을 쳐다보면 또 생각나는 화정의 말…

flash back.
9화 S#58. 화정의 말. "넌 내가 왜 이혼하자고 했는지 모를 거야."
"그래, 그렇게 평생 몰라. 모른 채 살아."

영국, 지난 기억에 심란해 죽겠는데 눈앞에 화정이 서 있다. 진짜 화정이다.

영국 (튀어 오르며) 엄마 깜짝이야!
화정 뭘 그렇게 놀라? 귀신 본 사람처럼.
영국 (가슴 부여잡고) 아, 흉통... 아, 스트레스...
화정 하여간 새가슴 아니랄까 봐.
영국 (겨우 숨 가다듬고) 여긴 어쩐 일이야?
화정 (갑자기 존대로) 공적으로 드릴 말씀 있어 왔어요.
영국 (불길한데) 예, 일단 앉으세요.
화정 (소파에 앉고) 어제 있었던 불미스런 일에 대해서는 들으셨죠?
영국 응. 아아, 네.
화정 그래서 저희 통반장단이 상의 끝에 우리동네순찰단을 만들기로 했어요.
영국 (피곤한) 저기, 여통장님. 훌륭한 결정이시긴 한데,
행정업무란 게 그렇게 하루아침에 뚝딱되는 게 아니거든요.
연계관청에 협조도 구해야 되고 보고서도 올려야 되고...
화정 그런 절차 같은 거 난 모르겠고, 우리 뜻은 하나예요.
공진은 공신 사람이 지킨다.
영국 (할 말 없고) ...
화정 그런 줄 아시고, 동장님은 시청이랑 상의해서
CCTV, 비상벨, 보안등이나 추가로 설치해주세요.
영국 (대답 안 하면) ...
화정 (버럭) 대답 안 해?
영국 (진저리로) 아, 알겠어!
화정 말만 하지 마시고. 며칠 걸리나 오늘부터 셀 거예요. (하며 일어나면)
영국 (따라 일어나며) 벌써 일어나?

화정 용건 끝났는데 뭘 앉아 있어.

영국 난 안 끝났어. 우리 사적인 얘기 좀 하자. 어제 네가 했던 말...

화정 (말 자르며) 난 더 할 얘기 없어.

영국 야, 화정아. 그러지 말고, (하는데 화정의 휴대폰 전화벨 울린다)

화정 여보세요. 어, 보라 엄마... 응, 오늘? 가봐야지. (전화받으며 나가버린다)

영국 (미치겠는) 뭔데! 도대체 뭐길래 이렇게 사람을 궁금해 미치게 만들어!!!

S#29. 주민센터, 민원실 (낮)

화정, 유유히 나가고 용훈, 투명 유리창을 통해 동장실 안을 들여다본다. 앞구르기 뒤구르기 난리가 난 영국을 보며 용훈, 절레절레 고개를 흔든다.

용훈 미치려면 곱게 미치셔야 되는데.

S#30. 철물점 (낮)

보라, 바닥을 데굴데굴 구르며 생떼를 쓰는데 금철, 익숙한 듯 내버려둔다.

보라 게임기 고쳐줘. 고쳐달란 말이야!!!

이준 야, 최보라! 진자리 마른자리 갈아 뉘시며 손발이 다 닳도록
고생하시는 부모님께 그러면 어떡해!

금철 (평온한) 아저씬 괜찮아, 이준아. 나는 관대하다... 나는 보살이다...

보라 (울며 발광하는) 게임기!!! 게임기!!!

그때 철물점 안으로 붕대 감은 두식이 들어선다.

이준 어? 홍반장 삼촌?

두식 (이준이 머리 쓰다듬어주며) 안녕. 뭐야, 이 익숙하고 조용한 풍경은.

(우쭈쭈 어르는 말투로) 보라야. 우리 보라 누가 그랬어?

보라　(벌떡 일어나서) 삼촌! 아빠가 내 게임기 안 고쳐줘...

두식　(달래는) 어우, 그랬어? 그래서 속상했어? 근데 보라야.
그건 아빠가 안 고쳐주는 게 아니라 못 고쳐주는 거야.

금철　(빠직하지만) 나는 그 어떤 경우에도 평정심을 잃지 않는다...

두식　(다정하게) 삼촌이 고쳐줄게. 이리 줘봐.

보라　(언제 울었냐는 듯 눈물 닦고 게임기를 건넨다)

두식　(금철에게 손 내밀며) 도라이바.

금철　(드라이버 주며) 너는 칼빵 맞았단 애가 멀쩡해 보인다?

두식　그래서 실망했어?

금철　(투박한 진심) 아니! 그냥 뭐... 다행이라고. 걱정했다고!

두식　(피식 웃으며 스크루 돌리는) 나 주문할 거 있는데.

금철　(흠칫) 하지 마.

두식　그게 뭐냐면,

금철　(이미 전화하고 있는) 응, 윤경아. 나 오늘 철물점 폐업 신고할라고.
응... 바쁘니까 닥치라고?

S#31. 바닷가 근처 길가 (낮)

두식, '창문잠금장치' 적혀 있는 주문서 들고 휘파람 불며 걸어가는데
바다가 보이는 길가에 성현의 차가 세워져 있다.

두식　(갸웃) 저거... 지피디 차 같은데?

두식, 차로 다가가 창문에 얼굴 들이대고 살펴보는데 안에 아무도 없다.
주변을 두리번거리지만 성현의 모습 보이지 않는다.

S#32. 감리의 집, 마당 (낮)

성현, 우두커니 툇마루에 앉아 있는데 지원으로부터 전화가 온다.

성현　여보세요.
지원(F)　지피디 너 뭐야? 메인피디가 편집실에 코빼기도 안 비치고 지금 제정신이야?
성현　아니. 제정신 아니야.
지원(F)　뭐야... 지금 어딘데?
성현　...공진.
지원(F)　아직까지 거기 왜, 설마 그 시청률 부적이랑 관계 있어? ...윤선생님?
성현　(묵묵부답이고)
지원(F)　우리 햇수로 칠년 째야. 이런 모습 처음이고.
근데 지성현. 수장이 흔들리면 프로그램 산으로 가는 거 알지?
성현　미안... 왕작가, 나 하루만 봐주라.
딱 오늘만, 오늘까지만 이러고 내일 정신 차릴게.

S#33. 방송국, 편집실 (낮)

모니터 앞의 도하, 야구모자 눌러쓴 채 졸고 있다.

지원　(전화에 대고) 딱 한 번이야. 앞으로 공사 구분 확실히 해!
(전화 끊고 혼잣말로) ...난 너한테 언제까지 공이냐.
도하(E)　공...
지원　(흠칫해서 보면)
도하　(잠꼬대하는) 공...수 교대해! 쓰리아웃, 체인지!

S#34. 윤치과, 원장실 (저녁)

혜진, 휴대폰 전화번호부의 '홍반장' 이름 석 자를 보며 신경 쓰인다는 듯 중얼거린다.

혜진　…친척 하나 없다던데 제사는 혼자 지내는 건가?
미선　(들여다보며) 퇴근 안 해?
혜진　너 먼저 퇴근해. 난 일이 좀 남아서.
미선　그럼 나도 기다릴까?
혜진　아니야. 잠도 못 자고 피곤할 텐데 들어가 쉬어.
미선　알았어. 어두워지기 전에 들어와! 무서우면 바로 전화하고.
혜진　(웃으며) 응.

S#35. 보라슈퍼 앞 (저녁)

미선, 퇴근하는데 은철, 배달 온 상자들을 정리하고 있다.
당황한 표정의 미선, 목례하고 지나가려는데 은철, 미선을 불러 세운다.

은철　표선생님.
미선　(돌아보며) 네? 저요?
은철　(목장갑 벗으며) 시간 괜찮으시면, 커피 한잔 하실래요?
미선　(뜻밖의 제안에 조금 놀란) ?

S#36. 라이브카페 안 (저녁)

미선 앞에는 커피가, 은철 앞에는 노른자 띄운 쌍화차가 놓여 있다.

미선　(쌍화차 보며) 커피 마시자더니.
은철　아, 그건 관용적 표현. 제가 원래 한약 맛 나는 걸 좋아합니다.
미선　(놀랍지도 않은) 아…
은철　제가 이렇게 뵙자고 한 건 드릴 말씀이 있어섭니다.

미선　사실 저도 드릴 말씀이 있어요.

은철　네? 아, 그럼 표선생님 먼저.

미선　어제 일, 다시 한번 고맙단 얘기하고 싶었어요.

은철　아닙니다. 마땅히 해야 될 일을 한 것뿐입니다.

미선　(차분하게) 네. 은철씨는 민중의 지팡이시니까,
1박 2일간 절뚝거리는 제 지팡이가 돼주신 거예요. 맞죠?

은철　...예?

미선　(솔직하게) 저 연애 엄청 많이 해봤어요.
은철씨한테 인스턴트 소리 들었을 땐 되게 억울했는데, 사실 그 말 맞아요.
처음엔 은철씨도 그렇게 가볍게 생각했어요. 근데... 그 마음이 자꾸 우러나요.

은철　(보면)

미선　이러다가 48시간 고아낸 가마솥 설렁탕같이 될까 봐 좀 무서워요.
그건 저답지 않거든요.

은철　(당황해서) 저기, 표선생님...

미선　(쐐기를 박는) 저 결심했어요. 이 마음 잘 정리하기로.

은철　(충격으로) 네?

미선　은철씨 부담스럽지 않게 조금씩 멀어질게요.
그니까 앞으로도 계속 편하게 그저 시민1로만 대해주세요.

미선, 고개 숙여 인사하고 가면 이게 아닌데... 은철, 멍하니 앉아 있다.

S#37. 공진시장 (저녁)

퇴근하던 혜진, 시장을 지나다가 전집 앞에 쌓여 있는 전들을 보며 멈칫한다.

S#38. 두식의 집, 마당 (저녁)

혜진, 양손 가득 비닐봉지를 들고 기웃기웃하며 안에 들어선다.

혜진 안에 있나?

두식 (뒤에서) 밖에 있다.

혜진 (뒤돌아보며) 깜짝이야! 인기척 좀 하고 다녀.

두식 염탐이 취미, 적반하장이 특기냐? 여기 내 집 마당이야.

혜진 (할 말 없는데) ...

두식 웬일이야?

혜진 아... 오늘 제사라며. 그 팔로 음식 준비를 어떻게 해.
(새침하게 비닐봉지 내밀며) 그래서 내가 전 좀 사왔,

그런데 혜진이 채 말을 끝내기도 전에 화정이 마당으로 들어선다.

화정 홍반장! 어어. 윤선생님도 와계셨네?

혜진 (내밀었던 손 거두며) 안녕하세요, 통장님.

두식 누나가 어쩐 일이셔?

화정 응, 저기 이거... 입이 심심해서 부쳤는데 양이 좀 많게 돼서
오늘 상에다가 올려. (하며 6단 도시락 통을 슬쩍 내민다)

두식 아니 뭐가 이렇게 많아?

화정 별건 아니고 1층부터 육전, 호박전, 민어전, 동태전,
두부적, 동그랑땡 차례로 입주시켜봤어.

혜진 (손에 든 봉지 초라해지는데) ...

두식 별게 아니긴. 완전 프리미엄 호화 분양인데?

화정 이 정돈 해야지. 우리 집 20년 전, 할아버지 기름집 인수하며 살림 폈잖아.
이 은혜는 대대손손 갚을게.

두식 (웃으며) 이준이랑은 상의된 거야?

화정 걔가 제일 좋아하는 사자성어가 결초보은結草報恩이다. 갈게.

두식 (뒤에다 대고) 고마워, 누나!

혜진 안녕히 가세요.

두식 치과, 좀 전에 뭐라고... (하다가 문 쪽을 보며) ...할머니!

감리가 커다란 찜통을 들고 들어오고 있다.
그리고 다른 마을 사람들도 전부 손에 뭔가를 하나씩 들고 들어온다.

감리　(찜통 내려놓으며) 이기 홍게야.
본래는 상에 피문어르 올래야 한데 금어기라 기찜을 해왔싸.
맏이　(스테인리스통 내밀며) 내거 집에서 나물으 좀 무쳐왔다니.
숙자　(냄비 주며) 홍반장, 이거 소고기뭇국. 팔팔 끓여서 아직 뜨거워.
남숙　(생선 내밀며) 이건 명태고 이건 가자미야.
윤경　(쟁반 건네며) 이거 대추랑 밤인데요. 밤은 보라 아빠가 다 깠어요.
춘재　(과일박스 내려놓는) 두식아. 이거 사과랑 배. 오다 주웠다.
영국　(종이가방 주며) 저기 나는 음식은 못하니까, 한과랑 약과랑 좀 사 와봤어.

음식들을 받는 두식, 고마움과 미안함과 머쓱함이 뒤섞인 얼굴이다.

두식　아이 참. 이놈의 동네는 뭐 모르는 게 없어.

어느새 평상 위에 마을 사람들이 주고 간 정성들이 가득 쌓여 있다.
혜진, 두식을 향한 사람들의 따뜻한 마음이 느껴져 다행스럽다.

S#39. 두식의 집, 부엌 (밤)

제사상을 준비 중인 혜진, 화정이 해온 전을 제기에 옮겨 담는다.

두식　(빤히 보며) 이런 모습 상당히 어색한데. 진짜 치과 맞아?
어디서 쥐가 손톱 먹고 변신한 건 아니지?
혜진　(제기 건네며) 시비 걸지 말고 곱게 가져가.
두식　잠깐만... (하더니 비닐봉지에서 혜진이 사온 전을 위에 더 올린다)
혜진　(당황해서) 뭐 해?
두식　(태연하게) 우리 할아버지 잡수라고 사온 거 아냐?

혜진　그렇긴 한데...

두식　이거 시장 전집에서 샀지? 할아버지 여기 깻잎전 엄청 좋아했는데.
치과 셀렉select이 기가 막히네.

혜진　(피식, 왠지 그 맘이 고맙다)

S#40. 두식의 집, 거실 (밤)

정갈하게 차려진 제사상 위에 두식, 마지막으로 위패를 올린다.

혜진　저기 그럼 난 이만 가볼게. 할아버지랑 오붓한 시간 보내.

두식　(툭 말하는) 있고 싶으면 있어도 돼.

혜진　(조금 놀라서) 어?

두식　...있고 싶으면.

cut to.
흰 셔츠에 정장바지로 갈아입은 두식, 한쪽 팔이 불편하지만 상에 술을 올리고 절을 한다.
그러고는 무릎을 꿇은 채 위패를 보며 말한다. 어릴 때와 같은 사투리다.

두식　할바이. 음식이 아주 개락이제? 마커 사람들이 다 챙게줬다니.
먹고 수운 걸로 골라 잡쏴.

혜진　(그런 두식을 보는데)

두식　(돌아보며) 치과도 인사할래?

혜진　어? 어어... (와서 절 두 번 올리고) ...안녕하세요, 할아버지.
전 윤혜진이라고 합니다. 서른네 살, 치과의사구요, 잘 부탁드립니다...

두식　아이 엠 그라운드 자기 소개하냐?

혜진　(민망한) 홍반장이 인사드리라며.

두식　(웃음기로) 딱 십 분만 기다렸다 먹자. 우리 할아버지, 밥 빨리 잡숴거든.

S#41. 두식의 집, 부엌 (밤)

혜진과 두식, 식탁에 앉아 제사음식을 먹고 있다.

혜진 홍반장 사투리도 하더라?
두식 그럼. 고향인데. 어릴 땐 할아버지 따라 곧잘 했지.
혜진 (끄덕이고) 하긴. 근데 제사상에 게는 아무리 봐도 낯설다.
두식 나도 처음 올려봤어. 할아버지가 좋아하기도 했고.
혜진 입맛은 안 닮았나 보네? 홍반장은 게 안 좋아한다며.
두식 (금시초문인) 나? 아닌데?
혜진 (어리둥절) 그때 분명 싫어한다고.

flash back.
5화 S#64. 혜진과 두식의 대화. "뭐 먹을까? 홍게 먹을래?" "싫어. 딴 거."

두식 그건 귀찮아서 그랬지. 좋아는 하는데 까먹는 게 일이라.
다른 거 먹을 거 많은데 뭘. (하며 다른 음식 집어 먹는데)
혜진 (홍게 다리를 하나 까서 두식의 접시에 놓는다)
두식 (조금 놀란) 뭐야? 나 먹으라고 준 거야?
혜진 어. 멀쩡할 때도 안 먹던 걸 그 팔로 잘도 까먹겠다.
두식 ...잘 먹을게. (하고 괜히 어색하게 게살을 먹는다)

계속 껍질을 까는 혜진, 실수로 힘을 잘못 주면 게살이 두식의 얼굴로 튄다.

두식 (짜증으로) 처음부터 이럴 계획이었지?
혜진 (웃음 참으며) 설마. 오른쪽 보조개 근방에 안착했다. 떼어 먹어.
두식 ...어디? 여기? (하며 또 순순히 떼어 먹는다)
혜진 (또 실수로 두식 얼굴에 게살을 튀기는데, 웃음 터지는) 푸흡...
두식 (울컥) 치과! 이 정도면 고의거든?

혜진 아냐, 진짜 실수! 자, 이번엔 제대로 됐다. (하며 게살을 접시에 놓아준다)

두식 (의심스러운 눈빛으로, 또 먹긴 잘 먹는데)

혜진 하여간 게도 그렇고 새우도 그렇고 갑각류 귀찮아.
들이는 공에 비해 알맹인 요만큼이고... 근데 또 맛은 있어요...
(하며 또 까서 두식의 접시에 올려준다)

두식 그러게. 생각해보니 이 귀찮은 걸 해주던 사람이 할아버지밖에 없었네.

혜진 (생색으로) 그래! 껍질 까주는 거 이게 보통 일이 아냐.
웬만큼 애정이 있지 않고선 못할 짓이라니까?

두식, 혜진의 말에 멈칫하고 혜진, 자기가 말해놓고 뒤늦게 깨달았다.
잠시 정적... 혜진, 수습하듯 횡설수설 변명을 늘어놓기 시작한다.

혜진 어... 음... 지금 이건 불가항력에 의한 특수상황. 홍반장 나 땜에 다쳤잖아.

두식 (기계적으로) 응. 그치. 나 전치 4주. 아, 아퍼.

혜진 (얼굴 새빨개져서) ...먹어.

두식 응.

말없이 밥만 먹는 두 사람 사이의 공기가 불편해졌다. 묘한 설렘이다.

S#42. 두식의 집 외경 (밤)

혜진(E) 나 그만 가볼게.

S#43. 두식의 집, 마당 (밤)

혜진, 약간 허겁지겁 나오면 두식, 슬리퍼 끌고 따라 나온다.

두식 데려다줄게.

혜진 (황급하게) 아니야. 나오지 마. 정리할 게 산더민데 무슨.
두식 그건 그거고, 캄캄해졌잖아. 어제 일도 그렇고.
혜진 에이, 엎어지면 코 닿을 거리에 오늘은 미선이도 있고. 가면서 전화하면 돼.
두식 그래도.
혜진 (강하게 만류하는) 진짜로 괜찮아. 절대 나오지 마. 알았지?

혜진, 도망치듯 가버리면 두식, 그런 혜진의 뒷모습을 걱정스레 본다.

S#44. 골목길 및 혜진의 집, 대문 앞 (밤)

혜진, 조금 전의 말실수에 아직도 얼굴이 후끈후끈하다.

혜진 뭐? 애정? 윤혜진 대체 무슨 소릴 한 거야!

혜진, 자책하듯 중얼중얼하며 집 앞에 이르는데 그때 들려오는 목소리.

성현 혜진아.
혜진 (놀라며) 선배? 뭐야. 나 기다린 거예요?
성현 (미소로) 응.
혜진 (미안함에) 전화를 하지... 서울은, 잘 갔다 온 거예요?
성현 (얼버무리는) 응? 으응... 혜진아.
내가 돌아오면 시간 좀 내달라 그랬잖아. 그 시간 지금 내줄래?
혜진 지금이요?
성현 (무해하게 웃으며) 응. 밥 먹자. 나 너무 배고파.

S#45. 바닷가 근처 포장마차 (밤)

성현과 혜진, 포장마차에 앉아 있고 성현 앞에 물회 한 접시 놓여 있다.

혜진 미안해요, 선배. 내가 저녁을 먹어서. 혼자 먹어도 괜찮아요?

성현 응, 그럼!

혜진 얼음 녹기 전에 얼른 먹어요.

성현 어… (젓가락 들어 물회 휘휘 젓다가) 저기, 혜진아.

혜진 네?

성현 혜진아.

혜진 네.

성현 어, 혜진아……

혜진 (저도 모르게 푹 웃으며) 네. 저 혜진이 맞아요.

성현 (미치겠고, 젓가락 놓은 뒤) 저기 큐 사인 한 번만 줄래?

혜진 네?

성현 내가 나름대로 연습을 열심히 했거든? 근데 실전은 어렵네. 부탁해.

혜진 음, 뭔진 모르겠지만… 일단 큐…요?

성현 (연습한 걸 말하듯) 혜진아. 내가 살면서 딱 하나 후회하는 게 있는데…
하아… 그게 뭐냐면… (하고 또 망설인다)

혜진 뭔데 그래요?

성현 (망설이는) 그게 사실은…

혜진 (심각해져서) 선배, 혹시…

성현 (들킨 건가? 당황해서 보면) 응?

혜진 …뭐 돈 문제 그런 거예요?

성현 (삐끗) 어? 아니 그게 아니라,

혜진 (말 자르며) 그런 거라면 제가 많이는 아니라도 도와드릴 수 있는데.

성현 (얼굴 빨개져서 내뱉는) 너한테 고백 못 한 거!

혜진 …네?

성현 14년 전, 너한테 고백하지 못한 거 두고두고 후회했어.

혜진 (놀라서 성현 보는데)

성현 (투철하게) 근데 여기서 널 다시 만났고, 오래 고민했어.
내 감정이 과거의 애틋했던 마음인지 현재의 떨림인지.
그리고 내가 내린 결론은… 내가 널 좋아해.

혜진 !

성현 예전에 널 좋아했던 만큼, 아니 그보다 더 널 좋아해, 혜진아.

혜진 선배...

성현 부담 가질 필요도 없고, 당장 대답해달란 것도 아니야.
그저 더 늦기 전에 말하고 싶었어. 이번만큼은 후회하기 싫거든.

혜진 (보는데)

성현 (슬레이트 치는 시늉하고) 컷! 어우, 이제야 밥이 넘어갈 것 같네.
나 진짜 혼자 먹는다?

혜진 (복잡하지만 미소로) 네, 드세요.

성현 (활짝 웃으며) 와, 맛있겠다.

성현, 혜진이 부담스럽지 않게 분위기를 풀어주며 물회를 먹는다.

S#46. 두식의 집, 거실 (밤)

홀로 제사상을 치우던 두식, 위패를 보며 할아버지에게 말을 건다.

두식 할바이. 오늘은 친구가 오는 바람에 좀 시끄러웠지?
걔가 원래 좀 그래. 따발따발 말도 많고 웃기도 잘 웃고,
아주 사람 정신을 쏙 빼놓는데...

그렇게 말하는 두식의 입가에 어느새 웃음기가 가득하다.
그러다 문득 혜진이 앉아 있던 자리를 힐끗 쳐다보고는 묘한 표정이 되어,

두식 있다 없으니까... 허전하네...

S#47. 혜진의 집, 거실 (밤)

혜진, 심란한 표정으로 들어오면 역시 심란하게 앉아 있던 미선이 묻는다.

미선 왜 이렇게 늦게 와?
혜진 성현 선배 좀 보고 오느라. 집 앞에서 기다렸더라고.
미선 이 시간에 무슨 용건이길래. 왜? 고백이라고 하디?
혜진 (소파에 털썩 앉으며) 너 내일부터 이직 준비해라.
미선 (보면) 야, 넌 농담 좀 했다고 친구를 자르냐?
혜진 나가서 돗자리 펴라구. 이 표무당아.
미선 (눈 커지는) 헐... 그치? 내 말이 맞지? 지성현이 너 좋아한다 그랬잖아.
근데 고백받은 사람 표정이 왜 그래?
혜진 모르겠어. 맘이 좀... 복잡해.
미선 (흥분해서) 복잡할 게 뭐 있어. 직업 좋지, 집안 좋지, 성격 좋지,
완전 윤혜진 이상형 그 자첸데! 게다가 예전에 네가 좋아했던 사람이잖아.
혜진 그야... (하다가 더 말 못 하는데)
미선 운명처럼 다시 만나 드디어 고백까지 받았는데, 망설인다구? 왜?
설마... 홍반장 때문에?
혜진 (부인 못 하는) !
미선 ...진짜?
혜진 아, 몰라! 내 얘기 그만하고, 너는! 넌 최순경님이랑 어떻게 된 건데?
미선 (시무룩해져서) 말했어. 마음 접겠다고.
혜진 (경악으로) 뭐?
미선 최순경님 말이 맞아. 난 한없이 가벼운 인간이고, 진지한 관계 무서워.
혜진 (기막힌) 야... 드디어 진짜 좋아하는 사람을 만났는데,
심지어 내가 보기엔 잘될 가능성도 있는데, 그걸 자체정리 했다구?
미선 (할 말 없고) ...우리 뭐 이러냐?
혜진 이래서 유유상종類類相從이라지.
미선 (한숨 쉬다가 좋은 생각났다는 듯) 우리 이번 주말에 서울 안 갈래?
혜진 서울?
미선 응. 여기 있어봐야 심란하기나 하지. 기분전환도 할 겸.
혜진 쇼핑도 하고 맛있는 것도 먹고?

미선　　호캉스도 하고!

혜진과 미선, 진한 눈빛교환과 함께 꺄! 돌고래 비명을 지른다.

S#48. 해안도로 및 혜진의 차 안 (아침)

혜진과 미선의 신난 함성 연결되며, 혜진의 차가 해안도로 위를 달린다.
창문을 열고 달리는 혜진과 미선, 마치 〈델마와 루이스〉 같다.
혜진, 세련되고 화사한 플라워 프린팅의 옷을 입고 있다.

미선　　서울 도착하면 우리 뭐부터 할까?
혜진　　그걸 말이라고. 당연히 어머니 병문안부터 가야지.
미선　　에이, 아냐. 엄마 벌써 퇴원해서 이모네 집에 가 있는데 뭐.
그리고 이틀 연짝으로 봤더니 벌써 내 얼굴이 지겨우시댄다.
혜진　　(피식 웃고) 그럼 뭐 하고 싶은데?
미선　　쇼핑? 아니다, 호텔 수영장이 낫나? 스파 가서 마사지 받을까?
혜진　　뭘 고민을 해. 다 하면 되지!
미선　　역시! 윤혜진 똑똑해.
근데 너 서울 간다고 힘 좀 줬다? 머리 컬이 예술이야.
혜진　　그치? 오늘따라 고데기가 잘 먹혔,
(뭔가 생각난 듯 멈칫, 비명 지르는) ...으아아!!!
미선　　(놀라서) 왜? 뭐? 왜 그러는데?
혜진　　고데기... 나 집에, 고데기 코드를 안 빼고 온 것 같아.
미선　　(경악으로) 뭐?!
혜진　　(안절부절못하는) 어떡하지? 집에 다시 가야 되나?
미선　　야! 벌써 1시간을 넘게 왔는데. 다시 왔다 갔다 하면 해 저물겠다.
혜진　　그럼 어떡해! 그거 그냥 놔두면 불날 텐데? 아니, 벌써 난 거 아냐?
안 되겠다... 차 돌릴만한 데가...
미선　　잠깐만. 방법이 생각났어. (하며 휴대폰 꺼내든다)

혜진　뭐 하게? 119에 신고하게?

미선　(전화 걸며) 아니, 홍반장한테 부탁하게.

혜진　홍반장? 아... 그 방법이 있구,

insert.

2시간 전. 혜진, 옷 고르며 옷가지들 아무렇게나 휙휙 집어던진다.

혜진　...아니야! 홍반장은 안 돼. 절대 안 돼!

미선　(이미 전화받는) 여보세요? 홍반장님.

혜진　(절규로) 안 돼!!!!!!

S#49. 교차편집. 두식의 집, 거실 + 혜진의 차 안 (아침)

차 안의 혜진, 미선과 두식이 번갈아가며 보여진다.

갓 씻고 나와 젖은 머리의 두식, 시끄러운지 전화기를 귀에서 뗀다.

두식　(인상 찌푸리며) 옆에 치과지? 입 좀 막아.

미선　홍반장님. 급한 알바 하나만 해주실 수 있어요?

두식　뭔데?

미선　그게... 저희 집에 가셔서 혜진이 방에 입장하신 다음
화장대 위에 놓여 있는 고데기 코드 좀 뽑아주세요.

두식　(어이없는) 뭐? 별 말 같지도 않은. 직접 하면 되잖아.

미선　그게 저희가 지금 좀 멀리 나와 있어서.

두식　어딘데?

미선　서울이요.

두식　...서울을 갔어? 언제 오는데?

미선　내일요. 그니까 한 번만 살려주세요. 통장님 집을 태워먹을 순 없잖아요.

두식　(환장하겠는) 하아... 알았어. 그것만 해주면 되지?

미선　네!!! (운전하는 혜진에게) 해준대.

혜진 (전화 쪽 향해 소리 지르는) 홍반장! 방에 들어가서 좌회전.
딱 고데기만 뽑고 나와! 딴 데 쳐다보기만 해!

두식 (혜진의 목소리에 그냥 끊어버린다)

미선 (뚜뚜뚜 소리에) 끊었는데?

혜진 (망했단 느낌으로) 아이 씨...

S#50. 혜진의 집, 현관 및 침실 (아침)

가방을 멘 두식, 문을 열고 투덜투덜하며 집 안에 들어선다.

두식 내가 진짜 하다하다 별 알바를 다 해본다.

두식, 혜진의 방에 들어가는데 눈앞에 펼쳐진 풍경, 아수라장이고 아비규환이다. 발 디딜 틈 없이 온갖 데 널려 있는 혜진의 옷가지들.
책상엔 논문들 쌓여 있고 화장대에도 온갖 화장품들 다 꺼내져 있다.

두식 (스스로를 다독이며) ...침착해. 솔직히 예상했잖아.
청결하고 위생적인 타입일 거라곤 기대도 안 했어.

두식, 섬과 섬 사이를 건너듯 깨금발로 겨우 남은 방바닥을 밟아
화장대까지 진출한다. 그리고 고데기를 확인하는데 코드 이미 뽑혀 있다.

두식 장난해 지금? 하... 사람 똥개훈련이나 시키고 말이야.

두식, 앞머리를 후 불어 열을 식히고는 책상 위에 가방을 내려놓는다.
그러고는 가방에서 공구를 꺼내 혜진의 방 창문에 잠금장치를 설치한다.
뚝딱뚝딱 금세 시공하고는 문이 열리는지 확인해보는 두식.

두식 (약간 뿌듯한) ...됐다.

누식, 가방을 챙기나가 책상 위에 놓인 뭔가를 보고 멈칫한다.

S#51. 서울 도심 전경 (아침)

S#52. 백화점, 로비 (낮)

혜진과 미선, 위풍당당하게 백화점 로비에 들어선다.

미선 　으음... 이 청량하고 쾌적한 온도, 습도, 분위기. 준비됐지?
혜진 　(카드를 손가락에 낀 채) 물론. 공진에서 번 돈, 여기서 탕진하자.

두 사람 신나서 걸어 들어가려는데 주변에 유독 커플이 많다.

미선 　(못마땅한) 저것들은 왜 다 쌍쌍이 백화점엘 기어 나왔어.
혜진 　(팔짱 끼며) 됐어. 쇼핑만큼은 우리가 천생연분, 소울메이트야.
미선 　(애교로) 그럼 우리 저쪽으로 가볼까, 자기야?
혜진 　(정색하는) 그건 아니고.

혜진, 냉정하게 팔짱 풀고 먼저 가면 미선, "같이 가!" 하며 쫓아간다.

S#53. 백화점 내 편집숍 (낮)

혜진, 옷을 고르고 있는데 미선, 블라우스 하나를 골라 자신에게 대본다.

미선 　이거 어때? 나한테 어울릴 것 같지?
혜진 　오, 예쁜데?

미선　　옷걸이가 훌륭하니까. 그래도 핏은 역시 입어봐야지.
혜진　　(웃으며) 피팅룸 저기 있다. 갔다 와.

미선, 피팅룸으로 가면 혜진, 문득 남자 옷 코너가 눈에 들어온다.
저도 모르게 남자 옷들을 살펴보던 혜진, 그러다 셔츠 한 벌을 꺼내든다.

혜진　　(두식을 생각하는) 잘 어울릴 것 같은데...
미선　　(옷 갈아입고 나와서) 혜진아!!!
혜진　　어? 어어... (하며 당황해서 얼른 셔츠를 다시 걸어놓는다)

S#54. 쇼핑 몽타주 (낮)

미선, 신나서 혜진을 끌고 다니는데 혜진, 의외로 쇼핑에 집중하지 못한다.
다른 편집숍에서도 자꾸 남자 옷들만 뒤적뒤적하고,
이동하면서도 마네킹이 입고 있는 남자 옷들만 계속해서 눈에 들어온다.
미선, 그런 혜진을 이상하다는 듯 고개를 갸웃하며 본다.

S#55. 라이브카페 안 (낮)

감리, 맏이, 숙자가 인절미빙수와 옛날팥빙수를 오물오물 먹고 있다.
두식, 그 모습을 귀엽고도 흐뭇하게 본다.

두식　　어때? 맛있으셔?
숙자　　으응. 이거 먹다 옆에서 형님들 다 까무러쳐도 모를 만큼 맛있어.
맏이　　(역정으로) 꼭 말을 해도. 니는 내가 까무러쳤음 좋겠나?
숙자　　(꼬리 내리는) 아니, 말이 그렇단 거지.
두식　　감리씨는? 잡술만 해?
감리　　야야라, 이런 걸 머이하러 먹나. 달기나 달고 이가 시레워 죽겠다니.

두식　감리씨가 제일 많이 드시던데?
감리　(변명하는) 그야... 날이 덥잖나.
맏이　(주섬주섬 일어나며) 여 벤소가 어디나?
두식　(가리키며) 저쪽.
숙자　형님, 나도 같이 가요.

"머이를 화장실까지 따라와?" "나도 마려우니깐 그렇지."
맏이와 숙자, 화장실로 가면 감리, 두식을 빤히 보다가 두식의 팔을 툭 친다.

두식　(놀라며) 아야! 아퍼!
감리　(의미심장하게) 그럼 아플 줄도 모리고 칼으 대신 맞았나?
두식　(얼버무리듯) 그야 상황이, 어쩌다보니까.
감리　두식이 니 치과선생인테 마음 있지?
두식　(당황해서) 에이, 왜 그러실까. 치과랑은 그냥 친구야, 친구.
감리　(꿰뚫어보듯) 내거 올해 나이가 팔십이라니.
평생으 열 질 물속에서 전복이며 성게며 건졌더니
인제 한 질 사람 속도 빼이 보예.
두식　(멈칫, 보면)
감리　그득하니 마음이 그래 만선滿船인데, 어데서 계속 그짓불이나!
두식　(멍해지는데)
감리　두식아... 인생 지다한 것 같아도 살아보믄 짧아.
복잡한 생각 다 처내끈지고, 니 스스로인테 솔직해지라니.

진짜 어른의 말이다... 두식, 머리를 쾅 맞은 느낌으로 감리를 보는데
화장실 갔던 맏이와 숙자가 손의 물기를 옷자락에 쓱쓱 닦으며 돌아온다.

숙자　홍반장. 우리 빙수 하나 더 시켜도 돼?
두식　...어? 어어...
맏이　(숙자에게) 니 그래 먹고 배탈나믄 우태할라 그래...

만이, 숙자를 타박하는 동안에도 두식, 멍하니 생각에 잠겨 있는 얼굴이다.

S#56. 화정횟집 앞 (낮)

화정, 가게에서 나오는데 때마침 초희가 지나간다.
초희, 깍듯하게 목례하고 지나가려는데 화정, 그런 초희를 불러 세운다.

화정 초희야.
초희 (멈칫하는) !

S#57. 화정횟집 안 (낮)

테이블에 반찬 가득하고 화정, 초희 앞에 밥과 국을 내려놓는다.

화정 저녁으론 좀 이른 감이 있는데 늦게 먹는 것보단 낫지.
초희 그러잖아도 배고팠어요. 잘 먹을게요.
화정 (초희 앞에 앉으며) 좀 짜게 안 됐나 모르겠네.
초희 (먹어보고) 딱 좋아요. 저 경찰서에서 연락받았어요.
언니가 진술해주셨다고. 감사해요.
화정 잡았으니 망정이지. 너도 윤선생님도 큰일 날 뻔했어.
초희 네에...
화정 그간 어떻게 살았니? 어머니는? 그때 갑자기 쓰러지셨잖아.
초희 작년에 돌아가셨어요. 쓰러진 이후로 몸이 쭉 불편하셔서 제가 모셨고...
화정 어머니가 딸 옆에 오래 머무시려고 애쓰셨겠네. 넌 말할 것도 없고.
초희 (그 말에 뭉클한데)
화정 오빠는? 오빠 하나 있었잖아.
초희 오빠는 십 년 전에 미국으로 이민 갔어요.
화정 (연민으로) 혼자구나, 너도.

초희 (마음이 쿵) !

화정 외로워서 왔겠네...

초희 (숟가락 꽉 쥔 채 울 것 같은데) ...

화정 (섞박지 그릇 앞에다 놔주며) 너 섞박지 참 좋아했는데.
처음 하숙 들어왔을 때 이걸 어찌나 맛있게 먹던지.

초희 (놀라며) 그걸 기억하세요?

화정 난 먹고 사는 게 젤 중한 사람이라 그런가, 그런 것만 기억나데? 투박하게.
그러니 봄여름가을겨울 다 타는 장영국이랑 맞을 턱이 있나.

초희 (멈칫, 망설이다가) 언니... 영국 오빠랑은 제가 잘...

화정 (말 자르며) 대충 들었어. 이렇게 된 게 어디 네 잘못이니.

이준(E) 엄마!

화정과 초희, 문가를 보면 이준과 영국이 함께 와 있다. 영국, 안절부절못하는데!

이준 (반갑게) 어? 선생님!

초희 안녕, 이준아.

화정 (다정하게) 장이준, 오늘도 잘 놀았어? (영국에게) 왔냐? 너도 밥 먹고 갈래?

영국 아, 아니... 내가 급한 일이 있어갖고...

영국, 도망치듯 우당탕탕 나가다 여기저기 모서리에 몸을 콤보로 부딪친다.
안 아픈 척 후다닥 도망가버리면 화정, 한심하고 초희, 당혹스럽다.

화정 (초희에게) 괜찮아. 안 죽어. 먹어.

S#58. 레스토랑 안 (저녁)

아직 빛이 남아 있는 하늘, 한강이 보이는 창가에서 혜진과 미선, 로브스터 요리를 먹는다.

미선　(창밖 보며) 좋다. 여기 앉아 있으니까
사람들이 왜 그렇게 한강뷰 아파트를 사려고 난린지 알겠네.

혜진　(심드렁하게) 그런가?

미선　뭐냐, 그 밋밋한 리액션은? 내가 아는 윤혜진은 돈만 있음
일등으로 달려가서 그 아파트를 샀을 인간인데.

혜진　한강 좋지. 근데 오랜만에 보니까, 내 기억보다 좀 작은 것 같아.

미선　응?

혜진　아니, 매일 드넓은 공진바다 보며 사니까. 상대적으로.

미선　아아... (대충 고개 끄덕이고는) 이런 코스요리 대체 얼마만이야.
이 버터냄새. 게다가 랍스타라니! 좋은 인생이다...

혜진　(뭔가 생각난 듯 혼자 피식 웃는)

미선　(의아한) 갑자기 혼자 왜 웃어?

혜진　(웃음기로) 어? 아니, 랍스타 보니까 뭐가 좀 생각나서.
며칠 전에 홍반장네서 홍게 먹었거든.
그걸 파 먹는데 살이 막 여기저기 다 튀고. 너 홍게 안 먹어봤지?

미선　(얘가 왜이래) 어어...

혜진　(혼자 신나서) 야, 이 외국산 랍스타랑은 비교가 안 돼.
공진항에서 바로 가져와 그런가 어찌나 살이 달고 부드러운지.
아무 양념 없이 찌기만 했는데 어떻게 그런 맛이 나지?

미선　(황당하다는 듯) 윤혜진, 너 뭐냐. 아까부터 이상하게.

혜진　...응?

미선　아니, 너답지가 않잖아. 백화점 들어갈 땐 카드 한도 채울 때까지
긁을 것 같더니, 옷도 안 사고 신발도 안 사고 자꾸 남자 옷만 기웃기웃.

혜진　(당황해서) 내, 내가 언제...?

미선　지금도 그래. 무슨 얘기만 했다 하면 공진, 공진. 기승전 공진이야, 너.

혜진　(수습하듯 웃으며) 그러게. 간만에 서울 왔다고 이럴 일이야?
화려한 씨티라이프를 즐기던 현대 여성 윤혜진 어디 갔어?

미선　그니까.

혜진　(일부러 더 밝게) 안 되겠다. 시골물 빼려면 밥 먹고 스파부터 가자.

미선　좋지!

혜진과 미선, 다시 식사를 하는데... 혜진, 어쩐지 맘이 개운치가 않다.

S#59. 레스토랑 건물 입구 및 건물 앞 (저녁)

식사를 마친 혜진과 미선, 웃으며 걸어 나오는데 밖에 장대비가 쏟아진다.

미선　어? 비 오네? 비 온단 말 없었는데.
혜진　소나긴가?
미선　(탄식으로) 아, 주차장까지 걸어가야 되는데. 너 우산 있지?
혜진　(개의치 않는다는 듯) 금방인데 뭐. 뛰어가자.
미선　(놀란) 뭐야. 윤혜진 왜 계속 이상해?
혜진　어? 뭐가?
미선　너 비 맞는 거 세상에서 제일 싫어하잖아. 축축한 거 꿉꿉한 거 질색이라고.

그 말에 멈칫하는 혜진, 쏟아지는 장대비 속을 뛰어다녔던 두식과의 기억 한 자락이 떠오른다.

flash back.
5화 S#71. 빗속의 혜진과 두식.

혜진　축축해. 꿉꿉하다고!
두식　그럼 어때. 그런대로 그냥 널 놔둬.
혜진　뭐?
두식　소나기 없는 인생이 어디 있겠어!
이렇게 퍼부을 땐 우산을 써도 어차피 젖어.
그럴 땐 에라 모르겠다 확 맞아버리는 거야.

두식의 말이 떠오른 혜진, 갑자기 뚜벅뚜벅 빗속으로 걸어 나간다.
미선, 황당한 얼굴로 "야, 너 뭐 해?" 하지만... 혜진, 행동에 거침이 없다.
쏟아지는 빗속에 서 있는 혜진, 두식과의 지난 시간들이 주마등처럼 스쳐 지나간다.

S#60. 두식과의 추억 플래시백 몽타주

- 1화 S#26. 바닷가에서의 첫 만남.
- 2화 S#78. 갯바위에서 발이 미끄러져 두식에게 안겼던 찰나.
- 4화 S#19. 두식이 혜진을 업고 걸어가던 골목길.
- 3화 S#78. 두식이 찾아준 구두를 신는 순간 불이 탁 켜지던 순간.
- 4화 S#45. 숨을 헐떡이며 혜진이 괜찮은지를 확인하던 두식.
- 4화 S#67. 두식이 아이스버킷에 차게 식힌 손으로 혜진의 뺨을 감싸던 떨림.
- 5화 S#74. "뜨겁다... 너무."에서 이어지는 취중키스.
- 7화 S#46. 감리의 집에서 함께 빨래를 하던 어느 여름날의 기억.
- 6화 S#59. 두 사람이 같이 무대에 올라 춤을 췄던 등대가요제.
- 6화 S#69. 찬란하게 터지는 불꽃을 보던 두 사람.
- 7화 에필로그. 혜진의 어깨에 기대 나만 두고 가지 말라며 울먹이던 두식.
- 8화 S#71. 혜진이 어둠 속에서 두식에게로 달려가 안기던 순간.
- S#5. 혜진 대신 칼을 맞던 두식.

S#61. 레스토랑 건물 입구 및 건물 앞 (저녁)

자신의 마음을 깨달은 혜진, 멍하니 서 있는데 이 비가 시원하게 느껴진다.
미선, 손으로 어떻게든 비를 가리며 뛰어나와 혜진에게 말한다.

미선 야, 너 왜 그래! 비 오는 날 그렇게 뛰쳐나가면 미친년 같고 내가 무섭잖아. 왜 하필 옷도 꽃무늬를 입었어.

혜진　(정신 차리고) 미선아... 나 먼저 가봐야 될 것 같애.

미선　(놀라서) 뭐? 어디를?

혜진　(확신으로) 공진.

미선　(경악하는) 뭐?

혜진　미안. 이따 연락할게! (하고 빗속을 거침없이 달려간다)

미선　(후다닥 건물 입구로 들어와 물기 털며) 윤혜진 저, 미친!
(하다가 웃는) ...하, 드디어 각성했네. 레벨업을 축하한다, 친구.

S#62. 해안도로 및 혜진의 차 안 (밤)

혜진의 차가 해안도로를 달린다. 어느새 비가 그쳤다.
운전하는 혜진, 설레고 긴장된다. 어쩌지 못할 마음으로 달려가고 있는 중이다.

S#63. 두식의 집, 마당 (밤)

공진에는 거짓말처럼 비가 오지 않는다. 혜진, 마당으로 뛰어 들어온다.
머리와 옷은 어느새 다 말랐다.

혜진　홍반장! 홍반장 안에 있어? ...홍반장!

문 두들겨보지만 집 안의 불 꺼져 있고 인기척도 없다.
혜진, 두식에게 전화를 걸지만 받지 않는다.

S#64. 두식의 집, 침실 (밤)

어둠 속 두식의 휴대폰 액정에 빛이 들어오며 진동 울린다.

S#65. 두식을 찾아다니는 혜진 몽타주 (밤)

혜진, 두식을 찾아 헤맨다. 상가거리, 골목길, 화정횟집, 해수욕장...
그 어디에도 두식의 모습이 보이지 않는다.

S#66. 등대 앞 방파제 (밤)

두식, 등대 근처에 앉아 있다. 깊은 생각에 잠겨 있는 얼굴이고.
혜진, 두리번거리며 방파제에 다다르는데 저 멀리 두식의 뒷모습이 보인다.

혜진　(힘껏 외치는) 홍반장! 홍반장!!!
두식　(돌아보는) ...치과?

혜진, 두식을 발견하자마자 있는 힘을 다해 마구 달려온다.
두식, 일어나 놀란 얼굴로 혜진을 보고... 두식 앞에 도착한 혜진, 숨이 찬다.

두식　여긴 어떻게 왔어. 내일 온다더니.
혜진　(숨 고르며) 오늘... 꼭 해야 할 말이... 있어서.
두식　(영문 모르고 보면)
혜진　...좋아해! 나 홍반장 좋아해!
두식　(놀라서 보는) !
혜진　(솔직하게) 난 99살까지 인생시간표를 다 짜놓은 계획형 인간이야.
선 넘는 거 싫어하는 개인주의자에, 비싼 신발을 좋아해.
홍반장이랑은 정반대지.
혈액형 궁합도 MBTI도 우린 뭐 하나 잘 맞는 게 없을 거야.
크릴새우 먹는 펭귄이랑 바다사자 잡아먹는 북극곰만큼 다를걸?
두식　(그저 듣고만 있는데)
혜진　(충만한 마음으로) 근데 그런 거 다 모르겠고, 내가 홍반장을 좋아해.

두식　(뚫어지게 보다가) 치과, 나는...

혜진　(무섭고, 두식의 입을 막으며) 아무 말도 하지 마!
뭐 어떻게 해달라고 말한 거 아냐. 그냥 내 맘이 자꾸 부풀어 올라서
이러다간 아무 때나 빵 터져버릴 것 같아서. 나도 어쩔 수가 없어.

혜진, 마음이 그대로 드러나는 얼굴로 두식을 본다.
두식, 자신의 입을 막고 있던 혜진의 손을 부드럽게 떼어낸다. 그리고 그대로 다가가 혜진에게 입을 맞춘다. 눈을 동그랗게 뜬 혜진, 두식의 키스에 멍해지는데... 짧은 입맞춤 후 입술을 떼는 두식, 정직하고 투철한 눈빛으로 혜진에게 말한다.

두식　...나도. 나도 이제 더는 어쩔 수가 없다.

그리고 두 사람, 누가 먼저랄 것도 없이 서로에게 키스한다.
오랫동안 기다려왔던, 드디어 서로의 마음을 확인하는 순간이다...

S#67. 에필로그. 할아버지의 소원

- 2001년. 할아버지와 두식(15세), 옛날 돈까스 집에 앉아 있다.
생크림케이크에 15세 가리키는 초 꽂혀 있고, 두식, 파란색 축구화 보며 싱글벙글한다.

두식 할아버지　그래 마음에 드나?

두식　응. 엄청. 이제 이거 신고 맨날 맨날 축구해야지!

두식 할아버지　신발은 그만 구겡하고, 케잌에 초부터 불라니.

두식　아니야! 소원부터 빌어야지.
(눈 감고) 우리 할아버지랑 오래오래 행복하게 살게 해주세요.

두식 할아버지　(그런 두식이 애틋하고) 촛농 떨어진다니. 얼른 불부터 끄라.

두식　응!

두식, 행복한 얼굴로 초를 불고... 그런 두식을 바라보는 할아버지 위로,

두식 할아버지(E) 마이는 바라지도 않으니 늙은이 소원 하나 들어줘요.
냉중에 우리 두식이 혼차 남으믄, 나 엄씨도 에룹지 않게
옆에 좋은 사람, 그저 좋은 사람 하나만 보내주래요...

- 할아버지의 소원과 오버랩되며, S#50에서 이어지는 장면.
두식, 던져놓은 혜진의 스카프 아래 숨겨져 있던 액자를 발견한다.
혜진의 어린 시절 가족사진이다... 어렴풋이 떠오르는 기억.

flash cut.
2화 에필로그. 어린 두식, 우는 혜진을 웃겨주던 순간!

두식 (놀라움으로) 그럼 그때 그 꼬맹이가, 치과였어...?

운명처럼 다가온 혜진의 존재를, 오랜 인연의 시작을 비로소 알게 된 두식의 표정에서.

11화

너 없이 34년을 살았는데,

널 알고 난 뒤의 이 하루가 평생처럼 길더라.

윤혜진, 대체 나한테 무슨 짓을 한 거야?

S#1. 등대 앞 방파제 (밤)

10화의 S#66 중간부터 이어진다.

혜진 ...좋아해! 나 홍반장 좋아해!

두식 (놀라서 보는) !

혜진 (솔직하게) 난 99살까지 인생시간표를 다 짜놓은 계획형 인간이야.
선 넘는 거 싫어하는 개인주의자에, 비싼 신발을 좋아해.
홍반장이랑은 정반대지.
혈액형궁합도 MBTI도 우린 뭐 하나 잘 맞는 게 없을 거야.
크릴새우 먹는 펭귄이랑 바다사자 잡아먹는 북극곰만큼 다를걸?

두식 (그저 듣고만 있는데)

혜진 (충만한 마음으로) 근데 그런 거 다 모르겠고, 내가 홍반장을 좋아해.

두식 (뚫어지게 보다가) 치과, 나는...

혜진 (무섭고, 두식의 입을 막으며) 아무 말도 하지 마!
뭐 어떻게 해달라고 말한 거 아냐. 그냥 내 맘이 자꾸 부풀어 올라서
이러다간 아무 때나 뻥 터져버릴 것 같아서. 나도 어쩔 수가 없어.

혜진, 마음이 그대로 드러나는 얼굴로 두식을 본다.
두식, 자신의 입을 막고 있던 혜진의 손을 부드럽게 떼어낸다. 그리고 그대로

다가가 혜진에게 입을 맞춘다. 눈을 동그랗게 뜬 혜진, 두식의 키스에 멍해지는데... 짧은 입맞춤 후 입술을 떼는 두식, 정식하고 투철한 눈빛으로 혜진에게 말한다.

두식 ...나도. 나도 이제 더는 어쩔 수가 없다.

그리고 두 사람, 누가 먼저랄 것도 없이 서로에게 키스한다.
잠시 후 서로에게서 떨어지는 두 사람, 눈이 마주치는데 급격히 어색해진다.
쑥스럽고 부끄럽고 어찌해야 할 바를 모르겠다. 심장이 터질 것 같다.

혜진 어... 나 이만 갈게... (하고 후다닥 도망치려 하면)
두식 (황당한 듯 가로막으며) 그냥 이렇게 가면 어떡해?
혜진 (시선 피하며) 나 할 말 다 했고, 들을 말 다 들은 것 같은데 왜.
두식 나 아직 한 마디밖에 안 했거든?
혜진 그래도 이 정도 행위면 거의 들었다고 봐도 무방한...
두식 (바로) 좋아해.
혜진 (심장이 쿵) !
두식 그렇게 저돌적인 고백을 받았는데, 그냥 퉁치고 넘어가면 비겁하지.
(투철하게) 나도 치과 좋아해.
혜진 (설레고)
두식 (강조하듯) 그렇게 됐어. 돼버렸어...
혜진 (얼굴 빨개져서) 어... 그럼 우리 키스도 했고 서로 좋아하고...
그러니까 이제 어떻게 되는 거야?
두식 이렇게 되는 거야. (혜진의 손을 잡고) ...가자!
혜진 (수줍고도 행복한) 응.
두식 (걸어가며) 근데 내가 펭귄, 치과가 북극곰이지?
혜진 어?
두식 덩치로 보나 성격으로 보나... 바다사자가 뭐야. 사람도 찢겠는데.
혜진 (버럭) 야!!!
두식 거봐. 눈빛이 지금, 오... 완전 잡아먹었어!

혜진　뭐어? 이씨...

티격태격하면서 걸어가는 두 사람 모습 비춰지고, 그러면서도 손은 절대 놓지 않는다.

S#2. 골목길 및 혜진의 집 앞 (밤)

혜진과 두식, 손잡고 걸어오는데 밤공기마저 달콤하다. 얼굴엔 몽글몽글한 설렘이 가득하고... 두 사람 어느새 혜진의 집 앞에 도착했다.

혜진　벌써 다 왔네...?
두식　그러게.
혜진　(애교로) 우리 그럼 오늘부터 사귀는 건가?
두식　(툭) 뭐 달력에 표시는 하던가.
혜진　(웃으려다가 멈칫) 아... 아니다. 우리 사귀는 거 며칠만 보류하자.
두식　(순간 당황) 어? 왜?
혜진　(머뭇거리며) 사실은 나, 성현 선배한테 고백받았어.
두식　(태연한 척하려 애쓰지만 잘 안 되는) 치과는 그런 얘길
　　왜 하필이면 지금 굳이 이렇게 막 시작하는 순간에... 하고 그래...
혜진　...미안.
두식　할 거라고 예상은 했어. 벌써 했을 줄은 몰랐지만. 언제 들었는데?
혜진　(눈치 보며) ...화요일?
두식　(잡았던 손 빼며) 화요일이면, 할아버지 기일이잖아!
　　이야, 우리 할아버지한테 인사까지 드려놓고 그날 그랬다고?
혜진　(당황해서) 그게... 선배가 집 앞에서 기다리고 있더라구.
두식　됐고! 근데 시간이 필요하단 건 아직 대답을 안 했단 뜻이야?
혜진　으응...
두식　(발끈) 왜? 거절하려니 아쉬워? 혹시나 싫어?
혜진　아니, 그게 아니라... (하다가) 홍반장 지금 질투해?

두식 (약간 흥분) 질투는 무슨! 이건 고백에 대처하는 자세에 대한 얘기야.
상대가 서브를 날렸으면 바로 받아쳐야지. 그걸 왜 피해?
인인지 아웃인지 확실히 결론을 내줘야 될 거 아냐!

혜진 (계속되는 공격에 욱해서) 그러는 홍반장은?
선배 마음 알면서도 왜 가만있었어?
다른 사람이 나 좋아한다고 해도 별로 상관없었던 거 아니야?

두식 그야... (질러버리는) 그땐 내가 널 그만큼 좋아하고 있는지 몰랐으니까!

두식의 외침에 말한 두식도 들은 혜진도 모두 놀랐다.
다시 설렘으로 어색해지고...

혜진 그만큼...이 얼마 만큼인데?

두식 (쑥스러운) 그냥 뭐... 꽤 돼!
양적으로나 질적으로나 너 섭섭지 않을 만큼은 될걸?

혜진 뭐야. 최상급 표현을 해도 모자랄 판국에 그 애매한 설명은?

두식 그냥 뭐 바이칼Baikal 호 정도는 돼!

혜진 (처음 들어보는) 바이...칼? 그게 뭔데?

두식 하여튼 공부만 잘했지, 일반상식이 평균 이하야.

혜진 (욱해서) 사귀기도 전에 차이고 싶냐?

두식 (머리 벅벅 만지며) 아, 지피디 어떡할 거야?

혜진 내일 성현 선배 만나서 얘기할게.

두식 만나? 둘이?

혜진 셋이 만날 순 없잖아.

두식 (어이없는 표정으로) 하?!

혜진 나 애매한 거 별로야.
선배와의 추억에도, 홍반장이랑 함께할 시간에도 예의를 갖추고 싶어.
그러니까 우리 오늘은 아직 사귀는 거 아니야.

두식 (환장하겠는) 혼자 북 치고 장구 치고 자알-한다!

혜진 (새침하게) 정리될 때까지 연락 안 할게. 홍반장도 그래줬으면 해.

두식 (버럭) 하지 마! 너 하기만 해! 아, 들어가! 얼른 들어가버려!

S#3. 교차편집. 혜진의 집, 침실 + 두식의 집, 침실 (밤)

씻고 온 혜진, 침대에 걸터앉다가 문득 아까 두식이 한 말이 떠오른다.

혜진 아까 뭐라 그랬더라. 바이칼...호?
(검색해보고는, 입가에 웃음이 걸리는) 날 이만큼이나 좋아한다고?

혜진, 그대로 침대에 벌러덩 누워 키득거리다가 결국 두식에게 전화한다.
신호가 채 두 번도 가기 전에 바로 들려오는 두식의 목소리.

두식(F) 여보세요.
혜진 (내심 좋은) 연락하지 말라더니 왜 바로 받아?
두식 (침대에 기대 책 읽다가) 치과야말로 연락 안 한다며.
혜진 갑작스런 용건이 생겨서 한 거거든?
두식 뭔데.
혜진 바이칼 호는 2500만 년이나 된 세계에서 가장 오래된 호수이며,
수심 1743m로 세계에서 가장 깊은 호수다.
날 향한 홍반장의 마음이 이 정도였어?
두식 (쑥스러움에) ...끊어.
혜진 (떠보듯) 나 진짜 끊어?
두식 ......아니.

혜진, 뒹굴뒹굴 좋아 죽고 두식 역시 심장이 간지러워 죽겠다.
잠깐의 침묵 속 수화기를 타고 전해지는 설렘.

두식 (아무렇지 않은 척) 근데, 치과. 방은 좀 치우고 살아. 꼴이 그게 뭐냐.
혜진 (당황해서) 평소엔 안 그래! 오늘은 급히 나가다보니까.
두식 변명은 넣어두고, 거 책상으로 좀 가봐.

혜진 (순순히) 왔어. 책상은 왜?

두식 (내심 기대로) 거기 액자 속 가족사진, 누가 찍어줬는지 기억나?

혜진 (갸웃) 글쎄...? 엄청 울었던 기억은 있는데.

두식 하... 코드를 뽑았는지 꽂았는지도 모르는 기억력에 내가 큰 걸 바랐다.

혜진 왜? 뭔데?

두식 진짜 기억 안 나? 어떤 할아버지랑 요만한 사내 녀석.
내가 그때 너 웃겨주려고 얼마나 노력을 했는데!

혜진 (뭔가 생각나는) ...!

flash cut.
2화 에필로그. 혜진을 웃겨주는 어린 두식의 모습.

혜진 ...어? 맞아. 원숭이 표정 짓던 남자애. 그게 홍반장이라고?

두식 그래, 나다!

혜진 (놀라서) 뭐야? 세상이 어떻게 이렇게 좁을 수가 있지?

두식 (삐친) 새삼스레 감탄은! 지금까지 기억도 못 하고 살았으면서.

혜진 아, 너무 신기해. 그럼 나 그 남자애도 찾을 수 있나? 예전에 고등학생 때
여기로 가출했을 때, 그때 편의점에서 어떤 남자애가 돈 내줬는데.

두식 (멈칫 뭔가 생각나는) ...?

flash cut.
6화 에필로그. 두식, 곤란해하는 혜진을 보고 돈을 내주는 장면.

두식 설마... 백 원?

혜진 (놀라는) 홍반장이 그걸 어떻게... 설마 그것도 홍반장이야?

두식 (역시 놀라) 그 여학생이 치과였다고?

혜진 말도 안 돼...

두식 (여운에 젖어) 하... 돌고 돌아 결국 이렇게 만났네.

혜진 (감동적인) 기적처럼?

두식 (장난으로 정색하는) 아니, 우연. 공진바닥 다 거기서 거기지.

S#4. 밤하늘 전경 (밤)

혜진의 집 위에 펼쳐진 맑은 밤하늘, 별이 총총하다. 그 위로,

혜진(E) 끊어!!!!

S#5. 서울 전경 (아침)

S#6. 방송국, 편집실 (아침)

성현, 모니터 앞에서 지원, 도하와 함께 편집 중이다.

지원 여기 인서트 샷 하나 넣자. 호흡을 좀 더 주는 게 좋을 것 같아.
성현 (수용하는) 오케이...
지원 이 컷은 뒤로 빼고 나중에 리버스해서 보여주는 편이,

지원, 얘기하는데 성현 휴대폰에 진동이 온다. 액정화면에 '혜진'이라고 뜬다.

성현 ...잠깐만! (하며 후다닥 일어나 전화받으며 나가는) ...여보세요.
지원 (표정 변화 없이 도하에게) 이거 리버스해서 왜 그랬는지
이유를 보여주는 게 더 재미있을 것 같아.
도하 네. 호기심도 불러일으키고 뒤에 이유도 반전으로 보여주고요.
성현 (급히 들어와서) 미안한데 나 잠깐 좀 나갔다올게.
지원 ...어디 가는데?
성현 그게, 저녁때까진 올 거야. 좀 쉬고 있어. 내가 밤에 마무리할 테니까.
도하 진짜요? 진짜 쉬어도 돼요?

성현 어! (하고 나가버린다)

도하 와... 저 크레이지 워커홀릭이 웬일이래요?

지원 (표정 안 좋아지는) ...

S#7. 라이브카페 안 (낮)

성현, 긴장한 얼굴로 앉아 있는데 춘재, 얼음물 갖고 온다.

춘재 여기 얼음물... 날이 더워 그런가 땀을 많이 흘리시네요.

성현 감사합니다. 제가 좀 급히 오느라. (하고 물을 벌컥벌컥 마신다)

춘재 (밍기적거리며) 오늘 촬영이 없으신 것 같던데.

성현 네! 갑자기 약속이 생겨서. (춘재 안 가고 있으면) 아, 주문해야죠?
커피 두 잔 주세요. 아이스 아메리카노로.

춘재 예. 커피 말고도 뭐 드시고 싶은 거 있으심 뭐든 말씀하시고.

성현 감사합니다. 제가 참 여러모로 공진에 신세를 많이 지네요.

춘재 아이, 그건 아니지만 혹시 계속 그런 생각이 드시려거든,
제 이름 기억하셨다가 JKBC 〈슈가피플〉에다가...

그때 문 열리는 소리 들리며 혜진 들어온다.

춘재 (급하게) 〈슈가피플〉 측에 가수 오윤이 기다리고 있다고 말씀 좀 전해줘요.
(혜진 보며) 선생님 오셨네. 주문은 이미 하셨어.

혜진 네...

성현 (환하게 웃으며) 왔어?

혜진 (앉으며) 미안해요, 선배. 갑자기 보자고 해서.

성현 아니야. 갑자기 보니까 더 좋다. 떨리고.

혜진 (어쩐지 곤란한 표정이고)

성현 (긴장으로) 나 지금 성적표 확인하기 전이랑 기분이 비슷해.
늦게 열어본다고 결과 바뀌는 거 아닌데. 펼쳐보기 좀 무섭네.

혜진　(안타깝게 보면) ...

성현　(웃으며) 준비됐어. 어떤 결과든 깨끗이 받아들일게.

혜진　(어렵게 입 여는) ...선배 만나고 옛날 생각이 많이 났어요.
사실 굳이 떠올리며 살진 않았는데. 그때 나 좀 고단했거든요.
생활비도 벌어야 했고 장학금도 받아야 됐고, 맞아요.
밥 먹을 시간이 없어 주머니에 소시지를 몇 개씩 꽂고 다녔어요.
다섯 시간 이상 자본 적이 없고 매일을 쫓기듯 허덕였어요.

성현　(그저 들어주는)

혜진　그런 날 처음으로 들여다봐준 사람이 선배였어요.
내 안부를 물어주고, 끼니를 걱정해주고.

S#8.　과거. 대학 시절 혜진과 성현 몽타주

- 혜진, 건물에서 전공서적 들고 나오는데 기다리던 성현, "밥 먹자."라고 말한다.
- 혜진, 근로장학생으로 도서관에서 책 대여/반납해주고 있는데 성현, 책 반납한다. 책 위에 "밥 먹자."라고 쓴 포스트잇이 붙어 있다.
- 혜진, 지친 얼굴로 캠퍼스를 걸어가는데 성현으로부터 "밥 먹자."라고 전화 온다. 저만치 손 흔들고 있는 성현 보이면 혜진, 환하게 웃어 보인다.

혜진(E)　선배의 '밥 먹자'는 어떤 날은 밥 먹자, 어떤 날은 놀자,
어떤 날은 수고했어, 그리고 어떤 날은... 행복하자.
꼭 주문 같았어요, 그 세 음절이.

S#9.　라이브카페 안 (낮)

성현, 혜진을 그때처럼 따뜻한 눈빛으로 보고 있다.

혜진 바보 같은 연앨 끝내고, 자격지심 덩어리였던 나한테
선배가 말해순 그 수많은 '밥 먹자'가 얼마나 큰 위로였나 몰라요.

성현 (보면)

혜진 ...사실 나도, 선배 좋아했어요.

성현 (과거형이다... 쓸쓸하게 보는)

혜진 근데 선배 마음, 내 마음 다 알면서도 모른 척했어요.
자신이 없었거든요. 선배한테 내 가장 초라한 모습을 들켜버려서.

성현 (보면)

혜진 (진심을 담아) 그때 솔직하지 못했던 거 얼마나 후회했나 몰라요.
그래서 늦었지만, 지금이라도 선배에게 솔직하고 싶어요.
미안해요. 나 좋아하는 사람이 있어요.

성현 (담담한 미소로) 다행이다.

혜진 (의외의 대답에 멈칫해서 보면) ...?

성현 예전의 윤혜진처럼 그리고 나처럼 머뭇거리지 않아서.
그렇게 용감하게 얘기할 수 있게 돼서.
근데 혜진아. 너 하나도 초라하지 않았어.

혜진 (듣고 있는데)

성현 소시지로 끼니를 때워도, 낡은 신발을 신어도 넌 존재 자체로 빛이 났어.
난 단 한 순간도 열심히 살지 않은 적이 없는 너를,
자기 자신을 지킬 줄 알던 너를, 있는 그대로 좋아했어.

혜진 (뭉클한) 선배...

성현 (미소로) 그런 네가 내 첫사랑이라서 영광이야.

혜진 (마음이 왈칵) 나두요.

성현, 혜진에게 최선을 다해 웃어 보인다. 미소가 따뜻해서 더 애잔하다.
멀리서 성현을 바라보는 춘재, 커피 준비됐지만 차마 갖다주지 못한다.

주리 (의아한) 아빠. 얼음 다 녹는데 커피 왜 안 갖다줘?

춘재 (그렁그렁한 채) 그냥... 어쩐지 느낌이... 그래야 될 것 같아서...

주리 (황당한) 아빠... 울어?!

S#10. 라이브카페 앞 (낮)

혜진과 성현, 함께 라이브카페에서 나온다.
혜진, 뒤늦게 뭔가 생각난 듯 가방에서 라마인형 꺼내 성현에게 내민다.

혜진 선배 부적 잘 빌려 썼어요.
성현 그냥 간직하라고 하면 너무 부담되겠지?
혜진 (침묵으로 긍정하면)
성현 (받으며) 그래. 잠깐이라도 위안이 됐다면 그걸로 충분해.
혜진 고마웠어요. 오래 고마울 거예요.

그때 슬렁슬렁 걸어오던 두식, 두 사람을 발견한다.
혜진, 눈에 띄게 당황하고 두식, 표정 별로 안 좋은데 성현, 두식을 부른다.

성현 (선전포고하듯) 홍반장! 잠깐 나 좀 봐.
두식 (안 밀리고) 오케이! 그러지 뭐.

서로를 보는 두식과 성현의 눈빛에 불꽃이 튄다.
두 사람 서로를 의식하며 경쟁하듯 가면 혼자 남은 혜진, 안절부절못한다.

혜진 어떡하지? 둘이 나 두고 싸우기라도 하면... 진짜 큰일 나는 거 아냐?

S#11. 감리의 집, 마당 (낮)

두식과 성현, 각기 살벌한 느낌으로 망치를 든다. 눈빛 매섭게 빛나고!
그러고는 땅땅- 소리와 함께 평상에 못을 박는다. 평화로운 수리의 현장.

성현 무게를 못 이겨 그런가 다리가 영 부실하더라고.
두식 말 잘했어. 뭐니 뭐니 해도 안전이 제일이지.
성현 (망치질하며) 나 혜진이한테 차였어. 좋아하는 사람이 있대...

그 말에 당황한 두식, 못이 아니라 평상 다리에 헛망치질을 한다.
퍽- 기껏 박아놓은 다리가 부서졌다. 성현, 말없이 빤히 보면,

두식 (당황해서) ...이게 다리가 원래 약했네! 나무가 삭았나?
이 기회에 아예 교체를 하자... (하며 일어나려는데)
성현 누군지 말은 안 하는데, 내 생각엔 영 별로인 것 같아.
두식 (빠직) 그걸 지피디가 어떻게 알아?
성현 꼭 얘길 해야 아나? 느낌이 그래, 느낌이.
두식 (발끈해서) 느낌만으로 그렇게 막 미리 판단하고 결론 내면 안 되지!
그거 굉장히 성급한 행동이야.
성현 (툭) 혜진이한테 잘해줘.
두식 (놀라는) !
성현 많이 웃게 해주고, 밥은 꼭 맛있는 걸로 먹이고.
두식 (멍하니 보는데) ...
성현 난 사람이 단순해 그런가 복잡한 거 싫더라.
인간관계에 더하기 빼기 곱하기 나누기... 그런 거 영 머리 아파.
나 혜진이 좋아해. 근데, 내가 생각보다 홍반장도 좋아하는 것 같아.
두식 (보면)
성현 학교 다닐 때도 삼각함수가 제일 싫더니, 삼각관계도 체질이 아닌 거지.
두식 (괜히) 뭐 나도 지피디 싫지는 않아. 손이 좀 많이 가긴 하는데...
성현 (그 타이밍에) 어? 못 잘못 박았다...

두식 보면 성현이 박은 못이 이상하게 휘어져 박혀 있다... 하아...

두식 (투덜대는) 이거 봐. 손 많이 가는 거.
그러게 구경이나 하라니까 굳이 해보겠다고.

성현　거기 본인이 부숴먹은 다리는 안 보이나?
두식　(뻔뻔하게) 못 들었어? 이건 나무가 삭은 거라니까?
성현　(피식 웃고) 언제 나 서핑이나 한 번 더 가르쳐줘.
두식　(끄덕이며) 언제 갈 건지 미리 말해. 그날 다른 스케줄 잡게.

두식과 성현, 마치 아무 일도 없었다는 듯 투닥거리는 일상적인 모습에서...

S#12. 주민센터, 동장실 (낮)

책상에 앉아 서류를 보던 영국, 자리에서 일어난다.
그러고는 목을 꺾고 팔을 돌려가며 스트레칭을 하다가 중얼거린다.

영국　내가 빨래를 한 번도 안 해서? 아니, 그래도 화장실 청소랑 잔디 깎는 건 내가 했는데. 아님 내가 코를 너무 골아서? 그건 피곤하면 지가 더 골잖아... 아... 대체 내가 모르는 이혼의 이유가 뭐냐고!
용훈　(문 열고) 여기서 뭐 하세요?
영국　깜짝이야! 너 왜 나왔어? 일요일인데.
용훈　그러는 동장님이야말로... (불쌍하게 보고) 할 일이 없으세요? 외로워요?
영국　외로우니까 사람이고, 할 일은 방금 생겼어... (신고 있던 슬리퍼를 벗어 들며) 너 좀 맞자.
용훈　(방어하며) 에이, 일하러 온 사람한테!
영국　무슨 일?
용훈　아, 기초생활수급자 종량제봉투 나온 거요. 여통장님이 바빠서 못 받아가셨거든요. 생각난 김에 갖다드리려고.
영국　(슬리퍼 다시 신으며) 아니, 갠 통장이 돼서 그것도 안 받아 가고 뭐 하는 거야?
용훈　월요일에 가져가셔도 돼요. 근데 식사하러 갈 겸, 제가 갖다드리려고,
영국　(말 자르며) 어디 공무원이 주말에 일을 해. 주5일제 몰라? 너 집에 가. 내가 갖다줄 테니까.
용훈　아니, 제가 밥을 먹으러 갈 건데...

영국 (종량제봉투 뺏으며) 딴 데 가서 먹어!

용훈 (황낭하고) ...에?

영국 (괜히) 하여튼 귀찮게 말이야. 동장이 손수 발걸음을 하는 게 말이 돼?

S#13. 화정횟집 안 (낮)

화정, 공진동 3통 주통장 앞에 음식을 내려놓으며 말한다.

화정 주통장님. 너무 오랜만에 왔다. 자주 자주 좀 팔아줘.

주통장 알겠어. 근데 저기 여통장. 올해 나이가 어떻게 됐더라?

화정 나? 마흔은 넘었지. 갑자기 그건 왜 물어?

주통장 아니, 내가 좋은 자리가 있어 중신이나 설까 하고.

화정 중신?

주통장 응. 우리 남편 친한 후배가 상처하고 혼자거든.
나이는 마흔넷에 자식도 없고 법무사야. 청호시청 앞에 사무실 크게 있어.

화정 (웃으며) 어유, 훌륭하시네. 그런 사람이 날 만나준대?

주통장 내가 이상형을 들어봤는데 딱 자기야. 아담하니 귀엽고, 생활력 강한 스타일.
애들도 좋아해서, 여자가 애 있는 것도 상관없대.

화정 (농담으로) 아이고, 딱이네. 딱 내 자리야!

주통장 (화색으로) 그럼 어떻게 당장 이번 주말에 자리 만들까?

그때 크흠... 하는 소리와 함께 입구에 얼굴이 붉으락푸르락한 영국 서 있다.

주통장 (당황해서) 장동장님이 여긴 웬일이시래?

영국 (노려보며) 예, 용무가 있어서요.
(화정에게) 여통장님. 명색이 통장이면 맡은 바 최선을 다하셔야지,
내가 일요일에 여기까지 종량제봉투 갖다주러 와야 됩니까?

화정 누가 장동장님더러 갖고 오래요? 월요일에 받으러 간댔는데.

영국 금요일에 받아 가셨어야죠.

바쁘대서 왔더니 이런 쓸데없는 사담이나 하고 계시고.
이럴 거면 통장자리 내놓으시던가.

화정　(태연하게) 예. 그러잖아도 이번에 임기 끝나요.

영국　(말문이 막히고, 종량제봉투 내팽개치며) 내일까지 배부 부탁드립니다.

화정　걱정 붙들어 매세요.

영국, 씩씩거리며 나가면 주통장, 슬쩍 눈치를 살피고 화정에게 다시 묻는다.

주통장　어떻게 날짜 당장 잡을까? 내가 장동장한텐 비밀로 할게.

화정　(웃으며) 됐어. 아깐 농담이고, 나 재혼 생각 없어.
이준이랑 이렇게 사는 지금이 좋아.

S#14. 혜진의 집 외경 (저녁)

현관문 초인종 소리(E)가 울린다.

S#15. 혜진의 집, 현관 및 거실 (저녁)

두식, 현관문 열고 들어오면 혜진, 급하게 질문세례를 퍼붓는다.

혜진　선배랑 별일 없었지? 선배가 뭐래? 무슨 얘기했어? 내 얘기했어?
하나도 빼놓지 말고 얼른 말해봐.

두식　〈쇼 미 더 머니〉 다음 시즌 신청서 내자. 역시 랩에 소질이 있어.

혜진　아, 진짜! 선배랑 무슨 얘기했냐니까!

두식　(소파에 앉으며) 지성현이 나 좋아한대.

혜진　...어?

두식　(놀리는) 너보다 내가 더 좋은 것 같다던데?

혜진　(경악으로) 뭐????

두식 방금 그 얼굴 사진 찍어놓을걸. 치과가 표정이 다양해. 골라 보는 맛이 있어!

혜진 (버럭) 아, 장난 그만치고!

두식 (진지해져서) 너한테 잘해주래.

혜진 (멈칫)

두식 다 알고 있더라. 좋겠다. 좋은 선배 둬서.

혜진 (고맙고도 미안한 표정으로) 응... 너무 좋아.

두식 그렇다고 또 바로 수긍을 하냐! ...그럼 이제 다 정리된 거지?

혜진 (또 다시 뭔가 생각난 듯) 아니, 아직!

두식 (진저리로) 또 뭐가 남았는데?

혜진 (두식 옆에 앉으며) 우리 만나는 거, 마을 사람들한텐 비밀로 해.

두식 그게 될 거라고 생각해? 어차피 바로 들켜.

혜진 안 돼! 아무 사이 아닐 때도 그 난리였는데 진짜 사귄다고 해봐.
별의별 소문이 다 날걸? 결혼식장을 잡았네, 속도위반을 했네...

두식 (빤히 보며) 치과야말로 제한속도 어기고 폭주 중인 것 같은데?

혜진 (얼굴 빨개져서) 예를 든 거지! 하여튼 무조건 비밀에 부쳐.

두식 부침개나 부쳐 먹을까? 밖에 비 올 것 같던데.

혜진 나 지금 진지하거든?

두식 나도 진지해. 아무리 용을 써봐야 소용없을 거 아니까.

혜진 그래도 노력은 좀 해봐!

두식 (태연하게) 해볼게. 근데 안 될 거야.

혜진 해보지도 않고, 사람이 왜 그렇게 비관적이냐?

두식 객관적이고 냉철하며 현실파악 능력이 뛰어난 거야.

혜진 (삐쳐서 보면)

두식 (약해져서) 알았어. 치과 해달라는 대로 다 해줄게. 이제 됐지?

혜진 (그제야) 응! 그럼 이제 우리 오늘부터 1일이야?

두식 그렇다고 볼 수 있지. 근데 사귀면 뭐가 되게 달라지나?

혜진 그럼, 달라지지. (손잡으며) 이런 것도 할 수 있고,
(어깨에 기대며) 이런 것도 할 수 있고, (두식에게 폭 안기며) 이런 것도...

두식 (괜히) 치과... 이렇게 육체중심적인 인간이었어?

혜진 (올려다보며) 응?

두식　　내가 나중에 치과한테 어울리는 책 한 권 사줄게.
　　　　조르주 바타유의 『에로티즘』이라고.
혜진　　이씨, 됐어! 싫으면 관둬! (하며 떨어지려는데)
두식　　(그런 혜진 붙잡아 꼭 끌어안으며) 누가 싫대?

혜진과 두식, 꿀 뚝뚝 떨어지게 안고 있는데 귀신처럼 스윽- 미선 등장한다. 두 사람, 서로를 안고 굳은 채 미선을 보는데 미선, 무표정하게 한마디 한다.

미선　　축하해, 두 사람. 근데 현관문은 좀 제대로 닫자. (쿨하게 방에 들어간다)
두식　　(방에다 대고) 어, 축하 고마워! 충고도! 앞으로 조심할게!
혜진　　(덧붙이는) ...미선아, 사랑해!

S#16. 방송국, 복도 (밤)

뚜뚜뚜- 신호 가지만 받지 않는다. 지원, 화난 얼굴로 성현에게 전화 중인데 결국 "고객께서 전화를 받지 않아..." 음성사서함으로 넘어간다.

지원　　밤까진 온다더니... (한숨 쉬고 다시 편집실로 들어간다)

S#17. 선술집 안 (밤)

성현의 가방 위에 놓인 휴대폰 액정에 부재중 전화 표시 떠 있다.
성현, 그 사실 알지 못하고 혼자 술 마시고 있다. 그때 들어오던 영국, 성현을 발견한다.

영국　　지피디님?
성현　　아... 동장님. 여긴 어쩐 일이세요?
영국　　그건 제가 물어야죠. 촬영도 없으신데 여기 왜 혼자 계세요?

성현 그럴 일이 좀... 혼자 오신 거면, 앉으...실래요?

영국 (화색으로) 그래도 되나?
사실 나도 답답해서 한 잔 하러 나왔거든요.

성현 예, 앉으세요.

cut to.
영국과 성현, 소주잔을 경쾌하게 부딪치고 술잔을 단숨에 비운다.

영국 캬! 나는 이게 그렇게 좋더라. 이 알코올이 속을 쓱 훑어주는 느낌.
미끄럼틀처럼 쑥 내려가.

성현 예. 시원하니 속 시끄러운 게 좀 가라앉죠. 소독도 되는 것 같고.

영국 피디님도 스트레스가 많으시죠? 내가 또 다 알지.
'장'의 타이틀을 가진 사람으로서 우리 리더들끼린 통하는 게 있잖아요.
일의 고충이라던가, 책임이라던가.

성현 일... 어렵죠. 근데, 그보다는 사람이, 마음이 더 어렵네요.

영국 (무릎 탁 치며) 하, 내 말이요! 이놈의 인간관계는 뭐가 이리 복잡한지.
꼬일 대로 꼬여서는, 풀어보려고 해도 매듭이 어디 숨었나 찾을 수가 없어요.
심지어 끊어내도 다시 엉킨다니까요.

성현 (공감으로) 맞아요. 백 프로 공감합니다.

영국 내가 딱 처음 봤을 때부터 피디님이랑 나랑 잘 통할 줄 알았는데!
이런 기회를 이제야 갖네. 한 잔 하시죠.

성현 예! (잔을 채운다)

cut to.
영국과 성현, 어느새 취해 있다. 대화라기보단 자기 얘기만 하는 느낌.

영국 중신 선단 말에 딱 내 자리네 하며 하하호호 웃는데. 이야, 난 걔가 그렇게
잘 웃는지 처음 알았잖아. 나 보는 표정은 맨날 뚱해가지고
혓바닥에 독약을 발랐나 독한 말만 골라 하면서.

성현 저는요, 운명을 믿었어요. 제가 공진에 온 건 다 그 친구를 다시 만나기

위한 계시라고 생각했어요...

영국　근데 초희는 왜 나 결혼 전에 그렇게 사라져놓고 이제야 다시 나타났을까. 아니지 여화정은 왜 하필 그때 이혼을 하자 그랬을까. 타이밍 한번 거지같네.

성현　(슬픈) 타이밍... 맞아요. 그 타이밍이 자꾸 절 비켜 가네요. 슬프게.

성현의 고개가 뚝 떨어지고 영국, 초장이 묻은 젓가락을 떨어뜨려 셔츠 앞섶에 시뻘겋고 길게 자국을 낸다.

영국　(손으로 문지를수록 더 번지고) 에이, 이거 잘 안 지는데... 근데 여자 게스트는 안 와요? 걸그룹으로 시즌2 하면 안 되나?

성현　(쿵 테이블에 엎어진다)

S#18. 혜진의 집 외경 (아침)

S#19. 혜진의 집, 화장실 (아침)

미선, 욕조 쪽에 상체를 숙여 머리 감고 있는데 혜진, 허밍하며 들어온다.

혜진　굿모닝.

미선　(샴푸하다 말고) 뭐야. 아침부터 너 왜 이렇게 기분이 좋아?

혜진　(칫솔에 치약 짜며) 그냥. 세상이 너무 아름답잖아.

미선　(귀를 의심한) 뭐?

혜진　이 치약이 원래 이렇게 향이 좋았나? (수건 보며) 2021년 공진동 경로잔치. 자수가 어쩜 저렇게 잘 박혔지? (화장실 벽 보며) 우리 화장실 타일무늬 너무 예쁘지 않니?

미선　...미친년.

S#20. 라이브카페 안 (아침)

혜진, 신나서 문 열고 들어가면 바 쪽에 두식이 서 있다.
셔츠 입고 허리에 앞치마를 두른, 평소보다 묘하게 멋을 부린 듯한 느낌이다.

두식 왔어?
혜진 (주변 두리번거리고) 오사장님 아직 안 오셨어?
두식 미어캣이냐? 아직 안 왔으니까 목 집어넣어.
혜진 (애교로) 나 오늘은 카페모카 줘. 휘핑크림 듬뿍 올려서.
두식 왜? 아침부터 당 떨어져?
혜진 아니. 나 지금 기분이 너무 달달해서 혈당 폭발하는 중인데?
두식 (귀엽게 보고) 잠깐 들어올래?
혜진 그래도 돼?
두식 (고개를 끄덕이면)
혜진 (바 안으로 냉큼 들어가서) 신난다! 나 이런 데 처음 들어와봐.
두식 얌전히 보기만 해. 허둥대다 사고치지 말고.
혜진 알았어. 나 구경하게 얼른 내 커피 만들어줘. 응?

먼저 에스프레소 샷을 내리는 두식, 그 다음에 휘핑크림 만드는데 휘핑기가 이상하다.

두식 얘가 오늘따라 왜 말을 안 들어... (순간 휘핑기 오작동 되며 크림이 두식 얼굴에 튀지만, 혜진을 걱정하는) 괜찮아? 옷 안 버렸어?
혜진 응. 나는 괜찮은데, (보고 웃음으로) 홍반장 얼굴에 다 튀었다.
두식 그래? (하며 대충 쓱쓱 닦으려는데)
혜진 내가 해줄게.

혜진, 손으로 두식의 얼굴을 닦아주는데 그 순간 들어오던 춘재를 발견한다.
당황한 혜진, 그대로 두식의 뺨을 찰싹 때린다! 두식의 눈이 휘둥그레지고!

혜진　(주춤거리다가) 호, 홍반장! 말이 너무 심한 거 아냐?

두식　(뺨을 감싼 채 어이없다는 듯 보면) ...뭐?

혜진　하! 커피는 됐어!!! (하더니 춘재 지나쳐 밖으로 나가버린다)

두식　(기가 막히고) ...!

춘재　야, 두식아. 너 괜찮아? 너 대체 뭐라 그랬길래 뺨을 맞냐? 응?

두식　(말문이 막힌) 하...

S#21. 상가거리 (아침)

두식, 열받은 얼굴로 걸어가는데 혜진으로부터 메시지가 온다.
메시지 내용이 "*미안해 미안해 미안해 미안해*"로 도배돼 있다.
두식, 귀여워 피식 웃어버리는데 혜진의 메시지가 하나 더 온다.

혜진(E)　홍반장. 오늘은 또 어디 알바 있어?

두식　어디 보자... 일단은, (메시지 입력하는) 공진반점.

S#22. 윤치과, 로비 (낮)

벽시계가 12시를 가리킬 무렵. 혜진, 접수대에 기대 미선에게 묻는다.

혜진　미선아. 우리 점심때 짜장면 시켜 먹을까?

미선　(차트 정리하며) 짜장면? 별로 안 땡기는데.

혜진　그럼 국물 먹자. 짬뽕 어때?

미선　그것도 그닥.

혜진　그러면 탕수육은 어때? 양장피, 유산슬, 깐쇼새우도 있는데.

미선　(그제야 의도를 파악하고 째려보는)

S#23. 주민센터, 동장실 (낮)

책상에 엎어져 있는 영국, 숙취로 거의 죽어가고 있다.

영국　아오, 속이야... 누가 그냥 내 위장을 쇠갈퀴로 갈고 지나간 것 같네.
용훈　(들어오며) 윽, 술 냄새. 소주랑 막걸리 섞어 드셨는데, 이거?
영국　(끄응) 하여간 개코 아니랄까 봐.
용훈　(보온통 내밀며) 이것 좀 잡솨요. 대구탕인데 칼칼하니 속 좀 풀리실 거예요.

냉큼 받아든 영국, 통째로 들이키다가 입으로 들어온 초록 미나리 한 줄기를 씹는다.

영국　(환희로) 하... 이제야 살겠네! 근데 이건 어디서 났냐?
용훈　(둘러대는) 사왔...어요. 잠깐 밖에 나갔다가.
영국　(근원적 의문) 왜?
용훈　왜는 왜예요! 동장님이 우리 공진에서 그만큼 중요한 분이니까 그렇죠! 파손주의, 화기엄금, 절대 터져선 안 될 공진의 뇌관雷管!
영국　(가만있다가) ...누가 들어도 욕이잖아!
용훈　아이 참, 갖다 바쳐도 난리셔. 쭉 들이키세요, 얼른.

영국, 그러면 또 으응... 하며 해장국을 꿀떡꿀떡 마신다.

S#24. 윤치과, 로비 (낮)

철가방을 든 두식, 들어오면 혜진, 안에서 신나서 달려온다.

두식　짜장면 왔습니다!
혜진　(신나서) 왔어?
두식　응. (하며 철가방에서 음식들 꺼내는데)

미선 (두식에게) 내일은 중국집 알바 없죠?

두식 갑자기 그건 왜?

미선 부탁이 있사온데, 식당 알바는 부디 한식, 양식, 일식, 뷔페식 다양한 곳에서 진행해주세요. 제 점심이 무슨 아이스크림도 아니고, 중국음식만 31가지 골라 먹게 생겼어요 지금.

혜진 (민망한) 야아... 왜 맛있잖아.

두식 참고할게. 표선생의 식생활에 혼란을 야기한 점 미안하게 생각해.

미선 그게 어디 홍반장님 잘못이겠어요? 유난도 병인 친구를 둔 제 불찰이죠.

혜진 (가운데서) 둘이 지금 나 가운데다 놓고 한 방씩 먹인다?

두식 (철가방 챙겨 들며) 면 분다. 맛있게 먹어.

혜진 (눈 동그래져서) 간다고? 이렇게 바로?

S#25. 윤치과, 입구 및 계단 (낮)

윤치과 입구의 야외 공간. 혜진, 아쉬움에 두식을 쫄래쫄래 따라 나온다.

두식 안 먹고 왜 따라 나와?

혜진 잠깐이라도 얼굴 더 볼라 그러지.

두식 (좋으면서 괜히) 새삼스럽게. 아침에도 봐놓곤.

혜진 아깐 미안했어. 내가 너무 당황해갖고. 아팠지? (하며 뺨을 어루만지면)

두식 (맞았던 뺨 내밀며) 그쪽 아니고 이쪽.

혜진 아, 안되겠다. 내가 호 해줘야겠다.

혜진, 두식의 얼굴에 가까이 다가가는데... 그때 아래에서 들려오는 소리.

남숙(E) 홍반장! 군만두를 빼먹고 가면 어떡해!

남숙의 말에 당황한 혜진, 두식의 정강이를 까면 두식, 아악! 고꾸라진다.

혜진　(다짜고짜 화내는) 어떻게 군만두를 빼놓을 수가 있어!
내가 그 바삭바삭한 녀석을 얼마나 기다렸는데!
나는 군만두를 먹기 위해 탕수육을 시켰다 해도 과언이 아냐!

두식　(고통을 참으며) 치과...!

남숙　(올라오다 멈춰 서서) 어머야라, 윤선생님 생각보다 무서운 사람이네...

S#26. 교차편집. 보라슈퍼 안 + 윤치과, 원장실 (낮)

윤경이 하던 뜨개질을 이어 하며 카운터를 보는 두식, 정강이가 아픈지 한 번 문질러본다.

두식　아오, 치과! (하는데 혜진에게 전화 걸려오고) ...양반은 못 되시네.
여보세요.

혜진　(원장실에서 애교로) 홍반장 화났어?

두식　(입만 웃으며) 아니? 이걸 고작 화라고 표현하면 섭하지.
분노, 울분, 격분, 울화 기타 등등 더 고차원적인 감정이야.

혜진　미안해. 많이 아팠지?

두식　치과 솔직히 말해봐. 나랑 만나고 싶은 거 맞아? 죽이고 싶은 거 아니고?

혜진　진짜 미안...! 근데 딴 사람도 아니고 조사장님이었잖아.
내 맘 이해하지?

두식　(무심하지만 다정한) 이해 못 하면 뭐 어쩔 거야.
네가 싫다는데. 그게 중요하지.

혜진　(배시시) 지금 어디야?

두식　보라슈퍼.

혜진　거기 있어. 내가 이따 잠깐 들를게.

두식　싫어! 방문 사절이야. (전화 끊고는 괜히) 뭘 또 온다고...

두식, 말만 그럴 뿐 얼굴은 싱글벙글이다. 카운터 구석에 놓인 거울에 얼굴 비춰 머리를 넘기고 매만져보다가 들어오던 은철과 눈 마주치면... 민망하다.

은철 형 뭐 하세요?

두식 (머리 바짝 까 보이며) ...어어, 나 요새 이마가 좀 넓어지지 않았어?

은철 (순간 버럭) 형처럼 풍성하신 분이 어떻게 그런 말을.
천만 탈모인의 저항을 받고 싶으세요?

두식 (움찔) 미안. 근데 너 화났어?

은철 죄송해요. 요즘 좀 불안해서. 저희 집 유전이잖아요. 아버지도 할아버지도...

두식 아... (옆에 있던 검은콩두유 하나 내밀며) 먹을래? 형이 사줄게.

S#27. 성현의 차 안 및 방송국 앞 사거리 (낮)

성현, 어두운 얼굴로 운전 중이다.
우측으로 방송사 건물이 보이고... 성현의 차가 방송국 쪽으로 향한다.

S#28. 방송국, 편집실 (낮)

지원과 도하, 모니터 앞에 앉아 있는데 성현, 편집실에 들어온다.
멋쩍고 미안한 마음에 평소보다 더 밝은 체하는 느낌.

성현 (대뜸 무릎 꿇는) 잘못했어. 죽을죄를 지었다 내가!

도하 (당황해서 일어나며) 석고대죄하실 거면 밤샌 왕작가님한테 하세요.
전 방금 왔어요.

성현 (지원 향해 무릎 각도 조정하고) 왕작가, 어떡할래?
때리든 즈려밟든 맘대로 해! 나 무조건 왕작가 처분에 따를게.

지원 도하야. 저 인간 왜 저렇게 오버하냐?

도하 (어깨 으쓱해 보이면)

지원 배고파. 밥이나 시켜. 법카 말고 지피디 개카로.

성현 알았어! 먹고 싶은 거 말만 해. 내가 다 사줄게.

지원　해청면옥.

성현　(무릎 꿇은 채 고개 격하게 끄덕이는) 응, 알았어!

지원　뭐 해? 얼른 일어나 안 시키고!

성현　어? 어어... 핸드폰이...

성현, 얼른 일어나 가방에서 주섬주섬 휴대폰을 찾는데 라마인형이 딸려 나온다. 멈칫하는 지원, 성현을 보는데... 성현, 활짝 웃으며 지원에게 말한다.

성현　회냉면이랑 물냉면 섞어 시킨다? 아, 만두전골이랑 갈비찜도!

지원　그래... (하고는 신경 쓰인다는 듯 성현을 본다)

S#29. 보라슈퍼 안 (낮)

두식, 선반의 과자를 정리하는데 혜진, 기웃거리며 슈퍼 안으로 들어온다.

혜진　홍반장!

두식　(과자봉지를 든 채) 어어, 가까이 오지 마!

혜진　왜?

두식　내 신변보호를 위해 앞으로 외부에선 2m 내 접근금지야.

혜진　치잇. 2m면 이만큼? (하며 앞으로 성큼 간다)

두식　그게 무슨 2m야? 1m도 안 되겠네.

혜진　(한 발 더 앞으로 가며) 나랑 홍반장이랑 단위가 좀 다른가 보다.

두식　(내려다보며) 국제규격에 맞춰줬으면 좋겠는데.

혜진　(또 한 발 앞으로 가며) 우리 이번 주말에 정식으로 데이트할까?

두식　(피식 웃으며) 데이트 때 뭐 하고 싶은데?

혜진　(한 발 한 발 가까워지며) 밥도 먹고, 산책도 하고, 그리고 또 다른 것도...

두식　다른 거 뭐? 이런 거? (하며 혜진의 머리를 장난스럽게 헝클어뜨린다)

혜진　(앙탈로) 하지 마, 머리 눌려! 이게 어떻게 살린 뿌리볼륨인데!

그때 시끌시끌해지며 갑자기 금철과 윤경, 들어온다.
당황한 혜진, 냅다 머리로 두식을 들이받고! 현장을 목격한 금철과 윤경 경악한다. 두식, "윽!" 뒤로 물러나며 얼굴을 감싸 쥐고, 혜진, 또 당황해서 횡설수설 둘러댄다.

혜진　그, 그러게 내가 하지 말랬...! (하다가 두식 보고 놀란다)
두식　(코에서 코피 흐르는) 야, 치과 너! ...어? 뭐가 이렇게 뜨뜻해.
(손으로 만져보고) 우와, 피다... 하?! 하하하... 아...하하하하하하!

코피를 흘리며 실성한 사람처럼 웃던 두식, 웃음을 뚝 그친다!

S#30. 보라슈퍼 앞 (낮)

평상에 앉은 두식, 코에 휴지를 꽂은 채 멍하니 앉아 있다.
금철과 윤경, 슈퍼 입구에서 얼굴을 쑥 내민 채 두식을 보며 쑥덕인다.

금철　봤지? 아까 윤선생님, 들이받는데 주저함이라곤 없었어.
윤경　(끄덕끄덕) 응. 이 정도면 거의 증오라고 봐야...

코에 꽂아놓은 휴지 빼서 피 나오나 확인하는 두식 위로,

혜진(E)　미안해 미안해. 진짜 미안해...

S#31. 윤치과, 원장실 (낮)

혜진, *'미안해'*로 도배된 메시지를 또 보내는데 미선의 목소리 들려온다.

미선(E)　원장님. 환자 오셨어요!

혜진	네에... 나가요!

혜진, 주섬주섬 일어나면서도 계속해서 '미안해'를 찍고 있다.

S#32. 윤치과 외경 (밤)

S#33. 윤치과, 로비 (밤)

혜진, 휴대폰을 보는데 두식과의 대화창에 1이 안 없어졌다.
애결복걸 보낸 모든 혜진의 메시지를 읽지 않은 상태.

미선	퇴근 안 해?
혜진	(와다다 쏟아내는) 미선아. 홍반장은 왜 5시간째 내 톡을 안 읽는 걸까? 바빠서 그런 거겠지? 아니 바빠도 이거 하나 확인할 시간이 없다는 게 말이 돼? 설마 화나서? 나 차단한 거 아냐?
미선	(대뜸) 미안하다, 친구야.
혜진	(영문 모르고) 응? 뭐가?
미선	나도 연애할 때 허구한 날 네 앞에서 이랬는데... 얼마나 꼴 뵈기 싫었을까? 역시 자기반성엔 역지사지易地思之가 직빵이야.
혜진	(눈치로) 나 많이 꼴 뵈기 싫어?
미선	(1초의 망설임도 없이) 응.

S#34. 두식의 집, 마당 (밤)

혜진, 도둑고양이처럼 살금살금 들어와 보는데 집에 불 꺼져 있다.

혜진	...집에 없나 보네. 기다렸다가 화를 풀어주고 가야 되나?

S#35. 두식의 집, 거실 (밤)

혜진, 두식의 집에 들어와 불을 켠다. 깨끗이 정리돼 있는 집 안.

혜진 (둘러보며) 안 그렇게 생겨갖고 하여튼 깔끔하단 말이야.

혜진, 책장 앞으로 가 두식과 할아버지의 사진을 다시 들여다본다.

혜진 맞아, 이 얼굴이었어. 이걸 어떻게 까먹을 수가 있냐, 윤혜진!
(배시시) 귀여워... 귀여워 죽겠어.

혜진, 액자에 하- 입김을 불어 옷자락으로 닦은 뒤 제자리에 놓는다.
그러고는 책장으로 걸어가 꽂혀 있는 책들을 쭉 훑어보는데 괜히 흐뭇해진다.

혜진 책 많이 읽는 건 좀 멋있단 말이야.

그러다 책장 속에서 유독 튀어나와 있는 책(6화 S#38의 사진이 들어 있는)*을 보고 갸웃하는 혜진, 그 책을 꺼내려는데 밖에서 사람들의 시끄러운 목소리 들린다!

혜진 (당황해서 허둥지둥) 뭐야? 혼자 오는 게 아니야? 어, 어떡하지?

S#36. 두식의 집, 마당 (밤)

* 톨스토이, 『사람은 무엇으로 사는가』

감리, 맏이, 숙자가 두식과 함께 마당에 들어선다.

숙자 성님들도 홍반장이 만든 양초 한 번 써보셔. 기가 맥혀요!
감리 그게 그리 좋나?
두식 말해 뭐 해! 품질보장 하면 메이드 바이 홍두식이야.
(집에 불 켜진 걸 보고) 집에 왜 불이 켜져 있지?

두식, 갸웃하는데 순간 가지런히 놓여 있는 혜진의 신발이 눈에 들어온다. 그러면 두식, 전광석화처럼 혜진의 신발을 옆으로 던져 숨긴다. 슉- 날아가는 신발 두 짝!

두식 (치우는 시늉하며) 아이고, 뭐 이렇게 먼지가 많아! 귀한 손님 오셨는데. 할머니들. 여기 잠깐 계실텨? 내가 금방 갖고 나올게.
맏이 저어게 홍반장. 내거 오짐이 마렵다니.
두식 (낭패다) 아...

S#37. 두식의 집, 거실 (밤)

두식, 긴장으로 들어서는데 다행히 혜진의 모습은 보이지 않는다. 할머니들 뒤따라 안으로 들어온다.

두식 (맏이에게) 화장실은 저기. 아시지?
맏이 응. (화장실로 향하면)
두식 (감리에게) 챙기는 동안 잠깐 앉아 계셔. 방은 지저분하니까 들어가지 마시고.

S#38. 두식의 집, 침실 (밤)

방에 들어와 있는 혜진, 미닫이문 앞에 선 채 바깥의 상황에 숨죽이고 있다.

S#39. 두식의 집, 거실 (밤)

두식의 말에 감리가 대답한다.

감리 야야라, 지저분하기는.
내거 니 말고 장제이 살림이 이래 깨깟한 걸 본 적이 엄싸.

두식 (당황해서) 아, 아니야. 오늘은 진짜 늘어놨어.

숙자 저렇게 말하니깐 괜히 궁금하네? (하며 침실 미닫이문을 벌컥 연다)

두식 (달려가며 절규로) 안 돼!!!!

S#40. 두식의 집, 침실 및 거실 (밤)

숙자가 열어젖힌 방 안 풍경, 잘 정돈된 모습이다. 혜진 역시 보이지 않는다.

숙자 에이, 깨끗하구만. 엄살은!

두식 (안에 혜진 없는 걸 확인하고) ...내, 내가 청소를 했었나 보네.
아하하, 요새 자꾸 깜빡깜빡해. 자, 얼른 이리 와 향초 구경하셔야지.

두식, 숙자를 다시 거실로 데리고 나오면...
방 안의 닫혀 있는 옷장 문틈으로 혜진의 옷자락 일부 삐져나와 있다.

두식 (옥장판을 파는) 이 향초로 말할 것 같으면 콩기름에 나무심지, 천연재료만
쓴 내 역작으로서! 아로마 에센스를 듬뿍 넣어 향까지 좋아. 맡아보셔들.

감리 그래게. 달부 좋다야.

숙자 으응. 꽃 냄새가 나네!

맏이 (화장실에서 나오면)

두식 에잇, 기분이다. 나 오늘 돈 안 받을 테니까 이거 싹 다 가져가셔.

자자, 1인당 2개씩. (하며 급히 나눠준다)

감리·맏이·숙자 (모두 받으면)

두식 아이고, 됐다. 이제 얼른 집에 가서 켜보셔. 얼마나 좋은지 직접 해보셔야 돼.

감리·맏이·숙자 (엉겁결에) 으응.

두식 (문 열어주며) 오늘은 내가 멀리 못 나가겠네. 조심히 들어가셔! 응?

S#41. 두식의 집, 대문 앞 (밤)

감리, 맏이 숙자, 양손 무겁게 선물을 받고도 어쩐지 쫓겨나는 기분이다.
두식의 집을 한 번 돌아보고는 갸웃거리며 간다.

숙자 홍반장 어째 이상하지 않아요? 오늘은 감주도 안 주고.

맏이 그래게. 머이가 급한 일이 있나?

숙자 성님들. 이 초 피우면 방에 쿰쿰한 내가 싹 다 잡혀요.
우리 손주가 접때 놀러 와 집에 할머니 냄새 난다 그러더라고.

감리 그래서 서운하드나?

숙자 쪼금요.

감리 (온화하게) 설울 것도 부끄럴 것도 없싸. 마카 자연의 섭리라니.
백년 고목에 우태 꽃 냄새가 나겠나.

맏이 몸뚱이르 자주 씻츠이대. 뜨구운 물에 모욕도 자주 하고.

숙자 성님들, 그럼 우리 내일 같이 목욕탕 가요! 예?

맏이 야야라, 더운 데 왜서 이래 붙아!

할머니 3인방 투닥투닥하면서도 다정하게 걸어간다.

S#42. 두식의 집, 거실 및 침실 (밤)

두식, 황급히 혜진을 찾기 시작한다.

두식　　치과! 치과?

두식, 거실에서 침실로 들어가는데 혜진의 모습 보이지 않는다.
그때 옷장에서 삐져나온 옷자락을 본 두식, 웃으며 문을 열면 혜진, 몸을 웅크리고 있다.

혜진　　할머니들 가셨어?
두식　　여기서 뭐 해? 미리 연락을 하고 오지.
혜진　　했는데 홍반장이 안 받았잖아. 톡은 읽지도 않고.
두식　　아... 오늘 너무 바빠서. 근데 핸드폰 어디 갔지?
혜진　　왜? 없어졌어?
두식　　어디 있겠지. 일단 나와. (하며 손을 내밀면)
혜진　　(손잡고 일어나려다 주저앉는) 아, 나 너무 웅크리고 있었나 봐. 다리 저려.
두식　　(황당한 웃음 짓더니 그대로 혜진을 아기처럼 번쩍 안아드는) 이제 됐지?
혜진　　(안긴 채) 안 무거워?
두식　　(장난스럽게) 무거워. 딱 쌀 한 가마니만큼.
혜진　　(우이씨) 나 내릴래!
두식　　(더 꽉 안으며) 좀만 이따가.
혜진　　(안긴 채로 얼굴 보며) 홍반장.
두식　　으응?
혜진　　아무리 바빠도 톡은 읽어라. 나 연락 안 되는 거 싫어.
두식　　그럴게. 또 뭐가 싫어?
혜진　　(보면)
두식　　(다정하게) 다 말해줘. 치과가 싫어하는 거.
혜진　　(배시시 웃고는) 그거 말곤 없는데... 아, 거짓말하는 거.
두식　　(멈칫하면) ...!
혜진　　나 그거 싫어. 우리 둘 사이엔 비밀이 없었으면 좋겠어.
두식　　(표정이 어두워지는데) ...
혜진　　(벽에 달력 발견하고) 홍반장. 저쪽으로 5보 전진해 봐.

두식　(시키는 대로 하면서) 어? 어어... 근데 왜,

혜진　(까아) 우리 사귀기로 한 날 달력에 표시해놨네? 저건 설마 하트야?

달력에 빨간 동그라미 쳐져 있고 공진반점 포도알 스티커가 하트모양으로 붙어 있다.

두식　(당황해서) 아, 아니야. 아무것도 아니야! 별거 아냐!

혜진　(웃으며) 아무것도 아닌 게 아닌데? 엄청 별건데?

두식, 당황해서 허둥지둥하다가 안은 채로 혜진을 침대에 쿵 내려놓는다.
그러면 졸지에 혜진은 눕혀지고, 두식은 그 위로 올라가 있는 자세가 된다.
혜진의 눈이 동그래지고, 그런 혜진을 내려다보는 두식 역시 놀랐다.
두 사람 사이에 묘한 분위기가 감돈다. 혜진, 자신도 모르게 눈을 감고 두식, 혜진에게 다가가는데...
그때 혜진의 전화벨이 요란하게 울린다! 각성하듯 벌떡 일어나는 두 사람.

혜진　(전화 끊으며) 이게... 소리가 왜 이렇게 크지?

두식　(말 돌리듯) 어어... 저기, 치과도 향초 하나 줄까?

혜진　(시선 피하며) 어? 어, 그래!

두식　유칼립투스로 줄게. 그게 비염에 좋아. 코가 뻥 뚫려. (하며 밖으로 나간다)

혜진　(뒤에 대고) 어! 비염은 없지만 그러도록 해.
(아쉬움에 입맛을 다시며) 이씨, 진동으로 해놓을걸.

S#43. 골목길 (밤)

혜진과 두식, 손잡고 도란도란 걸어간다.

혜진　향초 만드는 데도 자격증 같은 거 있어?

두식　그럼 있지.

혜진 솔직히 말해봐. 보유 중인 자격증이 몇 개야?

두식 (대수롭지 않다는 듯) 하도 많아서 다 못 세.

혜진 그럼 제일 특이한 것만 말해봐.

두식 글쎄... 3급청소년상담사, 실천예절지도사, 복어조리기능사,
정리정돈자격증, 색종이접기지도사?

혜진 (풉) 색종이 접기? 그런 것도 자격증이 있어?

두식 색종이 한 장에 온 우주가 담겨 있다네, 이 코딱지 친구야.

그 순간 혜진, 멀리서 노란 조끼 입고 오는 우리동네순찰단 일행을 발견한다.
화정, 춘재, 남숙, 금철 등등 같이 걸어오고 있다.
잡은 손에 당황! 태세전환을 하는 혜진, 그대로 두식의 팔을 비틀어 꺾는다.

두식 으아아아악! 놔, 놔! 아퍼!

춘재 (놀라서) 선생님, 지금 뭐 하시는 거야? 얼른 놓으셔! 두식이 팔 부러지겠어!

혜진 (당황해서 놓는) 네? 아, 네에...

두식 (꺾였던 팔 문지르며) 어흑. 치과 힘이 왜 이렇게 센 거야?

화정 아니, 내가 얘기를 좀 들었는데 윤선생님 너무하시네.

혜진 (영문 모르고) 네?

남숙 홍반장을 무슨 쥐 잡듯이 잡잖어!
우리가 아까부터 지켜봤는데 철천지원수한테도 그렇겐 안 하겠다!

금철 예. 아까 슈퍼에서 코피도 터뜨리시고

남숙 조인트도 까고

춘재 싸대기도 날렸잖어!

혜진 (당황해서) 그게요...

화정 (솔로몬처럼) 안 되겠어. 이러다간 우리 홍반장 몸이 남아나질 않겠어.
웬만하면 사이좋게 지내라 할라 했는데, 그 단계를 넘어섰네.
둘이 그냥 당분간 만나지 마!

혜진 (이게 아닌데) 네?

춘재 그래! 눈도 마주치지 말고 길도 피해서 돌아가고 서로 없는 듯이 지내!

두식 (수습하려) 에이, 이 좁은 공진바닥에서 그게 어떻게 가능해?

금철　걱정 마. 우리가 그렇게 해줄 테니까!

화정, 춘재, 남숙, 금철 비장한 표정을 지으면… 혜진과 두식, 낭패다!

S#44. 공진 외경 (아침)

S#45. 라이브카페 안 (아침)

혜진, 라이브카페에 들어가면 바에 있는 두식의 옆모습 보인다.
웃으며 다가가려는데 갑자기 나타난 춘재, 대걸레로 혜진을 탁 막는다.

춘재　선생님 오셨네?
혜진　네? 네에.
두식　(그제야 혜진을 발견하는데)
춘재　홍반장은 하던 일해. 주문은 내가 받을게.
혜진　(할 수 없이) 드립커피요. 아이스로.
춘재　오우케이! (두식에게) 드립커피, 아이스 한 잔!
원두는 선생님 좋아하시는 에티오피아 예가체프로.
두식　(못마땅한) 나도 들려.
혜진　(춘재 눈치 살피며) 저기 홍반장…
춘재　어허! 어디 말을 섞으시려고. 둘은 그냥 대화를 하지 마. 또 싸워!

혜진, 히잉… 망했다는 표정이다. 두식 역시 마찬가지고.
드립커피 내릴 준비하는 두식과 기다리는 혜진, 춘재를 사이에 두고 애틋한 눈빛을 주고받는다.

두식　저기… 형.
춘재　응?

두식　(혜진 보며 춘재에게 말하는) 나 핸드폰이 없어졌어.
그거 찾을 때까지 내가 연락이 좀 잘 안 될 거야.

혜진　(못 찾았구나) ...!

춘재　그래?

두식　응. 그게 산 지 얼마 안 된 거라 그래도 며칠은 좀 찾아봐야지 싶어.
나 연락 안 돼도 너무 걱정하지 말라고.

혜진　(좌절하는 표정으로)

춘재　(대수롭지 않게) 야, 내가 뭐 하러 네 걱정을 하냐. 주리 저게 걱정이지.

주리　(위에서 가방 메고 내려오며) 삼촌 안녕. 언니 안녕하세요.

춘재　너 학교 안 가? 또 지각이잖아!

주리　학교 가는 걸 다행으로 생각해.

S#46. 윤치과, 로비 (아침)

혜진, 로비를 왔다 갔다 하며 미선에게 신세한탄을 한다.

혜진　(칭얼거리는) 아니, 연애 시작한 지 얼마나 됐다고 벌써 생이별이야.
홍반장은 핸드폰을 왜 잃어버려갖고 톡도 못 하고 목소리도 못 듣고!

미선　그래서 우리 조상님들이 위대한 거야.
핸드폰 없이 어떻게 연애를 하고 종족번식에 성공하셨지?

혜진　(좋은 생각난 듯) 미선아, 우리 오늘 점심,

미선　(바로) 샥스핀에 사천누룽지탕.
어차피 또 중국집이라면 제일 비싼 걸 먹겠다.

혜진　(공진반점에 전화 걸어) 여기 윤치관데요. 짜장면 둘이요.

cut to.
남숙, 태연하게 철가방에서 짜장면 두 그릇을 꺼내 내려놓는다.

혜진　(떨떠름) 조사장님이... 직접 오셨네요?

남숙 당분간 홍반장은 윤치과 배달금지야. 우리가 한다면 하는 사람들이거든!

남숙, 신난 얼굴로 혜진을 찰싹 때리면 혜진, 아프고 짜증 나고 좌절한 얼굴!

S#47. 상가거리 (낮)

두식, 심란한 듯 중얼거리며 걸어간다.

두식 아, 대체 핸드폰을 어디서 잃어버린 거지?
그걸 찾아야 치과랑 연락을 할 거 아냐.

도하 (걸어오다가 두식 보고) 홍반장님!

두식 어, 도하! 촬영 며칠 뒤던데, 일찍 내려왔네? 준비할 거 많아?

도하 네! 홍반장님은 현장 안 오세요?

두식 촬영날 가려고. 지피디는 요새 어떻게 컨디션이 괜찮아?

도하 선배요? 예, 평소랑 똑같은데.
잘 먹고, 잘 웃고, 여전히 일에 미쳐 있고. 아... 며칠 편했는데.

두식 (진심으로) 다행이네...

S#48. 공진항 (낮)

낚싯배들이 모두 들어온 한가로운 공진항의 풍경 펼쳐지고.
작은 낚싯배 앞에서 성현, 지원, 도하가 어촌계장과 얘기를 나누고 있다.
그런데 성현의 컨디션이 조금 좋지 않아 보인다.

지원 스탭들이랑 멤버 둘이 타기엔 이 정도 배가 딱이죠?

어촌계장 그럼요. 충분하죠.

성현 (식은땀이 나지만 괜찮은 척) 예. 그럼 저희 그날 아침 일찍 세팅하고,
9시에 배를 타는 걸로 할게요.

도하 그날 바다는 괜찮을까요? 날씨는 맑다던데.

어촌계장 파도가 좀 있을 것 같긴 한데. 멀미약 단단히 잡숴야지 뭐. 귀밑에도 붙이고.

성현 (복통이 오는지 명치 쪽을 누르는) ...

지원 요새는 낚시하면 뭐가 제일 잘 잡혀요?

어촌계장 어종이야 다양하죠. 참가자미는 이제 끝물이고.

그때 성현, 참을 수 없는 복통에 그대로 털썩 주저앉는다.
으윽... 식은땀이 비 오듯 쏟아지고. 지원과 도하 모두 놀란다.

지원 (놀라서) 지피디, 왜 그래? 어디 아파?

도하 선배, 식은땀... 괜찮아요?

성현 (고통스러운) ...

S#49. 종합병원, 응급실 (낮)

성현, 수액을 맞고 지원, 걱정스레 내려다보고 있다.

성현 ...아까 도시락이 맛있어서 점심을 너무 급히 먹었나 봐.
나 괜찮으니까 여기서 벌서지 말고 나가서 어디 좀 앉아 있어.
집에 먼저 가 있던가.

지원 (화나는) 그걸 지금 말이라고 해? 아픈 사람 혼자 두고 어딜 가?

성현 나 이제 안 아파.

지원 (단호하게) 아니, 너 아파.

성현 (보면) ?

지원 급체 좋아하네. 속이 시커멓게 다 곪은 주제에.

성현 (멈칫하는데) ...!

도하 (때마침 들어오며) 미리미리 수납하고 왔습니다.
아, 선배 실비보험 있어요? 그럼 서류 떼야 되는데.

성현 됐어. 근데 김도하 일 처리 한번 빠릿빠릿하다.

방송국에서나 좀 그렇게 하시지?

도하　아버지가 병원 신세 오래 지셔서 이쪽이 제 전문분야잖아요.
아, 의대를 갔어야 됐는데... 1점 모자라서 못 갔네.

도하의 넉살에 성현, 그제야 웃는데... 지원의 표정 계속해서 어둡다.

S#50. 상가거리 (낮)

진료 중 잠깐 나온 혜진, 터덜터덜 걷다가 맞은편에서 오는 두식을 발견한다.
혜진의 얼굴에 화색이 돌고, 두식 역시 혜진을 발견했다.

혜진　(반가움에 달려가) 홍반장! 무슨 얼굴 보기가 이렇게 힘들어!
두식　그러니까. 6시간 동안 잘 있었어?
혜진　아니. 잘 못 있었지. 핸드폰은 찾았어?
두식　(고개 저으며) 아직.
혜진　그럼 얼른 새로 사! 나랑 연락 안 할 거야?
두식　(곤란한) 그게 약정이 20개월도 더 남아서. 오늘까지만 좀 찾아볼게.
혜진　그 말은, 계속 연락두절 상태로 있어야 된다고?
두식　그건 아니고. 내가 이따가,

두식의 말이 끝나기도 전에 어슬렁거리던 금철, 윤경이 두 사람을 발견한다.

금철　두 사람 거기서 뭐 해? 또 싸우려고?
혜진　(황급히) 아니요. 그게 잠깐 용건이 있어서...
윤경　선생님. 얘기 다 들었어요. 공진의 평화를 위해 휴전선을 지켜주세요.
두식　여기가 무슨 판문점도 아니고 그만 좀 해. 우리 진즉에 화해했,
금철　여보! 갈라!
윤경　(혜진의 팔짱 끼며) 선생님, 저랑 같이 가세요.
혜진　(당황해서 보는) 네?

윤경　(유치원 선생님처럼) 얼른요. 따라오시면 상으로 쭈쭈바 하나 드릴게요.
금철　두식이 너도 나랑 가. (하며 등을 밀면)

헤어지며 서로를 돌아보는 혜진과 두식의 얼굴... 애틋함이 거의 로미오와 줄리엣이다.

S#51. 감리의 집, 방 안 (낮)

지원, 이불을 펴더니 엉거주춤 서 있는 성현에게 명령한다.

지원　누워.
성현　나 안 졸린데.
지원　어떻게, 억지로 눕혀줘?
성현　아냐. 내 발로 누울게. (하고 마지못해 누우면)
지원　(옆에 앉아 홑이불 덮어주며) 지피디 위하자고 이러는 거 아냐.
우리 프로 위해서지. 쓰러지고 싶으면 막방 종편까지 하고 쓰러져.
성현　(지원 보며) 알겠어...
지원　알았음 눈 감고 자.
성현　(불쑥) 고마워.
지원　(멈칫) ...!
성현　나 신경 써준 것도 알고, 많이 봐준 것도 알아. 진심으로 고맙게 생각해.
지원　(괜히) 참나...
성현　(웃으며) 살다보니 별일이 다 있네.
쇠도 씹어 먹을 지성현이 급체로 응급실에 실려 가는 날이 올 줄이야.
지원　평생의 수치다.
성현　응. 나도 웃기고 어이가 없는데... 나 좀 힘들었나 봐.
내가 지금... 두 번째 첫사랑을 끝내는 중이거든.
지원　(마음이 쿵 하는) ...!
성현　다쳤던 데 또 다치니까, 엄청 아프네.

지원 작작해. 사춘기 소년이 앓으면 열병이지만 삼십다섯에 그러면 골로 간다.

성현 그러게.

지원 뭐 해? 눈 안 감고?

성현 예썰! 우리 왕작가 말은 잘 들어야지.

성현, 순순히 눈을 감고 잠을 청하면 지원, 그런 성현을 물끄러미 본다.

S#52. 윤치과, 로비 (낮)

미선, 접수대에 앉아 있는데 문이 열리며 경찰복 차림의 은철이 쭈뼛쭈뼛 들어온다.

미선 (약간 놀라) 최순경님이 여긴 어쩐 일로.

은철 저어... 혹시 지금 스케일링을 받을 수 있을까요?

S#53. 윤치과, 진료실 (낮)

은철, 체어에 누워 있고 미선, 그 옆에 서 있다.
보조의자에 앉은 혜진, 은철의 입 안을 살피더니 말한다.

혜진 아직 스케일링하실 때가 안 된 것 같은데.

은철 아닙니다. 치석도 생긴 것 같고, 한 번 더 받으면 좋을 것 같습니다.

혜진 네, 오늘은 해드리는데... 다음엔 6개월에서 1년 뒤에 오세요.

은철 예!

혜진 (의미심장하게) 근데 신기하네요? 치과 무서워하시는 것 같았는데 이렇게 자발적으로 먼저 오시고. 표쌤, 스케일링 잘 좀 부탁해요.

혜진, 미선에게 눈 찡긋해 보이고 나가면 미선, 가볍게 눈을 흘긴다.

미선　(은철에게 쿠션 건네며) 긴장하실 것 같아서. 안고 계세요.

은철　네? 아, 네에... (하며 소중히 쿠션을 받아든다)

미선　(스케일링 팁 끼우며) 아- 하시구요. 최대한 살살 할 건데
중간에 너무 힘드시면 손들어주세요.

은철　...네. (하고 입을 벌린다)

미선, 은철의 얼굴에 소공포를 덮어주고 스케일링을 하는데 윙- 소리 시작되면 초록색 소공포 아래의 은철, 바로 손을 든다.

미선　(스케일링 중단하고) 많이 불편하세요?

은철　(입 벌린 채) 뎌능 니현히홀 히러하디 앙승이다.*

미선　(멈칫하면)

은철　댜망 턴턴히 아라하호 시흐 흥잉이다.
니헌띠느 아라드으히 허라 행가카이다.**

미선　...뭐라고 하시는지 잘 모르겠네요.

은철　(당황하는) ?!

미선　괜찮으시면 스케일링 계속 이어 하겠습니다.

은철, 엉겁결에 고개를 끄덕이면 미선, 무표정한 얼굴로 다시 스케일링한다.

S#54. 윤치과, 원장실 (낮)

혜진, 책상에 울적한 얼굴로 엎어져 그리움의 염불을 외우고 있다.

혜진　보고 싶어... 만나고 싶어...

---

* 저는 미선씨를 싫어하지 않습니다.

** 다만 천천히 알아가고 싶을 뿐입니다. 미선씨는 알아들으실 거라 생각합니다.

그때 모르는 번호(시익번호 033)로 전화가 걸려오면 아무 생각 없이 받는데.

혜진 여보세요.

두식(F) 치과!

혜진 (벌떡 몸을 일으키며) 홍반장???

두식(F) 응.

혜진 홍반장, 지금 어디야? 우리 언제 만나?

두식(F) 그게 오늘은 힘들고 내일 밤 반상회 때 사람들 전부 마을회관에 모일 테니까 그때 보자. 우리 집으로 와! 알았지? (하고 뚝 끊는다)

혜진 아, 내일까지 어떻게 참으라고. (하며 좌절로 책상에 엎어진다)

S#55. 윤치과, 입구 및 계단 (낮)

은철, 시무룩한 표정으로 터덜터덜 나온다.

은철 (시무룩한 혼잣말) 미선씨는 알아들으실 줄 알았는데...

이게 아닌가. 은철, 머리를 긁적이며 계단을 내려온다.

S#56. 윤치과, 로비 (낮)

혜진, 미선에게 쪼르르 달려가 묻는다.

혜진 최순경님이 뭐래? 왜 왔대?

미선 (태연한 척하는데 묘하게 웃음기 비치는) 글쎄?

혜진 뭐야. 너 지금 기분 좋은데? 최순경님이 무슨 말했지?

미선 ...비밀.

혜진　야, 난 너한테 다 얘기해줬는데 치사하게 이러기 있음?

미선　(말 돌리는) 원장님. 10분 뒤에 현영목 환자 예약 있습니다.

혜진　표미선! 너 진짜 말 안 해?

미선　오늘 매복 사랑니 발치하셔야 되니까, 미리 팔운동 좀 하고 계세요.

혜진　아, 뭐라 그랬는데?

두 사람, 투닥투닥 실랑이를 벌인다. 미선, 말 안 해주는 와중에 계속 웃는 얼굴이다!

S#57. 공진 전경 (아침)

S#58. 저녁이 오길 기다리는 혜진과 두식 몽타주 (아침)

- 혜진, 침대에서 벌떡 일어난다. "오늘, 디데이다!"
- 두식, 역시 침대에서 일어난다. "드디어 본다!"
- 혜진, 화장대 앞에서 곱게 메이크업을 한다.
- 두식, 거울 앞에서 이 옷 저 옷(그래봤자 비슷비슷한 체크남방)을 대본다.
- 혜진, 치과 로비에서, 원장실에서, 진료실에서 몇 번이고 시간을 확인한다.
- 두식, 공진반점에서, 화정횟집에서 일하다 말고 몇 번이고 시계를 본다.

S#59. 윤치과, 로비 (저녁)

째깍째깍... 로비의 시계가 7시를 가리키면 옷 갈아입은 혜진, 뛰쳐나온다.

혜진　일곱 시다!!! 미선아. 나 드디어 데이트 간다!!!

미선　(절레절레) 늦게 배운 도둑이 날 새는 줄 모른다더니.

S#60. 라이브카페 안 (저녁)

춘재, 노래를 흥얼거리며 바에 있던 두식에게 와 묻는다.

춘재 두식아! 반상회 가야지!
두식 (콜록콜록) 아... 형... 미안한데 내가 오늘 몸이 좀 안 좋아서.
춘재 그래? 너 요새 너무 무리한 거 아냐?
두식 그랬나 봐. 형, 반상회는 못 갈 것 같다고 미안하다고 좀 전해줘.
춘재 걱정 말고 얼른 들어가 쉬어, 얼른.
두식 응. 그럼 먼저 들어가볼게. (하고 힘없이 휘청휘청 나간다)
춘재 (그런 두식을 걱정스럽게 보는)

S#61. 라이브카페 앞 거리 (저녁)

카페에서 나온 두식, 아픈 사람처럼 걷다가 점점 멀쩡해지더니 마구 달리기 시작한다. 마치 〈유주얼 서스펙트〉의 한 장면 같다!

S#62. 마을회관 앞 (저녁)

남숙 벌써 와 있는데 영국, 슬금슬금 눈치 보며 걸어온다.

남숙 오빠! 아니 동장님! 여기!
영국 대체 무슨 일이길래 안 나온단 사람을 여기까지 불러내?
남숙 으응, 그게 오늘 반상회 안건이... (하다가) 저기 화정이 오네!

영국, 흠칫해서 돌아보면 화정과 초희가 함께 오고 있다. 눈 휘둥그레지고!

남숙 여화정이! (초희 위아래로 훑어보며) ...유선생님도 오셨네?

화정 당연히 와야지 그럼. 초희도 우리 공진 사람인데.

초희 안녕하세요, 남숙 언니.

남숙 ...언니? 생각보다 붙임성이 좋네? 우리 옛날에도 안 친했던 거 같은데.

초희 (환하게) 못 친했던 거죠. 저 붙임성 좋아요.
친해지면 제법 웃기기도 하고. 앞으로 더 잘 부탁드려요.

남숙 (삐죽대면서도 싫진 않은 듯) 어머야라, 별일이래.

초희 (일부러 밝게) 오빠, 안녕하세요?

영국 으응. 그럼 안녕하지. 숨 잘 쉬고, 밥 잘 먹고, 잠 잘 자고.

화정 똥을 못 쌌는데?

영국 (당황해서) 뭐? 이 여자가 못 하는 말이 없어!

화정 얼굴이 누렇게 뜬 게 맞는데 뭐. 너 변비 있잖아. 민들레환 좀 나눠줘?

영국 (창피함에 버럭) 아, 시끄러!

미선 (때마침 오며) 안녕하세요! 오늘은 혜진이 대신 제가 왔어요.

화정 아아, 표선생님! 그래요. 잘 오셨네.

그때 윤경과 금철이 보라의 손을 잡고 나타난다.

윤경 (가족들과 함께 오는) 언니들! 저희 왔어요.

금철 (보라 손 흔들며) 우리 보라도 왔어요. 동방예의지국의 어린이답게 인사!

보라 안녕하세요! 근데 이준이는요?

화정 이준이는 식당에서 아줌마들이랑 있어. 수학문제 풀고 싶대.

보라 (시무룩) 이준이랑 먹으려고 젤리 갖고 왔는데.

감리 (저만치서 나타나며) 왜들 안 들어가고 여어 모여 있나?

화정 오셨어요?

맏이 응. 왜들 밖에 서 있싸? 모기인테 뜯기믄 우태하려고.

숙자 근데 오늘 안건은 뭐야?

모두들 서로를 쳐다보는데 마지막으로 춘재가 저만치서 뛰어온다.

춘재 늦어서 미안! 많이 기다렸지?

S#63. 두식의 집 근처 길가 (밤)

두식, 걸어오는데 혜진 역시 반대편에서 오고 있다. 서로를 발견한 두 사람!
혜진, 두식을 보더니 참을 수 없는 마음으로 달려가 안긴다.
두식, 돌진해오는 혜진을 사랑스럽게 받아 안아준다.

혜진 보고 싶었어!
두식 나도...
혜진 나 이렇게 못 만나는 거 싫어.
두식 나도...
혜진 맨날맨날 보고 싶어. 맨날맨날 목소리 듣고 싶고 맨날맨날 껴안고 싶어.
두식 나도...
혜진 (볼멘소리로) 할 줄 아는 말이 나도 밖에 없어?
두식 (혜진 이마의 잔머리를 넘겨주며 미소로) 너 없이 34년을 살았는데,
널 알고 난 뒤의 이 하루가 평생처럼 길더라.
윤혜진, 대체 나한테 무슨 짓을 한 거야?
혜진 (멍하니) 한 번 더 불러줘.
두식 응?
혜진 내 이름...
두식 (피식 웃고) 혜진아. 윤혜진.
혜진 수천수만 번을 불린 이름인데 갑자기 낯설어졌어. 꼭 새 이름 같아.

두식, 그런 혜진을 사랑스럽게 꼭 안아주는데 어디선가 "우웩" 소리 들린다.
혜진과 두식... 돌아보면, 마을 사람들 단체로 얼빠진 채 보고 있고 주리, 거의 토하고 있다.
미선과 은철도 보인다. 금철, 보라의 눈을 가리지만 보라, 손가락 사이로 본다.
두식과 혜진, 어색하게 떨어져보지만 이미 망한 것 같다.

두식 (수습하려는) 저, 저기 그게 어떻게 된 상황이냐면, 오해야.
지구 반대편에선 말이야, 이 정도 포옹은 그냥,
혜진 (결연하게) 우리 사귀어요!
두식 (놀라서) ...치과?
혜진 (두식 보며) 나 더 이상 숨기기 싫어. 비밀 같은 거 안 키울래.
나 홍반장이랑 마음껏, 실컷 연애하고 싶어!
두식 (놀라서 보면)
혜진 (당당하게 선언하는) 저희 사귀기로 했어요!!!
화정 (태연하게) 으응, 알아.
혜진 (경악으로) 예?
두식 (역시) 뭐?
윤경 한 나흘 됐지?
금철 (여유롭게) 사흘.
혜진·두식 (놀라서 보는데) ...!

S#64. 과거. 혜진과 두식을 보는 마을 사람들 몽타주

혜진과 두식의 애정행각을 보는 사람들의 시선으로.
- S#20. 춘재, 문 열고 들어오다가 혜진과 두식이 바 안에 함께 있는 걸 본다. 춘재, 갸웃하며 들어가는데 혜진, 두식의 얼굴에 묻은 크림을 닦아주는 장면을 목격한다!
- S#25. 남숙, 계단 올라가며 "홍반장! 군만두를 빼먹고 가면 어떡해!" 하며 올라가다 혜진이 두식의 얼굴 향해 가까이 다가가는 모습을 본다. 그 순간을 놓치지 않은 남숙, 당황한 혜진이 두식의 정강이를 까고 야단법석을 치는 동안에도 관찰하듯 빤히 쳐다본다.
- S#30에서 이어지는 장면. 코에 휴지 꽂은 두식, "나 그만 갈게!" 하고 들어간다. 슈퍼 카운터에 앉으려던 금철과 윤경, 두식의 휴대폰을 발견한다. 그때 혜진이 보낸 메시지 "*홍반장 미안해. 많이 화났어? 내가 미안해♥*"가 액

정에 뜨면... 경악하는 금철과 윤경!
- S#43의 직진 상황. 우리동네순찰단 멤버들이 걸어가며 혜진과 두식에 대한 얘길 나눈다.

남숙 그치? 어쩐지 이상하더라니.
둘이 연애하는 거 숨기려고 그 생쇼를 하셨구만!

금철 당장 가서 우리가 알고 있는 거 말해버릴까요?

화정 아니. 자기들이 말하게 해야지.

춘재 어떻게? 뭐 좋은 방법이라도 있어?

화정 견우직녀를 만들어. 한창 좋을 땐데, 못 보게 하면 얼마나 애가 탈 거야.
맘이 절절해져서라도 둘이 더 잘될걸?

춘재 (까치, 까마귀 흉내) 까악까악. 그럼 어디 한번 오작교 좀 놓아볼까?

때마침 저편에서 손잡고 걸어오는 혜진과 두식 보이면 일동 비장하게 고개를 끄덕인다!

S#65. 두식의 집 근처 길가 (밤)

금철, 멍하니 있는 두식에게 휴대폰을 내민다.

금철 두고 갔더라? 그러게 물선 산수를 살하셨어야지.

두식 (받으며 어금니 꽉 깨물고) 야, 너! 우리 나중에 심도 깊은 대화 좀 하자.

금철 (윤경과 보라 뒤에 숨으며) 안 돼! 난 가정이 있는 몸이야!

혜진 (미선 보며) ...연락을 좀 해주지 그랬어.

미선 나도 몰랐어. 그냥 따라온 거야.

남숙 다들 봤지? 내가 모든 걸 알면서도 한 마디 아는 척 안 한 거.
이 조남숙이 입이 무거워야 될 땐 제대로 무거운 사람이라고!

화정 잘했어. 네가 초 안 쳐서 둘이 잘된 거야.

영국 (뒤에서) 축하해, 홍반장. 윤선생님이랑 언제 그렇게 됐대?

초희 (웃으며) 저도 축하드려요, 선생님.

감리 (가장 기뻐하는) 잘됐싸. 차암 잘됐다니. 내거 인제 여한이 없싸.

여기저기서 축하가 터져 나오면 두식, 혜진의 손깍지를 단단히 끼며 말한다.

두식 다들 땡큐 베리 마치!
그럼 이 열화와 같은 성원에 힘입어 우리 열심히 잘 만나볼게!

혜진 (민망하면서도 행복하고)

금철 오올! 홍두식!

남숙 어머야라, 저 저 손깍지 낀 거 봐!

맏이 (대신 부끄러워하며) 얄궂해라. 남새스럽게 우떠 저런다니!

춘재 왜요, 보기 좋구만. 부럽다야!

주리 아빠, 나 또 토할래... 우웩.

숙자 그렇게 좋은 걸 이제까지 어떻게 참았대!

혜진 (웃으며) 그러니까 다들 앞으로 저희 방해하지 마세요!

혜진의 말에 다들 더 자지러지게 웃어댄다. 미선, 못 말린다는 표정이고.
무수한 축하를 받은 두식과 혜진, 행복하게 서로를 보는 데서.

S#66. 에필로그. 별나라 공주와 바다 왕자 (밤)

- S#3에서 이어지는 상황.
두식과의 전화를 끊은 혜진, 가족사진을 보며 중얼거린다.

혜진 그게 진짜 홍반장이었다니... (하다가 뭔가 떠올린 듯) ...아!

혜진, 서랍을 뒤적여 어린 시절 그림일기를 찾아낸다.
펼쳐서 뒤적이다 보면 어린 혜진이 썼던 그날의 일기가 남아 있다.

insert.

공진에 다녀온 날. 혜진(7세), 바닥에 엎드려 그림일기를 쓰고 있다.
색연필로 서툴게 그려나간 그림 속 바닷가...
엄마, 아빠, 혜진을 비롯해 사진을 찍어주는 할아버지와 두식도 그려져 있다.
잠시 후 혜진, 어느새 새근새근 잠들어 있고 그 옆에 일기장 펼쳐져 있다.

어린 혜진(N) 오늘 별나라 공주는 바다에서 온 왕자님을 만났습니다.
왕자님이 울고 있는 공주를 많이많이 웃겨주었습니다.
다시 바닷가에 가서 그 왕자님을 또 볼 수 있었으면 좋겠습니다.

현재의 혜진, 일기를 보며 못 말린다는 듯, 그러나 진심으로 활짝 웃는다.

혜진 왕자는 무슨! 하여간 윤혜진 어릴 때부터 차암 보는 눈 없어.

- S#15와 같은 날. 혜진, 두식이 사귀기로 한 날.
씻고 나온 두식, 목에 수건을 걸친 채 벽에 걸린 달력을 본다.
그러고는 빨간 매직으로 6월 27일에 커다란 동그라미를 친다.

두식 오늘부터 1일... (하다가) 뭐가 좀 아쉬운데... (뭔가를 찾듯 두리번거린다)

잠시 후, 두식... 공진반점 스티커로 달력을 꾸미고 있다.
됐다...! 스티커를 하트모양으로 붙여놓고 만족스럽게 웃는 두식.
그렇게 환하게 웃는 혜진과 두식의 얼굴에서.

12화

나 지금 여기 있는 모든 것이 너무 좋아.

바닷바람, 모닥불, 별, 여름 냄새, 파도소리, 그리고... 너.

나 이 세상 그 어떤 것보다 네가 제일 좋아.

내가 하고 싶은 말을 왜 자꾸 먼저 해.

그러니까 이 말은 내가 먼저 해야겠다.

윤혜진, 사랑해.

S#1. 두식의 꿈. 두식의 집, 마당 (낮)

두식과 혜진, 마당에서 물장난을 한다.
몽환적인 파스텔 톤 배경 속에서 싱그럽게 빛나는 여름날의 연인.
호스로 물 뿌리며 장난치는 두 사람, 부서지는 물줄기 너머 무지개가 생긴다.
혜진과 두식, 툇마루에서 수박을 먹는다. 장난으로 서로의 얼굴에 씨를 붙이기도 하며. 두 사람 평상에 누워 끌어안고 뒹굴뒹굴하다가 혜진, 두식의 팔을 벤 채로 말한다.

혜진 나 행복해.
두식 나도 행복해.

곁에는 혜진이 있고 하늘은 파랗고 햇빛은 눈부시고 바람은 좋다.
두식, 기분 좋게 눈을 감는다.

S#2. 두식의 꿈. 암흑 속 (밤)

두식, 눈을 뜨면 곁에 있던 혜진 사라지고 어둠 속에 혼자 누워 있다.

두식 혜진아... 혜진아...?

일어나는 두식, 주변을 두리번거리는데
그 위로 두 살배기 아이의 울음소리가 찢어지게 날카로이 들려온다.
겁에 질린 두식, 뒷걸음질치다 뭔가와 부딪쳐 돌아보면 자기 자신이 서 있다.
얼음처럼 차가운 표정의 또 다른 두식(두식2로 표기), 두식을 똑바로 쳐다보며 말한다.

두식2 행복해?
두식 (공포로 보면)
두식2 (위압적으로 보며) 네가 과연 행복해도 될까?

폐부를 찌르는 비수 같은 말에 두식의 눈이 커지고 무릎이 툭 꺾인다.
그렇게 털썩 무너져 내리는 두식의 위로,

혜진(E) 홍반장! 홍반장!

S#3. 두식의 집, 침실 (새벽)

식은땀 흘리며 고통스러워하던 두식, 눈을 뜨면 그 앞에 혜진 있다.
혜진, 가벼운 아웃도어 차림이고 밖은 아직 푸르스름한 기운이 느껴지는 새벽이다.

혜진 (놀라서) ...홍반장?

잠시 멍하던 두식의 눈에 혜진이 들어오고, 그러면 두식, 혜진을 꽉 끌어안는다. 불안한 눈동자, 다신 놓치지 않겠다는 듯 절박한 손짓이고.

혜진 (안긴 채로) 왜 그래? 나쁜 꿈 꿨어?

두식 ...응. 나쁜 꿈... 아주 나쁜 꿈.
혜진 (아기 어르듯) 오구, 그랬어요? 악몽을 꿨어요? 키 클라 그러나?

혜진, 두식의 등을 다독다독해주면 두식, 눈을 감는다...
혜진의 따뜻한 체온을 느끼며 그렇게 한참을 있고서야 비로소 진정이 된다.

두식 (뒤늦게) 근데 지금 몇 시야?
혜진 4시 반.
두식 (놀라서 얼굴 보며) 뭐? 이렇게 일찍 웬일이야? 무슨 일 있어?
혜진 (웃으며) 아니.
두식 그럼 왜...?

S#4. 바닷가 (새벽)

혜진과 두식, 모래사장 위 동그마니 앉아 있는데 날씨가 흐리다.
어느새 주변 밝아졌지만 해는 구름에 가려져 보이지 않는다.

혜진 (실망으로) 말도 안 돼. 지금 정말 저게 해 뜬 거라고?
두식 응. 벌써 밝아졌잖아.
혜진 (한숨으로) 망했어. 홍반장이랑 같이 일출 볼라 그랬는데.
기상청도 분명히 맑을 거라 그랬는데.
두식 원래 바닷가 날씨는 종잡을 수가 없어. 근데 갑자기 웬 일출?
혜진 그냥... 내일 또 올게?
두식 (흠칫) ...뭐? 내일 또?
혜진 (불끈 의지로) 당연하지. 볼 때까지 도전하는 거야!
매일 나오면 얻어걸리는 날이 있겠지.
두식 (이건 아니다... 황급히 하늘 가리키며) 저기 다시 한번 자세히 봐봐.
구름 너머로 태양이 좀 보이는 것 같지 않아?
혜진 (갸웃) 어디?

두식　눈 크게 뜨고 잘 다시 봐. 안 보여? 저기 빨갛게 점처럼 번진 거.

혜진　안 보여...

두식　집중력을 갖고 제대로 봐야지. 매직아이 하듯이! 어?

혜진　진짜 안 보이는데... (하면서도 뚫어져라 보면)

두식　(그런 혜진을 애틋하게 보는, 어쩐지 슬퍼 보이기도)

혜진　(앙탈로) 안 보이잖아!

두식　(다시 웃으며) 잘 봐봐.

S#5.　윤치과, 원장실 (낮)

하아암... 혜진, 하품을 하고는 노트북으로 다시 열정적 타이핑을 한다.

미선　뭘 그렇게 열심히 해?

혜진　뭐냐면... 짜잔! (하며 노트북 돌려 엑셀창이 열린 화면 보여준다)

미선　이게 뭐야? 남자친구와 함께 하고 싶은 일 100가지?

혜진　(자랑스럽게) 웅! 내 버킷리스트.

미선　야, 요새 누가 이런 걸 만들어? 것도 엑셀로.

혜진　내가 원래 뭐든 시작하면 열과 성을 다해야 직성이 풀리잖아.

미선　인정. 넌 의사 아니라 뭘 해도 성공했을 거야.
고시공부를 했음 판검사, 운동으로 나갔음 국가대표는 달았을 테고.
아니, 그냥 땅만 팠어도 신라시대 고분쯤은 발굴했겠다.

혜진　요 앞에 파볼까? 암모나이트 화석 같은 거 나올지 모르잖아.

미선　(피식 웃으며 노트북 보는) 야, 제일 중요한 게 빠졌다.

혜진　그게 뭔데?

미선　(야릇하게 보며) 만리장성 쌓기?

혜진　(질겁하며) 어우야, 얘는 못 하는 말이 없어!
우리 아직 천천히 서로를 알아가는 중이거든? 영혼의 교감이 우선이야.

미선　(가소로운) 놀고 있네. 야, 남녀관계의 궁극은 에로스야!
어디 플라토닉 나부랭이가 에로스에 개겨.

환자(E) 계세요?

미선 네!

미선, 후다닥 나가면 혜진, 깜빡이는 커서를 보다가 101번에 슬쩍 ♥를 넣는다.

S#6. 화정횟집 외경 (낮)

보라(E) 아줌마, 아줌마!

S#7. 교차편집. 화정횟집 안 + 주민센터, 동장실 (낮)

보라, 상장케이스를 휘두르며 뛰어 들어오면 화정, 웃으며 반긴다.

화정 보라 오늘 숙제 없어? 왜 이렇게 신났어?

보라 그게 아니라요. 이준이가요. 상 받았어요!

화정 으응?

이준 (뒤늦게 들어와) 지난번에 본 수학경시대회. 은상 받았어.

화정 (눈 휘둥그레져서) 어머머, 어디 봐봐.

보라 (상장 건네면) 여기요!

화정 (펼쳐보더니) 맞네. 청진초등학교 2학년 장이준. 엄마 아들 장이준.
(이준 안아주는) 아유, 잘했어. 고생했어.

이준 (쑥스러운 듯 가만히 안겨 있고)

화정 (이준 표정 보며) 이준이는 상 받았는데 안 기뻐?

이준 기뻐.

보라 아줌마. 지금 이준이 엄청 기쁜 거예요.
(무표정한 흉내 내며) 입이요 평소엔 이렇게 돼 있는데요
(미세하게 입꼬리 올리며) 지금은 이렇게 돼 있잖아요.

화정 (웃으며) 그래. 이준이 아빠한테는 얘기했어?

이준　(고개 저으며) 아니.

화정　이준이가 직접 얘기해. 엄마가 영상통화 걸어줄게.

화정, 은근슬쩍 매무새를 다듬고는 휴대폰으로 영상통화 건다.

영국　(화정 보더니 질색하며) 노망났어? 갑자기 왜 영상통화를...
(하다가 이준 발견하고 표정 바뀌며) 이준아. 아빠야.
우리 이준이가 아빠 보고 싶어서 걸어달랬어?

이준　(화면 보며) 아빠. 나 수학경시대회 상 받았어.

영국　(대흥분) 어어? 경시대회? 그 어려운 데서 상을 받았다고?
아니 세상에 내가 천재를 낳았네. 천재를 낳았어.

화정　(옆에서) 내가 낳았거든?

영국　나도 낳는데... 기여는 했거든?

화정　(당황해 버럭) 이 인간이 못 하는 소리가 없어!
(이준을 살피고) ...저기, 이번 주말에 시간 좀 내. 우리 이준이 파티 해주게.

영국　그래! 그래야지. 이준아! 우리 주말에 나가서 맛있는 거 먹자? 알았지?

이준　(얌전히 끄덕) 응.

보라　봐봐요, 아줌마. 지금 이준이 입이 요렇게 됐잖아요.

이준　(수줍음에) 아, 아니거든?

S#8.　주민센터, 동장실 (낮)

용훈, 동장실 들어오면 영국, 흥분한 상태로 자랑을 해댄다.

영국　야, 용훈아. 우리 이준이가 글쎄 수학경시대회에서 상을 받았댄다?

용훈　좋으시겠네. 동장님 훌륭한 아들 두셨으니까 저도 상 하나 드릴게요.

영국　상? 무슨 상?

용훈　(관절영양제 건네며) 이게 관절에 도움이 된대요.
왜 동장님 허리 삐끗해서 한참 고생했잖아요.

영국 (일단 혹하는) 그래? ...근데 너 왜 나한테 이런 걸 줘?

용훈 (뜨끔, 말 돌리듯 제품 뜯으며) 자자, 일단 하나 드셔보셔.

영국 (마시면서도 의심스럽게 쳐다보는)

용훈 아유, 잘 드셨네.

영국 (예리한 눈빛으로) 나 너 왜 이러는지 알겠다.

용훈 (움찔하며) 뭐, 뭐가요?

영국 너... 우리 동네 주무관상 때문에 그러지?
(깔깔대며) 야, 그 상 내가 주는 거 아니야. 주민들이 투표로 뽑는 거지!

용훈 (그럼 그렇지, 한심하게 보는) ...

S#9. 목공소 안 (낮)

시골 목공소에서 두식, 작업을 하고 있다. 슬라이딩테이블쏘를 이용해 목재를 재단하고 샌딩 작업을 한다.
두식의 손에 형태를 갖춰가는 테이블 상판. 그때 두식을 부르는 소리.

목수 홍반장! 좀 쉬었다 해.

cut to.
두식과 목수, 커피를 홀짝이며 숨을 돌린다.

목수 홍반장 덕에 내가 숨통 트였어. 며칠 더 와줄 거지?

두식 응. 남자가 톱을 들었으면 테이블 하나쯤은 완성해야지.
(구석에 버려둔 자투리 목재 보며) 저건 다 버리는 거야?

목수 그렇지 뭐.

두식 아깝네. 나이테가 그대로 살아 있는데...

S#10. 두식의 집, 거실 (저녁)

두식, 들어오면 기다리고 있던 혜진이 쪼르르 마중을 나온다.

혜진 홍반장 왔어?
두식 (귀여운) 자꾸 주인 없는 집에 와 있을래? 이럴 거면 월세를 내던가.
혜진 그까짓 거 내지 뭐. 얼른 가서 씻고 나와.
두식 (당황해서) …씨, 씻어? 왜?
혜진 (눈을 반짝이며) 우리 오늘 꼭 해야 될 일이 있거든.
두식 (당황과 긴장으로 보면) ?

cut to.
요가복을 입은 혜진과 흰 티에 트레이닝팬츠를 입은 두식, 커플요가를 하고 있다. 두 사람 서로 반대편을 본 채 허공에 팔을 뻗는 자세를 취하고 있다.

두식 꼭 해야 될 일이… 이거야?
혜진 응. 커플요가를 통해 유대감을 고취시키고 유연성도 높이는 거지!
두식 이거 하다 몇 커플은 헤어졌을 것 같은데.
혜진 (뒤돌아 째려보면)
두식 힘들어서 그래. 힘들어서.
혜진 자, 이제 다음 자세!
두식 (자세를 풀며) 우리 이제 그만하면 안 될까?
혜진 무슨 소리야. 시작한 지 얼마나 됐다고.
이번엔 이렇게… 같이 발바닥을 대. 그다음에 내 손을 잡아.
두식 (아픈) 아악! 이건 새로운 고문 자세야? 아아… 차라리 주리를 틀어.

뻣뻣한 두식과 유연한 혜진, 힘겹게 새로운 자세를 취한 상태다.

혜진 좋잖아. 운동도 하고. 얼굴도 마주 보고.
두식 아니야. 이거 아니야! 나 십자인대 나갈 것 같아. (하며 자세 풀어버린다)
혜진 홍반장 왜 이렇게 뻣뻣하냐?

두식　네가 연체동물인 거지. 아, 나 더는 못 해. 너무 아파!

혜진　(달래는) 알았어. 그럼 쉬운 거 시켜줄게.
이렇게 책상다리를 하고 나랑 마주 앉기만 하면 돼.

두식　(또 시키는 대로 하는) 뭐 그건 쉽네. 이것도 요가야?

혜진　(무릎 위에 손 올린 채) 그럼. 이제 이러고 명상하는 거야.

두식　제일 맘에 든다. (하고 눈을 감는데)

혜진　(빤히 보다가) 근데... 홍반장은 언제 봐도 참 개같이 생겼어.

두식　(눈 번쩍 뜨는) 뭐? 개???

혜진　응, 개. 엄청 큰 개. 하얘가지고 눈에 요렇게 쌍꺼풀 있는, 시고르자브종.

두식　아, 그 개... (빤히 보며) 너는 고양인데, 약간 개도 보여. 섞였어.

혜진　(웃으며) 그럼 난 개냥인가?

두식　(보조개 보이게 웃으며) 그치.

혜진　보조개 뽁뽁거리는 거 봐. 귀여워! (하며 두식의 보조개에 뽀뽀한다)

두식　나만 있냐? 너도 있거든? (하며 혜진의 보조개에 역시 뽀뽀해준다)

혜진　네가 더 많거든? (하면서 반대쪽 보조개에 뽀뽀하면)

두식　네가 더 귀엽거든? (하며 또 반대편에 뽀뽀한다)

서로 보조개에 뽀뽀하며 장난치던 두 사람, 분위기가 야릇해지고
두식, 키스할 듯 다가가면 혜진, 순간 흡 숨을 참는다.

혜진　나 양치질 못 했는데.

두식　...상관없는데.

혜진　(벌떡 일어나며) 우리 양치질하자!

두식　같이?

혜진　(해맑게) 응!

S#11. 두식의 집, 화장실 (밤)

거울 앞의 혜진과 두식, 양치질 중이긴 한데 어째 이상하다.

마주 보고 있는 두 사람 엉성한 손놀림으로 서로에게 양치질해주고 있다...

두식 아까부터 계속 드는 생각인데 말야... 우리 지금 대체 뭐 하는 거지?
혜진 뭘 물어. 서로 양치질해주고 있잖아.
두식 그니까 그걸 굳이 왜 내 손 놔두고 네 손으로 하고 있냐고.
혜진 그야... 로맨틱하지 않아?
두식 (환장하겠는) 이게? 대체 어디가?
혜진 아직 처음이라 그래. 익숙해지면 딸기맛 치약처럼 달달할 거야.
두식 오케이! 그래, 어디 한 번 제대로 해봐. (하더니 전투적으로 이 닦아준다)
혜진 (입가가 치약 범벅이 된) 아, 홍반장! 얼굴에 치약 다 묻잖아.
두식 (웃으며) 난 지금 잇몸에 피 나거든?
혜진 (놀라서 물러나며) 진짜?
두식 (물로 입 헹군 뒤, 거울 들여다보며) 어쩐지 쇠맛이 그렇게 나더라.
너 요새 자꾸 나로 하여금 피를 보게 만들어.
혜진 (유구무언) 미안...
두식 (단호하게) 이제 그만. 다시 이런 이상한 거 하자 그러기만 해!

S#12. 혜진의 버킷리스트 몽타주 (낮)

포기를 모르는 혜진의 버킷리스트가 매일 숙연하게 펼쳐진다.
- 화요일. 혜신, 두식 앞에 매운 떡볶이, 매운 갈비찜, 불족발, 불닭볶음면 늘어놓는다. 잠시 후, 매워서 못 먹겠다 몸부림치는 두식에게 우유를 따라주는 잔인한 혜진.
- 목요일. 혜진, 심드렁한 두식을 옆에 앉혀놓고 인터넷 사이트로 궁합을 본다. 혜진, "어머, 어머 홍반장은 나무고 난 금이래. 좋은 건가?" 두식, "네가 도끼로 나를 찍어버린다는 뜻 아닐까?" 하면 혜진, 두식을 노려본다. 두식, "...나 지금 찍힌 거지?"
- 토요일. 혜진, 어디서 교복을 구해와선 같이 입고 사진 찍자고 떼를 쓴다. "이런 건 대체 어디서 구해 오냐?" "우리의 지난 추억을 되살리는 거야."

절대 안 입는다고 버티는 두식에게 결국 교복을 입히는 데 성공하는 혜진.

S#13. 두식의 집, 거실 (낮)

교복 입은 두식, 죽상을 하고 삼각대 위에 카메라 설치한다.
파우치에서 쿠션 팩트를 꺼내는 혜진, 열심히 거울 보며 얼굴에 두드린다.

두식 호박에 줄 그어?
혜진 (째려보는) 뭐? 호박?
두식 (뻔뻔하게) 칭찬이야. 호박이 동그스름하니 얼마나 예쁜데.
혜진 (의구심으로 보면)
두식 가뜩이나 예쁜 얼굴에 그것까지 바르면 더 예뻐지겠네?
혜진 (사랑스럽게) 그럼. 홍반장 진짜 까암짝 놀란다!
내일 아침 이대로 고등학교 정문에 들어가잖아?
그럼 아무도 나 안 잡을 걸? 학생인 줄 알고.
두식 (무표정하게 보며) 응. 아무도 안 잡을 거야. 방학이거든.
혜진 (우이씨 째려보면)
두식 (말 돌리듯) 그만하고 얼른 찍자.
혜진 잠깐만. 홍반장도 발라줄게. (하며 퍼프 대려고 한다)
두식 (질겁하며) 에이, 됐어.
혜진 왜! 요새 얼굴 좀 탄 것 같은데. 내가 뽀샤시하게 해줄게!
두식 (피하며) 자자, 찍는다. 찰칵!

두식, 손에 있던 셀프타이머 누르면 두식에게 팩트 두들기려던 혜진도 한 장 찍히고... 본격적으로 촬영을 시작하는 혜진과 두식!
다정하게 각종 포즈로 사진을 백만 장 찍는 귀여운 두 사람!

cut to.
혜진, 같이 찍은 교복 사진으로 둘의 휴대폰 화면을 모두 다 바꿔놓는다.

혜진 됐다. 이거 봐. 너무 예쁘지?

두식 (지쳐서 영혼이 빠져나간) 응...

혜진 우리 이번엔 뭐 할까? 장 봐다가 맛있는 거 해먹을까? 만화책 볼까?

두식 너 정체가 뭐야? 에너자이저야? 등에 건전지 달려 있어?

혜진 (서운한) 힘들어?

두식 (기운 빠진) 응, 너무.
이제 아무것도 하지 말자. 둘이 그냥 이렇게 가만히 있어.

혜진 (삐쳐서) 홍반장은 나랑 하고 싶은 게 그렇게 없냐?

두식 아니, 그게 아니라...

혜진 나 갈래. 갈 거야! (하며 가방 챙겨 일어나면)

두식 (가방 붙들며) 에이, 왜 그래. 가지 마!

혜진 (가방 당기며) 됐어. 갈 거야!

혜진, 가방 확 당겨서 현관으로 향하는데 그사이 가방에서 종이가 떨어진다. 가려던 혜진, 흠칫해서 돌아서는데 이미 두식, 종이를 주워 보고 있다.

두식 ...이게 뭐지?

혜진 내놔!!! (하며 당황해서 두식에게 달려드는데)

두식 (종이 든 손을 천장으로 뻗어 계속 읽는) 함께 일출 보기, 커플요가 하기.
남자친구 면도해주기, 인생 맛집 데려가기...

혜진 (아래에서 저항하며) 아, 내놓으라고!

두식 이게 다 나랑 하고 싶은 일이야? 이미 한 건 형광펜으로 지웠네?

혜진 (삐쳐서) 아, 됐어! 필요 없어.

두식 (툭) 하자.

혜진 ...어?

두식 (사랑스러운) 이렇게 귀여운데, 이걸 안 들어주고 어떻게 배겨.

혜진 (눈 동그랗게 뜨고) 정말? 다 해줄 거야?

두식 그럼. 뭐부터 할까? 여기 있는 거 차례대로 할까?

혜진 (잠깐 생각하고) 오늘은 말고, 다음 주말에 서울로 데이트 가자.

두식 데이트? 그래, 좋아.

혜진 (웃으며) 각오해. 그날 리스트에 있는 거 엄청 많이 지울 거야.

두식 천천히 지워. 서두르지 말고, 오래오래, 하나씩. 그렇게 다 하자.

혜진 (행복하게 웃는) 응...

S#14. 레스토랑 안 (저녁)

영국, 헤벌쭉 웃으며 다 썬 돈가스 접시를 이준 앞에 내려놓는다.

이준 고마워, 아빠.

영국 우리 이준이 많이 먹어! 더 먹고 싶으면 또 먹어. 아빠가 다 사줄게.

화정 돈까스 하나 사주면서 생색은.

영국 포크커틀릿pork cutlet이거든? 그리고 이준이가 직접 고른 거야.
대신 네가 스테이크 시켰잖아.

화정 그래서? 아까워?

영국 아, 누가 아깝대? 잡숴...

이준 저기, 엄마.

화정 (표정 다정하게 바뀌며) 응. 이준이 왜? 엄마한테 할 말 있어?

이준 나... 고슴도치 키우면 안 돼?

화정 고슴도치?

영국 이준이 고슴도치 키우고 싶어?

이준 응. 보라가 입양한 고슴도치, 윤혜진 선생님께 맡겨놨어.
내가 수학경시대회 상 받으면 엄마한테 허락받으려고.

화정 (흔쾌히) 그래, 키우자. 데려와, 고슴도치.

이준 ...정말?

화정 그럼. 근데 이준아. 엄마, 상 때문에 허락해주는 거 아니야.
네가 키우고 싶다고 해서 그런 거지.

이준 (보면)

화정 지금 이렇게 가족파티 하는 것도 이준이가 상 받아서가 아냐.

영국 뭔 소리야? 축하파티 아니었어?

화정 아닌데? (이준 보며) 이준아, 상 받은 거 잘했어. 근데 안 받았어도
파티는 열었을 거야. 이건 우리 아들이 열심히 노력한 걸 기념하는 파티거든.
엄마는 결과보다 그게 훨씬 더 중요해.

이준 (미소로) 응, 알겠어. 엄마.

영국 (질세라) 그래, 이준아! 공부 하나도 안 잘해도 돼.
아빠는 그냥 우리 이준이 행복한 어린이로 컸음 좋겠어.

화정 그런 인간이 동네방네 자랑을 했냐? 반주무관한테도 얘기했다며?

영국 그야 자랑스러우니까, (하다가) 그걸 당신이 어떻게 알아?

화정 (순간 뜨끔) ...! 아, 얼른 밥이나 처먹어.

영국 (발끈) 처? 지금 처라 그랬냐?

화정과 영국, 또 투닥거리면 이준, 놀랍지도 않다는 듯 물을 따라 마신다.

S#15. 상가거리 (아침)

출근 중인 혜진, 걸어오다가 성현, 지원과 마주친다.
혜진, 약간 멈칫하는데 성현이 먼저 자연스럽게 웃으며 인사한다.

성현 혜진아. 출근하는 길이야?

혜진 네. 촬영 준비하러 오셨나 봐요. 선배도, 작가님도.

지원 (웃으며) 네, 좀 일찍 내려왔어요.

혜진 요새 더운데... 두 분 다 건강 챙기면서 하세요.

성현 응. 그럴게, 고마워.

혜진 그럼 저 먼저 가볼게요.

성현 (밝게) 그래. 조심히 가. 밥 잘 챙겨 먹고.

혜진 선배두요.

성현, 지원과 함께 혜진을 스쳐 가지만 힐끗 혜진을 한 번 더 돌아본다.

혜진을 보는 성현의 눈빛 여전히 깊고... 지원, 그런 성현을 본다.
혜진 걸어가는데, 보라와 이준이 혜진을 향해 달려온다.

보라　선생님!
혜진　(반갑게) 꼬맹이들 학교 가나 보네?
보라　(신나서) 네! 근데요, 이준이 수학경시대회 상 받았어요!
혜진　우와, 축하해. 이준이 백점 백 번 맞았단 보라 말이 진짜였네.
이준　(공손하게) 감사합니다. 하지만 아직 부족함이 많아요.
앞으로도 계속해 절차탁마切磋琢磨하겠습니다.
보라　이준이네 엄마가요, 슴슴이 키워도 된댔어요!
혜진　(미소로) 그래? 그럼 언제 데려갈래?

S#16. 혜진의 집, 거실 (저녁)

혜진, 고슴도치 짐을 모두 싸놓고 케이지 안의 슴슴이를 들여다본다.
오묘한 감정이 들고... 두식, 옆에서 그런 혜진을 보며 말한다.

두식　왜? 막상 보내려니 아쉬워?
혜진　조금? 근데 한 고슴도치를 두고 어린이들이랑 싸울 순 없지.
두식　좋은 어른의 자세야.
혜진　난 임시보호자였고, 이준이, 보라가 훨씬 잘 키울 거야.
사실 슴슴이, 아직도 내가 손대면 화내거든. 가시도 이렇게 세우고.
두식　그럼 이제 치과 고슴도치 안 같네?
혜진　응?
두식　옛날엔 비슷하게 뾰족했는데,
이제 이렇게 만져도 가시 안 세우잖아. (하며 머리 쓰다듬어준다)
혜진　(웃으며) 뭐야...
두식　변했어, 너. 처음 여기 왔을 때 모습이랑 많이 달라.
혜진　그런가? (하며 웃는데, 초인종 소리 울리는) ...애들 왔나 보다!

S#17. 골목길 (저녁)

혜진과 두식, 이준과 보라 넷이 함께 걸어간다. 이준의 품에 케이지 안겨 있다.

혜진 습습이가 추운 걸 싫어하거든? 적정온도가 26도니깐
안에 있는 담요 꼭 깔아줘. 바닥에 톱밥도 깨끗하게 잘 갈아주고.
보라 똥은 바로바로 치워줘야 되고 머리랑 엉덩이 만지는 것도 싫어해요.
혜진 맞아. 보라 있으니까 선생님 걱정 안 해도 되겠다.
이준 걱정 마세요. 제가 잘 키울게요.
두식 (귀여운) 보라랑 이준이 새 친구 생겨서 좋겠네?
보라 엄청 좋아! 이제 이준이 집에 맨날 놀러갈 거야.
이준 지금도 맨날 오잖아.
보라 그래도 더 맨날맨날 놀러갈 거야.
이준 ...그래.
보라 선생님한테도 습습이 데리고 놀러갈게요.
혜진 응. 홍반장 삼촌네 집으로 와. 선생님 요즘 거기가 아지트야.
두식 (웃으며) 혼자도 모자라 이제 파티원까지 모집하네.
그래, 놀러와. 삼촌이 맛있는 거 많이 해줄게.
보라 그럼 막창, 대창, 돼지껍데기로 부탁해. 삼촌.
혜진 그건 만 8세, 초등학교 2학년의 식성이 아닌데?
두식 원래 보라 취향이 부속물 쪽이야.
혜진 아...

S#18. 마을회관 외경 (밤)

두식(E) 다들 모이셨지?

S#19. 마을회관 안 (밤)

혜진을 비롯해 감리, 맏이, 숙자, 화정, 영국, 초희, 남숙, 춘재, 금철, 윤경, 주리, 보라, 이준 모두 와 있는 자리에서 두식이 일어나 용건을 말한다.

두식 갑자기 열린 비상반상회에 이렇게 다들 참석해주셔서 땡큐!
영국 대체 무슨 일이길래 바쁜 사람들을 오라 가라 해?
화정 (빈정대는) 장동장님 태클 걸 시간에 벌써 용건 다 얘기했겠네.
영국 (울컥해서 보는데)
남숙 얼른 얘기해봐! 궁금해 죽겠네.
감리 그래게 무신 일이나?
두식 오늘 지성현 피디가 나한테 부탁을 하나 해왔어.
춘재 지피디가?

S#20. 과거. 감리의 집, 마당 (낮)

성현, 툇마루에 앉아 두식에게 얘기한다.

성현 우리가 이번 촬영 때 마을 어른들을 초대해서 식사 대접을 할까 해.
두식 식사 대접?
성현 응. 요리는 준이랑 인우가 직접 할 거고, 다섯 분 정도면 좋겠는데. 준이가 감리 할머니는 꼭 모시고 싶대. 그때 먹은 밥 너무 맛있었다고.
두식 젊은 친구가 마인드가 좋네.
성현 방송 출연에 적합하신 분들로 네 분만 홍반장이 뽑아줘.

S#21. 마을회관 안 (밤)

두식, 하던 얘기를 계속한다.

두식	그래서 일단 감리씨는 무조건 모시기로 했고,
감리	(내심 뿌듯한) 안 그래도 되는데. 테레비에 또 나오게 생겼다니.
두식	지피디 일임 하에 오늘 내가 총 4명을 선출하려고 하는데,

두식의 말이 채 끝나기도 전에 여기저기서 "나! 나나나나나!" 소리가 터져 나온다. 혜진과 초희, 이준을 제외한 모두가 손을 들어 아우성치고 있다.

영국	당연히 내가 나가야지. 내가 공진동 동장인데!
화정	아니지. 우리 5통에서 촬영 중이니까 세 번째 통장 연임 중인 내가 적격이야.
남숙	야, 넌 엄근진이라 방송부적격이야.
화정	...엄근진? 그게 뭔데?
남숙	엄격, 근엄, 진지. 최신 유행어도 모르면서 무슨 방송을 나간다고. 예능은 나 같은 깔깔이들이 나가줘야 시청률이 잘 나와.
춘재	시청률 하면 또 셀럽이 등판해야지. 가수 오윤이 나온다 그래봐. 막 실검 1위하고 화제성 폭발한다?
맏이	공진에서 찍는 푸로니까, 나 같은 공진 토박이가 나가줘이 대.
숙자	아니, 내가 나가서 할머니도 이렇게 예쁠 수 있단 걸 보여줄게!
금철	얼굴 하면 또 나지. 두식이 저놈이 쓸데없이 반반해서 그렇지, 뜯어보잖아? 내 이목구비도 괜찮아!
윤경	밥풀이가 당신 얼굴 닮을까 봐 내가 요새 잠이 안 오거든? 저요, 곧 출산인데 방송 타면 우리 애기한테 너무 좋은 선물 될 것 같아요.
보라	(옆에서) 엄마. 나도 테레비 나가고 싶어!
주리	저 해커거든요! 여기 저보다 더 찐팬 있어요?
두식	(난감한) 결론은... 다 나가고 싶단 거잖아.
혜진	(손들며) 난 아니야.
초희	저도 아니에요.
이준	저도 괜찮아요.
두식	이 세 명 빼고는 다 나가고 싶다 이거지?

일동　(격하게 고개를 끄덕이면)

두식　(솔로몬처럼) 그럼 방법은 하나밖에 없네.
가장 공평하고 모두가 납득 가능한 방법... 바로 제비뽑기!

cut to.
두식, 급히 만든 조악한 박스를 들고 화정과 함께 서 있다.

영국　거 여통장은 빠져야지. 어디 후보자가 선관위를 해?

화정　(발끈해서) 홍반장이 주최하고, 난 그냥 옆에서 보조하는 거야.
혹여 내가 조작을 했다간 여화정 아니라 남화정으로 성을 간다!

영국　(그제야 입 다물면)

두식　자, 그럼 우리 센터 감리씨를 필두로 공진동 TOP4를 뽑도록 하겠어.

일동　(침 꿀꺽 삼키며 보는데)

두식　(첫 쪽지를 뽑는) ...〈갯마을 베짱이〉와 함께 하게 될 첫 번째 멤버는,

일동　(알아서 '두구두구두구' 해주면)

두식　오춘재!

춘재　아싸라비아 콜롬비아! 주리야, 아빠 TV 나간다?

주리　...짜증 나.

두식　(두 번째 쪽지를 뽑는) 자, 그럼 두 번째 멤버는... 조남숙!

남숙　나? 진짜 나? (미스코리아처럼) 어머야라, 아름다운 밤이에요.
공진의 미를 전 세계에 알리고 싶습니다!

두식　(세 번째 쪽지를 뽑는) 이번에 발표할 세 번째 멤버는... 함윤경!

윤경　(본능적으로 튀어나오는) 꺄아아아아아, 어떡해. 존나 좋아!

혜진　(윤경을 경악으로 보면) ...?!

금철　(쿡 찌르며) 여, 여보? 뭐, 뭔나?

윤경　(그제야 배를 잡으며 조신하게) 어머, 제가 잠깐 흥분을...
고맙습니다. 태교에 큰 도움 될 것 같아요.

두식　자, 이제 마지막 쪽지 뽑을게? (하며 쪽지 펼치는데)

화정　(쪽지 보더니) 아, 짜증 나! 왜 하필이면 마지막 쪽지가 장영국이야?

영국　(펄쩍 뛰어오르며) 나? 나야? 진짜 나?

화정 (두식 손의 쪽지 구겨버리며) 그래. 너다, 너! 좋겠다, 아주.

영국 (약 올리는) 그래, 좋다! 이래서 사람이 맘보를 곱게 써야 돼!

다들 아우성이다. "이대로 끝인 거냐." "나 나가고 싶은데." "삼세판으로 다시 하자." 등... 시끄러운 가운데 화정, 구긴 쪽지를 통에 다시 넣어버린다.
두식, 그런 화정을 본다.

S#22. 감리의 집 외경 (낮)

S#23. 감리의 집, 마당 (낮)

인우, 정성껏 만든 음식들을 평상에 나르느라 한창이고
준, 뒤집은 가마솥에 고기를 굽고 있다. 성현과 지원, 촬영 중이다.

S#24. 감리의 집, 대문 앞 (낮)

대문 앞에 모여 있는 출연진들에게 도하와 스태프들이 마이크를 채워준다.
두식, 살펴보면 감리, 영국, 춘재, 남숙, 윤경 모두 긴장했다.

도하 곧 들어가실 건데요. 긴장하지 마시고, 평소 하던 대로 하시면 돼요.

두식 뭐야. 다들 왜 이렇게 사색이 됐어? 얼굴 근육 좀 풀어. 응?

감리 (청심환 먹으며) 내가 테레비 출연이 두 번째야. 아무렇지도 않다니.

영국 (땀 닦으며) 나는 하나도 안 떨려. 시장님이랑도 톡을 하는 사인데, 내가.

춘재 (다리 떨며) 인마, 내가 왕년에 올림픽체조경기장에서 노래를 했어.

남숙 (말 더듬는) 나도 괘, 괘, 괘, 괘, 괜찮아.

금철 여보 당신 함윤경. 몸에 힘 좀 풀어.

윤경 자기야. 설마 방송 하다 애 나오진 않겠지?

도하 (무서운) 헐... 홍반장님. 우리 방송 괜찮은 거 맞죠?

두식 (불안한데) 글쎄...

S#25. 〈갯마을 베짱이〉 촬영 몽타주 (낮)

우당탕탕 펼쳐지는 요절복통 촬영 현장의 모습.

- 촬영이 시작되고... 감리, 영국, 춘재, 남숙, 윤경 쭈뼛쭈뼛 들어선다. 준과 인우, "안녕하세요." "어서 들어오세요." 하는데 영국, 우당탕탕 앞으로 자빠진다. 두 사람 놀라서 "괜찮으세요?" 하면 쭉팔림에 벌떡 일어나는 영국, "괜찮아요! 아무렇지도 않아요!" 한다. 담장 너머에서 보고 있던 화정, 이마를 짚는다.
- 평상에서 식사를 하는데 감리만 여유롭게 "차암 맛이 좋다니." 한다. 인우, 남숙을 보며 "맛이 어떠세요?" 하면 남숙, 대답에 버퍼링이 걸린다. "마, 마, 마, 맛..." 이상의 대답을 못 하고 식은땀을 줄줄 흘린다. "맛있어요..." 겨우 속삭이고 더운지 머리를 고쳐 묶는데 하늘색 블라우스의 겨드랑이 부분이 땀으로 흠뻑 젖었다. 두식, 카메라 뒤에서 안타깝게 외친다. "팔을 내려. 조사장님. 팔을 내려야 해... 누나... 누나?" 하지만 들리지 않는 듯하다.
- 준, "파전인데, 뜨거울 때 드세요." 하면 윤경, 조신하게 "맛있게 잘 먹을게요." 하며 입으로 가져가는데 너무 뜨겁고 "아이 썅, 개뜨거워!" 하며 뱉는다. 모두들 얼어붙고 성현, 지원에게 "이건... 못 쓸 것 같은데." 속삭인다.
- 감리, 준과 인우에게 "오늘 초대해줘서 고마워. 이기 내가 집에서 담근 게장이라니." 하며 싸온 반찬통을 건넨다. 준과 인우, "우와, 감사합니다. 할머니." "잘 먹겠습니다." 하는데 춘재, "이럴 땐 또 축하하는 의미로다가 노랠 불러야지. 불타는 이 가슴을 주체할 수 없어 잠 못 드는 달밤에 체조를 해봐도..." 하며 〈달밤에 체조〉를 불러댄다. 도하, 귀를 막는다.
- 이 모든 광경을 보던 두식, 성현에게 "내가 요새 지피디한테 많이 미안하다." 하면 성현, "왜? 난 좋은데. 날 것의 재미가 있잖아." 하며 호쾌하게 웃는다.

S#26. 혜진의 집, 현관 및 거실 (저녁)

혜진, 현관문 열고 두식을 맞이한다.

혜진　생각보다 일찍 끝났네? 오늘 촬영 어땠어?
두식　철학적으론 인간의 존엄성이 지켜지지 못했고,
　　　예능적으로 보면 결과물은 좋을 거야.
혜진　(어쩐지 알 것 같은) 아... 날도 더운데 고생했네! 이리 와, 내가 안아줄게.
두식　(좋으면서) 뭐 그렇게까지 고생은 안 했는데.

혜진, 두식을 안아주는데 그때 현관으로 들어선 미선, 안고 있는 두 사람을 보고 못 볼 꼴을 봤다는 듯 그대로 백스텝 해서 나가버린다.

혜진　(닫힌 문에 대고) 저기 미선아! 미선아? ...홍반장네 집으로 갈까?
두식　아니, 나 바로 가봐야 돼. 뒤풀이한대.
혜진　...성현 선배도 같이?
두식　당연하지.
혜진　선배 오늘 컨디션은 괜찮아 보여?
두식　(어라 싶지만) 응. 갑자기 그건 왜?
혜진　(걱정으로) 아니, 선배 얼굴이 많이 까칠해졌더라고.
두식　지피디를... 봤어? 언제?
혜진　응? 아, 며칠 전 출근하는 길에 잠깐 만났어.
두식　아... (일단 그냥 듣는데)
혜진　(걱정되는) 평소랑 똑같이 웃어주면서 나보고 밥 잘 먹으라는데...
　　　선배야말로 밥은 잘 먹는 건지... 좀 말랐더라.
두식　(괜히 딴지로) 난 잘 모르겠던데...
혜진　아냐. 볼살이 홀쭉해졌어. 그니까 오늘 가서 선배 보면
　　　홍반장이 옆에서 좀 챙겨줘. 치킨 시키면 닭다리도 주고.

두식　(볼멘소리로) 그럼 난? 나는 뭐 닭 모가지나 먹을까?

혜진　(당황스런) 응? 아니, 난 그런 뜻이 아니라...

두식　됐어! 그렇게 걱정되면 직접 가서 챙기지 왜 나를 시켜? 닭다리도 두 개 다 주고, 아니 먹기 좋게 발골까지 해줘!

혜진　(설마) 홍반장 삐쳤어?

두식　(발끈해서) 삐치긴 누가 삐쳐. 난 합리적 제안을 하는 거야. 남자친구 앞에서 대놓고 딴 남자 걱정을 할 정도니까! 그렇게 맘이 불편하면 가서 직접 케어하시라고. 난 아무렇지도 않다고!

혜진　아무렇지 않은 게 아닌데?

두식　...나 간다!

두식, 입 댓 발 나온 채 문 쾅 닫고 가버리면 혜진, 황당하다.

S#27. 골목길 (저녁)

혜진과 두식을 피해 집에서 나온 미선, 구시렁거리며 걸어간다.

미선　내가 방을 구해 나가던가 해야지... (은철과 마주치는) ...은철씨?

은철　미선씨. 이 시간에 위험하게 왜 혼자 나오셨어요?

미선　아, 그게 집에 바퀴벌레 한 쌍이 있어서요.

은철　(놀라며) 예에? 바퀴벌레요? 제가 지금 가서 잡아드리겠습니다!

미선　아니, 그게 아니라...

은철　빈식력이 강한 놈들입니다. 가만두면 지구도 정복할 놈들이라구요.

미선　혜진이랑 홍반장님이요!

은철　예?

미선　집에서 애정행각 중이길래 그냥 나왔다구요.

은철　(그제야 알아듣고) 아... 그러면 어디로 가시려고.

미선　전기구이 통닭 트럭이요. 아까 퇴근할 때 보니까 있던데.

은철　그럼 제가 거기까지 모셔다드리겠습니다!

S#28. 상가거리 (밤)

전기구이 통닭 트럭 앞. 통닭들이 불빛 속에서 뱅글뱅글 돌아간다.

주인　다 익으려면 오 분쯤 기다리셔야 되는데.

미선　네, 기다릴게요. 두 마리 주세요.
(은철 보며) 은철씨 한 마리 드릴게요.

은철　아니요, 저는 괜찮습니다.

미선　가져가요. 우리한테 의미 있는 음식이니까.

은철　(이해 못 하고) 이게...요? 대체 왜.

미선　전기구이 통닭, 은철씨가 나한테 처음으로 준 선물이잖아요!

은철　예, 5천 원 복권 당첨에 대한 보답으로 드렸던.

미선　내가 그걸 은철씨한테 사준다는 게 무슨 뜻 같아요?

은철　(머리 긁적이며) 그게... 저는 잘...

주인　(치킨 꺼내다가 본인이 답답해 죽겠는) !

미선　(속 터지는) 저는 미선씨를 싫어하지 않습니다. 다만 천천히 알아가고
싶을 뿐입니다! 내가 이걸 안 까먹으려고 얼마나 달달 외웠는데!

은철　(놀라는) 알아들으셨던 겁니까?

미선　네! 한 번 튕겼다고 바로 그렇게 포기하기 있어요?

은철　포기한 거 아닙니다! ...제가 원래 좀 느려요.

미선　(보면)

은철　머리가 나빠서 하루 15시간씩 5년 공부해서 경찰 됐구요.
50m는 잘 못 뛰는데 마라톤은 6번 완주했습니다.
근성 하나는 누구한테 안 뒤집니다. 그러니까 저 미선씨 포기 안 했다구요!

미선　답답해 진짜! 이래서 착한 남자랑은 안 만났던 건데.
속 터져서 우리 어디 연애하겠어요?

은철　(거절이구나) 죄송합니다... 정말 죄송합니다.

주인　(끼어들며 버럭) 아니, 그걸 왜 못 알아들어? 거절이 아니라 수락이잖아.

(검은 비닐봉지 하나씩 내밀며) 통닭도 예스, 연애도 예스!

은철 아... (하며 미선을 보면)

미선 (주인에게 돈 내고 봉지 받는) 고맙습니다, 여러모로.
(은철에게) 방파제 가서 같이 통닭이나 먹어요.

은철 그럼 저희...?

미선 내 입으로 사귀잔 말까지 해야 돼요?

은철 아니요! (한쪽 무릎 꿇으며) 미선씨, 저와 정식으로 교제해주십시오.

미선 (좋으면서) 뭘 또 이렇게 거창하게. 알았어요!

은철 (감격으로) 감사합니다. 제가 정말 잘하겠습니다!

미선 (민망한) 아, 그만 일어나요.

은철 네! 저, 통닭은 제가 들겠습니다. (하며 비닐봉지 뺏어 든다)

두 사람 어색한 설렘으로 걸어가면 주인, "좋을 때다..." 중얼거린다.

S#29. 라이브카페 안 (밤)

뒤풀이 장소에 두식, 성현, 춘재, 지원, 도하, 영국, 화정, 금철, 윤경 모여 있다.
다 함께 맥주를 마시는데, 두식 표정이 별로 안 좋다.

성현 오늘 고생하셨어요. 다시 한번 감사합니다.

지원 특히 윤경님, 수고 많으셨어요. 근데 출산이 언제예요?

윤경 다음 달이요. 근데 걱정이 많아요.
밥풀이 곧 나올 텐데, 저 다니던 산부인과가 문을 닫았거든요.

화정 (놀라며) 청호산부인과 없어졌어? 거기 우리 이준이 낳은 덴데.

윤경 네. 여기 워낙 젊은 사람도 없고 애 낳는 사람도 없으니까.
돈이 안 돼서 피부과로 바뀐대요.

성현 (걱정으로) 그럼 어떡해요?

윤경 멀리 나가야죠. 출산까지 하는 병원은 차로 1시간 반 거리예요.

지원 아... 너무 힘드시겠다.

금철 (아무 생각 없이 툭) 힘들긴요. 어차피 이 사람은 가만있고 제가 운전해서 데려갈 건데.

윤경 (그 말에 확 금철을 째려보는데)

영국 아니 근데 직접 해보니까 방송출연이 보통 일이 아니데?

화정 (빈정대는) 그러게 잘하지도 못할 걸 뭘 나간다고 깝을 처싸.

영국 (울컥) 처싸? 너 그 접두사 '처'를 너무 남발하는 경향이 있어.

남숙 또 시작했다. 저기다 멍석 하나 깔아줄 테니까 둘이 제대로 한 번 붙어!

화정 하이고야. 멍석 깔아줬더니, 우리 집 고장 난 카세트에
테이프 씹힌 것 마냥 덜덜거린 게 누구더라?

남숙 (화정 팔뚝 때리며) 야! 너 말 조심해!

화정 너나 손 조심해! 그 사람 때리는 버릇 진짜 안 고쳐?

신경전 벌어지기 일보 직전인데, 춘재가 치킨이 든 접시들을 들고 나온다.

춘재 자자, 그만들 싸우시고! 여기 갓 튀긴 평화의 상징 비둘기!

일동 (쳐다보면) !

춘재 ...는 농담이고 비스무레한 치킨을 먹으며 우리 담소를 나눠보아요?
자, 여기 닭다리는 우리 고생하신 피디님...

하며 춘재, 성현에게 닭다리를 건네려는데 맥주만 마시던 두식, 그 닭다리를 홱 낚아채 자신의 입으로 가져간다.
성현, 뭐시? 싶어 쳐다보고 춘재, 얘가 왜 이래 싶다.

춘재 ...우리 홍반장이 오늘 굶었나?
다행히 닭은 다리가 두 개니깐... (하며 닭다리를 다시 성현에게 주려는데)

두식 (그마저도 확 뺏어서 물어뜯으면)

춘재 (버럭 소리 지르는) 야!

성현 (난감한) 전 괜찮습니다. 전 닭가슴살 좋아해요.

S#30. 라이브카페 앞 (밤)

심란한 두식, 카페 앞에 쪼그리고 앉아 새우깡을 담배처럼 물고 있다.
그때 안에서 나오는 성현, 두식 옆에 쪼그리고 앉으며 말한다.

성현　나도 한 개 줘.

두식, 입에 새우깡을 문 채 하나 주면 성현은 새우깡을 바로 와그작와그작 먹어버린다.

두식　(작게 구시렁) 이렇게 잘 얻어먹고 다니는구만...
성현　(손 내밀며) 좀만 더 줘.
두식　하나만 달래매! 다 먹어라 그냥! (하며 새우깡 봉지를 안겨버린다)
성현　(봉지 들고) 홍반장. 나한테 뭐 화난 거 있어?
두식　(민망해져서) 화는 무슨.
성현　화났구만 뭘. 뭔데? 기분 나쁜 거 있으면 솔직히 말해줘.
두식　...혜진이가 걱정하더라!
얼굴이 까칠하대. 말랐대. 밥 잘 먹으래.
성현　(피식 웃으며) 그래서 그렇게 입이 댓 발 나왔구만.
두식　(발끈해서) 아니거든?
성현　부럽다! 나도 걱정이나 동정 받는 거 말고, 질투나 해봤음 좋겠네.
내 앞에서 어디 딴 남자 얘길 하냐고
큰소리 뻥뻥 치고 지랄발광이나 해봤으면 좋겠어.
두식　(할 말 없어지는) ...
성현　이제 알겠냐? 그 사랑싸움이 얼마나 배부른 건지?
두식　(머쓱해져서) 아부지 어머니 〈개그빅리그〉 방청권 보냈어?
성현　아, 맞다. 그거 보내드려야 되는데.
두식　빨리 보내! 그리고 살 좀 쪄라. 내 여자친구 더는 걱정하는 일 없게.
성현　응! ...근데, 그렇게라도 내 생각해줬다니까 좋네.

그때 문 열고 나오던 지원, 성현이 한 말을 듣는다. 잠깐 표정 있는데...

두식　죽을래? (하다가 돌아보고) 왕작가도 나왔어?
지원　네. 잠깐 바람 좀 쐬러... (하며 성현 옆에 쪼그리고 앉는다)
성현　왜 그러고 앉아? 허리도 아프면서.
지원　남이사.
성현　(다정하게) 안에서 의자 갖다 줄까? 앉을래?
지원　됐거든요. 괜히 챙기는 척하고 난리야.
성현　척이라니. 진심이야. 왕작가 아프면 우리 프로그램 올 스톱인데 당연히 받들어 모셔야지.

지원, 성현의 말에 표정 살짝 굳고... 두식, 그걸 놓치지 않고 본다.
그때 문 열고 나오는 도하... 문 열린 틈 사이로 시끄러운 소리 들린다.

성현　너는 또 왜 나와?
도하　안에서 싸워요.
두식　싸우는 거 아니야. 그냥 목소리가 큰 거지.

S#31. 라이브카페 안 (밤)

그러나 안에서 진짜 싸운다. 패가 나뉘어 싸우고 있다.

영국　너는 나에 대한 최소한의 존중이 없어!
화정　존중받을 만한 행동을 해야 말이지. 그 철딱서니로 어떻게 동장을 하냐?
영국　얘기가 왜 또 그리로 튀어?
남숙　여화정, 넌 나에게 모욕감을 줬어. 내가 혓바닥에 자부심이 있는 사람이야!
윤경　가만있으면 되는데 뭐가 힘드냐고? 당신은 만삭이 얼마나 힘든지 알아?
춘재　아, 다들 그만 좀 싸워!!! 남의 영업장에서 이게 뭐 하는 짓이야!

S#32. 라이브카페 앞 (밤)

안에서 들려오는 소리에 쪼그리고 앉아 있던 네 사람...

성현 우리 그냥 이대로 가면 안 되겠지?

두식 응. 나만 갈 거야. 셋은 있어.

성현 (황당한) 뭐? 치사하게!

두식, 그러거나 말거나 가면 성현, 혜진에게 가는구나... 짐작하고 피식 웃는다.

도하 우리 여기 언제까지 있, (안에서 싸우는 소리 들리고) ...그냥 쭉 계속 있죠.

성현 현명한 생각이야.

지원 과자 좀 줘봐...

성현 어어.

싸우는 소리 계속 들리는 가운데, 세 사람 쪼그려 앉아 새우깡을 나눠 먹는다.

S#33. 혜진의 집, 거실 (밤)

혜진, 미선에게 은철과의 자초지종을 듣고 있다.

혜진 뭐? 그래서 최순경님이랑 사귀기로 한 거야?

미선 응. ㄱㄴㄷ부터 가르쳐야겠지만, 신선해. 키우는 재미가 있을 것 같아.

혜진 (기뻐하는) 야아아... 진짜 축하해.

미선 고마워. 우리 이제 커플로도 같이 놀 수 있겠다.
홍반장님이랑 은철 씨까지 친하니까. 조만간 더블데이트 하자.

혜진 응?

미선 (신나서) 같이 캠핑 같은 거라도 갈까?

두식과 싸운(?) 혜진, 목을 긁적거리는데 그때 휴대폰에 메시지 온다. 보면,

두식(E) 안 자면 나와. 집 앞이야.

S#34. 혜진의 집, 현관 앞 (밤)

혜진, 새침한 얼굴로 문 열고 나오면 두식, 현관 앞 계단에 앉아 있다.

혜진 그러고 가더니 왜 왔대?

두식 앉아.

혜진 칫, 사람을 앉으라 마라... (하면서도 못 이기는 척 앉으면)

두식 (바로) 내가 미안해.

혜진 뭐가 미안한데?

두식 (구체적으로) 네 마음 알면서 괜히 꼬투리 잡은 거.
엄한 사람 질투해서 혼자 삐치고 혼자 발작한 거.
현관문 쾅 닫고 간 거. 그래놓고... 이제야 사과하는 거.

혜진 (웃음 터지는) 와, 진짜 구체적이다. 왜 그랬어? 홍반장답지 않게.

두식 (민망한) 몰라. 난 내가 쿨한 줄 알았는데,
생각보다 유치하고 구질구질하더라. 나 지피디 닭다리 다 뺏어 먹었다?

혜진 뭐?

두식 찌질하지? 윤혜진 덕분에 내가 매일 낯선 나를 발견하고 있는 중이다.

혜진 (귀엽게 보며) 나도! 나도 매일 홍반장의 매력을 발견하고 있는 중이야.
오늘의 발견은... 귀여움.

두식 (좋으면서 괜히 웅얼웅얼) 참내, 귀엽기는 뭐가 귀엽다고...

그때 위잉- 모기 소리 들리면 혜진, 잽싸게 주머니에서 모기스프레이를 꺼내 뿌린다.

두식 이건 또 언제 갖고 나왔대?
혜진 내가 원래 준비성이 철저하잖아.
두식 이래서 내 여자친구라지... 모기 절루 갔다!
혜진 (계속 뿌리며) 어디? 여기?

S#35. 공진 전경 (아침)

혜진(E) 홍반장! 홍반장!

S#36. 공영주차장 (아침)

멋지게 차려입은 셔츠 차림의 두식, 혜진 차 근처에 서 있는데
한껏 꾸미고 예쁜 가방을 멘 혜진, 두식을 부르며 와다다다 달려온다.

두식 (걱정으로) 뛰지 마! 넘어지면 어쩌려고.
혜진 너무 신나서 걸어올 수가 있어야지.
(한 바퀴 빙그르르 돌며) 나 오늘 어때?
두식 예뻐. 100m 밖에서부터 너만 보이더라.
혜진 (만족스런 미소로 차 키 두식에게 주는) 자, 홍반장이 운전해!
두식 내가? 남한테 새 차 안 맡긴다며?
혜진 몇 달 탔으면 이제 새 차는 아니지. 우리도... 남은 아니고.
두식 알았어. 내가 할게. (하고는 보조석 문을 열어주려는데)
혜진 (스스로 문을 열고 벌써 타버린)
두식 뭐야. 내가 열어주려고 했는데.
혜진 난 성질이 급해서 누가 문 열어주고 그런 거 못 기다려.

두식, 허허 웃고는 대신 혜진의 차 문을 닫아준다.

S#37. 해안도로 및 혜진의 차 안 (아침)

청명한 바닷가를 끼고, 혜진의 차가 해안도로를 경쾌하게 달린다.
두식, 운전하고 혜진, 들뜨고 설렌 얼굴이다.

두식 그렇게 좋아?
혜진 (함박웃음으로) 응. 드라이브도 좋고, 나들이도 좋고, 다 좋아!
두식 (귀엽고) 그래서 오늘의 버킷리스트는 뭐라고?
혜진 (눈 반짝이며) 일단 서울 가는 길에 들를 데가 있어!

S#38. 미술관 외부 (낮)

미술관 건물의 외경 비춰지고, 혜진과 두식 손잡고 걸어간다.

혜진 여기 어때? 예쁘지?
두식 응, 독특하고 좋네. 치과가 원래 미술에 좀 조예가 깊은 편인가?
혜진 아니. 전혀 몰라.
두식 (의아한) 근데 미술관에 오는 게 왜 버킷리스트야?
혜진 (해맑게) 있어 보이잖아.
두식 (삐끗) 어?
혜진 연인과 함께 미술관에서 그림을 감상하는 나 자신, 아름다워.
두식 (하... 귀엽고 황당하게 보는) ...

S#39. 미술관 내부 (낮)

두식과 혜진, 우아한 음악이 흘러나오는 갤러리 내부를 걸어 다닌다.
혜진, 그림을 대충 보는 것과 달리 두식, 진지하게 감상한다.

두식　난 거창한 그림보다 이렇게 심플하고 소박한 그림이 좋더라.
멋 부리는 게 쉽지. 평범한 걸로 본질을 꿰뚫기가 더 힘들거든.

혜진　(감탄하는) 뭐야, 멋있어! 홍반장 그림도 볼 줄 알아?

두식　잘은 아닌데, 관심 있어. 대학 때 미술사 수업도 좀 들었고.

혜진　(농담으로) 미술사? 왜? 미대에 여자친구라도 있었어?

두식　(멈칫했다가) 이 그림 좀 봐! 이 안에 내재된 작가의 영혼이 느껴지지 않아?

혜진　영혼 없이 말 돌리지 말고. 진짜 있었구나, 미대생 여자친구?

두식　(침을 꿀꺽 삼키며 그림만 보는데)

혜진　연상이었어? 연하? 동갑?

두식　(대답할 뻔) 동ㄱ...쪽이 저쪽이지? 이번엔 저 그림을 감상해보자.

혜진　(빠직) 아아... 동갑이었어?

두식　(가며) 미술관이 그림이 좋네. 상당히 자연주의적이야.

두식, 도망치듯 저쪽으로 가면 혜진, "걔 예뻤어?" 하며 쫓아간다.

S#40. 백화점, 로비 (낮)

혜진, 흥분해서 주체를 못 하겠는 표정으로 두식에게 선언한다!

혜진　나 방금 고삐 풀렸어. 나 적토마야. 나 말리기만 해!

두식　아깝다. 여기가 경마장이면 무조건 너한테 걸었을 텐데.

혜진　(귀엽게 째려보는) 뭐?

두식　(기수 흉내 내는) 이랴! 뭐 해, 안 가고?

S#41. 백화점, 남성 매장 층 (낮)

두식과 혜진, 남성 매장 층에 도착해 있다.

두식 목적지가 이상한데? 여기 맞아?
혜진 응! 오늘 내 구역은 여기야.
두식 (쎄한 느낌에 보면) ...?!
혜진 (훑어보며) 머리부터 발끝까지 윤혜진 맞춤형으로 변신시켜줄게!
두식 (질색하는) 미쳤어? 아, 싫어. 나 갈래!
혜진 왜! 재미있을 것 같지 않아?
두식 아니, 절대, 네버! 나 이런 거 딱 질색이야. 얼른 내려가! (하며 가려는데)
혜진 (시무룩해져서) 내 버킷리스튼데?

혜진, 장화 신은 고양이 같은 눈으로 초롱초롱하게 보면 하아... 졌다... 눈을 질끈 감는 두식이다.

S#42. 백화점, 남성복 매장 (낮)

혜진, 휘휘 걸어 다니며 옷을 살펴보고 두식, 그 뒤를 따라가며 계속 반항한다.

두식 나 진짜 옷 필요 없어.
혜진 응, 내가 필요 있어. 여기서 내가 고른 거 딱 열 벌만 입어보자.
두식 그 말인즉슨, 날더러 탈의실 들어가서 옷 갈아입고,
나와서 한 바퀴 돌고, 그 짓을 열 번이나 하라고?
혜진 응.
두식 (창백해져서) 웩... 아, 울렁거려. 나 벌써 토할 것 같애.
혜진 (옷 꺼내 두식에게 안기며) 화장실은 저쪽, 피팅룸은 이쪽.
두식 〈귀여운 여인〉 찍냐? 내가 무슨 줄리아 로버츠야?
아니 일단 그 영화가 1990년 작품이야. 이거 너무 클리셰라고!
혜진 뭘 모르시나 본데, 이런 클리셰는 이제 클래식이야.
그나저나 홍반장 영화 취향이 로코였어?

왠지 부끄럽다… 두식, 그대로 옷 들고 피팅룸 쪽으로 걸어간다.

cut to.
몽타주 느낌으로. 옷 갈아입은 두식, 오만상을 쓴 채 탈의실에서 나온다.
혜진, 호들갑과 감탄이 뒤섞인 폭풍 리액션을 선보이고
두 번째, 세 번째… 두식, 계속해서 옷을 갈아입는다.
일곱 번째쯤 옷에서 두식, "살려줘…" 하며 무릎 꿇으려고 하면
혜진, "옷 구겨져!!! 알겠어… 그럼 첫 번째 옷으로 하자." 한다. 열받는 두식!

cut to.
혜진, 계산대에서 점원에게 카드를 내민다.

혜진　이걸로 계산해주세요.
두식　(지갑 꺼내며) 됐어, 내가 계산해.
혜진　안 돼. 남자친구 옷 사주는 것도 내 버킷리스트에 포함이야.
그리고 다음 주가 홍반장 생일이잖아. 미리 해피 벌스데이 투 유.
두식　아… 나 생일이구나 참. 그래 그럼. 고맙게 잘 입을게.
점원　(두식에게) 멋진 여자친구를 두셨네요.
두식　(미소로) 네!

S#43. 백화점, 에스컬레이터 (낮)

혜진, 쇼핑백을 든 두식의 팔짱을 끼고 하행선 에스컬레이터에 오른다.

두식　이제 어디로 가면 돼?
혜진　맛있는 거 먹으러 가야지. 근데 그 전에 잠깐 들를 데가 있어.

S#44. 백화점, 하이엔드 주얼리 매장 (낮)

고급스런 분위기가 물씬 풍기는 하이엔드 주얼리 매장.
두식, 어색 뻘쭘한데 혜진, 여유롭게 쇼케이스를 훑어보다가 탁 멈춰 선다.

혜진 (목걸이 가리키며) 저 이것 좀 보여주세요.
셀러 네, 고객님. (하며 목걸이 꺼내주면)
혜진 (거울 보며 목걸이를 대보는) 어때?
두식 예쁘네. 잘 어울려.
혜진 저 이걸로 주세요.
셀러 네. 새 상품 있는지 확인해보고 오겠습니다. (하고 자리 뜨면)
혜진 (두식에게) 내가 사려고 예전부터 찜해놨던 거거든.
두식 그렇게 좋아?
혜진 (신나서) 응. 난 이 세상 모든 예쁜 것들이 너무 좋아.
두식 (귀엽고, 자신이 사주고 싶은) 그럼 이건 내가,
셀러 (박스 가져오며) 다행히 새 제품이 있네요. 가격은 555만 원입니다.
두식 (당황해서 멈칫하면) ...!
셀러 결제는 어떻게 해드릴까요?
혜진 (얼른 카드 내밀며) 아... 이걸로 해주세요. 일시불이요.

셀러, 혜진의 카드로 결제하면 두식, 멋쩍은 듯 뒤에서 그 모습 지켜본다.

S#45. 화정횟집 근처 일각 및 화정횟집 앞 (낮)

영국, 핸디형 선풍기를 들고 화정횟집 쪽으로 걸어온다.

영국 이준이는 전화도 안 받고... 가게에 있으려나?

영국, 화정횟집 코너를 돌려는데 문 앞에 서 있는 화정과 용훈을 발견한다.
순간 자리를 피하는 영국, 살며시 얼굴만 내밀고 상황을 살핀다.

영국 (혼잣말로) 뭐야. 쟨 왜 여기 와 있어?

용훈 (보온통 건네며) 이거 너무 늦게 갖다드려서 죄송해요.
제가 깨끗이 씻어놓고는 깜빡하는 바람에.

화정 됐어요. 굳이 안 갖고 와도 되는데.

영국 ...어 저 통은?

flash cut.
11화 S#23. 영국이 해장국을 마시던 보온통.

영국, 화정과 용훈을 의아하게 본다...

cut to.
용훈, 코너를 돌면 영국이 팔짱을 낀 채 의심스러운 눈초리로 기다리고 섰다.

용훈 (경악하며) 도, 동장님! 여기서 뭐 하세요?

영국 우리 할 얘기가 있을 것 같은데?

S#46. 주민센터, 동장실 (낮)

영국, 이해가 안 된다는 표정으로 되묻는다.

영국 그러니까 네 말은 그때 그 해장국을 화정이가 줬다고?

용훈 예. 동장님 숙취 때문에 정신을 못 차린다니까 주고 가셨어요.

영국 (이해 안 되는) 대체 무슨 꿍꿍이야?

용훈 통장님이 말은 그렇게 해도 동장님 엄청 챙겨요.

영국 (괜히) 챙기긴 개뿔. 먹다 남은 거 줬겠지.

용훈 아이, 아니라니까요. 알지도 못하시면서.

영국 왜? 또 뭐가 있어?

용훈 그게, 사실은요...

S#47. 백화점, 로비 (저녁)

쇼핑백을 든 혜진과 두식, 함께 매장에서 나와 걸어간다.

혜진 (팔짱 끼며) 우리 이제 맛있는 거 먹으러 가자.

그때 두 사람을 지나치던 누군가가 발길을 멈추고 두식을 부른다.

선배 (긴가민가하는) 홍...두식?
두식 (멈칫했다가) ...태경이 형.
혜진 (두식 팔짱 풀어주는)
선배 (놀람과 반가움으로) 야, 맞네. 너 이 자식 대체 이게 얼마만이야.
두식 (겨우 웃어 보이는) 그러게. 오랜만이다.
선배 (뒤늦게 혜진에게) 동행이 있었네... 안녕하세요.
혜진 네, 안녕하세요.
선배 야, 너 인마 얼마나 걱정했는지 알아? 죽었는지 살았는지
갑자기 연락도 안 되고. 너 지금 어디 있어?
두식 (굳은 표정으로) 고향 내려와 있어.
선배 아아... (명함 꺼내주며) 내가 회사를 옮겨서, 이거 내 명함인데...
너 시간 괜찮을 때 여기로 연락해.
두식 (받으면)
선배 꼭 연락해. 알았지? ...나 간다!

선배, 당부하듯 말하고 자리를 뜨면 두식, 물끄러미 명함을 내려다본다.

혜진 (궁금한) 누구야?
두식 (명함을 주머니에 쑤셔 넣으며) 대학 선배...

혜진　아, 진짜? 같은 과? 동아리?
두식　(애써 웃어 보이며) 밥 먹으러 가자.

S#48. 파인다이닝 레스토랑 안 (저녁)

혜진과 두식, 근사한 파인다이닝 레스토랑에서 식사 중이다.

혜진　오늘 우리 버킷리스트에 있는 거 엄청 많이 했다? 백 개 금방 채우겠어.
두식　(혜진의 말 들리지 않는) ...
혜진　근데 걱정 마. 이백 개, 삼백 개, 아니 천 개도 쓸 수 있으니까.
나 홍반장이랑 하고 싶은 일이 엄청 많,
(말하다가 두식이 무반응인 걸 보고) ...홍반장. 내 말 듣고 있어?
두식　(굳은 표정으로 생각에 잠겨 있는) ...
혜진　홍반장. 홍반장?
두식　(그제야 흠칫 놀라며) 응? 미안. 뭐라고?
혜진　...아니야. 맛있게 먹으라구.
두식　(애써 미소로) 응...

S#49. 라이브카페 안 (밤)

구석 자리에 앉아 맥주를 마시는 영국, 아까 기억이 떠오른다.

flash back.
S#46에서 이어지는 장면이다.

용훈　그게 사실은요... 아이, 말하면 안 되는데...
관절에 도움 된다는 그것도 여통장님이 준 거예요
영국　(놀라며) 뭐?

용훈	제가 주는 것처럼 해서 전해달라고. 신신당부를 하셨다구요!
	진실을 알게 된 영국, 여전히 이해가 안 되는 듯한 얼굴이다.
영국	걔는 갑자기 왜 안 하던 짓을...
춘재	(안주 내려놓으며) 웬일이래? 장동장이 혼자 술을 다 마시고.
영국	그냥. 집에 혼자 있으면 뭐 해. 형님도 한잔 하실텨?
춘재	손님도 없는데 그럴까?
	cut to. 영국과 춘재, 짠- 하며 허공에 잔을 부딪친다. 그러고는 벌컥벌컥 시원하게 마시는.
춘재	크으, 좋다. 역시 여름은 생맥이야.
영국	그러게. 술이 다네.
춘재	장동장한텐 술이 꿀물 같겠지 뭐. 이준이 수학경시대회 상 탔다며?
영국	(좋아 죽겠는) 응. 강원도에서 2등.
춘재	좋겠다. 우리 주리는 공부랑 평행선을 걷는 중인데.
영국	(숙연해지는) 아...
춘재	근데 괜찮아. 우리 주리 이쁘잖아. 눈이 아몬드같이 생겨갖고.
영국	형수님 판박이지 뭐. 커갈수록 더 닮은 것 같애.
춘재	(애틋하게) 그치. 요새 주리 보고 있음 더 보고 싶어. 우리 소연이.
영국	(물끄러미 보며) 형님은 아직도 형수가 그리워?
춘재	그럼. 주리 잘 키워놓고 나중에 만날 날만 기다려.
영국	말도 안 돼. 결혼한 게 언젠데, 아니지 사별한 게 언젠데 어떻게 그렇게 한결같을 수가 있어?
춘재	장동장은 뭘 그렇게 똑같은 걸 자꾸 물어봐?
영국	(의아한) 내가? 내가 언제?
춘재	옛날에도 물어봤어. 2년 전인가, 3년 전인가 우리 술 마시다가.
영국	(어렴풋이 뭔가가 기억나기 시작하는) ...?

S#50. 과거. 라이브카페 안 (밤)

3년 전, 영국 완전히 취해서 몸도 제대로 못 가눈다. 춘재 역시 많이 취해 있다.

영국　(혀 꼬부라진 채) 거짓말! 결혼한 게 언젠데, 아니 사별한 게 언젠데!
그렇게 영원불변 사랑하고 그리워하는 게 말이 돼?
춘재　(역시 취해서) 나는... 우리 소연이랑 결혼식장 들어가던 때가 아직도 생생해.
평생 사랑하겠다고 맹세했는데.
영국　사랑은 무슨. 그냥 정 때문에 사는 거지. 난 결혼할 때부터 그랬어.
혼기는 찼는데, 첫사랑은 떠나고... 맨날 옆에 붙어 있던 애랑 얼렁뚱땅.
춘재　(취한 눈으로 멍하니 보면)
영국　그때 장모님이, 화정이네 어머니가 돌아가셨잖아. 혼자된 것도 불쌍했고...
춘재　(울먹울먹) 소연이 보고 싶다...
영국　(혼자 주억거리는) 그니까 결혼 그거 별거 아니야.
특별할 것도 없고, 대단할 것도 없어... 그냥... 지루해.

S#51. 라이브카페 안 (밤)

영국, 불현듯 떠오른 과거의 기억에 멍해져 있는데 춘재, 말한다.

춘재　그날 우리 술 엄청 마셨는데. 너무 취해서 기억나는 게 거의 없,
아... 여통장이 장동장 끌고 간 건 기억난다.
영국　(심장이 쿵 떨어지는) 그날... 화정이가 왔었어?
춘재　응. 그날 밤에 갑자기 비 왔잖아. 여통장이 우산을 갖고 왔는데...
근데 이상하네. 우산 있는 사람이 왜 쫄딱 젖어 있었던 것 같지?
영국　(화정이 내 말을 들었구나) ...!
춘재　(갸웃) 내 기억이 잘못됐나?

S#52. 과거. 라이브카페 일각 (밤)

3년 전. 라이브카페 모퉁이에서 화정, 손에 장우산을 든 채 혼자 울고 있다.
비를 흠뻑 맞으며 소리도 없이 그렇게 오래.

S#53. 과거. 화정의 집, 거실 및 부엌 (아침)

3년 전. 화정, 세탁바구니 들고 나오는데 바닥에 영국이 벗어놓은 양말 뒹굴고 있다. 그때 숙취에 시달리는 영국, 까치집에 메리야스 차림으로 기어 나온다.

영국　여보. 나 몇 시에 들어왔어?
화정　(돌돌 말린 더러운 양말만 노려보고 있는)
영국　대체 얼마를 마신 건지 필름이 완전히 끊겼네.
(부엌으로 오면 식탁에 북어해장국 차려져 있고) 북엇국 끓였어?
화정　(양말을 주워 세탁바구니에 넣는)
영국　(신나서) 이야, 속 푸는 데는 우리 마누라 해장국만한 게 없지!
여보, 아이 최고!

영국, 신나서 해장 국을 먹는데 바구니 움켜쥔 화정의 손이 파르르 떨린다.
바구니를 들고 성큼성큼 가는 화정, 영국의 머리 위로 빨래바구니를 붓는다.
꿈꿈한 세탁물들이 영국의 머리 위로, 국 안으로, 식탁 위로 쏟아져 내린다.

영국　(벌떡 일어나며) 뭐 하는 거야? 당신 미쳤어???
화정　(부들부들 떨며) 내가 양말 뒤집어 벗지 말랬지...!
영국　(분노로) 뭐? 양말? 당신 돌았어? 고작 그것 땜에 이딴 짓을 해?
화정　(감정이 폭발하는) 내가 몇 번이나 말했잖아!
양말 좀 뒤집어 벗지 말라고!!! 아무데나 집어 던지지 말라고!!!

내가 몇 번을 얘기해!!!!! 내가 네 양말이나 빨라고 있는 사람이야?!

얼어붙은 영국, 당황해서 쳐다보는데 화정, 상처 입은 짐승처럼 울부짖는다.

화정 양말 뒤집지 마! 집어 던지지 마! 양말 뒤집어서 아무데나 집어 던지지 마!

S#54. 화정의 집, 안방 (밤)

화장대 앞에 앉아 있는 화정, 초희가 준 링클 크림을 물끄러미 본다.
초희 생각이 났는지 피식 웃더니 링클 크림을 뜬는다.

화정 (크림 찍어 바르며) 언제 이렇게 나이를 먹었냐...

S#55. 화정의 집, 마당 앞 (밤)

영국, 불 켜진 화정의 집을 보며 멍하니 서 있다.
자책과 후회로 얼룩진 표정, 금방이라도 울 것 같은 얼굴이다.

영국 다 나 때문이었어.. 미친놈... 이 미친놈!

S#56. 혜진의 집, 대문 앞 (밤)

공진으로 돌아온 두 사람. 두식, 집 앞까지 혜진을 바래다준다.
그러나 두식의 표정, 어쩐지 좋지 않은 듯 보인다.

혜진 (신경 쓰이는) 잠깐 들어왔다 갈래?
두식 (고개 저으며) 아니. 늦었어.

혜진　　그치? 장거리 운전하느라 피곤했을 텐데, 빨리 들어가 쉬어.

두식　　응. (옷이 든 쇼핑백 들어 보이며) 오늘 선물 고마워.

혜진　　아니야... 얼른 들어가.

두식　　그럼 갈게.

두식, 혜진을 남겨두고 먼저 돌아서면 그 뒷모습을 보는 혜진, 맘이 안 좋다.

S#57. 혜진의 집, 침실 (밤)

혜진, 심란한 표정으로 침대에 털썩 걸터앉는다.

혜진　　홍반장 기분이 왜 갑자기 다운됐지?
(쇼핑백 보며) 내가 너무... 돈 자랑하는 것처럼 느껴졌나?
괜히 목걸이 때문에 내가 부담스러워졌나?

하아... 혜진, 뒤로 벌러덩 드러눕는다. 마음이 심란하다.

S#58. 목공소 안 (아침)

두식, 목공 작업 중이다. S#9에서 만들던 테이블이 거의 완성되어간다.
테이블 상판에 다리를 연결, 조립하는 작업 중이다.
그러다가 휴대폰 알림음 울리면 하던 일을 멈추고 휴대폰을 본다.

혜진(E)　굿모닝. 아침부터 너무 보고 싶다. 오늘 날씨 엄청 덥대.
물 많이 마시고 밥 잘 챙겨 먹고 나 보고 싶으면 참지 말고 달려와.

S#59. 윤치과, 로비 (아침)

혜진, 휴대폰을 뚫어져라 보고 있다. 두식의 메시지, "응. *너도.*"라고 와 있다.

두식(E) 응, 너도.

혜진 (몇 번을 다시 읽어보는) 응, 너도? 응, 너도?
내가 무려 46자의 톡을 보냈는데 세 글자짜리 답장을 보냈어!

미선 (은철에게 메시지 보내며) 일하나 보지.

혜진 그래도 그렇지. 너무 단답형이잖아. 진짜 나 때문에 맘 상했나...

미선 (쿨하게) 아, 뭘 그런 것까지 신경을 써. 원래 홍반장 말투가 그렇잖아.

혜진 (갸웃) 그런가...?

미선 (벌떡 일어나는) 이씨, 최은철!

혜진 왜? 무슨 일 있어?

미선 아니, 내가 하트에 임티를 얼마나 많이 보냈는데 달랑 좋은 아침입니다?
군대냐? 경찰서야? 내가 선임이야, 상사야! 다나까가 뭐냐고!

혜진 (그런 미선을 어이없게 보는) ...

S#60. 윤치과, 원장실 (낮)

혜진, 시무룩한 얼굴로 주얼리 상자 열어서 목걸이를 바라본다.

혜진 예쁘긴 이렇게 예쁜데...
(상자를 닫고 두식에게 전화 거는) 홍반장.

두식(F) 응. 치과 무슨 일이야?

혜진 꼭 일이 있어야 전화하나 뭐. 우리 오늘 저녁 같이 먹을래?

두식(F) 어쩌지? 나 일이 늦게 끝날 것 같은데. 다음에 먹자.

혜진 (애써 괜찮은 척) 어쩔 수 없지. 알겠어.
(전화 끊고 울상으로 책상에 엎어지는) 역시 날 멀리하는 것 같아...

S#61. 방송국 외경 (낮)

S#62. 방송국 앞 (낮)

내부 시사를 마친 성현과 도하, 홀가분한 얼굴로 방송국 건물에서 나온다.

성현 다행이네. 내부 시사 반응 좋아서.
도하 어디 좋다 뿐이에요? 완전 폭발적이었구만.
성현 (웃으며) 김칫국, 샴페인 금지!
도하 아, 이 기쁜 소식을 함께할 우리 작가님은 어디 가셨나?

그 순간 성현과 도하, 어떤 남자와 인사하고 헤어지는 지원을 본다.

도하 저 사람 TCB 양경민 피디 아니에요? 거기 애한테 들었는데
요새 새 예능 준비하면서 왕작가님한테 러브콜 엄청 보낸다고.
성현 (표정 굳으면) !
도하 (분위기 파악하고) 아이고, 전 생각해보니 약속이 있어서.
두 분 말씀 나누세요! (하며 먼저 가버린다)
지원 도하 어디 가?
성현 (태연한 척) 가자. 시사 얘기 들어야지.

S#63. 방송국 근처 카페 (낮)

지원과 성현, 커피 마시며 얘기를 나눈다.

지원 반응 좋았다니 다행이네.
성현 같이 들어가면 좋았을걸. 약속 있다더니 아까 그 양경민 피디랑?
지원 응.

성현 하여간 왕작가 인기는 사그라들지를 않아. 왜? 또 열렬한 구애를 보내?

지원 응. 공작처럼 막 깃털도 자랑하고, 꾀꼬리처럼 울던데?

성현 (웃으며 커피잔 입으로 가져가는) 설마.

지원 진짜야. 그래서 그 구애 받아들이려고.

성현 (멈칫하는) ...어?

지원 우리 이번 것까지만 같이 하고, 그만 결별하자.

성현 (충격으로 커피잔 내려놓으며) 갑자기 왜?

지원 (웃으며) 왜가 어디 있어. 너랑 나랑 벌써 7년이다. 그만할 때도 됐지.

성현 (멍하니 보면)

지원 나 이러다 고인물 될 것 같아. 리프레쉬가 필요해.

성현 (황급히) 리프레쉬 그거 나랑 해.
완전히 다른 포맷으로 새로운 거 해보자. 나도 그러고 싶었어.

지원 (단호하게) 아니, 이제 너랑 안 할래. 여기까지만 하고 싶어.

성현 ...내가 최근에 삽질한 것 때문이면, 다신 그런 일 없을 거야.
변명의 여지도 없이 미안해. 사과할게.

지원 잠깐 실망한 건 사실이지만, 그것 때문 아냐.

성현 (답답한) 그럼 왜...?

지원 나 때문이니까 너한테서 이유 찾지 마.
지성현. 너 좋은 피디고, 무엇보다 좋은 인간이야.
나 말고 그 어떤 작가랑 해도 잘할 거야.

성현 (돌이킬 수 없구나... 보면)

지원 나 먼저 일어난다?

지원, 쿨하게 일어나서 가버리면 혼자 남은 성현, 그대로 멍하니 앉아 있다.

S#64. 두식의 집, 마당 (밤)

두식, 어깨에 가방 걸치고 마당에 들어서는데 혜진, 평상에 우두커니 앉아 있다.

두식 (놀라며) 여기서 뭐 해? 나 기다렸어?
혜진 (어두운 표정으로) 응. 진짜 늦었네?
두식 (아무렇지 않게) 일 있다고 했잖아. 전화를 하지...
혜진 (보면)
두식 (대뜸) 나가자.
혜진 (당황해서) 응? 안 들어가고? 나 할 얘기 있는데.
두식 (툭) 오늘은 밖에서 해.

혜진, 두식의 낯선 반응에 순간 당황스럽고 서운해진다.

S#65. 비밀스러운 바닷가 (밤)

인적 드문 해안가의 모래사장 쪽으로 가는 두 사람.
두식, 성큼성큼 앞장서가면 혜진, 왠지 그 뒷모습이 화난 것처럼 느껴진다.

혜진 (눈치 살피며) 아직 멀었어? 어디 가는 건데.
두식 (툭) 가보면 알아.
혜진 대체 어딜 가길래...
두식 ...여기야.

혜진, 발걸음 멈추면 그 앞에 펼쳐진 예쁜 풍경!
반짝거리는 꼬마전구 불빛과 함께 에스닉 한 느낌의 타프가 쳐져 있다.
그 아래 피크닉매트가 깔려 있고 가운데는 모닥불도 활활 타오른다.

혜진 (놀라서) 이게 다 뭐야? 홍반장이 준비한 거야?
두식 (쑥스러운) 응. 실은 전구가 모자란 것 같아서 집에 가지러 간 건데.
더 잘 꾸며놓고 이따 밤에 데리러 갈 생각이었어.
혜진 (긴장 풀려서 하아... 한숨 나오면)

두식　(당황해서) 왜? 맘에 안 들어?
혜진　아니. 안도의 한숨이야.
난 홍반장 기분이 안 좋아 보여서... 나 때문인 줄 알았단 말이야.
두식　(무슨 소리냐는 듯) 응?
혜진　(조심스럽게) 그게... 목걸이 때문에 혹시 내가 부담스러워졌을까 봐.
두식　(못 말리겠다는 듯) 뭐? 하! 대체 그 작은 머리엔 무슨 생각이 들어 있냐?
가도 너무 멀리 갔잖아.
혜진　(보면)
두식　(웃으며) 왜? 내가 너 사치스럽다고 생각할까 봐?
아니면 너보다 돈 없다고 자격지심 느낄까 봐?
혜진　(말끝을 흐리는) 그건 아니고...
두식　거기 앉아봐.
혜진　응? 으응... (하며 타프 아래 피크닉매트에 앉는다)
두식　(옆에 앉으며) 혜진아. 네가 하는 모든 행동들에 날 신경 쓸 필요 없어.
네가 열심히 번 돈으로 너한테 선물하는데, 왜 내 눈치를 봐?
혜진　(눈 동그래져서 보면)
두식　나 아무렇지도 않아. 그니까 앞으로도 너 하고 싶은 대로 하면 돼.
혜진　...미안해. 내가 괜히 지레짐작했어.
홍반장이 자격지심 느꼈을지도 모른다고 생각했나 봐.
두식　(으쓱하며) 내가 생각보다 그릇이 넓어.
혜진　역시! 내 남자친구 아니랄까 봐.
두식　(웃고) 그래서 새 목걸이도 안 하고 온 거야? 나 때문에?
혜진　(멈칫했다가) 아... 그거 팔아버렸어.
두식　(놀라는) 뭐?
혜진　맘이 불편해서 급매로 중고월드에 내놨어. 벌써 택배로 부쳤어.
두식　(믿을 수 없다는 듯) 그래서, 이제 그 목걸이 없어?
혜진　응!
두식　(당황해서) 그럼 안 되는데.
혜진　(영문 모르고) 뭐가 안 돼?
두식　(곤란한 듯 우물쭈물하다 가방에서 상자를 꺼내 내민다)

혜진　(눈 동그래져서 보면) ?

두식　(이게 아닌데) 열어보면 알아.

혜진, 상자를 열어보면 나무로 만든 작은 보석함이 들어 있다.

혜진　(감탄으로) 어떡해. 너무 예뻐...

두식　내가 직접 만든 거야.

혜진　(놀라서) 정말?

두식　(진솔하게) 응. 솔직히 그 목걸이 내가 사주고 싶었는데 너무 비싸더라.
그래서 대신 그거 넣을 수 있는 보석함을 만들었는데...
(허탈한) 이제 목걸이가 없네.

혜진　(황급히) 괜찮아! 나 그거 말고도 목걸이 디게 많아.
귀걸이도 엄청 많고. 여기 꽉꽉 다 채울 수 있어!

두식　(그런 혜진 사랑스럽고)

혜진　고마워, 홍반장. 너무 예쁘다.

두식　(다정하게) 맘에 들어?

혜진　(끄덕이며) 응!

혜진, 행복한 표정으로 두식의 어깨에 가만히 고개를 기댄다.
그렇게 잠시 분위기에 젖어 밤바다를 바라보는 두 사람.
불빛이 어른거리고 저 멀리 파도소리가 들려오는 로맨틱한 여름밤이다...

혜진　(바다를 보며) 여기 너무 근사하다.

두식　내가 제일 좋아하는 바다야.
바다가 다 똑같은 바다지, 그렇게 생각할 수도 있지만.

혜진　(눈 동그래져서) 아니? 달라.

두식　(보면)

혜진　의미가 생기는 순간, 특별한 곳이 되니까.
여기 홍반장이 데려온 바다. 그래서 내가 좋아하게 된 바다.

두식　(혜진의 사랑스러움에 저도 모르게 웃게 되고)

혜진 나 지금 여기 있는 모든 것이 너무 좋아.
바닷바람, 모닥불, 별, 여름 냄새, 파도소리, 그리고... 너.

두식 (심장이 쿵) ...!

혜진 (진심을 담아) 나 이 세상 그 어떤 것보다 네가 제일 좋아.

두식 (뚫어지게 보며) 내가 하고 싶은 말을 왜 자꾸 먼저 해.
그러니까 이 말은 내가 먼저 해야겠다.
윤혜진, 사랑해.

혜진 (멍해져서) 나도... 홍두식 사랑해.

가장 깊은 진심을 고백한 두식, 혜진에게 다가가 입 맞춘다.
완벽히 합치된 마음이다.
입맞춤 짙어지면 두식, 혜진을 자연스럽게 끌어당기고 사랑을 확인하는 두 사람의 몸짓. 어쩐지 아름답고도 처연하다.
하늘에 별이 가득하고, 멀리서 파도소리 들려온다...

S#66. 에필로그. 버킷리스트

- 연필을 든 두식, 노트에 자신도 버킷리스트 작성을 시작한다.
  "직접 손으로 만든 선물하기"를 적어넣는다.
- 두식, 목공소에서 폐목재를 가져다가 보석함을 만든다.
  서서히 형태를 갖춰가는 보석함... 완성된 모습에 두식, 환하게 웃는다.

13화

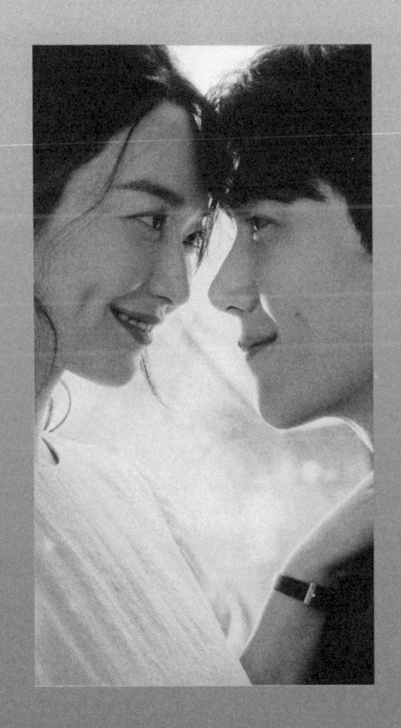

왜 자꾸 내가 모르는 사람이 되려고 해...

왜 낯설어져... 왜 멀어져...

난 이제 잘 모르겠어. 네가 누군지. 대체 어떤 사람인 건지.

나도...

나도 모르겠어...

S#1. 혜진의 집, 부엌 (낮)

엉망진창이 되어 있는 부엌. 온갖 그릇 다 나와 있고 개수대는 미역이 점령했다. 그런 가운데 가스레인지 앞의 혜진, 진땀을 흘리며 미역국을 끓인다.

혜진 이제 거의 다 된 것 같은데?

미선 (들어와서) 싱크대에 이 귀신 머리카락처럼 널린 게 설마 미역이야?

혜진 응. 난 한 봉지가 그렇게 기하급수적으로 불어날 줄 몰랐지.

미선 미역국이 먹고 싶음 그냥 내돈내산을 해. 그 똥손으로 뭘 시도하지 말라고.

혜진 나도 그렇게 생각해. 근데 오늘, 홍반장 생일이란 말이야.

미선 아, 구 비밀번호?

혜진 응. 사귀고 처음 맞는 생일인데, 이 정도 정성은 보여야지.
(숟가락으로 미역국 냄비 저으며) 맛 한 번 볼래?

미선 (본능적으로) 아니.

혜진 레시피 보고 똑같이 끓였어. 한 입만 먹어봐. 응?

혜진, 숟가락으로 미역국 떠주면 미선의 표정, 공포영화 주인공 같다.

혜진(E) 홍반장! 홍반자앙!

S#2. 두식의 집, 마당 (저녁)

혜진, 와인과 보온통 들고 신나게 뛰어 들어가는데, 마을 사람들 전부 모여 있다.
감리, 맏이, 숙자, 춘재, 화정, 남숙, 초희, 금철, 윤경, 주리, 이준, 보라까지.
평상에 돗자리 깔려 있고 거의 동네잔치 분위기.
한 편에서 두식이 고기를 굽고 있고 화정, 남숙이 들통에 미역국을 끓이고 있다. 혜진, 당혹스러운 눈빛으로 두식과 사람들을 보는데.

두식 (고기 구우며) 왔어?
남숙 선생님 좀 늦으셨네.
춘재 얼른 이리 와 앉으셔.
감리 여기가 시원하다니.
혜진 (당혹스럽지만) 네? 아, 네에... 잠시만요.
(두식에게 가서 속삭이는) 어떻게 된 거야? 왜 다들 여기 와 계셔?
두식 연례행사야. 난 괜찮다는데도 매년 이렇게 다들 찾아오시네.
혜진 ...뭐?

이게 아닌데... 혜진, 멍하니 사람들을 보면 보라, 와다다 뛰어다닌다.
이준, 툇마루에 앉아 책 읽고 다들 각자 맡은 임무에 충실하다.

맏이 니 그기 잡채 좀 꺼내라야.
숙자 예에. 좀 넉넉히 덜어야겠네. (하며 싸온 잡채를 접시에 덜고)
화정 미역국 지금 푼다? 몇 그릇이면 되지?
남숙 (사람 수 헤아리는) 둘 네 여섯 여덟 열... 열셋!
초희 (옆에서) 언니도 세셔야죠.
남숙 아... 열넷! 근데 영국 오빠는 왜 안 왔대?
화정 몰라. 일 있다고 전화를 뚝 끊어버리데.
춘재 (기타 치며 목 푸는) 해피, 해삐, 해쀄, 벌뜨데이.

주리 뭐야. 아빠 발음 개구려.

춘재 인마, 아빠 나이 또래에선 이 정도면 원어민이야. 네이티브!
(다시 기타 치며) 해삐 벌뜨데이 투 유...

금철 (옆에서) 난 그 노래 해피 벌스데이 다음 가사를 모르겠더라.

춘재 아이, 그걸 왜 몰라. 해삐 벌뜨데이 투유. 해삐 벌뜨데이 투유.
해삐 벌뜨데이......? (잠시 침묵, 다시) 쉥일 추콰함니돠아...

cut to.
춘재의 노래와 바로 이어지며, 사람들 다 함께 생일축하노래를 부르고 있다.

일동 생일 축하합니다. 사랑하는 홍반장 생일 축하합니다!

모두의 생일축하노래에 맞춰 두식, 후- 촛불을 분다.
다들 환호하고, 혜진 군중 속에 묻혀 박수를 친다.

두식 쑥스럽게. 이런 거 안 해도 된다니까.

화정 일 년에 하루 있는 귀 빠진 날인데 당연히 챙겨야지!

윤경 케이크 커팅 하셔야죠. (하며 플라스틱 칼 건네면)

춘재 (혜진에게) 뭐 하세요? 선생님도 같이 자르셔야지.

혜진 (눈 동그래져) 네? 저요?

보라 얼른 나가세요, 선생님.

두식 그래. 같이 자르자.

혜진, 못 이기는 척 앞으로 나간다. 두식과 혜진, 플라스틱 칼을 함께 잡고 케이크를 자른다.

맏이 둘이 참말로 잘 어울린다니.

감리 그래게. 글케 서 있으니 꼭 약혼식 같다야.

혜진 (당황해서) 네?

두식 (웃으며) 으이그, 감리씨 또 괜히 그러신다.

윤경 우리도 옛날에 결혼식 때 저거 했었는데. 그때 그 3단 케이크 기억나?

윤경, 그 말과 함께 금철 보면, 금철 벌써 와구와구 음식 먹느라 정신없다. 결혼은 현실이다 싶고... 윤경, 다정한 두식과 혜진을 부럽게 본다.

S#3. 두식의 집, 부엌 및 거실 (저녁)

혜진, 보온통 들고 부엌으로 향하는데 두식도 재빨리 혜진을 따라 들어온다.

두식 (웃으며) 밖에 너무 시끄럽지?
혜진 아냐. 홍반장이 공진 핵인싸란 걸 내가 깜빡했어.
두식 (보온통 보고) 손에 그건 뭐야?
혜진 아... 내가 가져온 미역국인데, 홍반장 벌써 미역국 먹었으니까.
두식 설마 직접 끓였어?
혜진 응? 어어.
두식 (바로) 이리 줘.
혜진 (보면)
두식 두 그릇 먹어도 돼. 미역이 얼마나 몸에 좋은데. (보온통 뺏어 마시면)
혜진 (걱정스럽게) 맛... 괜찮아?
두식 (웃으며) 응! 좋은데?

S#4. 혜진의 집, 부엌 (저녁)

미선, 냉장고 앞에 서서 물을 병째로 벌컥벌컥 마신다.

미선 아우, 입이 아직도 짜.
윤혜진 이건 미역국을 바닷물로 끓였나... (하더니 다시 물 마신다)

S#5. 두식의 집, 거실 (저녁)

두식, 태연한 얼굴로 미역국을 마시고 있다.

혜진 진짜 괜찮아?

두식 응. 맛있어.

혜진 (화색으로) 진짜? 역시 나도 하면 된다니까. 나도 한 입만 줘봐.

두식 (감추며) 싫어. 내가 다 먹을 거야.

혜진 치사하게! 나도 줘! (하며 손 뻗으면)

두식 안 돼, 내 꺼야! 줬다 뺏는 게 어디 있어? (하며 보온통 높이 든다)

집 안으로 들어서던 화정, 둘을 흐뭇하게 보고는 슬쩍 자리를 피해준다.

S#6. 두식의 집, 마당 (밤)

안에서 혜진과 두식이 수박과 과일들 챙겨 나온다.
그러자 화정을 필두로 사람들이 서로 무언의 눈짓을 주고받는다.

두식 후식은 수박 어때? 다들 괜찮으시지?

화정 으응, 수박 좋지.

두식 어떻게 썰어야 잘 썰었다고 소문이 날까. (하며 수박을 두 동강 내는데)

남숙 (갑자기) 아유, 내가 저 갑자기 급한 일이 있어서 가봐야 될 것 같아.

혜진 네? 지금이요?

춘재 (어색하게) 아, 마침 나도. 깜빡하고 가게에 뭘 놓고 왔네. 가자, 주리야.

주리 (불퉁한 얼굴로) 아 왜. 뭐 놓고 왔는데.

춘재 있어, 그런 게. 어린애는 몰라도 돼.

주리 뭔데? 나 수박 먹고 싶어.

춘재 아빠가 가는 길에 그까이꺼 수박 사줄게.

남숙　그래, 가자. 주리야. 홍반장. 우리 먼저 갈게!

주리　아, 왜 이래 진짜... (하면서 춘재, 남숙에게 붙들려 끌려 나간다)

두식　(어리둥절하게 보고)

혜진　(뒤에다 대고) 조심히 들어가세요!

두식, 나머지 수박을 자르는데 이번엔 감리, 맏이, 숙자가 일어난다.

감리　그만 인나야겠싸. 초즈냑부터 잠이 쏟아져 앉아 있을 수가 읎다니.

맏이　나도 오래 앉아 있었더니 응뎅이가 아프다니.

숙자　응, 홍반장. 우리 이만 가볼게.

화정　아유, 저도 일어나려고 했어요. 가서 이준이 숙제도 봐줘야 하고. 가자, 이준아.

이준　응, 엄마. (하며 보라 쳐다보는데, 보라 어느새 툇마루에 잠들어있다)

초희　저도 같이 일어날게요.

윤경　(얼른) 보라 아빠, 보라 좀 업어. 우리도 가게.

금철　(가기 싫은) 응? 왜 다들 가. 아직 술도 안 땄는데. 저 술 맛은 한 번 보고 가야지. 비싼 것 같은데.

윤경　(살벌한 귓속말) 눈치 챙겨라.

금철　아, 알았어. (움찔하며 보라를 들쳐 업는다)

"우리 들어갈게!", "나오지 말라니!" 여기저기서 인사하며 우르르 나가버리면 수박 자르던 두식과 혜진, 그 모습을 멍하니 본다. 어느새 휑해진 마당, 둘만 남았다.

혜진　(두식 보며) 지금 일부러 자리 비켜주신 거 맞지?

두식　(너털웃음) 하여간 연기 더럽게 못 해. 어쩜 저렇게 티가 나냐.

혜진　(웃으며) 그러게.

S#7.　골목길 (밤)

금철, 잠든 보라를 업고 윤경, 그 옆을 뒤뚱뒤뚱 가는데 금철의 걸음이 자꾸 빨라진다.

윤경 여보. 좀 천천히 걸으면 안 돼?

금철 (속도 모르고) 빨리 가야 얼른 집 가서 쉬지.

윤경 아니, 내가 못 걷겠어서 그래. 몸이 무거우니까.

금철 나도 무거워. 보라 업은 거 안 보여? (하면서도 또 걸음 늦춰준다)

윤경 (서운하지만 애써 웃으며) 오빠. 우리 이번 휴무날 보라 통장님한테 맡기고 어디 데이트라도 하러 갈까?

금철 (퉁명스럽게) 데이트?

윤경 응. 우리 밥풀이 나오면 더 바빠질 거고, 둘이 있을 시간도 없을 테니까.

금철 이만큼 걷는 것도 힘들다면서 가긴 어딜 가. 그냥 집에서 쉬어. 곧 애도 나올 텐데.

윤경 (실망한 목소리로) 으응...

S#8. 두식의 집, 부엌 및 거실 (밤)

안으로 들어오는 두식과 혜진. 혜진의 손에 와인병 들려 있다.

혜진 드디어 우리 둘만 남았네.
(두식에게 안기며) 홍반장, 생일 축하해.

두식 (사랑스럽게 안아주며) 고마워.

혜진 (손에 와인 들어 보이는) 그럼 이제 이것부터 마셔볼까?

두식 잔 가져올게. (하고 부엌으로 가면)

혜진 (선반의 못 보던 담금주 발견하는) 근데 이건 뭐야? 못 보던 건데.

두식 (잔 꺼내며) 아, 새로 담갔어. 너 주려고.

혜진 어어?

두식 (잔 가져오며) 그 와인보단 못 하겠지만, 홍두식표 순수 발효 포도주야!

혜진 (감동으로) 뭐야, 홍반장 생일에 내가 선물을 받으면 어떡해.

두식 헛물켜지 마. 일 년은 기다려야 되니까.

혜진 그렇게 오래 걸려?

두식 (잔 내려놓고) 인고의 시간을 지내야 술이 더 달지.

혜진 그러면 가만있어보자... (두리번거리다 매직 가져와서는 윤혜진이라고 적는) 내 꺼니까, 소유권은 확실히 해야지!

두식 (웃으며) 가만 보면 자아가 참 강한 스타일이야.

혜진 약한 편은 아닌 듯. 내년 생일파티 땐 마실 수 있겠지?

두식 응.

혜진 (두식을 진지하게 보며) 여름, 가을, 겨울, 봄 지나서 다시 여름. 일 년 뒤에는, (우리라는 말이 생략된) ...어떻게 돼 있을까?

두식 그야 당연히... (장난스런 표정으로) 잘 익었겠지!

혜진 (그걸 묻는 게 아닌데, 잠시 표정 있는) ...

두식 (오프너를 코르크에 꽂으며) 딴다?

혜진 (다시 웃어 보이며) 응!

S#9. 공진 전경 (아침)

S#10. 마을회관 안 (아침)

캔커피 한 박스와 수박을 든 영국, 카메라를 멘 용훈이 문 열고 들어선다.

영국 (활기차게) 어르신들, 안녕하세...

인사하려다 멈칫하는 영국! 화정과 남숙, 마을회관 안을 청소하고 있다.

남숙 동장님이 여긴 웬일이래?

영국 (우물쭈물) 응? 아, 날도 덥고 해서 안부인사 드릴라고.

(화정 눈 피하며) 두 사람은... 어쩐 일이야?

화정 보면 몰라? 청소하잖아.

동장님이나 일 있어야 방문하시지, 우린 자주 와.

영국 (눈 피하며) 내가 또 뭐 언제 그랬다고...

남숙 (구석의 박스더미들 살피며) 이거 분리수거가 하나도 안 됐네.

화정 (갑자기 영국을 뚫어지게 보는)

영국 (당황해서) 뭐, 뭘 봐?

화정 (수박 가리키며) 수박이 덜 익었다. 꼭지가 너무 파래.

줄무늬도 선명하고 모양도 둥근 걸로 샀어야지.

영국 아...

감리 반주무관 손에 든 그기 커피나?

용훈 예! 하나씩 드시라고 동장님이 마련하셨습니다.

숙자 이게 다야? 난 그게 좋던데. 지피디가 사줬던 에수푸레소 연유라떼.

용훈 (당황해서) 아, 그런 건 없는데.

감리 (계속) 난 그기 머이나 벨지안 소꼴라 모까! 그기 마수웠싸.

맏이 아이에요. 까페 새끼라또가 최고예요오.

감리 (갸웃) 새끼라또가 맞나?

숙자 아아니, 샤케라또!

용훈 (예상 못 한 할머니들의 반응에 땀만 삐질삐질 흘리고)

남숙 (박스더미 가져와 영국 가슴에 안기며) 동장님, 가서 이거 분리수거 좀 하셔.

영국 (당황해서) 내가?

남숙 기념사진 찍으러 온 거 아님 오신 김에 솔선수범 좀 하시라고.

영국 (눈을 부릅뜨고) 사람을 뭘로 보고! 내가 한다, 해!

S#11. 마을회관 근처 길가 (아침)

남숙과 화정, 함께 걸어가고 있다.

남숙 이봐, 남화정이!

화정 뭐야, 갑자기... (하다가 흠칫하는) ...?!

남숙 투표 결과 조작하면 성을 간다며. 여화정 말고 남화정으로.

화정 (시침 떼는) 뭔 소리를 하는 건지 모르겠네.

남숙 (의기양양하게) 이 조남숙일 속이느니 귀신을 속여!

화정 (당황해서) 야, 저기 나 먼저 간다. 오늘 45인 단체예약이 있어 갖고.

남숙 쟤는 뭐 저렇게 노골적인 화제전환을...
(하다가) 근데 단체 예약 어디? 공진실업? 청호시멘트?

S#12. 감리의 집, 마당 (낮)

도하, 툴툴거리며 집에서 나오면 기다리고 섰던 지원이 묻는다.

지원 왜? 또 안 먹는대?

도하 (끄덕이고는) 선배가 어떤 사람인데! 심의위원회에서 깨지고
나오자마자 두부전골을 먹으러 간 사람이에요, 저 사람이!
그런 선배가 요새 식음을 전폐하고...

지원 (태연한 척) 전폐는 아니다. 어제도 내가 우유 하나 먹였고.

도하 아, 몰라요. 다 왕작가님 때문이니까, 왕작가님이 책임져요!

지원 내가 뭘?

도하 선배 왜 저러는지 몰라서 그래요? 그만두지 말라구요!
TCB가 얼마 준대요? 여기랑도 협상해서 몸값을 올리면 되잖아!

성현 (화난 목소리로) 김도하!

도하 (움찔해서 돌아보면) !

성현 (안에서 나오며) 너 왜 쓸데없는 소리를 하고 그래!

도하 (우물쭈물) 아니, 전 선배가 밥을 안 먹으니까,
왕작가님이랑도 계속 같이 일하고 싶고...

두식 (대문 앞에서) 이게 다 뭔 소리야? 지피디 굶어? 왕작가 그만둬?

지원 (너털웃음) 소문 한 번 요란하게 나네요.
오늘은 혼밥이나 해야겠다. 삼겹살을 먹을까... (하고 나간다)

도하 (성현에게) 죄송해요. 제가 괜히 주제넘은 말을 해가지고.

성현 (누그러져) 아니야. 나야말로 큰소리 내서 미안.

두식 (팔짱 낀 채 보다가) 두 사람 다 나랑 어디 좀 가자.

S#13. 두식의 집, 거실 및 부엌 (낮)

성현, 소파에 앉아 있고 도하, 구경하느라 집 안을 계속해 돌아다닌다.
두식은 부엌에서 한창 요리 중이다.

도하 우와, 홍반장님 집 진짜 멋있어요.
천장도 멋있고 조명도 멋있고 가구들도 다 멋있고.

성현 (두식 보며) 우리애가 좀 산만해. 대신 사과할게.

도하 우와, 약재도 엄청 많네요. 어? 이거 서목태다.

두식 (요리하다 힐끗 보고) 응, 쥐눈이콩이라고도 하고. 그걸 어떻게 알았대?

도하 (덤덤하게) 저희 아빠가 몸이 좀 불편하시거든요. 하반신을 못 쓰시는데
서목태가 어혈도 풀어주고 마비증에 좋대서 몇 번 달여봤어요.

두식 (안타까운) 아... 조연출이 엄청 효자네.

성현 우리 애가 보기보다 착해.

도하 보기보다라뇨! 얼굴에 선함이라고 새겨져 있구만.

성현 그건 좀. 오히려 묘하게 뺀질거리는 인상이지.

두식 지피디 말에 한 표.

도하 아이, 진짜 이 형님들이...

두식 (웃으며) 와서들 앉지? 얼추 된 것 같은데.

cut to.
식탁 위에 김 모락모락 나는 닭백숙을 보며 성현, 도하 감탄한다.

도하 우와. 비쥬얼 쩐다. 이거 토종닭이에요?

두식 (바로) 아니. 가게에서 산 무항생제 11호 닭.

도하　아...
두식　도하 많이 먹고, 지피디는 더 많이 먹고.
성현　잘 먹을게. 근데 갑자기 왜 이런 입호강을 시켜줘?
두식　그냥. 내가 지피디한테 미안한 게 좀... 있잖아.
도하　왜요? 윤선생님이 지선배 까고 홍반장님이랑 사귀어서요?
성현　...야! 너, 그거 어떻게 알았어?
도하　(히죽) 선배 그 라마신령님이 돌아오셨잖아요. 프로그램은 잘되겠다.
성현　(울컥해서 쳐다보면)
도하　(눈 피하며 재빨리) 잘 먹겠습니다!
두식　(성현에게) 그거 아니야. 지난번 닭다리 뺏어 먹은 거 갚는 거야.
성현　(피식) 잘 먹을게.
도하　(옆에서) 와, 맛 뭐예요? 미쳤는데요?

반면, 성현은 백숙을 조금만 덜어가고 두식, 그런 성현을 걱정된다는 듯 본다.

S#14. 두식의 집, 마당 (낮)

성현, 툇마루에 앉아 하늘을 보고 있는데 두식, 안에서 나온다.

두식　설거지 도하가 하던데. 선배의 횡포, 권력 남용 아냐?
성현　은연중에 그랬을 수도. 제일 많이 먹은 놈이 하겠대.
두식　(옆에 앉으며) 지피디 별로 잘 못 먹더라?
성현　미안. 해준 사람 성의가 있는데 내가 너무 깨작거렸지?
두식　왕작가 그만두는 것 때문에 그래?
성현　(장난스러운 진심) 그날부터 입맛이 없어지긴 했지.
두식　(보면)
성현　우리 벌써 7년째거든. 조연출 시절부터, 입봉 아이템 잡을 때,
다음 꺼 준비할 때 항상 함께였는데, 이번이 마지막이라고 통보받으니까...
두식　그만두는 이유는 말 안하고?

성현 그냥 리프레쉬가 필요하다고. 새로운 환경에서 일하고 싶다고.

두식 (꿰뚫어 보듯) 진짜 그게 다일 거라고 생각해?

성현 그럼?

두식 예전에 왕작가가 나한테 그러더라. 자기 지피디 존경한다고.
근데 그게 과연 작가로서만 한 말이었을까?

성현 (보면)

두식 (한심한) 네가 그렇게 눈치가 없으니까 혜진이를 놓친 거야.

성현 와, 이제 아픈 데 막 찌른다?

두식 (의미심장하게) 글쎄, 내 눈엔 아픈 데가 옮겨간 것 같은데.

성현 뭔 소리야.

두식 내 눈엔 지금 지피디, 혜진이 때보다 타격 더 커 보여.
그땐 단식투쟁은 안 했잖아?

성현 (멈칫하면)

두식 시각을 좀 달리해봐. 혹시 알아?
인생이 지피디를 새로운 방향으로 굴려줄지.

두식의 조언에 성현, 멍해지는데... 그때 안에서 들려오는 도하의 목소리.

도하(E) 설거지 끄읕!!!

S#15. 두식의 집, 대문 앞 (낮)

두식, 손에 뭔가를 들고 성현과 도하를 배웅한다.

성현 덕분에 잘 먹었어.

도하 저도 몸보신 제대로 했습니다. 감사감사요!

두식 (종이가방 내밀며) 아, 도하. 이거 가져가.

도하 이게 뭐예요? (하며 열어보면 약재 담긴 삼베주머니다)

두식 독활이라는 건데, 근육통, 마비에 쓰는 약재야.

물에 살짝 불렸다가 끓여서 차로 마시면 되거든? 아버님 갖다드려.

도하　(감동한) 아... 고맙습니다. 생각도 못 했는데 이렇게 챙겨주시고.

성현　나도 고마워. 선배가 돼서 복날도 못 챙겼는데 홍반장이 나보다 낫다.

두식　별것도 아닌데 세트로 왜 이래.
얼른 가! 나 이제 일 가야 돼! (손을 내젓고 안으로 들어가버린다)

도하　...홍반장님 원래 멋있는 줄은 알았지만, 좀 감동이에요.

성현　(웃음기로) 분하지만 인정.

도하　선배도 멋있어요.
(해맑게) 한때 사랑의 연적을 인정하는 태도! 캬, 이 정도면 보살이죠.

성현　(인자하게) 응. 나 같은 보살을 화나게 하는 너도 인정.
(돌변하는) 너 이리 와! 이리 안 와?

도하　아, 무섭게 왜 그래요!

성현　너 잡히면 죽어!

도망치는 도하와 그런 도하를 쫓아가는 성현. 졸지에 추격전을 벌이는!

S#16. 윤치과, 로비 (저녁)

미선, 진지하게 무언가를 보고 있는데, 웨딩잡지다.

혜진　(나오다가 그 모습 보고) 표선생님. 조만간 날 잡으시나 봐요.
연애 시작하신 지 얼마 안 된 걸로 알고 있는데.

미선　네, 원장님. 인생 어떻게 될지 모른다고 미리미리 대비해두려구요.

혜진　진지해지기 싫다 그럴 땐 언제고, 혼자 빛의 속도냐?

미선　응! 빛이 막 블링블링한 웨딩드레스, 너도 같이 보련?

혜진　(말도 안 된다는 듯) 됐어. 아직 결혼 생각도 없는데 무슨...

그때 밖에서 웅성거리는 소리 나며 문이 열린다.
동기2, 5가 치과 안으로 들어오면 혜진의 눈이 휘둥그레진다.

동기5 맞네, 여기. 혜진아!

혜진 (당황해서) 야... 니들이 연락도 없이 여긴 어쩐 일이야.

동기2 우리 근처에서 세미나가 있거든.
골프도 칠 겸 미리 내려왔다가 인사나 할까 들렀지.

동기5 개업화분 보낸 주소, 내가 갖고 있었잖아.

혜진 (억지로 웃어 보이며) 그랬...구나.

동기2 근데 문전성시라더니, 우리 너무 쉽게 들어온 거 아니니?

혜진 (황급히) 어어... 그게, 예약제로 전환했어!

동기5 (둘러보며) 그렇구나. 혜진이 치과는 어쩜 생각했던 그대로네.
바다가 보이는 시골치과. 너무 귀엽다.

혜진 (어금니 꽉 깨물고) 고마워.

동기2 그러게. 꼭 인형의 집 같다, 얘.
로비도 작고 진료실도 작고 뭐가 이렇게 다 작니.

미선 (울컥, 무선마우스를 내려칠 듯 높이 쳐드는데)

혜진 저기, 우리 여기서 이러지 말고 나가서 얘기하자. 내가 커피 살게.

동기2 그러자. 그냥 둘러만 봤는데 벌써 병원 구경 다 했네.

미선, 무선마우스를 거의 투포환처럼 던질 듯 허공에 여러 번 각을 재고 있다.
미선을 목격한 혜진, 눈이 휘둥그레져 동기들 몰고 나간다.

혜진 가자. 어, 얼른 가자.

S#17. 라이브카페 안 (저녁)

춘재, 혜진과 동기들 앞에 우아하게 커피를 서빙한다.

춘재 주문하신 아이스 아메리카노 2잔, 아이스 바닐라라떼 1잔 나왔습니다.

혜진 감사합니다. 잘 마실게요.

동기2 (춘재 가고 나면) 시골 아니랄까 봐 여긴 카페가 이런 데밖에 없니?
인테리어도 그렇고 분위기가 좀 촌스럽네.

동기5 그니까. 카페도 아니고 술집도 아니고 이게 뭔 혼종이래?

춘재, 그 말을 다 들었다! 울컥해서 손에 쟁반 든 채 쫓아가려고 하면 남숙이 몸을 날려 필사적으로 붙잡는다.

동기2 아, 맞다. 그 얘기 들었어?

혜진 무슨?

동기2 강욱 선배 결혼한대.

혜진 (멈칫하는데)

동기5 신부가 우리 4년 후배야. 박민지라고, 명인대학교 병원장 딸.
집안끼리 잘 아는 사이라더라. 아, 이런 얘기 좀 그런가?

동기2 뭐 어때. 어릴 때 잠깐 만난 건데.

혜진 (태연한) 응, 나 아무렇지도 않아. 잘됐네. 축하한다고 전해줘.

동기5 (의외라는 듯 보며) 넌 아직 결혼계획은 없고?

동기2 얘는 남자친구도 없는 애한테 무슨 그런 실례를!

혜진 (발끈해서) 나 남자친구 있거든?

두식(E) 치과!

때마침 카페에 들어선 두식, 혜진을 발견하고 부르면 혜진, 바로 외친다.

혜진 마침 왔네, 내 남자친구!

하며 돌아보는데 두식의 모습이 일하다 온 차림이다.
머리엔 수건을 두건처럼 두르고 작업복 차림에 옷에는 페인트까지 묻은.
혜진, 약간 당황하는데 동기들의 입가에 살짝 비웃음이 걸린다.

두식 (혜진에게) 누구...?

동기5 안녕하세요? 저희 혜진이 대학동기들이에요.

두식 (꾸벅 인사하며, 존대도 반말도 아닌) 아, 에, 뭐.

동기2 (알아보고) 어머, 그때 그 사진 속에서 봤던... 여기 분이셨구나.
그때 네가 관심 없는데 쫓아다닌다 그러지 않았,

혜진 (황급히 말 막으며) 앤 언젯적 얘기를! 지금은 내 남자친구야.

동기2 아아... 그날이랑은 굉장히 달라 보이신다.
뭐랄까 건강하고, 건실하고... (하며 말끝을 흐리면)

혜진 (울컥하는데)

동기5 저희 내일 골프 치러 갈 건데, 같이 안 가실래요?
원래 친구 하나가 더 가기로 했는데 갑자기 펑크를 내서.

혜진 (막으려는) 야, 갑자기 골프는 무슨...

동기5 예약해놨는데 아깝잖아. 아, 혹시 골프 못 치시나?

두식 (혜진에게) 가자.

혜진 응?

두식 (당당하게) 같이 가자시는데 못 갈 거 없지. 그냥 공만 치면 되는 거 아냐.

S#18. 상가거리 (밤)

혜진, 걸어가며 두식에게 말한다.

혜진 대체 그걸 왜 간다 그랬어? 홍반장 골프는 칠 줄 알아?

두식 (웃으며) 왜? 가서 내가 너 창피하게 할까 봐?

혜진 아니, 그게 아니라! 홍반장이랑은 삶의 잣대가 다른 애들이야.
괜히 맘 상하게 하고 싶지 않아.

두식 나 그런 걸로 타격 안 받으니까 걱정 마. 그리고 이 기회에
우물 안 개구리들한테 새로운 인생의 기준을 가르쳐주지 뭐.

혜진 (피식 웃게 되는) 못 말려... 골프채는? 있어?

두식 아니.

혜진 골프복은?

두식 없는데.

혜진　　(황당한) 뭐? 그럼 어떡하려고?

S#19. 영국의 집 앞 (밤)

영국, 불안한 얼굴로 마지못해 골프백과 종이가방을 건넨다.

두식　　잘 입고 잘 치고 잘 반납할게.
영국　　그래. 그 채 비싼 거야. 옷도 아직 한 번밖에 안 입었고.
두식　　비싸봤자 스뎅이고, 택 뗐으면 헌옷이지. 여하튼 잘 쓸게! (하고 가버리면)
영국　　(울컥) 홍반장 저거는, 빌리는 사람 애티튜드attitude가 뭐 저렇게 당당해!

S#20. 골프장, 입구 (아침)

골프복을 입은 두식과 혜진, 차에서 내리면 직원들이 트렁크에서 골프백을 꺼낸다. 두식, 어쩐지 처음이 아닌 듯 익숙해 보이는 모습이다.

두식　　가자!
혜진　　잠깐! 들어가기 전에 나 부탁이 있어.
두식　　뭔데?
혜진　　오늘 내 동기들한테 반말 사용을 사세해줘.
두식　　(말하려는데) 그건,
혜진　　(입막음 하듯 바로) 알아! 장인어른한테 톰, 시어머니한테 메리 그거.
수평적 인간관계를 지향하는 홍반장의 신념이란 것도!
근데 딱 하루만 그 철학 좀 고이 접어 넣어두면 안 될까?
두식　　(끄응 생각하는 표정으로 보는데)

S#21. 골프장, 로비 (아침)

혜진의 동기들, 기다리고 있는데 혜진, 두식의 손을 잡고 멀리서 걸어온다. 걸어오는 두 사람, 마치 모델 같다. 후광이 비치는 듯하고!

혜진 일찍 왔네? 오래 기다렸어?

동기2 (놀란) 어? 아, 아니... 안녕하세요.

두식 안녕... (마지못해 붙이는 느낌으로) ...하세요. 홍두식입니다.

동기5 (잘생겼다) 못 알아볼 뻔했어요. 완전 다른 사람이신데.

두식 그날은 일이 좀 있어... (존대 어미를 붙이는) ...서요.

동기2 골프는 칠 줄 아시는 거죠?

두식 응. (했다가 순간 바로 말 바꾸는) ...응? 예, 뭐...

혜진 (불안함을 감지하고 서두르는) 언제까지 서 있을 거야. 얼른 가자!

S#22. 필드에서 골프 치는 두식의 몽타주 (아침)

- 두식, 티잉 그라운드에서 티샷을 날린다.
  안정된 자세와 수준급 스윙. 경쾌한 소리로 공이 정확히 멀리 날아가면 동기들, "어머" 하며 놀라고, 혜진 역시 깜짝 놀란다.
- 라운딩이 시작되면 골퍼 뺨치는 수준의 실력을 자랑하는 두식!
  혜진, 그런 두식에게 또 한 번 반한 듯 자랑스럽게 본다.

S#23. 골프장, 그늘집 (낮)

두식, 혜진과 동기들, 잠시 그늘집에서 커피 마시며 휴식을 취하고 있다.

동기5 실력이 출중하시네요.

동기2 네, 프로라고 해도 믿겠어요.

두식 (마지못해) 감사...합니다.

혜진 (자랑스러운) 이 사람이 원래 뭐든 다 잘해. 워낙 재능이 많아서.
바리스타 자격증도 있고, 서핑도 잘하고. 인생을 즐길 줄 아는 사람이야.

동기2 (자기도 모르게) 어머, 멋지시다...

혜진 원래 머리 좋은 사람이 몸도 잘 쓴다고. 서울대는 뭐가 달라도 다르더라고.

두식 (왜 이래 하는 느낌으로 흠칫 보는데)

동기5 (놀라는) 어머, 서울대 나오셨어요?

두식 (민망한 가운데 고개만 살짝 끄덕이는)

동기2 그럼 혹시 무슨 일... 하시는지 여쭤봐도 돼요?

두식 (당당하게) 페인트도 칠하고 커피도 내리고 배도 탑니다.
현재 특정 직업을 갖지 않고 있지 않아서요.

동기5 (당황한) 네?

두식 어디에 소속되는 대신 제 인생의 주인으로 사는 중이라.
삶에 대한 관점을 조금만 바꾸면 이렇게 살아도 충분히 행복하거든요.
물론 이해가 안 되실 수도 있지만.

동기2 아... 욜로 뭐 그런 건가요?

두식 네. 인생은 한 번뿐이고, 전 이미 필요한 걸 다 가졌어요.
오늘밤 잠들 푹신한 침대가 있고, 튼튼한 서핑보드가 있고,
(혜진 보며) 곁에는 사랑하는 사람도 있으니까요.

동기5 (자기도 모르게) 어머, 너무 낭만적이시다!

동기2 (여유로운 두식에게 밀리는) 그러게...

혜진 (두식에게 한 번 더 반한)

S#24. 골프장, 클럽하우스 (낮)

라운딩을 마친 혜진, 동기들과 탈의실 쪽으로 걸어간다.

동기2 (진심으로) 남자친구 근사하더라.
요새 하도 잘난 척하는 남자들만 봐서 그런가.

혜진 (웬일이래 싶으면서도) 아, 고마워...

동기5 근데 저 사람이랑은 결혼 생각하고 만나는 거야?

혜진 (순간 당황) 응?

동기5 비혼이면 모를까, 우리 나이에 연애만 생각하고 사람 만나진 않잖아.

동기2 너도 생각이 많겠다. 멋진 사람 같긴 한데, 결혼은 또 현실이니까.

혜진 (생각하는 표정으로 듣고 있는) ...

S#25. 골프장, 주차장 (낮)

라운딩을 마친 두식과 혜진, 씻고 옷을 갈아입었다. 전기차 충전을 마친 후의 상황에서 두식, 트렁크에 짐을 실으며 혜진에게 말한다.

두식 전기차가 타보니까 좋아. 더 활성화시키려면 인프라를 늘려야 되는데, 내가 조만간 시청 가서 건의 한 번 할게. 동네에 충전기 더 설치해달라고.

혜진 (웃으며) 그래주면 고맙고.
(조심스레) 근데 홍반장. 나... 뭐 하나 물어봐도 돼?

두식 안 된다 그래도 물어볼 거잖아.

혜진 홍반장은 언제부터 이렇게 살기로 결정했어?

두식 응?

혜진 뭔가 계기가 있었을 거 아니야.

두식 (멈칫하면)

혜진 홍반장도 알지? 홍반장의 지난 5년에 대해 각종 소문 도는 거.

두식 ...알지.

혜진 이제 나한테는 말해줘도 되지 않아?

두식 (대답 없이 그냥 있으면)

혜진 음, 내가 몇 가지 가설을 세워봤거든?
일단 첫째. 보라슈퍼에서 나온 로또 1등이 홍반장이다.

두식 그건 가설이 아니라 바람 아니야?

혜진 (정곡을 찔린) !

두식 (찬물 끼얹는) 나 그때 공진에 없었어.

혜진 (실망한 기색이 역력한) 아...

두식 (놀리는) 지금 얼굴이 실망했는데?

혜진 (애써 태연한 척) 아, 아니거든? 어, 그러면...

S#26. 도로 위 및 혜진의 차 안 (낮)

차가 도로 위를 시원하게 달려 나간다.
혜진, 재잘재잘 얘기하는 사이 운전하던 두식, 사이드미러를 조작한다.

혜진 스티브 잡스나 마크 주커버그 같은 천재 CEO였다.

두식 아니야.

혜진 국회의원 보좌관이었는데 정계에 환멸을 느끼고 낙향했다.

두식 아닙니다.

혜진 알고보니 출생의 비밀이 있는 재벌 3세다!

두식 우리 할아버지를 욕되게 하지 마라.

혜진 ...미안.

두식 왜? 아주 그냥 외계인이나 도깨비 아니냐고 물어보지.

혜진 (냉정하게) 그건 좀. 잘생기긴 했는데, 그 정도는 아니야.

두식 (하, 황당하게 웃으며 운전하는)

혜진 근데 홍반장... 드라마도 로코가 취향이구나? 난 장르물이 좋은데.

S#27. 두식의 집, 거실 (저녁)

집으로 들어온 두식, 냉장고에서 물을 꺼내 컵에 따른다.

두식 줄까?

혜진 (대답 대신) 국정원 비밀요원이었어?

두식 (물 마시고 거실로 가는) 그럴 리가.

혜진 (따라가며) 아님 북파간첩?

두식 (소파에 앉으며) 말이 된다고 생각해?
어떻게 모든 가설이 그렇게 현실성이 없냐?

혜진 그럼 대체 뭔데? 뭐길래 말을 안 해줘?

두식 (말없이 있는데)

혜진 내가 말했잖아. 우리 사이에 비밀은 없었으면 좋겠다고.

두식 그게 그렇게 알고 싶어?

혜진 (진지하게) 응!

두식 (보다가) 그냥 회사원이었어. 아주 평범한...

혜진 회사원?

두식 ...응.

혜진 (헛웃음이 나는) 하! 난 또 뭐라고. 겨우 그걸 얘기 안 해준 거야?

두식 (조금 씁쓸하게 웃는데)

혜진 나 어쩐지 억울할라 그래.
얼마나 어마어마한 게 숨겨져 있나 했더니 그냥 회사원이었다구?

두식 (끄덕이는) 응.

혜진 근데 무슨 회사? 회사도 업종이 천차만별이잖아.

두식 (이제 그만 넘기고 싶은) 어차피 그만뒀는데 그게 뭐가 중요해?

혜진 (조심스레) 있잖아... 그럼 홍반장은 서울로 돌아가고 싶은 생각은 없어?

두식 (바로) 별로. 난 공진이 좋은데.

혜진 그치... 공진 좋지.

두식 치과는 여전히 서울이 가고 싶구나?

혜진 (잠시 당황) 응? 아니, 지금 당장 그렇다기보다는
그냥 언젠가 갈 수도 있지 않을까, 하는 거지.

두식 그럴 수도 있겠지...

혜진 (두식의 막연한 대답이 마음에 걸리는데)

두식 (자리에서 일어나며) 간만에 공 쳤더니 배고프다. 잔치국수 끓여줄까?

혜진 ...응? 으응.

두식 내가 계란지단 부쳐갖고 고명 예쁘게 올려줄게.

혜진, 부엌으로 가는 두식의 모습을 물끄러미 본다. 조금 복잡한 얼굴이다.

S#28. 화정횟집 안 (밤)

몽타주 느낌으로 분주하게 일하는 화정의 모습.
"여기요!" "사장님! 사이다 하나만 주세요!" "저희 음식 언제 나와요?" 소리 들려오고,

화정 예예, 갑니다! (하는데 한 테이블에서 아이가 컵을 엎질러 물바다가 되면) 아유, 애기 안 젖었어요?

손님 네. 물 흘려서 어떡해요. 죄송해요.

화정 (웃으며 행주로 테이블 닦는) 아니에요. 그럴 수도 있죠. (손님들에게) 잠시만요. 이것만 닦고 금방 날아갑니다!

S#29. 화정횟집 밖 일각 (밤)

영국, 횟집 안이 들여다보이는 위치에 멀찍이 서서 일하는 화정을 바라본다.
손에는 '여화정'이라 적힌 쪽지 들려 있다.

S#30. 과거. 마을회관 앞마당 (아침)

S#10에서 이어지는 상황.
영국, 겹쳐진 박스들 정리하다가 제비뽑기 때 썼던 박스를 발견한다.

영국 촬영 끝난 지가 언젠데, 이게 왜 아직도 있어? 안에도 그대로네. (박스 뒤집으면 종이들 나오고) 가만. 여화정이 구겨버린 내 쪽지가...

영국, 접힌 종이들 가운데 구겨져 있는 쪽지 하나를 찾아 펼치는데 '여화정'이라고 적혀 있다. 놀라는 영국!

S#31. 화정횟집 밖 일각 (밤)

쪽지를 든 영국, 눈물 그렁해져서는 횟집 안 화정의 모습을 보며 중얼거린다.

영국 　여화정이 저건 벨도 없어? 죽여도 시원찮을 놈한테 이걸 왜 바꿔줘?

S#32. 화정횟집 안 (밤)

손님이 모두 빠져나간 홀. 화정, 테이블을 닦으며 주방이모에게 말한다.

화정 　이모! 설거지 내가 할 테니까 그냥 두고 먼저 들어가. 허리 아프다매.
주방이모 　에이, 어떻게 그래.
화정 　(웃으며) 같은 말 두 번 하게 하지 말고 얼른 들어가셔. 사장 명령이야!
주방이모 　(같이 웃으며) 이럴 때만 사장이라지.
이제 손님 끊긴 것 같은데, 그냥 같이 치우고 일찍 닫지?
화정 　싫어. 나 영업시간 꽉꽉 채워서 돈 더 벌 거야.
주방이모 　알았어. 그럼 나 가!
화정 　예, 들어가요.

cut to.
계속해서 비어 있는 홀. 어느새 화정, 테이블에서 꾸벅꾸벅 졸고 있다.

S#33. 화정횟집 외경 (밤)

S#34. 화정횟집 안 (밤)

어느새 테이블에 엎드려 자던 화정, 화들짝 깬다. 시계 보면 벌써 11시다.

화정 어머 세상에. 언제 이러고 잠들었대?

화정, 기지개를 켜며 부엌으로 가면 이상하다. 설거지가 다 돼 있다.

화정 설거지가 왜 다... 이모가 다시 왔다 갔나...?

화정, 의아한 듯 개수대를 보면 여기저기 거품 그대로 남아 있고 행주가 꽉 짠 모양(꽈배기 모양)으로 돌돌 말려 있다.

S#35. 골목길 및 혜진의 집, 대문 앞 (밤)

데이트를 마친 은철과 미선, 나란히 걸어간다. 살짝 거리를 두고 걷는 두 사람.

미선 오늘 영화 재미있었어요.
은철 미리 검색했습니다. 요즘 예매율 1위더라구요.
미선 파스타도 맛있었어요.
은철 거기가 분위기도 좋고 청호시에서 데이트하기 가장 좋은 맛집이라고.
미선 그것도 검색했어요?
은철 네, 제가 촌스럽고 잘 모르니까 미선씨 실망시킬까 봐...
계속 공부할 겁니다. 앞으로 더 잘할게요!
미선 은철씨. 공부 그런 거 하지 마요.
은철 네?
미선 별 한 개짜리 영화도 은철씨랑 보면 의미 있을 거예요.
지난번 은철씨랑 같이 먹은 제육덮밥도 맛있었어요.

은철 정말...요?

미선 (끄덕이고) 연애에는 매뉴얼이 없어요.
그냥 은철씨 맘 가는대로 하면 된다구요.

은철, 그런 미선을 보다가 확 끌어당겨 안는다. 미선, 어머! 하고 놀라면...

은철 (미선 끌어안고) 손잡는 걸 건너뛰어서 죄송합니다.
순서대로 하려고 했는데, 미선씨가 매뉴얼이 없다고 하셔서...

미선 (미소로) 잘했어요. 하나를 가르치면, 둘을 아네. 이러다 월반도 하겠어.

S#36. 혜진의 집, 침실 (밤)

방으로 들어온 혜진, 귀걸이를 빼서 두식이 선물한 보석함에 넣는다.
보석함 뚜껑을 닫으려는데 두식이 했던 말이 떠올라 멈칫하는.

두식(E) 치과는 여전히 서울이 가고 싶구나?

혜진 (씁쓸한) 빈말이라도 같이 가잔 말은 안 하네...

S#37. 두식의 집, 침실 (밤)

두식, 세탁한 옷들을 옷장에 정리하고 있다.
혜진이 선물한 옷을 보며 미소 짓는데, 바로 그 뒤의 슈트가 눈에 들어온다.
2화 S#22에서 버리려고 내놨던 옷이다. 두식, 슈트를 보며 떠올리는 생각...

S#38. 과거. 백화점, 남성복 매장 (낮)

2012년. 두식, 새 슈트를 입고 탈의실에서 나온다.

두식 이런 거 처음 입어봐서 영 어색하다. 어때? 나 괜찮아?

선아 응! 너무 잘 어울리는데?

두식을 보며 웃고 있는 사람, 6화 S#38의 사진 속 여자, 바로 선아다.
두식, 그런 선아를 향해 활짝 웃어 보인다.

S#39. 두식의 집, 침실 (밤)

과거의 기억이 떠오른 두식의 표정이 어두워졌다.
두식, 나란히 걸린 두 벌의 옷을 보며 멍하니 중얼거린다.

두식 결국 버리지도 못했네...

S#40. 공진 전경 (아침)

흐린 하늘, 비는 오지 않지만 바람이 조금씩 강해진다.
태풍을 앞둔 마을의 분위기 고요한데, 마을 어귀의 나무 거세게 흔들린다.

S#41. 보라슈퍼 안 (아침)

만삭의 윤경, 뜨개질하며 TV뉴스를 보고 있다.

앵커(F) 5호 태풍 '가이아'가 오늘 오후 강원도에 상륙할 것으로 예측됩니다.
내일까지 최고 300mm의 많은 비가 예보됐습니다.

금철 (들어오며) 왜 불렀어? 급한 일이 뭔데?

윤경 아, 밖에 과일 좀 들여놔달라고.

내놓는 건 어떻게 했는데 너무 무거워서.

금철　(인상 쓰며) 에이, 태풍 온다는데 그걸 뭐 하러 다 내놨어. 힘들게.

윤경　(웃으며) 기왕 문 연 거 하나라도 더 팔릴까 해서.

금철　(별 생각 없이 툭) 너는 왜 쓸데없는 욕심을 부리냐.

윤경　(머쓱하고)

금철　(내다보며) 많기도 많다. 종류별로 다 내놨네.

윤경　(애써 참으며) 그냥 좀 좋게 해주면 안 돼?

금철　해. 누가 안 한대? (하며 밖으로 나간다)

윤경, 맘이 안 좋은 채 한 코를 더 뜨는데 잘못 떴다. 하아... 속상한.

S#42. 게스트하우스, 휴게실 (낮)

성현, 큐시트 보고 있는데 지원이 머그컵 들고 와 옆에 앉는다.
두 사람 사이에 잠시 불편한 침묵이 흐르면 성현, 괜히 먼저 말을 건다.

성현　(힐끗 보더니) 커피 아니고 녹차네?

지원　응. 게스트하우스 커피기계가 고장 났대.

성현　(주머니에서 커피사탕 꺼내 껍질 벗겨주는) 커피 대신 이거라도 먹을래?
먹으면 잠 좀 깨는데.

지원　(받으며) 좋네.

성현　(자신도 사탕 껍질 벗겨 입에 넣는)

지원　(사탕 먹으며) 이제 마지막 촬영만 남았네. 시간 참 빨라.

성현　그러게. 끝나면, 바로 다음 준비... 하는 건가?

지원　미쳤어? 무조건 쉴 거야.
몇 년간 누구 덕에 제대로 쉰 적이 있어야 말이지.

성현　(보면)

지원　프로그램 끝나고 여행 좀 가 있을라 치면,
이거 어때, 저거 어때, 30초에 한 번씩 핸드폰이 울리는데.

그러다 한 번은 아예 비행기 타고 쫓아왔잖아. 로마였었나?

성현　아니, 피렌체.

지원　맞다. 두오모는 올라가보지도 못하고 밤새 아이디어 회의했다.

성현　최악이네. 그런 인간이랑 뭐 하러 계속 일을 해줬어?

지원　(툭) 좋았으니까.

성현　(멈칫하면) !

지원　허공에다 스케치북 딱 놓고, 너랑 낙서하는 기분이었어.
잡생각들만 둥둥 떠다니다가 어느 순간 이거다!
스파크가 번쩍 튀는데 그게 어찌나 짜릿하던지.

성현　(보다가) 근데? 이제 더 이상 스파크가 안 튀어?

지원　아니... 시도 때도 없이 튀어. 그래서 문제야.

성현, 지원의 말에 멈칫하는데 그 순간, 마른하늘에 번개가 번쩍한다.

지원　(웃으며) 타이밍 한 번 기가 막히네!

성현, 어쩐지 웃지 못하는데 뒤늦은 천둥소리와 함께 성현의 휴대폰이 울린다.

지원　안 받아?

성현　...어? 어어. (하며 받는) 여보세요?
(반갑게) 어... 이게 얼마만이야? 하랑이는 잘 있지?

지원　(통화하는 성현을 힐끗 보는)

S#43. 보라슈퍼 안 (낮)

금철, 마지막 과일박스를 들고 들어온다.

금철　이제 됐지?

윤경　응. 고생했어...

금철 (대답 대신 냉장고에서 물을 꺼내는)
윤경 (힘들게) 오빠, 나 화장실 갔다 오는 동안 잠깐 카운터 좀 봐줘.
금철 (물을 따르며) 어.
윤경 (주저리주저리 말하며) 배가 커지니까 방광이 자꾸 눌려갖고.

윤경, 일어나려는데 운동화 끈이 풀려 있다.
끈을 묶으려고 몸을 굽히는데 부른 배 때문에 손이 신발에 안 닿는다.

윤경 (혼자 해보려다가) 오빠. 나 운동화 끈 좀 묶어주면 안 돼?
금철 (물 마시다가) 나 지금 물 마시는 거 안 보여?
윤경 (무안하고) ...
금철 당신이 보라야? 나이가 몇인데, 무슨 신발 끈을 묶어달래.
윤경 (다시 몸을 숙여보는데 손 안 닿고, 서러움에 눈물 터진다)
금철 (당황해서) 뭘 또 울고 그래. 자, 묶어줄게. 묶어주면 되잖아.
윤경 (울음 삼키며) 됐어!
금철 (장난으로 무마시키려는) 삐쳤어?
윤경 (고개 돌린 채 입 꽉 다물고 있는)
금철 (풀어준답시고) 삐쳤네. 에이, 이게 다 몹쓸 호르몬 때문이야.
밥풀이가 얼른 나와야 네가 편해질 텐데.
윤경 ...뭐? 편해져? 그걸 말이라고 해?
금철 (당황해하며) 왜... 내가 뭐 잘못했어?
윤경 당신은 애가 쉽게 나오는 줄 알아? 내 몸을 찢고 나오는 거야.
온몸의 뼈 마디마디를 한 번 부쉈다 다시 맞추는 느낌이라고!
금철 아니, 나는...
윤경 (터져 나오는) 그 몸으로 잠 못 자고 새벽 수유하는 게 어떤 건 줄 알아?
유선 막혀서 내 가슴 바늘로 찌르던 거 당신은 알지도 못했지?
그렇게 먹이고 재우고 기저귀 갈고.
근데 뭐? 낳으면 편해져? 애 키우는 게 장난인 줄 알아?
금철 (할 말 없는) 아니, 누가 그렇대?
윤경 그리고 욕심? 내가 나 혼자 잘 먹고 잘 살겠다고 이래?

나도 가게 나오기 싫어! 나도 몸 무겁고 지치고, 나도 쉬고 싶어!

금철　아이, 알았어. 보라 엄마. 내가 미안해...

윤경　(폭발로) 말만? 어차피 나만 외롭고 나만 무섭고 당신은 그냥 구경꾼이잖아!
당신은 내가 지금 얼마나 힘든지 모르지?
손발은 퉁퉁 붓고 허리는 끊어지고. 배가 나와서 몸이 안 굽혀져.
그래서 신발끈 하나를 내 손으로 못 묶어!!! 그게 어떤 기분인지 알아?

금철　(윤경의 발치로 다가가) 미안하다니까. 지금이라도 내가 묶어줄...

윤경　(발 치우며) 필요 없으니까 나가!
네 그림자도 보기 싫으니까 눈앞에서 사라지라고!

금철　아이, 진짜 왜 그러냐...

윤경　(손에 닥치는 대로 물건 집어 던지며) 나가! 안 나가!

금철　(막다가) 아! 아퍼! 아, 진짜! 나가면 될 거 아니야! 나간다, 내가!

금철 역시 버럭하고 가버리면 윤경, 주저앉아 더 운다.
바닥에 윤경이 집어 던진 뜨개질감이 나뒹굴고 털실이 길게 굴러간다.

S#44. 화정의 집, 거실 (낮)

창문 흔들리는 소리가 심상치가 않다.
화정, 창문에 X자로 테이프를 붙이려는데 손이 안 닿는다.

화정　손이 안 닿네...

의자를 가져오는 화정, 그 위에 올라가 테이프를 붙이려는데 여전히 팔 너비가 모자란다.
그러다 삐끗 중심을 잃는 화정, "어어" 뒤로 넘어질 뻔하는데 뒤에서 받아 안는 누군가, 바로 영국이다! 의외의 로맨틱한 장면이 연출되고!
화정, 놀란 얼굴로 영국을 보면 영국, 걱정으로 화를 벌컥 낸다.

영국 죽고 싶어 환장했어? 내가 아무데나 덥석 올라가지 말라 그랬지!

화정 (순간 얼굴 빨개진 채) 왜... 왜... 소릴 지르고 지랄이야!

영국 (역시 버럭) 너 다칠 뻔했잖아!

화정 이깟 걸로 다치긴. (하다가 파닥) ...아, 내려놔!

영국 그럴 거거든!

화정 (영국에게서 떨어져) 왜 왔어?

영국 그냥 뭐 태풍도 온다 하고, 이준이는 잘 있나, 이래저래 왔어.

화정 이준이 보라랑 문방구에 뽑기 하러 갔어.
기다릴 거면, 의자나 잡아주던가.

영국 아, 그냥 둬. 내가 해. (하고 두리번거리다 테이블 위 신문을 죽죽 찢는다)

화정 (무표정으로 보다가 영국 등짝 후려갈기며) 인간아! 오늘 신문을 왜 찢어!
보지도 않은 거 미쳤어?

영국 (아프면서도 머쓱한) 아...

영국, 민망한 얼굴로 구긴 신문지를 창틀에 꾹꾹 끼워 넣는다. 화정, 그런 모습을 의외라는 듯 바라본다.

S#45. 화정의 집, 부엌 (낮)

화정, 영국 앞에 커피를 놓아주고 자기도 그 앞에 마주 앉는다.

화정 마셔라.

영국 땡큐.

화정 (아무 말도 안 하고)

영국 (침묵이 어색한) 거 테이프 붙이는 거 아무 소용없어.
창틀에 신문지를 끼워야지. 봐, 창문 흔들리는 소리 한결 덜 나잖아.

화정 하여간 생색도 병이야. 그 성질에 어떻게 설거진 몰래 하고 갔대?

영국 (놀라면) ...!

S#46. 과거. 화정횟집 안 (밤)

S#32에서 이어지는 상황이다.
화정, 졸고 있는데 영국, 살금살금 들어와 그 모습 안쓰럽게 본다.

영국 왜 저러고 자...

부엌 보면 설거지거리 산더미같이 쌓여 있다.
영국, 부엌으로 가 고무장갑을 낀다. 화정 깰까 봐 조심조심 설거지를 하는.

S#47. 화정의 집, 부엌 (낮)

놀라는 영국, 당황한 얼굴로 묻는다.

영국 그, 그걸 어떻게 알았어?
화정 왜 몰라. 개수대에 거품 그대로 남겨둔 거며. 행주는 꽈배기 모양으로
꽉 짜놓고 간 거며. 내가 물로 개수대 한 번 헹구고
행주는 냄새나니까 쫙쫙 펴서 널어놓으라고 했어 안 했어?
영국 (놀라서) 너는... 그걸 어떻게 다 기억하냐?
화정 (괜히) 꼴 보기 싫었던 것만 기억나는 거지 뭐.
영국 (마음이 왈칵) 미안하다. 여러모로 못난 남편이었어, 내가.
화정 뭐 잘못 먹었어? 커피에 독 안 탔는데.
영국 진심이야... 그리고 내가 저, 진지하게 할 말이 있는데...
화정 (뭔가의 기대로 보는데)
영국 (망설이다) 그때, 그 주통장님이 말한 자리 있잖아.
화정 (뭐지 싶어 보는데) ...?
영국 법무사랬나? 좋은 자리 같던데 한 번 나가서 만나봐.
화정 ...날더러 맞선을 보라고?

영국 세상에 나 같은 놈만 있는 거 아니야.
너도 좋은 사람 만나서 보란 듯 행복하게 살아봐야지.

화정 (영국이 마시던 커피잔 들고 일어나 개수대에 버리며) 다 마셨지? 가!

영국 (눈 뜨고 코 베인) 응? 으응. 그게 아직이었는데...

화정 (애써 태연한 척) 난 또 뭐 대단한 얘길 하려고 하나 했더니.
안 그래도 조만간 보기로 했어!

영국 (멈칫) ...뭐?

화정 네가 훈수 안 둬도 내 앞가림 알아서 잘하고 있다고.

영국 (막상 기분 이상한) 어어...

화정과 영국, 서로 다른 복잡한 감정으로 마주 보는데 이준과 보라가 해맑게 들어온다.

이준 (신나서) 엄마! 어, 아빠도 왔네?

영국 (웃어 보이며) 응, 이준이 보고 싶어 왔지.

화정 (다정하게) 이준이랑 보라 잘 놀았어? 뽑기는 뭐 뽑았어?

화정, 다정하게 아이들을 대하면 영국, 어두워진 낯빛으로 화정을 본다.

S#48. 두식의 집, 거실 (낮)

두식, 포도주가 든 병을 흔들어주고 있는데 금철이 문을 열고 들어온다.

두식 (바로) 나가.

금철 방금 들어왔다. 손님 대접은 못 해줄 망정 너무한 거 아냐?

두식 너보다 차라리 태풍이 더 반가워. 왜 왔는데?

금철 (소파에 털썩 앉으며) 자연재해보다 무서운 마나님 잔소리 피해 왔다.
윤경이가 오늘따라 히스테리가 심하네.

두식 네가 뭘 어쨌는데?

금철 (발끈해서) 넌 벌써부터 내 잘못이라고 단정을 짓는다?

두식 (바로) 웅, 네가 잘못했을 거야.

금철 (할 말 없는) 그래! 그렇긴 한데, 그래도 너무 급발진을 하니까.
내가 얼마나 힘든지 아냐, 네가 한 게 뭐가 있냐...

두식 참았던 게 터졌겠지. 옆에서 봤지만, 솔직히 무리했어. 버거울 만해.

금철 (어이없다는 듯) 장인어른이냐?

두식 옛날에 이 동네에 윤경이 모르는 사람 있었냐? 다 친하고 친구고.
근데 지금은 장사하랴, 보라 키우랴, 거기다 둘째까지...
최금철 와이프, 보라 엄마는 있는데 인간 함윤경은 어디 갔냐고.

금철 (뜨끔, 찔리는데) ...

두식 너 기억 안 나? 보라 생겼을 때 윤경이가 어떻게 했는지.
너한테 청혼한 애야. 너보다 훨씬 무서웠을 텐데, 같이, 둘이서 노력하자고.

금철 (할 말 없는) ...

두식 (덧붙이는) 그렇다고 윤경이가 너보다 어른인 거 아니야.
윤경이 아직 어리고, 지금 많이 힘들 거라고. 그럼 네가 어떻게 해야겠어?

금철 ...나쁜 새끼. 어떻게 구구절절 맞는 말만 하냐.

두식 알면 당장 꺼져!

금철 그러잖아도 갈라 그랬어! (하고 벌떡 일어나면)

두식 (뒤에다 대고) 너 딴 데로 새지 말고, 바로 집으로 가!

S#49. 공진 전경 (낮)

비가 쏟아지기 시작한다. 하늘이 뚫린 듯 엄청난 폭우다.

S#50. 보라슈퍼 안 (낮)

어깨가 젖은 혜진, 우산을 접으며 슈퍼로 들어서는데 윤경, 훌쩍이고 있다.
바닥에 헝클어진 물건들과 털실뭉치 보이고.

혜진　어머, 이게 다 무슨... (하다가 윤경의 우는 얼굴 보는) ...!
윤경　(황급히 눈물 닦으며) 아유, 선생님. 별거 아니에요.
제가 치울게요... (하며 일어나려다 운동화 끈 밟고 휘청한다)
혜진　앉아 계세요! 제가 할게요.

혜진, 물건 다 주워주고 나면 윤경의 풀린 운동화 끈이 눈에 들어온다.

혜진　신발 끈 묶어... 드릴까요? 숙이기 힘드실 것 같은데.
윤경　아, 고맙습니다.
혜진　(윤경의 운동화 끈 묶어주고) 혹시 무슨 일... 있었어요?
윤경　아니에요. 그냥 선생님이 좀 부러워서요. 이런 생각하면 안 되는데...
혜진　(당혹스러운) 갑자기 왜 그런 생각을.
윤경　그냥 저는 요새 제가 너무 초라한데... 선생님은 자기 인생 사시잖아요.
남들이 알아주는 멋진 일하시고, 연애도 재미나게 하시고.
혜진　아닌데. 전 윤경씨가 멋져 보이는데.
윤경　예? 어디가요?
혜진　사람 키우고 돌보는 거, 진짜 어려운 일이잖아요.
근데 윤경씨는 그걸 저보다 어린 나이에 시작했고, 또 잘하고 있고,
난 그것도 진짜 훌륭한 것 같은데.
윤경　(위로받는 느낌이고) 맞아요. 특히 우리 보라는... 대단하죠.
혜진　(따라 웃는) 동감.
윤경　(웃다가 갑자기 표정 하얗게 질리며 주저앉는다)
혜진　(놀라서) 왜 그래요, 윤경씨?
윤경　어떡해요, 선생님. 저... 양수가 터졌어요.
혜진　(경악으로 보는) !

S#51. 두식의 집, 거실 (낮)

두식, 나가려고 셔츠를 걸쳐 입는데 어디선가 낯선 벨소리 울린다.

두식 ...뭐야? (하다가 금철의 휴대폰 발견하고) 이 자식은 이걸 놓고 갔어...
(전화받는) 여보세요?
혜진(F) 보라 아버님?
두식 치과야?
혜진(F) 왜 홍반장이 그 전화를 받아?
두식 금철이가 우리 집에 전화기를 두고 갔어.
혜진(F) 뭐? 아, 어떡해. 그러면, 일단 홍반장 보라슈퍼로 당장 튀어 와!
두식 왜? 무슨 일인데?
혜진(F) 아야!!! 아퍼, 아파요!

S#52. 보라슈퍼 안 (낮)

윤경, 으으윽... 진통에 옆에 있던 혜진의 팔을 움켜잡고 있다.

두식(F) 치과 괜찮아? 무슨 일 있어?
윤경 (무섭게 일그러진 얼굴로, 혜진 잡은 팔에 힘 더 들어가는) ...!
혜진 아아, 윤경씨, 나 팔 너무 세게 잡았는데...?
(두식에게) 지금 윤경씨 양수 터졌어. 비상사태라고!
두식(F) 뭐?!

S#53. 보라슈퍼 앞 및 두식의 차 안 (낮)

비가 퍼붓는 가운데 우비 입은 두식, 트럭에서 뛰어나온다.
혜진, 한 손으론 우산 들고 한 손으론 윤경을 부축하느라 정신없다.
문 열어 윤경과 혜진을 태운 뒤 차에 올라타는 두식, 어딘가로 전화를 건다.
전화, 블루투스로 연결된 상황이라 은철의 목소리가 스피커폰으로 들린다.

은철(F) (바람 소리, 주변 시끄러운) 여보세요, 형.
두식 어, 은철아. 너 혹시 지금 금철이 어딨는지 알아?
은철(F) 아니요. 왜요? 무슨 일이신데요.
윤경 (아픈 가운데 분노로) 최금철 개새끼...
혜진 (윤경의 욕설에 움찔하고) ...!
두식 (난감한) 윤경이가 진통을 시작했어.
그럼 일단 내가 병원으로 출발할 테니까 금철이 연락되면,
은철(F) 송진시 지금 못 가요! 해안도로 낙석 때문에 전면 통제고,
저 있는 쪽도 침수돼서 도로 막고 있어요.
두식 (미치겠는) 뭐? 그럼 언제 풀리는데?
은철(F) 대중없어요. 비가 시간당 100mm 쏟아지는 상황이라.
하, 이 날씨면 119를 불러도 소용없을 건데.
혜진 (그 말에 생각하는 표정인데)
두식 (난감하지만) 알겠어. 일단 끊어봐.
(전화 끊고 어떻게 해야 하나 잠깐 생각에 빠지는데)
혜진 (뭔가 결심한 듯 갑자기) 윤경씨. 지금이 임신 몇 주죠?
윤경 (힘겹게) 이제 39주째요...
혜진 태아 몸무게는요?
윤경 지난주에 3kg 넘는다고 하셨어요.
혜진 혹시 역아는 아니죠? 임당이나 임신중독증 같은 건 없었구요?
윤경 네...
혜진 (두식에게) 출발해! 우리 집으로 가자.
두식 어?
혜진 차에서 애를 낳을 순 없잖아.
두식 (놀라서) 뭐? 치과, 너 치과의사야!
혜진 나도 알거든? 그래도 일반인보단 낫겠지!
두식 (그건 그렇다, 결국 차를 돌리는)

S#54. 교차편집. 마을회관 안 + 혜진의 집, 거실 (낮)

태풍으로 창문 흔들리는데 감리, 맏이, 숙자 태연하게 수박 먹고 있다.

맏이 바람이 마이도 부네요오.
감리 야야라, 나 때 태풍에 비하믄 이기는 암껏도 아이라니.
숙자 뭐요? 20년 전에 그 루싸 말씀하시는 건가?
감리 아니. 1959년에 지독한 놈이 있었싸. 이름이 머이더라.
맏이 (바로) 사라호.

감리, 끄덕끄덕하면 창문이 부서질 듯 흔들린다... 그때 감리의 전화벨 울리고.

감리 여보세요오.
두식 할머니. 난데, 보라 엄마가 곧 애를 낳을 것 같아.
감리 머이라고?
윤경 (소파에 앉아 있는데 진통 오는) 으으으으윽.
두식 (다급하게) 근데 병원을 못 가고, 치과가 받아야 될 것 같아.
할머니 땐 다 집에서 낳으셨을 거 아냐. 뭐 가르쳐주실 만한 거 있어?
감리 (놀라며) 치과선생 얼른 바꾸라!
혜진 (옆에서) 할머니, 말씀하세요. 이거 스피커폰이에요.
감리 (다급하게) 자알 들으라니...

S#55. 보라슈퍼 안 (저녁)

쫄딱 젖은 금철, 품에 두리안을 안은 채 불 꺼진 슈퍼 문을 열고 들어온다.

금철 뭐야. 문은 안 잠그고 불은 또 왜 꺼져 있어?
날씨가 이런데 그새 들어갔나?
(카운터의 전화기로 전화를 거는) 어, 윤경아. (하다가 멈칫하는) ...!

S#56. 혜진의 집, 침실 (저녁)

윤경, 혜진의 도움 속에 진통을 하고 있다.

혜진 윤경씨, 제가 산부인과 의사는 아니지만
할머니들 조언도 들었고 본과 1학년 때 해부학실습도 들었고!
최선을 다할 테니 너무 겁먹지 말아요.
윤경 (혜진의 손잡으며) 예, 선생님... 우리 아기 잘 부탁드려요.
혜진 (윤경의 손 꽉 잡아주며) 네! 윤경씨 라마즈 호흡 알죠?
흠, 흠, 후... 3박자로 쉬는 거예요. 코로 짧게 흠, 흠. 입으로 후...
윤경 (고통 속에 어떻게든 따라하려고 하는) 흠... 흠... 후우...

S#57. 혜진의 집, 현관 및 거실 (저녁)

두식, 문 열면 두리안을 끌어안은 금철, 혼비백산해서 들어온다.

두식 야! 넌 대체 어딜 갔다 지금 나타나?
금철 (정신없는) 윤경이, 우리 윤경이 어디 있어?
두식 방에. 벌써 분만 시작했어. 근데 이 꼬릿꼬릿한 냄새는 뭐야?
금철 아, 이거 두리안. 윤경이가 좋아해서. 우리 윤경이 주려고.
두식 (가지가지 한다는 느낌으로) 이걸 여기까지 들고 오면 어떡해?
금철 (허둥지둥) 이 방이야? 저 방?
두식 손부터 씻고 들어가! 화장실 저기!
금철 (두리안을 두식 품에 안겨주고 허둥지둥 화장실로 간다)
두식 (엉겁결에 받고) 야, 이걸 나한테 주면 어떡해!

S#58. 혜진의 집, 침실 (저녁)

윤경, 진통하고 있는데 문이 열리며 금철이 들어온다.

금철 윤경아! 윤경아, 괜찮아?

윤경 (와앙 울음 터지는) 어디 갔다 이제 와! 내가 얼마나 기다렸는데...

금철 (같이 울먹이는) 미안. 미안해, 윤경아. 내가 너 좋아하는 거 사갖고 올라 했는데. 갑자기 비가 너무 많이 와서.

윤경 진통은 오는데 오빠는 없고, 나 무서워 죽을 뻔했단 말이야...

금철 (울면서) 걱정하지 마. 아무 일 없을 거야.
나 있잖아. 내가 옆에 있을게. 선생님 저 여기 있어도 되죠?

혜진 네! 옆에 계세요. 윤경씨 다시 호흡하시고. 아래쪽 힘 더 주세요!

윤경, 으으윽- 진통하면 금철, 눈물범벅인 채 윤경의 손을 꽉 잡아준다.

S#59. 화정의 집, 안방 (밤)

창밖으로 폭우가 내리고 천둥 번개가 요란하게 친다.
화정, 잠들어 있는데 잠에서 깬 보라, 울 것 같은 얼굴로 방에서 나간다.

S#60. 화정의 집, 거실 (밤)

보라, "엄마..."를 부르며 작게 울먹이는데, 잠옷 차림의 이준이 방에서 나온다.

이준 왜 나왔어? 자다가 깼어?

보라 (눈물 그렁그렁해서) 우리 엄마 어떡해...

이준 너무 걱정하지 마. 괜찮으실 거야.

보라 (울먹이며) 아줌마들이 그러는데 애기 낳는 거 엄청 아프댔어...

우리 엄마 죽으면 어떡해... 엄마... 엄마아아...

이준 (마침 번개가 번쩍하면) 있잖아. 번개가 칠 때 기도하면 소원이 이루어진대.

보라 (눈물 그렁한 채) 정말?

이준 (거짓말로) 응! 내가 책에서 봤어. 그니까 얼른 소원 빌어.

보라 (기도하는) 우리 동생 잘 태어나게 해주세요. 우리 엄마 안 아프게 해주세요.

이준 (함께 기도하는) 해주세요...

보라 근데, 번개 한 번에 소원 한 개만 들어주면 어떡해?

이준 그럼 다음 번개 칠 때 다시 또 기도하자.

보라, 고개를 끄덕이고 두 아이, 어둠 속에 쪼그리고 앉아 번개를 기다린다.

윤경(E) 아아아아악!

S#61. 혜진의 집, 거실 (밤)

윤경의 비명소리에 두식, 혜진의 방문 앞에서 안절부절못하고 서성인다.
그런데 두식, 가만 들어보면 금철의 목소리도 함께다!

금철(E) 으아아아아아아아악!

윤경(E) 이 개새끼야아아아아아악!

그제야 상황파악을 완료한 두식, 알만하다는 듯 고개를 끄덕인다.

S#62. 혜진의 집, 침실 (새벽)

진통 중인 윤경, 금철의 머리채를 쥐어뜯고 있다.

윤경 (금철 머리채 잡은 채) 야, 이 미친 새끼야!

내가 힘들다고... 애기는... 보라 하나만 낳자 그랬지!!!

금철　(머리 뜯기며) 여보, 당신, 윤경아? 이거 놓자, 응? 머리는, 머리는 안 돼...

윤경　(악쓰는) 잣 같은 새끼! 나 꼬셔갖고... 둘째 낳자고, 낳자고...
지가 낳을 것도 아니면서. 쌍, 내가 지금 얼마나 아픈지 알아?

혜진　윤경씨, 힘을 거기다 빼면 안 돼요. 그거 놓고 아래에 힘줘요, 힘. 네?

금철　(계속 뜯긴 채로) 그래, 윤경아. 선생님 말씀 들어야지.
나 요새 머리 많이 빠져. 알잖아, 우리 집 탈모 유전자!
당신 남은 인생을 대머리랑 살고 싶진 않지?

윤경　아니, 그 전에 내가 오늘 너 죽일 거야! (다시 진통 오는) 으아아아악!

금철　(같이) 아아아아악!

혜진　(말리는) 윤경씨. 그 손 놓고, 아래에 힘을 줘야 된다니까요.

윤경　(버럭) 아, 선생님이 해봐요! 그게 말처럼 쉬운지!

혜진　(움찔하며) ...그, 그럼 계속 잡고 계세요.

금철, 안 된다는 듯 혜진 향해 애절한 눈빛 보내지만 혜진, 외면한다.

윤경　(다시 머리채 움켜쥐며) 으아아아아악!

금철　(같이) 아아아아아악!

혜진　(살펴보더니) 윤경씨. 아기 머리 보여요! 좀만, 좀만 더요!

S#63. 공진 선경 (아침)

태풍이 지나간 뒤의 맑고 고요한 아침 풍경.

S#64. 혜진의 집, 거실 (아침)

밤새 문밖에서 기다린 두식도 녹초가 돼 있는데, 그때 안에서 들려오는 아기 울음소리!

S#65. 혜진의 집, 침실 (아침)

윤경, 갓 태어난 아기를 사랑스럽게 바라보고 있다.
금철, 땀으로 젖은 윤경의 이마에 들러붙은 머리카락을 넘겨준다.

금철 (감격으로) 고생했어. 진짜 고생했어, 윤경아...
윤경 우리 밥풀이 손가락 발가락 열 개씩 다 있지?
금철 응. 내가 다 세어봤어.
윤경 다행이다...
금철 (갑자기 고개 푹 숙이고 울기 시작하는)
윤경 (놀라서) 오빠... 울어?
금철 (울면서) 윤경아, 내가 미안해. 이렇게 아프고 힘들게 보라랑 밥풀이 낳아준 것도 모르고. 내가 잘못했어.
윤경 (의연하게) 나 괜찮아. 힘든 만큼 이렇게 예쁜 애기 얻었잖아.
금철 윤경아, 미안해. 그리고 고마워. 내가 앞으로 진짜 잘할게.
윤경 그럼 앞으로 밥풀이 기저귀는 오빠가 다 가는 거다?
금철 (눈물 그렁한 채 끄덕이는) 응! 내가 다 할게. 전부 할게.
혜진 (그 모습 흐뭇하게 보는데)
윤경 (금철에게) 오빠, 나 좀 일으켜줘.
혜진 (놀라서) 누워 계시지, 왜 일어나세요?
윤경 괜찮아요, 이 정도는. 선생님... 감사해요. 이렇게 무사히 밥풀이 만나게 해주시고.
혜진 (뭉클한) 아니에요. 저 믿고 끝까지 잘해주셔서 제가 감사해요.
윤경 선생님. 우리 아기 한 번 안아보세요.
혜진 (손사래 치며) 네? 아니요. 괜찮아요. 전 아기 안을 줄을 몰라서.
윤경 (웃으며) 무슨 말씀이세요. 선생님이 받아주셨으면서.
혜진 아... 맞네요.

윤경, 혜진에게 아기를 안겨주면 혜진, 처음에만 엉성하지 나름 안정적으로 안는다. 혜진, 품 안의 아기가 신기한 듯 내려다본다. 그때 똑똑 노크소리 들려온다.

두식(E) 나 들어가도 돼?
금철 (윤경이 고갤 끄덕이면) 들어와.
두식 (조심스럽게 들어오면)
혜진 (활짝 웃으며) 홍반장. 아기 좀 봐. 너무 예쁘지?
두식 (혜진 옆에 앉아서 아기 내려다보며) 둘째도 금철이 닮았네.
윤경아. 네 유전자는 영 힘을 못 쓰나 보다.
윤경 (웃으며) 그니까. 내 배 아파 낳았는데 억울해 죽겠어요.
두식 수고했어. 그리고 축하해. 이제 두 사람, 두 아이의 부모네.
금철 (눈물 찔끔 나는) 고맙다... 두식아...
윤경 (타박하는) 왜 또 울어!
금철 감격의 눈물이야. 기쁨의 표식이고, 행복의 증거야.
두식 (못 말린다는 듯 절레절레하고, 아기를 보면)
혜진 너무 조그맣고 귀엽지?
두식 (끄덕이며) 응.
윤경 (옆에서) 홍반장님도 한 번 안아보세요.
두식 (멈칫하며) 응? 아냐, 난 됐어.
혜진 그래. 홍반장도 안아봐... (하며 조심스레 아기를 건넨다)

...어어? 엉겁결에 아기를 받아 안는 두식, 기분이 이상하다. 따뜻하고 몽클한 느낌.

두식 (가만히 보다가 인사를 건네는) 안녕. 세상에 온 걸 환영해.

두식, 아기를 사랑스럽게 보는데, 그 모습을 보는 혜진의 기분이 오묘하다. 두식과 아기와 함께 있는 이 풍경이 낯설고도 행복한 혜진이다...

S#66. 혜진의 집, 부엌 (아침)

두식, 티 포트에 뜨거운 물을 부어 차를 우려낸다.
혜진, 녹초가 된 얼굴로 와서는 두식을 뒤에서 껴안는다.

두식　많이 힘들었지?
혜진　응… 나 지금 몸에 힘이 하나도 없어.
두식　(혜진의 몸을 돌려 앞에서 안아주며) 긴장이 풀려서 그래. 고생했어. 대견해. 장해.
혜진　(미소로) 맞아. 나도 내 자신이 너무 기특해.
두식　대체 갑자기 어디서 그런 용기가 났어?
혜진　나도 모르겠어. 그 순간엔 그냥 어떻게든 윤경씨랑 아기 둘 다 살려야겠단 생각밖에 안 들었어.
두식　나 아무래도 은퇴해야 될 것 같다.
혜진　(눈 동그래지고) 그게 무슨 말이야?
두식　앞으로 공진에서 누군가에 무슨 일이 있으면 다들 홍반장 아니라 윤치과를 찾을 것 같은데?
혜진　뭐야… (하며 웃다가) 근데 나 너무 졸려…
두식　(다정하게) 자면 되지.
혜진　어디서? 나 아무래도 내 침실을 뺏긴 것 같은데.
두식　(사랑스럽게 내려다보며) 우리 집으로 가자.

S#67. 두식의 집 외경 (아침)

S#68. 두식의 집, 침실 (아침)

혜진, 두식의 침대에 누우면 두식, 이불을 덮어준다.

두식 한숨 푹 자.

혜진 홍반장은? 홍반장도 밤새 못 잤잖아.

두식 난 소파 가서 자면 돼.

혜진 여기 누워... 침대도 넓은데, 나랑 같이 자.

두식 (멈칫하면)

혜진 (한 번 더) 나랑 여기서 같이 자자.

그러면 두식, 혜진의 옆에 눕는다. 두 사람, 얼굴 마주 보며 누워 있다.

두식 (나른하게) 오늘 진짜 고생 많았어...

혜진 (졸린 느낌으로) 응... 맞아. 근데 기분이 좀 이상했어.

두식 뭐가?

혜진 난 내가 아기를 별로 안 좋아하는 줄 알았거든.
근데 직접 안아보니까 뭔가 뭉클하더라.

두식 (보면)

혜진 너무 작고 따뜻하고 보송보송하고.
태어나는 순간, 이렇게 많은 사람들한테 기쁨을 주다니. 신기했어...

두식 너도 태어났을 때 분명 많은 사람들을 행복하게 했을 거야.

혜진 홍반장도.

두식 (따뜻하게 보면)

혜진 그리고 문득 그런 생각이 들었어
온 힘을 다해 귀하게 온 인생이니까, 최선을 다해 행복해져야겠다...

두식 (졸린 듯 느리게 깜빡이는 눈빛이 쓸쓸해 보이는데)

혜진 (망설이다가) 홍반장은 혹시, 혹시 나중에 말이야...

두식 ...으응?

혜진 (조심스럽게) 아니, 가끔 다들 그런 상상하잖아.
나중에 아이를 가진다면 둘 이상이었으면 좋겠다... 첫짼 딸이었으면 좋겠다,
아들이었음 좋겠다, 뭐 그런 바람 같은 거 없어?

두식 (느릿하게) ...글쎄...

혜진　　(보면)

두식　　...난 그런 생각... 해본 적이 없어서.

혜진, 예상과 다른 두식의 반응에 멈칫한다.
두식의 눈이 서서히 감기고 혜진, 그런 두식을 보다가 밖으로 나온다.

S#69. 두식의 집, 거실 (아침)

방에서 나온 혜진, 마음이 심란하다.
이리저리 걸어 다니다가 책장 앞으로 가면 지난번 꺼내 보려던 책이 눈에 들어온다. 혜진, 책을 꺼내 휘리릭 펼쳐보는데 바닥에 사진 한 장이 툭 떨어진다.
뭐지? 하는 표정으로 바닥에 뒤집어진 채 떨어진 사진을 주워들면
사진 속 선아와 아기, 그리고 양복 입은 남자(정우)의 얼굴 보인다.

두식　　안 자고 왜 나왔어?

혜진, 돌아보는데 두식, 혜진의 손에 들려 있는 책과 사진을 발견한다!

두식　　(순간 확 책과 사진 뺏어들며) 왜 남의 책은 함부로 만지고 그래?

혜진　　(남이란 말에 상처받았지만 드러내지 않는) 아, 미안...

두식　　(책 덮으며 본인도 당혹스러운) 아니, 내가 미안. 별것도 아닌데.

혜진　　근데 누구야? 그 사진 속 사람들?

두식　　(회피하듯) 그냥... 아는 사람.

혜진　　(말없이 보면) ...

두식　　(달래듯) 들어가자.

혜진　　(툭) 앞으로도 이럴 거야?

두식　　...뭐가.

혜진　　그냥 아는 사람, 그냥 회사원.
그렇게 뭐 하나 얘기해주지도 않고 다 얼버무릴 거냐고.

두식 (멈칫하면)

혜진 난 다 보여줬잖아. 우리 아빠. 새어머니. 정말 바보같이 취한 모습도.
너라면 난 다 괜찮은데, 넌 안 그래?

두식 (아무 말 못 하고)

혜진 있잖아. 나 오늘 윤경씨가 부러웠어.
그 힘들고 어려운 순간을 함께 하기로 약속한 사람이 있어서.
지지고 볶고 싸우고, 그래도 결국은 서로에게 돌아가는 그 모습이.
나 진짜 부러웠어.

두식 (그저 보는)

혜진 넌 버킷리스트를 같이 하겠단 약속은 해줄 수 있으면서,
그 온갖 것들은 다 해주면서, 왜 제일 중요한 걸 안 해줘?
왜 너에 대한 얘길 안 해?

두식 (가슴 아픈데)

혜진 (진심으로) 대체 뭐가 그렇게 어려운 건데?
나, 나 진짜 네가 너무 좋아. 그래서 널 알고 싶은 거야.
어떤 삶을 살았고, 지금 무슨 생각을 하고 있고.
난 너랑 내가 우리가 되는 미래를 꿈꾸는데...
그게 아니라면 우리한테 현재가 무슨 의미가 있어?

두식 (눈이 붉게 충혈되는데)

혜진 (눈물 날 것 같은) 무슨 말이라도 좀 해봐...

두식 (감정을 누르며 겨우) 미안해...

혜진 (혼란스러운) 왜 자꾸 내가 모르는 사람이 되려고 해...
왜 낯설어져... 왜 멀어져...
난 이제 잘 모르겠어. 네가 누군지. 대체 어떤 사람인 건지.

두식 (슬픈 눈동자로) 나도...

혜진 (힘들게 보면)

두식 (가장 나약한 모습으로 툭) 나도 모르겠어...

처음으로 서로를 멀게 느끼는 두 사람, 그렇게 절망으로 바라보는 데서.

S#70. 에필로그. 닫힌 문 뒤에는

승승이 데리고 두식 집에 놀러온 보라와 이준, 승승이 보며 놀고 있다.
두식, 부엌에서 김이 모락모락 나는 접시 들고 오는데 삼겹살과 껍데기 놓여 있다.

두식 (다정하게) 보라, 껍데기 한 점 하고 놀아. 이준이 고기는 그 옆에.
보라 삼촌, 콩가루는?
두식 당연히 대령했지. 역시 우리 보라, 먹을 줄 알아! (하며 손바닥 내밀면)
보라 (하이파이브를 짝 한다)
보라·이준 잘 먹겠습니다! (하며 먹기 시작한다)
두식 (케이지 속의 승승이를 귀엽게 보는데)
보라 삼촌도 승승이 귀여워?
두식 (웃으며) 그럼. 삼촌 동물 엄청 좋아해. 고슴도치, 강아지, 고양이...
보라 그럼 그때 왜 우리 승승이 안 맡아줬어?
이준 최보라. 그렇게 지난 일 거론하는 건 예의가 아니야.
보라 (주먹 들며) 장이준 죽을래?
이준 폭력은 나쁜 거야. 자꾸 이러면 곤란해. (하며 투닥인다)
두식 (혼잣말로) 그냥 삼촌은 아직도 좀 무서운가 봐.
(작게 덧붙이는) ...헤어지는 게.

아이들의 재잘거림 속에서 툭 꺼내진 그의 진심. 두식의 얼굴이 고요하고 쓸쓸하다.

14화

네가 인젠가 나한테 마음의 문을 열어준다는 확신만 준다면,

나... 기다릴 수 있을 것 같아.

내가 너한테 바랐던 건 그냥 여지였어.

나 지금 당장 너랑 뭘 어떻게 하자는 거 아냐.

그냥 너의 내일에 나도 조금은 포함돼 있는지.

우리가 계속 함께하게 될 가능성이 있는지, 그게 궁금했던 거라고.

S#1. 두식의 집, 거실 (아침)

13화 S#69의 상황이다.

혜진 (진심으로) 대체 뭐가 그렇게 어려운 건데?
나, 나 진짜 네가 너무 좋아. 그래서 널 알고 싶은 거야.
어떤 삶을 살았고, 지금 무슨 생각을 하고 있고.
난 너랑 내가 우리가 되는 미래를 꿈꾸는데...
그게 아니라면 우리한테 현재가 무슨 의미가 있어?

두식 (눈이 붉게 충혈되는데)

혜진 (눈물 날 것 같은) 무슨 말이라도 좀 해봐...

두식 (감정을 누르며) 미안해...

혜진 (혼란스러운) 왜 자꾸 내가 모르는 사람이 되려고 해...
왜 낯설어져... 왜 멀어져...
난 이제 잘 모르겠어. 네가 누군지. 대체 어떤 사람인 건지.

두식 (슬픈 눈동자로) 나도...

혜진 (힘들게 보면)

두식 (가장 나약한 모습으로 툭) 나도 모르겠어...

혜진, 두식의 대답에 절망한 듯 그를 보다가 그대로 나와버린다.

두식, 차마 그런 혜진을 잡지 못한 채 공허한 눈빛으로 그저 서 있다.

S#2. 골목길 (아침)

혜진, 텅 빈 표정으로 터덜터덜 걷는데 갈 데가 없다. 집에는 윤경, 금철이 있고... 갈림길에서 어찌해야 하나 멍하니 있는데 저편에서 오던 화정, 혜진을 부른다.

화정　선생님! 그러잖아도 선생님 댁으로 가는 길이었는데, 왜 거기 계셔?

혜진, 화정의 말에 자기도 모르게 주르륵 눈물이 쏟아진다.

화정　(놀라는) 선생님. 지금 울어?
혜진　(말 못 하고 눈물만 주룩주룩)
화정　(당황해서) 아니, 무슨 일 있어? 왜 그래요?
혜진　(눈물범벅인 채 횡설수설) 제가... 이번 달 월세를 깜빡해서.
화정　예? 아니 아니 그게 뭐라고.
혜진　(울면서) 죄송해요. 오늘 바로 보내드릴게요.
화정　(난감한) 아유, 누가 보면 악덕 집주인인줄 알겠네.
선생님 괜찮아. 괜찮다니까.
혜진　(더 펑펑 우는) 죄송해요. 미쳤나 봐요, 왜 갑자기 눈물이 나...
화정　(보다가) ...아침은? 먹었어요?

S#3. 화정의 집, 부엌 (아침)

화정, 식탁에 앉은 혜진 앞에 성게미역국을 내려놓는다.

혜진　(반가운) 성게미역국이네요.
화정　보라 엄마 주려고 끓였는데 또 어떻게 이렇게 됐네.

선생님 처음 공진 오던 날도 이거 잡쉈죠?

혜진　네. 그때 맛있게 먹었는데, 오늘도 잘 먹을게요. 감사합니다.

화정　감사는 무슨. 애 낳는 것도 힘들지만, 받는 것도 보통 일 아녔을 건데.
얼른 한 술 뜨세요.

혜진　네... (하고 한 숟가락 떠먹으면)

화정　(보다가) 그러고 보니 선생님 오신 지가 벌써 한 네다섯 달 됐나?

혜진　네.

화정　시간 참 빠르고, 인연은 무서워.
선생님이 여기서 치과를 차리고 홍반장이랑 만날지 누가 알았겠어.

혜진　(표정 어두워지는) 네에...

화정　(안 놓치고) 혹시 두식이랑... 무슨 일 있었어요?

혜진　(멈칫하면)

화정　아니, 아까 길 잃은 애처럼 너무 애처롭게 우니까 내가 놀래갖고.

혜진　(아무 말 못 하는데)

화정　굳이 대답 안 하셔도 돼. 근데 혹시 내가 도와줄 게 있나 싶어서.
내가 남숙이 기집애랑 다르게 입이 꽤 무겁거든요.

혜진　(망설이다가) 통장님. 혹시...
홍반장이 왜 하던 일 관두고 공진으로 돌아왔는지 아세요?

화정　아... 그거라면 정확히는 몰라요. 나뿐 아니라 마을 사람들 대부분.
그니까 그렇게 온갖 소문이 다 돌지.

혜진　(실망으로) 네에.

화정　두식이 대학 가고 군대 가고 바빠지면서 한참 고향 못 내려왔거든.
근데... 돌아왔을 때 모습은 기억해요. 많이 힘들어 보였어요.

혜진　(보면) ...?!

S#4.　과거. 두식의 집, 대문 앞 및 마당 (아침)

2018년 가을. 셔츠 차림의 두식, 지친 모습으로 캐리어를 끌고 들어선다.
마당에 서서 오랫동안 사람이 살지 않은 낡은 집을 우두커니 바라본다.

화정(E)　우리가 아는 두식이 모습은 온 데 간 데 없어지고,
그냥 표정이 텅 비어 있었달까. 꼭 모든 걸 놔버린 사람처럼.

S#5.　화정의 집, 부엌 (아침)

혜진, 화정의 말을 심각한 얼굴로 듣고 있다.

화정　그러니 아무도 못 물었죠. 다들 무슨 일이 있었겠거니 짐작만 할 뿐.
혜진　(가만히 듣는데)
화정　근데 그걸 선생님한테도 얘기를 안 해요?
혜진　네. 아직 저한텐... 맘을 못 여는 것 같아요.
화정　그건 선생님이 잘못 알고 계시네.
홍반장, 아니 두식이 요즘처럼 행복해 보였던 적이 없어요.
혜진　...정말요?
화정　그럼. 근데 선생님. 누군가한테는 말하기 쉬운 게
어떤 사람한테는 어려울 수도 있잖아요.
혜진　(보면)
화정　어릴 때부터 어른스럽고 참는 법만 배운 애라, 제 속 터놓는 법을 몰라요.
힘들다, 아프다, 그런 얘기 들어줄 사람이 오래 없기도 했고.
혜진　(마음 아픈데)
화정　나는... 선생님이 두식이 대나무 숲이 돼줄 수 있을 것 같은데...
혜진　(가만히 듣고 있는)
화정　내가 결혼도 하고 이혼도 해보니까 깨달은 바가 있어 그래요.
조급하게 굴지 말걸, 한 번쯤은 솔직하게 그냥 다 말해볼걸.
혜진　(생각하는 표정으로)

S#6.　두식의 집, 거실 (낮)

두식, 멍하니 앉아 있다가 혜진에게 전화를 걸지만 받지 않는다.
할 수 없이 전화를 끊고 일어나는데, 바로 걸려오는 전화! 그러나 어촌계장이다...

두식 (힘없는 목소리로) 여보세요.
어촌계장(F) 홍반장. 왜 안 와? 오늘 나 일 도와주기로 했잖아.
두식 아... 그랬지 참. 미안, 지금 바로 갈게.

S#7. 공진항 근처 길가 (낮)

작업복 차림의 두식, 심란한 표정으로 공진항 향해 걸어가는데
그 옆으로 차 한 대가 지나간다. 차를 운전하고 있는 사람, 선아다.
두식과 선아, 슬로우모션으로 엇갈린다.
두식, 차가 지나가면 의미 없이 한 번 힐끗 돌아보고는 계속 걸어간다.

S#8. 상가거리 (낮)

누군가를 기다리는 듯한 성현, 저편을 향해 반갑게 손을 흔든다.
성현의 시선이 닿는 곳에 선아와 다섯 살 난 하랑이 서 있다.

성현 누나! 하랑아!

하랑, 앙증맞은 걸음으로 와다다 달려와 성현의 품에 안긴다.
성현, 하랑을 하늘에 번쩍 들어 보인다. 선아, 그 모습 보며 활짝 웃는다.

S#9. 라이브카페 안 (낮)

하랑, 간식과 우유를 먹고 있고 성현과 선아, 마주 앉아 커피를 마신다.

성현　이모는 잘 지내시지?
선아　응. 엄마 진짜 웃겨. 그러잖아도 너한테 간다니까
　　나더러 연예인 사인 받아 오래. DOS가 몇 명인지도 모르면서.
성현　(너털웃음으로) 이모답다. 오는 데 차 많이 막혔어?
선아　차보다도 애 데리고 나오는 자체가 전쟁이지 뭐.
　　유아시트 안 앉겠다고 난리를 피우는데, 내 자식이지만 정말...
성현　(하랑의 머리 쓰다듬으며) 그냥 누나가 참아.
　　이 귀여운 생명체한테 애초에 이길 생각을 하질 마.
선아　그래? 그럼 너 다음에 육아예능 해라. 애들만 한 열다섯 나오는 걸로다가.
성현　(바로) 잘못했어, 미안. 내가 죽을죄를 지었다.
선아　(웃으며) 네가 나한테 죄를 많이 짓긴 했지. 너 내 결혼식 안 왔잖아!
성현　와, 그걸 몇 년을 울궈먹냐. 그때 나 조연출이었어.
　　매일 밤새면서 무박 5일 해외촬영 다녀왔다고.
선아　내 결혼이랑 네 커리어를 맞바꾼 덕분에 지금 이렇게 잘나가는 거야.
　　너 성공한 데는 내 지분도 있다?
성현　(혀를 내두르며) 누나 많이 뻔뻔해졌다. 왜? 뭐 필요해?
선아　(농담하는) 뭐든 주면 마다하진 않을게.
성현　(웃고) 근데 누나가 오란다고 진짜 올 줄은 몰랐어.
선아　(잠시 멈칫했다가) 나도 한 번쯤 와보고 싶었거든, 공진.
　　얘기를 워낙 많이 들어서.
성현　(갸웃하며) 그래? 누구한테?
선아　...아는 사람. 여기가 고향이래.
성현　(대수롭지 않게) 아, 그래? 신기하네. 와보니까 어때?
선아　(창밖을 보며 의미심장하게) 듣던 대로... 좋네.

S#10. 교차편집. 화정의 집, 거실 + 공진항 (저녁)

소파에서 쪽잠을 자던 혜진, 눈을 뜨면 어느새 밖이 어둑어둑해져 있다.

혜진 대체 얼마를 잔거야... (하다가 테이블 위의 쪽지를 발견한다)
화정(E) 선생님 일부러 안 깨우고 나가요. 푹 주무세요.

혜진, 고마움에 피식 웃는다. 휴대폰 보면 두식에게 부재중 전화가 와 있다.
망설이다가 두식에게 전화를 거는 혜진.
그 시각, 공진항의 두식, 혜진에게 전화가 걸려오자 다급하게 받는다.

두식 여보세요. 혜진아...
혜진 전화했었네?
두식 응. 아까 그렇게 가버리게 해서 미안.
혜진 (그저 듣고 있는)
두식 (절박하게) 일단 우리 잠깐 보자. 지금 어디야? 내가 바로 갈게.
혜진 싫어. 나 너 안 볼래.
두식 (당황해서) 어?
혜진 홍반장 어차피 지금 나 만나도 미안하단 말밖에 안 할 거잖아.
좀 전에도 벌써 한 번 했고.
두식 (할 말 없어지는데)
혜진 내 생각엔, 우리 아무래도 시간이 좀 필요한 것 같아.
두식 (가슴이 덜컹하는데) !
혜진 이별 전에 의례적으로 하는 그런 말 아냐. 나 너랑 헤어지기 싫거든.
두식 (먹먹함으로) 그럼 왜...
혜진 진짜 시간이 필요해 보여서 그래.
네가 나한테 미안해지지 않기 위한 시간.
네가 나한테 솔직해질 수 있을 만큼의 시간.
두식 (멈칫하면)
혜진 (진지하게) 우리 이대로는 안 되는 거 너도 알잖아.
그러니까 시간을 갖고 생각해보자.

앞으로 어떻게 하고 싶은지, 어쩌면 좋을지. 내 말 무슨 뜻인지 알지?

두식　(수긍할 수밖에) 응...

혜진　끊을게...

혜진, 전화를 먼저 끊으면 바다를 보며 멍하니 서 있는 두식...
자기 자신이 너무나도 무력하게 느껴진다.

S#11. 윤치과 외경 (낮)

S#12. 윤치과, 원장실 (낮)

혜진, 심란한 얼굴로 팔짱 낀 채 창밖을 보는데 밖에서 미선의 목소리 들려온다.

미선(E)　어머, 이게 뭐예요?

S#13. 윤치과, 로비 (낮)

미선, 은철이 내미는 커다란 쇼핑백을 어리둥절한 얼굴로 받고 있다.

은철　미선씨 입으면 예쁘실 것 같아서 하나 샀습니다.

미선　옷이에요?

은철　(수줍게) 네...

미선　아니, 이런 거 안 사주셔도 되는데. 저 옷 많아요.

은철　(머릴 긁적이며) 그래도 너무 잘 어울리실 것 같아서.
근데 저 지금 가봐야 됩니다. 잠깐 들른 거라.

미선　아, 네! 고마워요, 은철씨.

은철　이따 전화할게요! (웃으며 나간다)

혜진　(그제야 나와보며) 좋을 때다...

미선　뭐냐, 그 권태기 바이브의 멘트는? 너 홍반장님이랑 아직도 안 좋아?

혜진　(대답 안 하면) ...

미선　어째 이번엔 〈사랑과 전쟁〉이 좀 오래 방영하는 것 같다?

혜진, 미선의 말에 생각하는 표정인데 그때 문 열리며 초희가 들어온다.

미선　(자동반사적으로) 어서 오세요.

혜진　유선생님?

초희　(미소로) 안녕하세요.

S#14. 윤치과, 진료실 (낮)

혜진, 초희의 엑스레이를 보며 설명해준다.

혜진　보시면 여기 이렇게 잇몸 턱뼈 근처에 사랑니가 매복돼 있어요.

초희　사랑...니요? 전 여태 없어서 선천적으로 안 나는 줄 알았는데.

혜진　보통 10대 후반에서 20대 초반에 많이 발현이 되긴 해요.
이게 원래 전문용어로 제3대구치인데,
그때가 사랑을 깨닫는 나이라고 해서 사랑니라고 부르는 거구요.

초희　아...

혜진　그간 증상도 없이 오래 숨어 있었네요.

초희　(생각하는 표정으로)

S#15. 과거. 화정의 옛집, 마당 (낮)

2006년 여름.
화정, 툇마루에 앉아 돌로 봉숭아물을 짓찧고 초희, 그런 화정을 본다.

화정이 팔목에 찬 팔찌가 기분 좋게 달그락거린다.

초희　언니. 요즘은 봉숭아물 잘 안 들이지 않아요?

화정　(웃으며) 다들 매니큐어 바르지. 근데 나같이 음식 하는 사람은, 벗겨져 어디 들어가면 어떡해. 그리고 난 원래 봉숭아물이 좋아.

초희　왜요? 첫눈 올 때까지 남아 있으면 사랑이 이뤄진단 말 때문에요?

화정　그딴 말은 안 믿고. 너도 들여줄까? 아니다, 너무 촌스럽지?

초희　(싱긋 웃으며) 저도 들여주세요.

화정을 향해 내미는 초희의 손, 가녀린 손목에도 화정의 것과 같은 팔찌 채워져 있다.

초희 모(E) 초희야!

초희 돌아보면, 초희 모가 문가에 서 있다. 손에는 이불가방 든 채다.

S#16. 과거. 화정의 옛집 근처 골목길 (낮)

초희 모, 가슴이 꽉 막힌 표정으로 초희를 보며 타박한다.

초희 모　너 진짜 어쩔라 그래. 오빠한테 맞아 죽고 싶어 그래?

초희　(냉랭하게) 왜 왔어? 그런 소리 하러 왔어?

초희 모　(서운함에 왈칵) 솜이불만 갖고 간 게 걸려서, 여름이불 갖다 주러 왔다! 너 잘 지내나 보고 싶어 왔어! 근데... 여기까지 와서 또 그러고 있어?

초희　내가 뭘? 내가 어쨌는데?

초희 모　그걸 몰라 물어? 에미가 돼서 딸년 눈빛 하나 못 읽을까 봐? 아니라고 우겨도 소용없어. 엄마 척하면 척이야!

초희　(부인하지 못하고) ...

초희 모　(절박한) 초희야, 제발 정신 좀 차려. 대체 왜 그래. 응?

너 한 번 더 이러면 오빠가 정신병원에 처박아버린댔어.

초희　(눈물 그렁해져서) 엄마! 나 안 미쳤어! 나 멀쩡하다구!
사람이 사람 좋아하는 게 어떻게 병이야?

초희 모　(울며) 아니야. 내가 널 잘못 키웠어. 내가 죽일년이야. 다 내 잘못이야.

초희　(역시 우는) 그래서 그런 거 아니야. 엄마 잘못 아니구!
그리고... 내 잘못도 아니야!

두 사람 안타깝게 서로를 붙들고 우는데 멀찌감치 화정이 서서 그 모습을 본다. 그 위로 겹쳐지는 현실의 소리... 혜진의 목소리다.

혜진(E)　유선생님.

S#17. 윤치과, 진료실 (낮)

혜진, 멍하니 생각에 잠겨 있는 초희를 부른다.

혜진　유선생님?

초희　(정신 차리고) 아... 죄송해요. 근데 전 어금니가 아파서 왔는데.

혜진　(친절하게) 그게 매복니가 앞어금니 뿌리를 건드려서 그래요.
자칫하면 뿌리가 흡수될 염려가 있어서 발치를 하셔야 돼요.

초희　(멈칫) 꼭... 뽑아야 할까요?

혜진　원래 많이들 겁내세요. 근데 아픈 걸 속에 계속 숨겨두는 것보단
조금만 용기 내서 뽑으시는 길 추천할게요.

초희　(생각하는 표정으로)

S#18. 두식의 집, 거실 (밤)

두식, 새로 담근 포도주 술병을 들어 허공에 두어 번 흔들어준다.

그러고는 다시 선반 위에 올려놓는데 '윤혜진'이라 적힌 이름이 가운데에 오도록 한다. 복잡한 표정으로 술병을 바라보는 두식...

S#19. 혜진의 집, 침실 (밤)

혜진, 책상에 가만히 앉아 보석함 뚜껑을 열었다 닫았다 한다.
옆에 놓인 휴대폰을 잠시 보지만 차마 두식에게 연락을 할 수는 없다.

S#20. 혜진의 집, 대문 앞 (밤)

그 시각 두식, 불 켜진 혜진의 방을 바라보며 서 있다.
그때 혜진이 창문을 열면 두식, 대문 담벼락 쪽으로 홱 숨는다.
혜진, 답답한 얼굴로 저 멀리 바다를 바라보고 두식, 숨죽인 채 앞만 본다.
그렇게 서로를 그리워하지만 만날 수 없는 두 사람의 모습에서 암전...

S#21. 공진 전경 (아침)

S#22. 혜진의 집, 거실 (아침)

출근 준비를 마친 혜진, 방에서 나오는데 미선 역시 새 옷을 입고 나온다.
미선, 은철이 선물한 원피스 입고 혜진 앞에서 빙그르르 돈다.

미선 나 어때?
혜진 오, 예쁜데? 어디 보자. (하더니 미선의 목덜미에서 옷의 태그를 확인한다)
미선 (뒷덜미 잡힌 채) 야, 뭐 해!
혜진 헐. 최순경님이 이 브랜드를 알아? 보기보다 센스 있네.

미선 찾아봤을 거야. 요즘 검색병에 걸리셨거든. 근데 여기 옷 비싸?

혜진 응. 가격대가 꽤 있지?

미선 (걱정으로) 정말? 은철씨 박봉일 텐데 무리한 거 아냐?

S#23. 은철의 선물 공세 몽타주 (낮)

은철, 매일같이 윤치과를 찾아와 미선에게 선물공세를 펼친다.

- 은철, "미선씨랑 닮은 것 같아서..." 하며 미선에게 엄청 큰 꽃다발을 안긴다.
- 은철, 미선에게 구두를 선물한다. "도망가시면 안 되니까 100원 주세요." 말도 덧붙인다.
- 은철, 미선 앞에서 주얼리 박스를 열어 보이면 목걸이 들어 있다. 수줍게 "매일 몸에 지녀주시면 감사하겠습니다." 하면 미선, 어쩐지 난감한 표정!

S#24. 라이브카페 안 (낮)

이번엔 은철, 미선에게 쇼핑백을 하나 내민다.

미선 (눈 동그래져서) 이게 뭐예요?

은철 (수줍게) 가방입니다. 미선씨랑 잘 어울릴 것 같아서.

미선 (열어보지도 않고 돌려주는) 저 이거 안 받을래요!

은철 (당황해서) 네? 왜...

미선 (정색하는) 은철씨 이건 좀 아닌 것 같아요. 저 부담돼서 싫어요.

은철 (충격으로) 미선씨는... 제가 부담스러우십니까?

미선 그게 아니라, 이 선물들이요. 너무 과하잖아요.
아무 날도 아닌데 어떻게 매일 매일 이래요?

은철 저한테는 매일 매일이 날입니다.
미선씨와 함께하는 모든 날들이 저한테는 기념일이에요.

미선 은철씨... 나한테도 은철씨랑 함께하는 날들이 특별해요.
근데 그 마음이면 충분해요. 네?

은철 (그제야 웃는) 알겠습니다! 앞으로는 자중하겠습니다.
(전화 걸려오면 표정 바뀌는) 저... 죄송한데 잠시 통화 좀 하고 올게요.

미선 (영문 모르고) 네? 네에.

은철 (어쩐지 급하게 나가는)

미선 (궁금한지 쇼핑백 열어보는) 예쁘긴 예쁘네...

주리 (쪼르르 와서 가방 보고는) 헐! 이거 비싼 건데. F/W 신상.

미선 뭐? 야, 넌 어떻게 그런 걸 나보다 잘 아냐?

주리 (가방 들어보며) 전 글로벌 아이돌 DOS의 스타일리스트가 될 몸이니까요.

미선 너의 꿈을 응원할게... (하며 주리에게서 은근슬쩍 가방을 뺏으려는)

주리 (안 뺏기고) 좀만 더 구경하면 안 돼요?

미선 (힘주어 당기며) 어, 안 돼.

S#25. 바닷가 근처 공터 (낮)

마을청소를 위해 모인 마을 사람들 사이에 혜진도 빗자루를 들고 서 있다.
두식, 혜진과 잠시 눈이 마주친다.
혜진, 먼저 두식의 시선을 피하면... 두식, 애써 괜찮은 척 사람들에게 얘기한다.

두식 오늘 유독 많이 모이셨네?

숙자 (투덜대는) 날이 더워 노인네들은 빼준다는데 형님이 굳이 가자고, 가자고...

감리 눈이 일찍 뜨여 왔싸. 청소한다고 마카 모이는데 우태 집에서 논다니!

두식 그래도 고뱅이 안 상하게 쉬엄쉬엄하셔. 더우면 바로 들어가시고.

감리 알았싸. 걱정 말라니.

두식 오늘은 인원이 많으니까 구역을 나눠서 해야겠는데.

춘재 그럼 어떻게 짝을 지을까?

남숙 윤선생님은 홍반장이랑 가! 커플은 찢어놓으면 안 되지.

혜진 (바로) 아니요! 괜찮습니다. 전... 그냥 따로 할게요.

남숙 에이, 내가 놀릴까 봐 그래? 나 공식 땅땅 된 커플엔 관심 없어.
혜진 (다시 한번) 아니요. 정말 됐어요. 혼자 할 수 있어요.

혜진의 완강한 거절에 무슨 일이 있는 건가, 사람들 살짝 눈치를 본다.
두식, 아무 말도 하지 않은 채 어두운 얼굴로 혜진을 본다.

춘재 (수습하는) 그래! 원래 사람이 혼자만의 시간이 필요할 때가 있어.
고독은 아름다운 거라고.
화정 그럼 선생님 어떻게 혼자 하실래요?
혜진 (가라앉은) 네.
춘재 (재빨리) 그럼 금철이 네가 나랑 가자. 잡풀도 좀 뽑고.
금철 예! 제가 오늘 불참한 우리 윤경이 몫까지 두 배로 할게요!
숙자 그럼 내가 성님들 모시고 가야지 뭐.
영국 (갑자기) 나는... 초희랑 갈게.
화정 (순간 멈칫하는데) !
초희 (순순히) 네, 오빠. 저랑 가세요.
남숙 (눈치 살피며) 그럼 내가 여화정이랑 가면 되는 건가?
두식 (여전히 어두운 얼굴이지만) 응. 그럼 이제 출발들 하셔.
청소하다 나온 재활용은 모아 버릴 거니깐 따로 빼놓으시고.

두식의 말에 사람들 산발적으로 대답하고 짝과 함께 청소하러 출발한다.

영국 우린 저 위로 가자.
초희 네, 오빠.
화정 (불편한 듯 보며 가는데)
감리 (혜진에게) 저짝으로 가자니.
혜진 (애써 웃어 보이며) 네.
맏이 숙자 니는 저 모텡이부터 쫄러리 나르 따라 쓸어.
대충했다가는 엉덩짜바리르 걷어찰 끼야.
숙자 (앙탈로) 아 왜 형님은 나를 못 잡아잡숴서 안달이야!

금철　(혜진 멀어지면 두식에게) 너 윤선생님이랑 왜 그래? 싸웠어?

두식　(대답 안 하면) ...

춘재　(금철의 뒷덜미 낚아채며) 너는 하여간 눈치를 엿 바꿔 먹었냐.
미안하다, 두식아. 내가 얼른 치울게.

금철　(끌려가며) 아, 왜요. 물어도 못 봐요?

S#26. 라이브카페 건물 일각 (낮)

은철을 기다리던 미선, 문 열고 나오며 중얼거린다.

미선　왜 이렇게 안 와?

미선, 주변을 두리번거리는데 건물 일각에서 은철이 심각하게 통화 중이다.
은철의 강경한 목소리에 멈칫... 구석으로 몸을 숨긴 채 엿듣는 미선!

은철　그건 곤란합니다. 제가 그간 봐드린 게 얼만데 다섯 장은 주셔야죠.

미선　(뭐지? 심각해지는데)

은철　걸리면 얼마나 위험해지는지 아시잖습니까.

미선　(놀라는데) ...!

은철　예. 그럼 오늘 밤 9시 시장 뒤편에서 뵙겠습니다.

S#27. 라이브카페 안 (낮)

도망치듯 헐레벌떡 안으로 들어온 미선, 복잡한 얼굴로 중얼거린다.

미선　분위기가 이상하던데. 꼭 어둠의 거래라도 하는 사람처럼...
(하다가 멈칫) ...설마!!! 은철씨 내 선물 때문에 뒷돈 받는 거야?
그래. 어쩐지 그 돈 다 어디서 났나 했어...

은철 (문 열고 들어오는) 미선씨. 왜 일어나 계세요?

미선 네? 아, 그냥 잠깐... 저기 은철씨! 우리... 오늘 밤에 심야영화 보러 가요.
(떠보는) 아홉 시 어때요?

은철 (잠깐 당황했다가 둘러대는) 미안한데 오늘은 안 될 것 같아요.
제가 밤에 근무가 있어서. 내일, 우리 내일 봐요!

미선 (충격과 낯섦으로) 아... 네에.

S#28. 골목길 (낮)

영국과 초희, 비질을 하는데 영국, 어색한 듯 주저주저하다가 먼저 말을 붙인다.

영국 저기 초희야. 내가 너랑 청소를 같이 하자고 한 이유는...

초희 (보면)

영국 (꿀꺽 침 삼키고) 지난번에 내가 너무 곤란하게 했지?
괜한 얘길 해서 미안하다. 다 지난 일이니까, 전혀 신경 안 써도 돼.

초희 (미소로) 네. 사실은 저도 오빠한테 할 말 있었어요.

영국 응? 무슨?

초희 저 공진 돌아왔을 때, 오빠랑 언니 이혼했단 얘기 듣고 많이 놀랐어요.

영국 (씁쓸한) 면목이 없다. 다 내 탓이야.

초희 전 두 사람 당연히 잘 살고 있을 줄 알았어요.
사이좋게 알이랑 눈알이랑 나눠 먹으면서.

영국 (초희의 말에 지난 기억이 떠오르는)

S#29. 과거. 생선구이 집 (낮)

2006년 여름. 생선구이 집에서 생선을 먹고 있는 영국, 화정, 초희.
영국, 생선의 가운데 가시를 들어낸 뒤 큼직하게 살을 발라 초희에게 준다.

영국 자, 우리 초희는 가운데 토막 먹고.

초희 고맙습니다.

영국 그리고 여화정이는... (하더니 생선대가리를 화정 밥그릇에 놓아준다)

초희 (눈 동그래지는) 오빠! 언니도 좋은 부위로 주셔야죠. 언니, 이거 드세요.

화정 (하지만 아무렇지 않게 생선 눈알을 빼 먹는)

초희 (놀라면) 언니?

영국 (익숙하다는 듯) 얘가 생선눈깔 마니아야. 으으, 난 눈도 못 마주치겠더만.

화정 (오독오독 먹고는) 네 눈깔도 줘.

영국 (자기 눈 가리며) 오 마이 아이즈! 안 돼, 내 눈은!

화정 또 오바육바 떤다. 그럼 알이랑 바꾸든가.

초희 언니, 알은 안 드세요?

화정 응. 뻑뻑해. 눈알이 오독오독하니 꼬숩고 훨씬 맛있어.

영국 (눈알 주며) 하여간 취향 한 번 엽기적이야.

화정 (알 주며) 좋은 거래 감사!

영국, 화정과 허공에서 젓가락을 펜싱 검처럼 툭 치고는 바꿔온 전리품을 먹는다. 초희, 그런 두 사람을 웃으며 지켜본다.

S#30. 골목길 (낮)

영국, 잊고 있던 지난 기억에 마음이 왈칵하는데 초희, 덧붙인다.

초희 오빠 모르죠? 제가 옛날에 오빠랑 언니를 얼마나 부러워했는지.

영국 응?

초희 두 사람 볼 때마다 그런 생각했어요.
인생에 저런 사람 하나 있으면, 평생 외로울 일이 없겠다...

영국 (뒤늦은 회한으로) 내가 몰랐어.
너무 익숙해서 그게 얼마나 귀하고 아까운 건지를.

초희 참 이상하죠? 본인들 마음인데, 그걸 옆에서 봐야 보인다는 게.

영국 (보면)

초희 언니 두 번 놓치지 마요.
전 언니랑 오빠가 진심으로 행복하길 바라거든요.

영국 내가 화정이한테 너무 미안해서. 면목이 없어.

초희 오빠. 언니가 오빠한테 듣고 싶은 말은 미안해가 아닐 거예요.

영국 (보면)

초희 저 다음 주에 사랑니 뽑으려구요. 엄청 아프다 그래서 겁나긴 하는데
그래도 용기 내려구요. 그니까 오빠도 아주 조금만 내봐요, 용기.

영국 ...고맙다, 초희야.

영국과 초희, 편해진 얼굴로 마주 보며 웃는데 저만치서 오던 화정, 그 둘을 본다. 화정의 표정 굳고, 영국이 아직 초희에게 맘이 있구나 하는 오해로 돌아서는.

S#31. 바닷가 근처 공터 (낮)

청소를 마친 혜진, 재활용 쓰레기들을 들고 와 분리수거하면
근처에 있던 두식, 다가와 대신 하려고 한다.

두식 줘. 내가 할 테니까.

혜진 (차갑게) 됐어.

두식 (무안해져서 물러나는)

혜진 (분리수거하면서) 오늘 미선이 데이트 있다 그래서 할 수 없이 나온 거야.
우리 아직 시간 갖는 중이고.

두식 (무겁게) 응...

혜진 홍반장 아직 나한테 할 말 없잖아... 그치?

두식 (대답 못 하면)

혜진 (기대감 사라진) 당분간 이런 식으로도 보지 말자.

혜진, 굳은 표정으로 두식을 지나쳐 간다.
그 자리에 우뚝 멈춰 서 있는 두식과 입술을 꽉 깨문 채 걸어가는 혜진...

S#32. 으슥한 시장 뒷골목 (밤)

미선, 비장한 얼굴로 두건을 두르고 밤에 굳이 선글라스를 쓴 채 숨어 있다.

미선 아홉 시 다 됐을 텐데... (하며 시계 보려는데 선글라스 때문에 안 보이는)
아, 뭐 뵈는 게 있어야지.

미선, 선글라스를 벗고 담벼락에 매달려 있는데 그때 은철 나타난다.
사복 차림으로 모자를 눌러쓰고 주변을 살피는 은철의 손에 서류가방이 들려 있다.
그때 수상한 남자가 은철을 발견하고 주변을 경계하며 접근한다.

미선 (입틀막 했다가) 저 서류가방에 뭐가 들어 있는 거지?
은철 물건 확인하시겠어요?
남자 정 없게, 한두 번도 아닌데요 뭘. 돈부터 받으시죠. (하며 봉투를 건넨다)
은철 (슬쩍 봉투 열어 확인하고) 맞네요. 그럼 오픈하겠습니다.

남자, 서류가방을 보고 은철, 서류가방을 오픈하는 순간 미선, 현장을 급습한다!

미선 (뛰어드는) 은철씨 지금 뭐 하는 거예요?
은철 (놀라며) 미선씨! 여길 어떻게...
미선 (가방 안의 총 발견하고) 헐. 은철씨 그렇게 안 봤는데
지금 경찰이 무기밀매 뭐 그런 거 하는 거예요?
남자 (당황하고) 예에?
은철 (역시 당황해 총 꺼내들며) 아니, 미선씨! 그게 아니라...

미선 (새파랗게 질려서) 어어?! 지금 나 겨눴어?
은철 (황급히 총 내리며) 아니아니 미선씨 이거 가짜입니다! 안 쏴져요.
미선 뭐예요, 그럼! 쏴지지도 않는 총 갖고 여기서 뭐 하는 거예요?
은철 거래 중입니다... 오이마켓.
미선 ...네?
은철 애장품들을 처분 중이었습니다. 제가 밀리터리 덕후라...
남자 (한 손 들어 보이며) 전 단골입니다.
미선 (긴장이 탁 풀리는) ...!

S#33. 방파제길 (밤)

은철과 미선, 나란히 앉아 있다. 미선, 아직도 완전히 진정되지 않은 듯 멍하다.

은철 놀라게 해드려서 죄송합니다.
미선 왜 나한테 거짓말했어요? 솔직히 말했어도 되잖아요.
은철 부끄러워서 그랬습니다. 미선씨한테 뭐든 해주고 싶은데 여유가 없으니까.
미선 (보면)
은철 아, 그렇다고 제가 돈이 아예 없단 건 아니고 월급의 70%를
저축하고 있습니다. 실비보험도 있구요, 청약도 따로 들었습니다.
미선 (바로) 나두요.
은철 예?
미선 나도 다 있다구요. 난 은철씨보다 나이도 많고 사회생활을 오래 했으니까
만기적금도 하나 있고 CMA통장도 있어요.
은철 (시무룩해져서) 아, 그러시구나.
미선 은철씨 혹시 그 노래 알아요? 사랑을 쓰려거든 연필로 쓰세요.
은철 (금시초문인) 아니요?
미선 (민망함에 고개 돌려서) 아... 90년대생...
(다시 은철 보며) 뭐 그런 노래가 있거든요?
그래서 하는 말인데, 우리 사랑은 오이체, 딸기체 말고 궁서체로 써요.

은철 (이해 못 하고) 예?

미선 (선인하듯) 진지하게! 결혼까지 생각하고 만나자구요!

은철 미선씨...

미선 (긴장으로 보면)

은철 전 이미 항상 그러고 있었습니다.

미선 (새어나오는 웃음 참으며) 좀 이르긴 한데 우리 둘만 낳아 잘 길러요. 덮어놓고 낳다가는 거지꼴을 못 면하니까.

은철 (또 못 알아듣는 표정이면)

미선 (민망해져서) 이것도 몰라요? 그 1960년대 산아제한정책 표언데...?

은철 (멍한) 모르겠어요. 지금은 딴생각밖에 안 나서.

미선 무슨?

은철 저 오늘 월반 좀 해도 되겠습니까?

미선, 놀랐다가 알아듣고 끄덕하면 은철, 미선에게 다가가 살며시 입 맞춘다. 두 사람의 수줍고 풋풋한 첫 키스... 하늘에 별이 무수하게 쏟아진다.

S#34. 화정횟집 앞 (밤)

남숙, 부채질을 하며 슬렁슬렁 걸어가는데 화정횟집 불이 꺼져 있다. 이상하다는 듯 갸웃하고는 다가가보면 문 앞에 close 팻말 걸려 있다.

남숙 뭐야? 벌써 문을 닫았어?

남숙, 의아한 얼굴로 문을 열어보면, 또 문은 열린다.

S#35. 화정횟집 안 (밤)

남숙, 들어서면 화정, 혼자 소주를 마시고 있다.

남숙　너 혼자 뭐 하냐?

화정　(힐끗 보더니) 앉을 거면 잔 하나 들고 오던가.

남숙　(소주잔 챙겨 화정 앞에 앉는) 순순히 대답하는 꼴이 벌써 취했네.
히익, 한 병을 혼자 다 마셨어?

화정　(남숙 잔 채워주며) 오랜만에 마시니까 알딸딸하네.

남숙　(마시고) 크, 좋다. 술친구 필요하면 전화를 하지. 청승은.

화정　(자기 잔 채우려고 하면)

남숙　자작하면 재수 털려. (병 뺏어서 따라주고) 근데 웬일이냐?
비가 오나 눈이 오나 이혼을 하나 열던 가게 문을 닫고.

화정　(취중진담으로) 그러게. 이혼 도장 찍은 날은 좀 쉴걸.
굳이 뭘 그렇게 살겠다고 아등바등했는지.

남숙　그때 못 쉰 거 지금 쉬는 걸로 퉁치면 되지 뭐.

화정　몸은 쉬면 되는데, 맘이 뒤탈이 났나 봐.
곪은 건지 썩어 문드러진 건지 속이 물크덩하네...

남숙　(빤히 보며) 너 아직 장영국한테 마음 있지?

화정　(멈칫했다가) 왜? 내가 대답하면 또 쓸데없는 소문내려고?

남숙　(발끈해서) 이건 사람을 뭘로 보고. 야, 명색이 내가 네 친구다!
그리고 나 힘들 때 네가 나 챙긴 거 안 잊었어, 기집애야.

화정　그런 건 좀 잊어.

남숙　난 뭐 이해는 안 된다. 무슨 미련이 그렇게 흘러넘치다 못 해 흥건한지.

화정　(애틋한) 나 힘들 때는 장영국이 날 건사했거든.

남숙　(에엥? 하듯 보는데)

화정　옛날에... 엄마 쓰러졌을 때...

S#36. 과거. 종합병원, 입원병동 복도 (낮)

2007년 여름. 화정, 넋이 나간 듯 표정 없는 얼굴로 복도를 걸어간다.

화정(E) 사는 게 너무 무거워서 하루에도 몇 번씩 도망가고 싶었어.
근데 어느 날 엄마 병실에 가니까, 장영국이 있는 거야.

지치고 무거운 걸음으로 병실 문 앞에 서는데 안에서 영국 목소리 들려온다.

S#37. 과거. 종합병원, 입원실 (낮)

영국, 세숫물에 수건을 적셔 화정 모의 얼굴과 불편해진 팔다리를 닦아준다.

화정(E) 우리 엄마 세수도 못 하고 있는데,
물을 떠와서 구석구석 닦아주더라고. 내내 웃으면서.
영국 (다정하게) 어머니 온도 괜찮아요? 뜨겁진 않으시죠?
얼마나 씻고 싶으셨어 그래. 내가 발꼬락까지 닦아드릴게!
화정 모 됐싸! 얄궂하게 발은 무신.
영국 왜? 간지러우실까 봐 그래?

영국의 넉살에 화정 모가 환하게 웃는다. 그 모습을 보는 화정의 눈에 눈물이 핑 돈다.

화정(E) 그랬더니 우리 엄마가 웃어.
통증 때문에 맨날 울고 인상만 쓰던 엄마가
장영국을 보고 안 아플 때처럼 환하게 웃어.
나는 사실 그때 엄마를 보면서도 웃음이 안 나왔는데...
영국 아유, 시원하시죠? 우리 어머니 씻으니까 곱다!

S#38. 화정횟집 안 (밤)

화정의 눈에 어느새 눈물이 가득 고여 있고 남숙, 안타깝게 본다.

화정 그때부터 장영국이 퇴근하고 매일 밤, 병원으로 출근을 했어.
내가 안됐어서 그랬겠지. 착한 사람이니까. 그렇게 내 옆에 주저앉혔어.
그게 사랑이 아닌 걸 알면서도 내가 붙잡은 거야.

남숙 (답답하게 보는데)

화정 (눈물 떨어지는) 근데 살다보니 내가 그 이상을 바랐나 봐.
다 내 욕심이고, 내 자격지심이지...

남숙 야, 너 미화 좀 작작해. 장영국이 무슨 예수님, 부처님, 성인군잔 줄 알아?
그 인간 저 싫은 일은 죽어도 안 해.
소심한 주제에 똥고집인 거 넌 살아보고도 모르냐?

화정 (취해서 주억거리는) 됐어, 어차피 다 지난 일...
주통장님이 나한테 선자릴 주선하더라.

남숙 에엥?

화정 근데 장영국이 그걸 듣고 날더러 맞선을 보래. 알겠다 그랬어.

남숙 또 맘에도 없는 소리했네. 어우, 이거 똥멍청이! 아유, 헛똑똑이!

화정 (그때 쿵 소릴 내며 테이블로 엎어져버린다)

남숙 야, 여화정. 화정아! 맛탱이 갔네, 이거... (하다가 잠시 생각하듯 화정을 본다)

S#39. 골목길 (밤)

영국, 붉으락푸르락한 얼굴로 골목을 질주한다.
얼마나 다급했는지 슬리퍼를 짝짝이로 신고 있다. 그 위로 겹쳐지는 소리.

남숙(E) 오빠, 지금 화정이 가게에서 맞선남이랑 둘이 술 마시고 있는데
얘 완전 취해서 뻗었어.

영국 (욕하며 달리는) 뭐? 단둘이 술을 마셔? 그 법무사 새끼!
법 없이도 살 사람을 법 어기고 싶게 만드네!

S#40. 화정횟집 안 (밤)

영국, 문을 열고 횟집 안으로 뛰어 들어온다.

영국　화정아! 화정아!!! ...어디 갔어 그놈은?

영국, 혼비백산해서 두리번거리는데 테이블엔 화정만 보인다.
그것도 엎드려 잠든 모습... 영국, 어리둥절한데 딩동- 울리는 문자 알림음.

남숙(E)　뺑이야!
영국　(어이없는) 조남숙, 이게...

영국, 열받는데 엎드려 있는 화정 보인다. 아무 말 없이 그 앞에 앉는다.
곤히 잠든 화정을 보는 영국의 눈빛이 애틋하다.
시간이 얼마나 흘렀을까... 화정, 눈 떠보면 앞에 영국 앉아 있다.

화정　앗, 깜짝이야. 뭐야. 꿈이야?
영국　생시야.
화정　(정신 차리고) 네가 여길 왜 와 있어?
영국　(말없이 보는데)
화정　(숙취로) 어우, 머리야. 머리 아픈데 귀찮게 하지 말고 가.
영국　(용기로) 나 너한테 할 말이 있어.
화정　(초희 얘기구나) 하지 마.
영국　할 얘기 있다니까.
화정　(부엌으로 가며) 글쎄 하지 말라니까.
영국　너 맞선 보지 마라...
화정　(멈칫했다가 태연한 척) 자다 깬 건 난데, 왜 네가 봉창을 두들겨?
영국　나 이런 말할 자격 없는 거 아는데 그래도 보지 마.
화정　(떨리지만) 미친놈...
영국　그래, 미친놈 맞아. 근데 기왕 미친 김에 한 마디만 더 할게.

화정아. 나 봐줘라, 나.

화정 (무슨 뜻인가 멈칫해 보면)

영국 내가 내 발등 찍었어. 내가 내 무덤 팠어. 내가 너한테 한 짓... 기억났어.

화정 (심장 쿵 떨어지는) !

영국 (진심으로) 미안하다. 너 상처준 거. 그래놓곤 알지도 못한 거.
평생을 빌어도 용서 못 받을 일인 거 알아.
그래서 속죄하는 맘으로 너 보내주려고 했는데... 그게 잘 안 돼.

화정 (왈칵하고)

영국 우린 어릴 때부터 항상 같이 있었으니까, 그냥 당연한 건 줄 알았거든?
그게 아니게 되고 나서야, 네가 나한테 어떤 의미인지 알겠다.

화정 ...!

영국 (눈물 그렁한) 내가 너한테 진짜 면목이 없는데...
그래도 화정아. 우리... 처음부터 다시 시작하면 안 될까?

화정 (눈물 차올라서 딴 데 보는)

영국 (간절하게) 내가 늦되고 모자라서 내 맘을 끌찌로 알았어.

화정 (울면서 버럭) 이 양아치 새끼야! 15년을 늦는 인간이 어디 있냐?

영국 (따라서 울음 터지면)

화정 진짜... 확 죽여버릴까.

영국 미안해 화정아. 내가 앞으로 다 갚으면서 살게. 내가 진짜 잘할게.

영국, 화정을 안아주면 가만히 안기는 화정, 쌓아뒀던 울음이 터진다.
화정, 영국의 품에서 오열하고... 그렇게 해묵은 오해를 털어내는 두 사람!

S#41. 공진 전경 (낮)

S#42. 감리의 집 근처 일각 (낮)

성현, 감리 집 쪽으로 걸어가는데 도하가 달려온다.

성현 어디 가?
도하 시내 마트요. 왕작가님이 장 볼 거 있다고 차 빼오래요.
성현 내가 갔다 올게. 뭐 필요한데?
도하 에이, 하늘같은 선배한테 어떻게 심부름을 미뤄요.
성현 (휴대폰 펼쳐 메모장 펴며) 마음 바뀌기 전에 불러라.
도하 (냉큼) 지난번에 준이가 태워먹은 냄비랑 뒤집개... 생수도 떨어졌대요...
성현 (스마트펜으로 '냄비', '뒤집개', '생수' 메모하는데)
도하 달걀도 사야 되고. 근데 홍반장님이랑 윤선생님 싸웠대요.
성현 (무의식중에 '홍반장' 쓰다가) 뭐? 누가 그래?
도하 청호철물 최사장님이랑 오윤 가수님이랑 공진반점 조사장님이랑...

성현, 도하의 말이 채 끝나기도 전에 휴대폰을 접어 한 손에 들고는
성큼성큼 두식의 집 쪽으로 간다.

도하 (뒤에 대고) 어디 가요? 휴지랑 대파도 사야 돼요! 쭈쭈바도!

S#43. 두식의 집, 마당 (낮)

두식, 바닥에 물을 뿌리고 빗자루로 마당을 쓸고 있다.
심란함을 떨쳐버리려는 듯 청소에 열중하는데 그때 성현이 안으로 들어선다.

성현 (입으로) 똑똑! 실례합니다.
두식 (비질을 멈추고) 웬일이야, 지피디?
성현 그냥. (쓱 둘러보며) 이미 깨끗한 마당은 뭐 하러 쓸어?
마음이 심란하니까 몸이라도 움직이려고?
두식 말에 뼈가 있다?
성현 마을에 소문 자자하더라. 혜진이랑 싸웠다고.
두식 (멈칫했다가 말 돌리듯) 식혜 한 잔 하고 가.

cut to.

성현, 툇마루에 앉아 있으면 두식, 안에서 식혜가 든 컵을 가져와 건넨다.

성현　잘 마실게.

두식　입막음용이니까 마시고 가.

성현　그렇게는 안 되지. 얼른 화해해.

두식　(그럼 그렇지) 접대가 아니라 문전박대를 했어야 됐는데.

성현　둘이 그러고 있으면, 내가 물러난 보람이 없잖아.

두식　...사람 되게 할 말 없게 만드네.

성현　(장난스레) 그치? 말문이 탁 막히지? 목이 콱 메이지?

두식　(쓴웃음 짓고는) 싸운 거 아냐.

성현　그럼?

두식　그냥... 나한테 혜진이가 너무 과분하다는 생각이 들어.
투명하고 솔직하고 용감하고... 나랑은 너무 달라.

성현　그 말은 홍반장은 뿌옇고 거짓투성이에 겁쟁이란 뜻?

두식　(보면)

성현　(뻘쭘해져서) 농담이었어...

두식　(다시 앞을 보는데)

성현　(조언으로) 근데 그런 문제라면 간단하지 않나?
홍반장도 투명하고 솔직하고 용감해지면 되잖아.

두식　말장난할 기분 아닌데.

성현　진심인데.

두식　(보면)

성현　뭘 들고 있는진 모르겠지만 그냥 갖고 있는 카드를 테이블에 놔.
연애가 패 감추고 배팅하는 포커poker는 아니잖아.
나 이런 사람이다, 사실대로 보여주고 판단은 상대가 하는 거지.

두식　...그럼 나한테 실망하지 않을까?

성현　아니. 내가 아는 혜진이는 널 있는 그대로 봐줄 거야.
원래 그런 사람이거든.

두식　(쓸쓸한 미소로) 나보다 지피디가 혜진일 더 많이 아는 것 같네.

성현　아니? 지금 홍반장보다 혜진일 더 잘 아는 사람은 없어.

두식　(생각하는 표정으로)

S#44. 도로 위 (낮)

성현의 차가 청호 시내 도로를 운행 중이다.

S#45. 성현의 차 안 (낮)

성현, 운전하고 있고 지원, 괜히 창밖을 보며 중얼거린다.

지원　도하랑 갔다 와도 되는데, 뭐 하러 나섰어?

성현　(생각에 잠겨 있는)

지원　(대답이 없자) 지피디! ...지피디?

성현　(그제야) 응? 아, 으응... 뭐라 그랬어?

지원　뭐야. 무슨 생각을 그렇게 해?

성현　아, 좀 전에 홍반장을 만났는데 혜진이랑 안 좋은 것 같더라고.
무슨 일인지 걱정돼서.

지원　(순간 욱하는) 머리통에 여유 공간이 남아도냐? 그걸 왜 네가 걱정해?

성현　(지원이 화내자 당황해서) 응?

지원　네 맘이나 신경 쓸 것이지, 왜 남의 사랑싸움까지 고민하냐고!

성현　...나?

지원　(언성 높이는) 그래, 너! 너 아직 아플 거 아냐! 속상할 거 아니냐고!

성현　(보다가) 어? 아... 나 괜찮은데.

지원　(당혹스러운) 뭐?

성현　(본인도 조금 놀란 듯) 나... 괜찮아. 생각보다 훨씬 괜찮아졌어.

지원　(화낸 게 민망한) 그래? 그럼 다행이고!

지원, 창밖으로 고개 돌리면 성현, 그런 지원을 보는데 마음이 조금 이상하다...
성현이 전방주시에 소홀한 사이 빵- 클랙슨 소리 울리고!

지원 (버럭) 앞에 보고! 운전 똑바로 안 해?
성현 (당황해서) 어? 어어...

S#46. 혜진의 집, 현관 앞 (저녁)

어두운 표정의 혜진, 퇴근하고 집으로 돌아왔는데 현관 앞에 스티로폼 박스 (택배)가 놓여 있다.

S#47. 교차편집. 혜진의 집, 부엌 + 근교 공원 일각 (저녁)

혜진, 박스에서 반찬통들 꺼내며 명신과 통화를 한다.
태화와 명신은 동네 공원으로 저녁 산책을 나온 모습이다.

혜진 (계속 꺼내며) 뭘 이렇게 많이 보내셨어요?
명신 남자친구랑 나눠 먹으라고. 파김치는 날 더우니까 얼른 냉장고에 넣어야 돼?
혜진 (순간 멈칫) 아... 네.
태화 (옆에서) 나 좀 바꿔줘봐.
명신 혜진이. 아비지가 바꿔달라시네? (하며 전화 건네면)
태화 (막상 통화하려니 무뚝뚝해지는) 혜진이냐?
혜진 네, 아빠. 뭐 하실 말씀 있으세요?
태화 아니, 별거 아니고. 저기 그 친구한테 전해줘라.
화분이 아주 잘 자란다고. 내년 봄엔 꽃도 피울 수 있을 것 같다고.
혜진 (두식 얘기에 멈칫하는데)
태화 안 바쁠 때 둘이 한 번 놀러오고. 이번엔 내가 육고기로 대접할 테니.

혜진 (아무 말 못 하면)

태화 듣고 있냐?

혜진 (뒤늦게) 네? 네에...

명신 (옆에서) 혜진이 피곤할 텐데 얼른 쉬게 끊어!

태화 그래. 그럼 쉬어라.

혜진 네, 들어가세요.

전화를 끊은 혜진, 반찬통을 보면 떠오르는 두식에 대한 생각들...
그리고 그 위로 화정이 했던 말이 겹쳐진다.

화정(E) 어릴 때부터 어른스럽고 참는 법만 배운 애라, 제 속 터놓는 법을 몰라요.
힘들다, 아프다, 그런 얘기 들어줄 사람이 오래 없기도 했고.
나는... 선생님이 두식이 대나무 숲이 돼줄 수 있을 것 같은데...

flash back.
9화 S#30. 혜진의 가족들과 어울리던 두식의 모습.
10화 S#14. 혜진에게 할아버지 얘기를 하며 죄책감을 드러내던 두식.
12화 S#3. 악몽을 꾸고 혜진을 꼭 끌어안던 두식.

혜진, 마음이 복잡하다. 계속 고민에 빠져 있는데...

S#48. 두식의 집, 거실 (밤)

두식, 정우의 가족사진을 보고 있다. 그리움과 미안함이 뒤섞인 표정...

두식(E) 형!

S#49. 과거. 대학 기숙사 (밤)

2006년 6월 22일. 대학생 두식, 문을 열고 들어온다.

두식 왜 일찍 오라 그랬, (하다가 정우가 차려놓은 할아버지 제사상을 발견하고 놀라는) 이게 뭐야?

정우 오늘 할아버지 기일이라며. 어떻게 차리는지 잘 몰라서 그냥 흉내만 냈어.

두식 (감동으로) 형...

정우 에이, 뭘 또 그렇게 감동까지 하고 그래.

두식 (정색하며 사과와 배 순서 바꾸는) 이게 뭐야. 홍동백서 몰라?

정우 아... 얼른 할아버지한테 인사부터 올리자.

두식 응! (하고 절을 올린다)

정우 (두식과 함께 절한 뒤) 할아버지, 저는 박정우라고 합니다! 두식이 대학 선배구요, 제가 이 녀석 친동생처럼 생각하고 있습니다.

두식 (왠지 뭉클한)

정우 제가 군대 뒷바라지도 하고 책임지고 장가까지 보낼 테니깐, 아무 걱정 마시고 하늘에서 잘 지켜봐주세요.

두식 (정우의 말에 눈 빨개지면)

정우 (두식 보는데) 너 설마 우냐?

두식 (고개 돌리며) 울기는 누가 울어!

정우 (놀리는) 우는데 지금! 눈 빨간데?

두식 아니거든! (하며 자리 피하려는)

정우 (계속 장난으로) 야, 너 어디가!

쑥스러운 두식, 도망치듯 기숙사 방문을 열고 나가면...

S#50. 과거. 백화점, 남성복 매장 (낮)

2012년 가을. 두식, 새 슈트를 입고 탈의실에서 나온다.
(13화 S#38과 동일한 장면)

두식 이런 거 처음 입어봐서 영 어색하다. 어때? 나 괜찮아?

선아 웅! 너무 잘 어울리는데?

두식 (환하게 웃으면)

선아 (옆을 보며) 그치 자기야?

정우 (선아 옆에서) 야, 두식이 네 옷이다. 그걸로 하자.

두식 근데 이거 얼마야? (가격표 보고는) 뭐 이렇게 비싸? 됐어, 나 안 해.

정우 (말리며) 야, 나 돈 잘 벌어! 그리고 우리 회사 인턴에 합격했는데 형이 동생한테 이거 하나 못 해주냐?

두식 그래도 너무 비싸!

정우 너 정규직 전환돼서 첫 월급 받으면 나 낚싯대 사줘. 그럼 되잖아!

선아 (옆에서) 못 말려. 벌써부터 동생 삥 뜯을 계획이나 세우고!

두식 그래, 사줄게! 내가 정규직 전환 무조건 된다!

정우 아싸! 선아야. 두식이가 공진 가면 나 월척 포인트 가르쳐주기로 했다? 거기 미끼만 던지면 문대. 감성돔도 나온대!

웃고 있는 정우의 얼굴 비춰지다가...

S#51. 과거. 서울 대형병원 장례식장, 정우의 빈소 (낮)

2018년 가을. 웃고 있는 정우의 얼굴이 담긴 영정사진 비춰지고...
(9화 에필로그에서 이어지는 상황)
조금 다친 듯 이마에 반창고를 붙인 두식, 휘청휘청 빈소 안으로 들어선다.
상복을 입은 선아, 빈소 앞에 넋을 놓고 앉아 있다.
옆에서는 두 살배기 하랑이 목 놓아 울지만 선아, 아무 반응도 하지 않는다.
그때 들어오는 두식을 발견하는 선아, 눈에 살기가 돈다.

선아 (달려드는) 가! 여기가 어디라고 와! 네가 감히 여길 어떻게 와!

두식 (눈물 뚝뚝 떨구며) 누나... 미안해.

선아　(울부짖는) 미안해? 미안하면 우리 정우씨 살려내! 살려내라고!
정우씨 살려내!!!

두식　(눈물로) 미안해... 미안해...

선아　(두식 몸 흔들며) 왜 아무 잘못도 없는 우리 정우씨가 죽어! 왜!
네가 죽었어야지! 죽어! 네가 대신 죽어!

두식, 선아가 몸을 흔드는 대로 때리는 대로 고스란히 다 받아낸다.

S#52. 두식의 집, 거실 (밤)

두식, 그때의 기억이 생생하게 떠올라 고통스럽다.
빨갛게 충혈된 눈을 질끈 감으면 꾹 참았던 눈물 한 줄기가 흐르고...
두식, 힘겹게 마른세수로 눈물을 닦아내는데 그때 문 두드리는 소리 들린다.

S#53. 두식의 집, 마당 (밤)

두식, 굳은 표정으로 문 열면 그 앞에 반찬 가방을 든 혜진이 서 있다.
놀란 얼굴의 두식에게 혜진이 어색하게 말을 건넨다.

혜진　나 잠깐 들어가도 돼?

S#54. 게스트하우스, 휴게실 (밤)

성현, 소파에 앉아 스크립트 보는데
안경 쓴 지원, 김이 나는 머그컵 들고 들어와 성현 옆에 앉는다.

성현　(힐끗 보더니) 오늘도 커피 아니네?

지원　밤이잖아. 마지막 촬영만 남았는데 이제 날밤 그만 새야지.

지원, 호- 불며 차를 마시려는데 김 때문에 안경이 뿌옇게 된다.
그 모습을 본 성현, 지원의 안경을 벗기더니 자신의 옷자락으로 닦아준다.

지원　(떨리는) 뭐야? 왜 허락도 없이 보호막을 벗겨?
성현　(안경 닦으며) 왕작가. 그때 했던 말 있잖아... 내가 많이 고민해봤는데.
지원　(멈칫해서 보면)
성현　그쪽에서 부른 금액에 2장 더 얹어줄게.
지원　(그럼 그렇지 하는 눈으로) ...
성현　그래! 인심 썼다. 5장!
지원　기껏 떠올린 게 "얼마면 돼? 돈으로 사겠어!" 그런 장르야?
성현　(태연하게) 왜 남의 대사를 가로채?
너는 "얼마 줄 수 있는데요? 나 돈 필요해요..." 해야지.
지원　지성현 더워서 정신이 나갔구나. 〈가을동화〉 찍기엔 너무 한여름이거든?
성현　(진지하게) 도하한테 들었어. 너 아직 도장 안 찍었다고.
지원　그래서?
성현　네 말 듣고 보내주려고도 해봤어. 근데 왕지원 없는 나는 잘 상상이 안 돼.
지원　(멈칫해서 보면)
성현　나 아직 너랑 하고 싶은 게 많거든. 왜 우리 옛날에 여름특집으로
납량 미스터리 예능 하자 그랬던 거 생각나?
지원　(바로) 아, 빨간 마스크랑 홍콩 할매랑 만득이 귀신이랑
우리 어릴 때 무서워하던 거 다 나오는?
성현　거봐. 다 기억하잖아.
지원　(괜히) 딴 데 가서 다 팔아먹을 거야, 그 아이템들.
성현　(쿨하게) 그래, 다 너 줄게!
지원　이렇게 순순히? 이거 충분히 법적분쟁감인데?
성현　(씩 웃으며) 응. 어차피 전부 나랑 하게 될 테니까.
지원　뭐?
성현　내 고민의 결과는... 끝날 때까진 끝난 게 아니더라고.

다시 원점으로 돌아가서 널 향한 구애행렬에 동참하기로 했어.

지원　(황당하면서도 싫지 않은) ...뭐?

성현　(지원 안경 씌워주며) 앞으로 잘 부탁드립니다, 왕지원 작가님.

성현, 그 말을 남기고 먼저 들어가면 혼자 남은 지원, 잠시 멍하다...
뜨거운 둥굴레차를 들이켜다가 "앗 뜨거!" 입천장을 다 데는.

S#55. 두식의 집, 부엌 및 거실 (밤)

혜진, 두식의 식탁에 반찬통들을 꺼내놓고 두식, 그런 혜진을 물끄러미 본다.

혜진　다른 게 아니라, 어머니가 홍반장 것까지 반찬을 보내셨어.
파김치 너무 푹 익기 전에 냉장고에 넣어야 된다고.

두식　고맙단 말씀 꼭 전해드려...

혜진　(결심으로 덧붙이는) 그리고... 나 생각 끝냈어.

두식　(덜컹하는) 어?

혜진　홍반장 나 성질 급한 거 알지?

두식　응.

혜진　공진 내려올 때도 하루 만에 결정해서 온 거 알지?

두식　알지...

혜진　난 불확실한 거 제일 싫어해. 애매모호한 거 체질적으로 안 맞아.
그래서 말인데...

누식　(긴장으로 보면)

혜진　그럼에도 불구하고 네가 언젠가 나한테 마음의 문을
열어준다는 확신만 준다면, 나... 기다릴 수 있을 것 같아.

두식　(놀라서 보면) !

혜진　내가 너한테 바랐던 건 그냥 여지였어.
나 지금 당장 너랑 뭘 어떻게 하자는 거 아냐.
그냥 너의 내일에 나도 조금은 포함돼 있는지.

우리가 계속 함께하게 될 가능성이 있는지, 그게 궁금했던 거라고.

두식 (망실이다가 용기로) 가능하다면... 그러고 싶어. 그치만...

혜진 (말 자르며) 거기서부턴 안 들을래.

두식 (보면)

혜진 다른 말은 됐고, 그러고 싶다가 홍반장 마음인 거잖아.
그거면 됐어. 그럼 나 기다릴래!

두식 (조금 놀란) 혜진아...?

혜진 나는 결론 내렸지만, 홍반장한테는 추가시간 줄게.
근데 안 보는 건 그만하자. 보면서 생각해. 계속 생각해.

두식 (보는데)

혜진 근데... 너무 오래 기다리게 하진 마.

두식, 혜진의 마음이 느껴진다. 고민하다가 천천히 고개를 끄덕이고... 그렇게 두 사람 서로를 바라보는.

S#56. 감리의 집 외경 (아침)

S#57. 감리의 집, 마당 및 대문 앞 (아침)

모니터를 보던 성현, 우렁찬 목소리로 외친다.

성현 컷! 수고하셨습니다!

성현의 함성에 보고 있던 두식, 지원을 비롯해 모든 스태프와 출연진들, 박수를 쳐준다.

준·인우 (여기저기 인사하며) 고생하셨습니다! 고생하셨습니다!

지원 수고했어, 지피디.

도하 고생하셨어요, 선배!

성현 너희도 고생했어. 그리고 홍반장. 그간 고마웠어.

두식 (무심하게) 내가 뭐 한 게 있다고.

성현 로케이션 매니저부터 소품팀, 진행팀 역할까지 전천후로 도와줬잖아. 홍반장 덕분에 잘 끝냈다.

두식 이런 인사치레 내 스타일 아닌데.

도하 (옆에서) 홍반장님. 저도 여러모로 감사해요 그때 주신 약재, 아빠가 그거 먹고 컨디션이 한결 좋아졌대요.

두식 (툭) 다행이네. 올라가기 전에 내가 한 번 더 챙겨줄게.

도하 아, 그러려고 한 말은 아닌데 진짜 이 은혜 안 잊을게요.

두식 아버님 좋아지셨다니까 그걸로 됐어.

도하 이 질척거리지 않는 다정함! 역시 홍반장님!

두식, 도하의 넉살에 고개를 젓는데 그때 감리로부터 전화가 걸려온다.

두식 (전화받는) 어, 감리씨. 뭐? 들통?

S#58. 골목길 (아침)

감리, 골목 어귀에 서 있는데 저만치서 들통을 든 두식이 온다.

두식 (다정하게) 내가 갖다 준다니까 왜 여기까지 나와 있어?

감리 할 짓이 엄써 쉬엄쉬엄 걷다보니 여까지 왔다니.

두식 갑자기 이건 왜 찾아?

감리 오늘 뒤풀이르 한다믄서. 내거 스태푸 먹일 육개장으 끓인데, 맏이 가가 졸다 이 들통으 홀랑 태워먹었다니. 내거 속에서 천불이 나 죽겠싸.

두식 그래서 새로 끓이시게?

감리 으응! 금방 한다니.

두식 (장난스레) 안 되겠다. 날도 덥고, 감리씨 체력안배 차원에서 내가 업어줘야겠다.

감리　야야라, 오늘은 빌모강지도 멀쩡한데 머이하러 업어?

두식　(감리 앞에 등 대며) 좋은 말로 할 때 업히시지?

감리　(못 이기는 척 업히며) 등떼기가 너릉기 힘으 좀 쓰겐데.

두식　(업고 일어나는) 당연하지. 그걸 말이라고.

감리　(업힌 채로) 두식아.

두식　응?

감리　니 치과선상이랑 싸웠제?

두식　진짜 공진에 모르는 사람이 없네. 계장님네 백구도 알겠어.

감리　얼른 가서 잘못했다 하고 끈안나줘.
치과선상이 지풀에 지체 나가떨어지믄 우태할라 그러니.
심들게 맺은 인연, 끙케나가지 않을라믄 니가 잘해이 대.

두식　(희미하게 웃으면)

감리　두식아… 나는 니 옆에 치과선상이 있는 게 차암 좋다니.
사람들 우하는 것도 좋지만, 니르 위해 살아.

두식　(멈칫하는데)

감리　(진심으로) 마이 웃고 마이 행복해이대.
니가 행복해야 나도 행복하고 치과선상도 행복할 기야.
공진 사람들도 마카 그래 생각할 거라니.

두식　(왈칵하는) 할머니. 정말… 내가 그래도 될까?

감리　(힘주어) 당연하제. 그기르 말이라고 하나?

두식　(위로받는 느낌이고)

감리　그간 동동거리며 사느라 고생했싸. 인제 다리 쭉 피고 편히 쉐.

두식, 마음이 한결 따뜻해진 얼굴로 감리를 업고 걸어간다.
발자국 소리와 들통 뚜껑이 덜컹거리는 소리 너머로 파도 소리 들려온다.

S#59. 윤치과, 원장실 (아침)

혜진, 논문 보고 있는데 전화가 걸려온다.

혜진　(반갑게) 여보세요? 선배! 오랜만이에요.
선배(F)　어, 오랜만이야.
혜진　잘 지내셨죠? 학교는 어때요?
선배(F)　나야 늘 비슷하지. 넌 요새 소문이 자자하더라. 지방 가 있다고?
혜진　네, 그렇게 됐어요. 근데 무슨 일이세요?
선배 용건 없으면 연락 안 하잖아요.
선배(F)　역시 서론이 짧아서 좋아. 너 서울 올라와라.
혜진　네? 갑자기 그게 무슨.
선배(F)　학교에 임상교수 자리가 났어. 내가 너 추천하려고.
혜진　(뜻밖의 제안에 휴대폰을 든 채 멍해지는)

S#60. 마을회관으로 가는 길 (낮)

혜진, 생각에 잠긴 얼굴로 마을회관으로 향한다. 반대편에서 두식 오고 있다. 서로를 발견하고 조금 어색한 듯, 그러나 미소 짓는 두 사람.

두식　...가자!
혜진　응.

S#61. 마을회관 앞마당 (낮)

북적북적한 뒤풀이 현장은 축제 그 자체다. 여기저기 무리지어 놀고 얘기하고... 그 와중에 두식은 바쁘다. 고기 굽느라 정신없는 모습이고.

감리　(준과 인우에게 육개장 주며) 이기 내거 끓인 기야. 마이 묵으라니.
인우　네! 잘 먹겠습니다.

감리　(아쉬운) 인제 가믄 내 살아생전 얼골 볼 일은 엄겠싸.
준　어? 서 밥 얻어먹으러 또 놀러올 건데. 할머니 지 이제 오지 마요?
감리　(내심 기쁜) 아니! 놀러와아. 언제든 놀러오라니.
준·인우　(동시에) 네에!!!
감리　(웃고는 남숙에게) 야야라, 육개장 좀 저짝에 갖다주라니.
남숙　육개장? 알았어요.

남숙, 육개장을 가지고 저편 자리로 건너가는데
영국, 생선눈알을 화정의 밥그릇에 놓아주면 화정, 싫지 않은 듯 힐끗 본다.

남숙　(육개장 탁 내려놓으며) 야, 니네 너무 티나.
화정　(움찔하며) 으응?
영국　(모르쇠로) 난 조사장이 도무지 무슨 소리를 하는지 모르겠네?
남숙　(생색으로) 그날 밤 둘이 이어준 거 나야. 홍익루머.
이게 다 내가 세상을 이롭게 하는 뻥을 쳐준 덕분이라고.
화정　너 전 좋아하지? 이거 먹어라. 동태전. (하며 입에 쑤셔 넣어주면)
남숙　(입 막힌 채로 웅얼웅얼) 나 아이어으며 훌이 어히도 어떠떠.*
금철　(옆을 지나가며) 뭐라는 거야?

혜진, 구석의 의자에 앉아 사람들 보는데 성현, 옆에 와서 앉는다.

성현　(혜진에게) 오늘 와줘서 고마워.
혜진　제가 고마워요. 선배 프로그램 덕분에 공진도 더 활기차고
사람들도 많이 좋아하고. 즐거운 경험이었어요.
성현　그렇게 얘기해줘서 더 고맙네.
혜진　그리고... 선배 다시 만나게 돼서 좋았어요.
성현　(미소로 보며) 나도. 인생에 못다 한 숙제를 끝낸 기분이야.

* 나 아니었으면 둘이 어림도 없었어.

그때 영국, 갑자기 밥 먹다가 자리에서 일어나 한 마디를 한다.

영국　저기 이쯤에서 우리 피디님 소감말씀 한 번 들어보자고.
화정　그래요. 한 말씀 하세요!
성현　(주저주저하며 일어나는) 아... 쑥스럽네요.
여러분의 배려 덕분에 촬영 잘 마쳤습니다.
오며가며 웃어주시고 덕담해주시고.
이 감사함 절대 잊지 않겠습니다! 방송도 꼭 봐주십시오! (하고 앉으려는데)
숙자　피디님 일어나신 김에 노래 하나 앉고 앉으셔! 명색이 뒤풀인데.
맏이　(구박하는) 야야라, 니느 그 주뎅이가 화근이라니.
감리　(웬일로) 맞다. 피디양반 일어난 김에 노래 한 곡조 뽑으라니.
성현　(당황하는) 예? 아니, 아닙니다.
도하　선배 노래 진짜 잘해요!
성현　야, 김도하 너...!
금철　(박수로 호응 유도하며) 노래해! 노래해!
일동　(다 같이) 노래해! 노래해!
성현　아, 다들 왜 그러시지? 무반주로 어떻게 노래를,
도하　(휴대폰으로) MR 또 제가 기가 막히게 깔아드리죠.
성현　(결국 더 못 빼고) 그럼 한 곡 불러보겠습니다.

오오오! 다들 박수를 쳐주는데, 준과 인우가 제일 신났다.

성현　(도하에게) 그걸로 틀어줘.
도하　아, 그거? 오케이!

전주 흘러나오고 성현, 슬픈 멜로디의 발라드를 부르기 시작한다.
담담하면서도 청아한 목소리가 집 안 가득 울려 퍼진다.
두식, 성현의 노래를 들으며 미소 짓는 혜진의 옆모습을 본다.
곁에 있는데도 아련하고 애틋한 느낌으로.

경청하는 사람들 속에서 성현, 아름답게 노래를 마치면 현장이 고요하다.
성현, 머쓱해지는데... 한구석의 춘재만 감동한 듯 허공을 보고 있다.

숙자　누가 그냥 잔칫집에다 찬물을 끼얹었네.

맏이　그래게. 〈다함께 차차차〉 같은 노래를 불렀어야지!

감리　피디선상이 영 쎈쓰가 엄따니.

영국　가창력은 좋으신데 선곡이 살포시 미스인 면이 있긴 해.

은철　왜요! 너무 잘하셨는데. 안 그래요, 미선씨?

미선　(고개 끄덕이는데) 응!

준　(놀리는) 피디님. 우리 회사 오디션 보실래요?

인우　네! 지금이라도 데뷔 어때요?

성현　(농락당한 기분이고)

춘재　(다가와) 피디님. 왜 음악의 길로 나아가지 않으신 거죠?

성현　예? 지금 저 놀리...시는 거죠?

춘재　아이, 무슨 말씀을. 가슴이 무슨 막 다진 마늘처럼 저며 오는데
나 울었잖아. 여기 눈가 촉촉한 거 안 보여요?

성현　(반신반의하는) 예에, 감사합니다.

춘재　피디님 다음 작품은 음악예능으로 갑시다. 내가 출연해드릴게.
해외 여기저기 다니면서 버스킹 하는 프로 어때요?

성현　...그게 벌써 있는데.

춘재　(낭패인) 그럼 국내로 하면 되지. 전국 방방곡곡. 비행기는 내가 포기할게.

성현　(손으로 2 해보이며) 그게 아까 껴 시즌2...

춘재　(실망으로) 아... 사람 머리가 참 거기서 거기야.
내가 생각한 건 다 벌써 누가 생각했어!

금세 다시 시끌시끌해진 분위기 속.
혜진, 성현과 춘재의 실랑이를 보고 있는데 두식이 다가와 속삭인다.

두식　(혜진에게) 잠깐 나 좀 볼래?

혜진　(영문 모르고 두식을 보는)

S#62. 마을회관 근처 일각 (낮)

두식, 혜진보다 앞장서서 하염없이 걷는다. 생각에 잠겨 있는 얼굴이다.

혜진 (따라가다가) 홍반장. 할 말 있다며. 어디까지 가?
두식 (그 말에 우뚝 멈춰서는) ...
혜진 (영문 모르고 보면)
두식 (돌아보며) ...혜진아. 뒤풀이 끝나고 이따가 우리 집 갈래?
혜진 뭐야. 그 얘기하려고 나오자고 한 거야?
두식 (결정을 내린) 응. 오늘 너한테 할 말이 있어.
혜진 (혹시나 해서 보면)
두식 어쩌면 아주 긴 얘기가 될 거야.
혜진 (멈칫) ...?!
두식 그래도 들어줄래?
혜진 (무슨 뜻인지 알아듣고 기쁨으로) 응! 들을래!
어음... 밤새 얘기해도 돼. 어차피 내일 일요일인데 뭐.
두식 (미소로 보면)
혜진 (금세 표정 조금 어두워지는) 나도... 할 말이 있기도 하고.
두식 (옅은 미소로) 그래. 이따 하자. 전부 다 하자.

혜진과 두식, 어떤 결심으로 서로를 투명하게 바라본다.

S#63. 마을회관 앞마당 (낮)

신나게 고기를 먹던 맏이, 뭔가 이상한 듯 두리번거리다 말한다.

맏이 홍반장이랑 치과선상은 그새 내쨌나?

보라 네! 아까 둘이 나갔어요.

이준 야, 최보라. 그런 걸 이르면 어떡해!

영국 그래, 보라야. 어른들 일은 좀 모르는 척도 해주고 그래야 돼. 응?
(하며 화정에게 눈 찡긋해 보이면)

화정 (외면하고) 잠깐 투닥거리나 싶더니 화해했나 보네.

감리 (흐뭇한) 그래게. 차암 잘됐다니.

숙자 내가 그럴 줄 알았어. 둘이 그렇게 죽고 못 사는데 뭐!

금철 맞아요. 옛날엔 이마에 인상 팍 쓰고 치과! 그러더니
언제부턴가 혜진아 혜진아... 어우 제 귀가 다 녹겠더라니까요?

미선 (웃으며) 그래도 혜진이는 홍반장님 이름 안 부르던데요?

화정 홍반장이라고 부르는 게 버릇됐나 보지, 우리처럼.

남숙 에이, 이름이 촌스러워 그럴 수도 있지.

춘재 그러게 나처럼 예명을 쓰라니까. 오윤, 얼마나 좋아.

지원 근데 저도 처음 홍반장님 이름 듣고 놀랐잖아요. 얼굴이랑 너무 안 어울려서.

성현 (웃으며) 의외긴 하지.

도하 (궁금한) 왜요? 홍반장님 이름이 뭔데요?

S#64. 바다 전경 (저녁)

바다 위로 붉게 노을이 떨어진다.

S#65. 마을회관 앞마당 (저녁)

여전히 마당 안은 시끌시끌하고... 혜진과 두식, 함께 살며시 들어온다.
그 순간 벌떡 일어나는 도하, 창백한 얼굴로 두식에게 다가간다.

도하 홍반장님 이름이 홍두식... 맞습니까?

두식 (어리둥절한) 응? 으응.

도하 혹시... 예전에 YK자산운용 다녔어요?

두식 (멈칫하면) ...!

혜진 (영문 모르고 보는데)

성현 (성현 역시 YK자산운용이란 말에 뭐지 싶고)

도하 ...그럼 김기훈 씨 압니까?

두식 (동공 확장되는) !!!

S#66. 과거. YK자산운용 건물 앞 (아침)

2017년 여름. 김기훈이라 적힌 명찰을 단 경비원, 출근하는 두식에게 반갑게 인사한다. 머리를 단정하게 넘긴 두식, 포멀formal 한 슈트 차림이다.

기훈 안녕하세요, 홍대리님.

두식 안녕하세요, 아저씨! 더운데 이거 하나 드세요. (하며 우유를 건넨다)

기훈 (받으며) 아유, 이런 거 맨날 안 챙겨주셔도 되는데.

두식 (웃으며) 원플원으로 산 거예요. 공짠데 안 받아오면 아깝잖아요.

기훈 요새 편의점 투 쁘라스 원인 거 다 압니다.
저 주려고 일부러 하나 더 사 오시는 거잖아요.

두식 아닌데, 저희 집 근처에 진짜 원플원 행사하는 데 있는데?
맛있게 드세요! (하며 도망치듯 들어간다)

기훈 (뒤에서) 잘 먹을게요!

두식, 돌아서서 씩 웃으면 기훈, 사람 좋은 미소로 웃어 보인다.

S#67. 마을회관 앞마당 (저녁)

웃던 기훈의 얼굴과 차갑게 얼어붙은 도하의 얼굴 오버랩 된다.
두 사람 어쩐지 닮았다. 두식, 불안함으로 눈동자가 흔들리는데!

flash back.

13화 S#13. 도하의 말. "저희 아빠가 몸이 좀 불편하시거든요. 하반신을 못 쓰시는데 서목태가 어혈도 풀어주고 마비증에 좋대서 몇 번 달여봤어요."

두식 (설마 하는 눈으로 보는데)

도하 아네, 우리 아부지.

두식 (충격으로 보는데) ...!

도하 (포효로) 홍두식 이 개새끼야!!!!!!!

도하, 분노에 가득 찬 얼굴로 두식에게 주먹을 날린다!
혜진, 비명을 지르고 성현과 사람들 모두 놀란다!
도하, 죽일 듯이 노려보는 가운데 바닥에 나동그라진 두식의 표정에서...

S#68. 에필로그. 슬픈 바람

S#55와 같은 날 밤. 두식, 책상에 앉아 지난번 작성했던 버킷리스트를 본다.
한참 동안 바라보다가 묵묵히 글씨를 써내려간다.
'너를 행복하게 해주기' 두식, 그 문장을 보다가 위로 한 줄을 긋는다.
그리고 아래에 새로 적어 내려가는 문구...

두식(E) 너와 함께 오래오래 행복해지기.

15화

이제 알겠다. 홍반장이 왜 이곳을 좋아하는지. 특별할 것도 대단할 것도 없는 이 쬐그만 바닷마을이 왜 그렇게 애틋한 건지.
고마워. 계속 미완결일까 봐 걱정했는데, 이렇게 용기 내줘서.

전부 너한테서 배운 거야. 네가 없었으면 못 했을 거야.

S#1. 마을회관 앞마당 (저녁)

14화 S#67의 상황이다.
웃던 기훈의 얼굴과 차갑게 얼어붙은 도하의 얼굴 오버랩 된다.
두 사람 어쩐지 닮았다. 두식, 불안함으로 눈동자가 흔들리는데!

flash back.
13화 S#13. 도하의 말. "저희 아빠가 몸이 좀 불편하시거든요. 하반신을 못 쓰시는데 서목태가 어혈도 풀어주고 마비증에 좋대서 몇 번 달여봤어요."

두식 (설마 하는 눈으로 보는데)
도하 아네, 우리 아부지.
두식 (충격으로 보는데) ...!
도하 (포효로) 홍두식 이 개새끼야!!!!!!!

도하, 분노에 가득 찬 얼굴로 두식에게 주먹을 날린다!
혜진, 비명을 지르고 성현과 사람들 모두 놀란다!
도하, 죽일 듯이 노려보는 가운데 바닥에 나동그라진 두식의 입술이 찢어졌다.

도하 (두식의 멱살 다시 잡으며) 주말마다 등산 가던 우리 아빠...

건강하던 우리 아빠... 너 때문에 이제 못 걸어!

두식　(충혈된 눈으로 보는) !

도하　(눈물 고여서) 나 취직하면 같이 지리산 종주하기로 했는데...!
이젠 일어나지도, 걷지도 못해!!!

혜진과 성현, 그 말에 충격을 받는데 도하, 다시 한번 두식에게 주먹질을 한다.
도하의 주먹을 피하지 않은 채 그저 맞고 있는 두식의 텅 빈 눈동자...

감리　(안타까움으로) 두식아...

춘재　마, 말려야 되는 거 아니야?

은철　예? 예에. (하며 황급히 일어나려는데)

성현　(가장 먼저 뛰어들며) 도하야! 그만해. 그만!

도하　(흥분한) 놔요! 나 오늘 이 새끼 죽일 거니까.

성현　(두식에게서 떼어내며) 안 돼. 이건 아니야, 도하야!

도하　(격앙되어) 선배, 저 새끼 나한텐 살인자나 다름없어요!
우리 가족, 우리 아빠 다리... 다 산산조각 냈다구요!

도하의 절규에 혜진, 충격을 받고 사람들 모두 그 자리에 굳어 있다.
입가가 피범벅이 된 두식, 자신에게 쏟아지는 눈길을 피하며 일어난다.
휘청휘청 걸어가는 두식의 뒤로 꽂히는 도하의 비수 같은 말!

도하　또 도망치는 거냐?

두식　(멈칫하는데) ...!

도하　우리 아부지 그렇게 만들어놓고 혼자 도망쳐 잘도 살았네.
이런 시골에 숨어서, 세상 좋은 사람인 척 가면이나 쓰고.

두식　(고통스러운 표정으로 겨우 다시 걸어가는데)

도하　우리 아빠는 식물인간으로 반년을 누워 있었어!
근데 넌 두 발 뻗고 잠이 왔나 봐?

두식, 심장이 타들어가는 것 같지만... 잠시 멈칫했다가 겨우 앞으로 나아간다.

마을 사람들 모두 어찌할 바를 모르고 보는데 혜진, 두식을 쫓아 나간다.
복잡한 표정의 성현, 도하를 잡은 채 그런 혜진과 두식을 본다.

S#2. 마을회관 근처 길가 (저녁)

충격에 휩싸인 두식, 힘겹게 걸어간다.
그러다 다리 힘이 풀려 털썩 고꾸라지면, 뒤따라오던 혜진, 두식을 부축한다.

혜진 홍반장!
두식 (뿌리치며) 따라오지 마...
혜진 싫어! 따라갈 거야. 걱정된단 말이야!
두식 (보면)
혜진 도하씨랑은 무슨 오해가 있었는지 모르겠지만...
두식 (말 자르며) 오해 아니야.
혜진 (멈칫하는데) ...어?
두식 (밀어내려는 듯 차갑게) 오해 아니라고. 네가 들은 말 전부 사실이야.
혜진 (멍하니 보는데) !
두식 도하네 아버지, 그렇게 만든 사람 나 맞아.
혜진 (충격으로) 말도 안 돼...
두식 그뿐만이 아냐. 네가 본 사진 속 가족도 내가 망가뜨렸어.
혜진 (혼란스러운) ?!
두식 (쐐기를 박듯) 내가... 형을 죽였어.

혜진, 충격으로 두식을 보다가 자기도 모르게 한 발짝 물러난다.
그러면 두식, 그런 혜진을 가만히 보다가 돌아서서 간다.
텅 빈 눈동자로 위태롭게 걸어가는 두식.
혜진, 그 뒷모습을 보며 차마 더는 따라가지 못한다.

S#3. 두식의 집, 거실 (밤)

집으로 들어온 두식, 그 자리에 털썩 무너지듯 주저앉는다.
울지도 못하고, 그 어떤 감정도 표현하지 못하는 공허한 표정이다...

S#4. 혜진의 집, 거실 (밤)

혜진, 소파에 멍하니 앉아 있는데 문이 열리고 미선, 들어온다.

미선 (걱정스레) 혜진아, 너 괜찮아?
혜진 (글썽해져서 보며) 아니... 괜찮지가 않아.
미선 (옆에 앉으며) 야아... 이게 무슨 일이야.
혜진 (울음 터진) 모르겠어. 나도 뭐가 뭔지 아무것도 모르겠어...

미선, 안타깝게 보다가 혜진을 안아주면 혜진, 미선의 품에서 엉엉 운다.

S#5. 게스트하우스, 도하의 방 (밤)

도하, 멍하니 앉아 있는데 휴대폰 진동 울린다. 엄마에게 걸려온 영상통화다. 표정 바꾸며 웃는 낯으로 전화를 받는 도하. 화면 속 도하 모의 얼굴 비춰진다. 뒤로 보이는 배경은 깔끔하고 작은 아파트 거실. (S#6의 회상과 다른 공간)

도하 모 아들! 밥은 잘 먹고 다녀?
도하 (애써 웃어 보이며) 그럼. 다 먹고 살자고 하는 일인데. 아빠는? 주무셔?
도하 모 어어, 오늘 재활치료 가는 날이었잖아. 초저녁부터 곯아떨어지셨어.
도하 잘하셨네. 아빠 컨디션은 괜찮았어?
도하 모 응. 엄마가 그랬잖아. 네가 접때 가져온 그거 먹고 한결 편해졌다고.
도하 (멈칫하는데)

도하 모 근데 그게 이름이 뭐랬지?

도하 (애써 태연하게) ...독활.

도하 모 (웃으며) 맞다. 또 까먹고 물어보네. 근데 그거 누가 준 거야?

도하 (겨우 참으며) ...있어. 어떤 사람.

도하 모 누군지 고맙네. 세상에 좋은 사람 참 많아.

도하 (더는 못 참고) 엄마, 나 그만 가봐야겠다. 선배가 찾네? ...으응. 끊을게.

도하, 씩씩하게 전화를 끊는데 불쑥 울음이 삐져나온다.
머리를 벅벅 긁으며 참아보지만 잘 안 되고 결국 서럽게 울음을 터뜨린다.
떠오르는 지난날의 기억...

S#6. 과거. 도하의 옛집 (낮)

허름한 빌라 현관문을 열고 대학생 도하가 백팩 메고 들어온다.

도하 (장난스럽게) 모친! 모친 집에 계십니까?

도하, 엄마를 찾아 어슬렁거리다 아무 생각 없이 안방 문을 벌컥 여는데
바닥에 기훈이 거품을 토하며 쓰러져 있다.
기훈을 끌어안고 어쩔 줄 몰라 하는 도하의 모습.

도하 (충격과 놀람으로) 아빠! 아빠, 왜 그래... 아빠!!!!

의식 없는 기훈 옆으로 약병과 수십 개의 알약들이 산산이 흩어져 있다.

S#7. 두식의 집, 거실 및 부엌 (밤)

웅크리고 있던 두식의 숨이 가빠온다.

그러면 찬장에서 허겁지겁 약을 찾아 입에 털어 넣는다.
물을 꺼낼 정신도 없는지 수돗물로 꿀꺽 삼키는.
그러고는 싱크대 앞에 미끄러지듯 털썩 앉는 두식!
몸을 짓누르는 듯한 죄책감... 무너진 두식 위로 그렇게 밤이 지나간다...

S#8. 공진 전경 (아침)

S#9. 두식의 부재를 경험하는 마을 사람들의 몽타주 (아침)

- 보라슈퍼 앞
가게 입구에 '물건 사실 분 철물점으로 전화주세요.'라고 붙어 있다.
- 철물점 안
금철, 손님에게 멀티탭을 내준다. "이건 4000와트짜리 고용량이라 여러 개 꽂아도 차단기 안 떨어져요. 두식이가 그랬어." 하는데 전화 걸려오고 받으면 "여보세요. 아, 보라슈퍼요? 잠깐만요."
- 철물점 앞
철물점에서 나온 금철, 후다닥 슈퍼로 뛰어간다.
- 보라슈퍼 안
땀 뻘뻘 흘리며 들어온 금철, 슈퍼 물건의 바코드를 찍는데 다시 전화 걸려온다. "...철물점이요? 예에..." 금철, 미쳐버리겠다.
- 공진반점 안
홀 서빙하느라 정신없이 바쁜 남숙, 전화를 받으면 짜장면이 왜 안 오냐는 컴플레인이다.
남숙, "아유, 죄송해요. 저희가 지금 주문이 밀려갖고. 십 분, 딱 십 분이면 가요!" 하며 둘러대고는 전화를 끊고 허공에 욕을 발사한다. "남규 새끼는 또 안 쳐일어나고! 이 짜장면에 코 박고 뒤져도 시원찮을 놈! 배달 나갈 사람이 없는데..."
- 라이브카페 안

주문을 받는 춘재의 얼굴이 하얗게 질려있다.
"아... 아이스 카페모카, 아이스 바닐라라떼, 에스프레소 마키아또, 아인슈페너 각각 1잔씩. 메뉴가 동서남북 사방으로 갈라진 것이 혹시라도 통일될 가능성 같은 건 없겠죠? 아하하하... 농담입니다!" 돌아서는 춘재, 울고 싶은 얼굴이다.

S#10. 보라슈퍼 앞 (낮)

춘재, 남숙, 금철, 녹초가 된 모습으로 슈퍼 앞 평상에 앉아 있는데 화정, 영국 그 모습 본다.

화정 다들 몰골이 왜 그래? 퀭해가지고.
춘재 오늘따라 일이 좀 많네. 부탁할 사람도 없고.
영국 (간파한) 설마 지금 홍반장 없어서 과부하 걸린 거야?
일동 (침울해지는)
춘재 (걱정 어린) 그렇긴 한데 아이, 지금 우리가 그것 때문에 우는 소리할 땐가. 두식이가 걱정이지...
남숙 (울상으로) 홍반장 괜찮은가? 그러고는 며칠째 안 보이는데. 연락도 안 받아...
금철 (눈치 없이) 왜 접때 제가 그랬잖아요. 두식이 사라졌던 동안, 사람 죽였단 소문도 있다 뭐 그런...

금철의 말이 끝나기도 전에 다들 뭘 집어 던지거나 때리는 시늉한다.

화정 (화나서) 어디 그런 헛소리를! 혓바닥 간수 제대로 안 해?
금철 (억울함에 손사래 치며) 아니, 그걸 믿는다는 게 아니라! 대체 뭔 사연인가 싶은 거죠. 저도 두식이 걱정해요! 내 친군데...
춘재 (힘주어) 난 무조건 두식이 믿어!!! 두식이 그럴 놈 아냐.
남숙 그래! 내가 사람 보는 눈이 쎄믈리에야. 근데 홍반장은 쎄한 게 없다고.

춘재 영이 맑지. 눈이 착하잖아. 촉촉해가지고.

그때 금철, 남숙, 춘재, 휴대폰이 누가 먼저랄 것도 없이 울리기 시작한다. "아, 또 철물점이네!" "어머야라, 나 가봐야겠다." "내 소원은 통일이야. 메뉴통일." 금철, 남숙, 춘재 혼비백산해서 각자의 일터로 흩어지면...

영국 홍반장이 없으니깐 동네가 굴러가질 않네.
화정 (걱정으로) 밥은 먹고 있는 건지 어쩐 건지...

S#11. 두식의 집, 마당 (낮)

감리, 미닫이문을 열고 음식이 든 쟁반을 마루에 밀어넣는다.
혹여라도 음식이 상할까 꽝꽝 얼린 보리차를 음식 옆에 울타리처럼 둘러놨다.
그러고는 조용히 문을 닫고 가는 감리.

S#12. 두식의 집, 거실 (낮)

마루 쪽의 인기척에도 두식, 미동조차 않은 채 우두커니 앉아 있다.
먹지도 자지도 않은 듯 피폐해진 모습이다.

S#13. 윤치과, 로비 (낮)

굳은 얼굴로 창밖을 보며 서 있는 혜진, 두식이 했던 말이 떠오른다.

flash cut.
S#2. 두식의 말. "네가 들은 말 전부 사실이야. 도하네 아버지, 그렇게 만든 사람 나 맞아."

혜진, 여전히 그 말을 믿을 수 없는데 똑똑 소리와 함께 미선이 들어온다.

미선 원장님. 유초희 환자분 오셨어요.
혜진 (그제야 정신 차리고) 아... 오늘 사랑니 발치하시기로 했죠?

S#14. 방송국, 로비 (낮)

보안검색대에 출입증 찍고 나오던 성현, 양PD와 대화 중인 지원을 본다.
성현의 미간이 확 찌푸려지고! 굳은 얼굴로 성큼성큼 둘에게 다가간다.

성현 왕작가! 여기서 뭐 해?
지원 (당황해서) 어? 어, 지피디...
양PD (인사를 건네는) 안녕하세요, 지피디님. 말씀 많이 들었습니다.
성현 (건성으로) 예, 뭐.
(지원에게) 왕작가 지금 이렇게 화기애애하고 그럴 상황이 아냐!
지원 왜? 무슨 일 있어?
성현 지금 가편집본 데이터 날아갔어. 편집실에 폭탄 떨어졌다고!
지원 (경악으로) 뭐? 그걸 이제 얘기하면 어떡해.

지원, 성현의 말에 양PD를 버려둔 채 바로 보안검색대 쪽으로 뛰어간다.
양PD, 어리둥절 당황스럽게 보는데 성현, 의기양양해져 지원을 따라간다.

S#15. 방송국, 편집실 (낮)

뛰어 들어온 지원, 다급하게 모니터를 확인하며 뒤따라온 성현에게 묻는다.

지원 어디? 뭐가 날아간 건데? 편집 어디까지 했어?

성현　　거기까지.
지원　　(상황파악 안 되는) 어?
성현　　(멋쩍은) 제자리에 잘 있어. 그거 용량 커서, 무거워서 못 날아가.
지원　　(퍽 때리며) 네 인생을 날려줄까? 장난도 정도껏 쳐야지!
성현　　(팔 문지르다가) 왕작가 딴 남자랑... 일 얘기 안 했으면 좋겠어.
지원　　(보며) 뭐?
성현　　아... 그냥 하지 마! 웬만하면 하지 마... (하다 말끝을 흐린다)
지원　　(의미심장하게) 딴 남자랑... 일 얘기 말고 다른 얘긴 해도 되고?
성현　　(그 말에 허를 찔린 듯 지원을 보는데) !

그때 어두운 표정의 도하가 편집실로 들어와 성현에게 말한다.

도하　　선배. 저랑 잠깐 얘기 좀 해요.
성현　　응? (하며 순간 흠칫 지원을 본다)
지원　　가봐.
성현　　그래. 나가자.
지원　　(성현과 도하 나가면 작게 한숨을 쉰다)

S#16. 방송국, 옥상 (낮)

성현과 도하, 도심을 바라보며 나란히 서 있다.

도하　　그날은 죄송해요. 촬영 뒤풀이였는데 제가 다 망쳐버려서.
성현　　아니야. 너 아무 이유 없이 그럴 애 아니잖아.
도하　　순간 눈이 돌았어요. 그러면 안 됐는데.
성현　　(조심스럽게) 그때 네가 한 말, 어떻게 된 일인지... 물어봐도 될까?
도하　　...저희 아부지 몇 년 전까지 YK자산운용에서 경비일 하셨어요.
홍두식은 그 회사 펀드매니저였구요.
성현　　(듣고 있는데)

도하　근데 그 자식이 아빠를 지가 운용하는 펀드에 가입시켰어요.

S#17. 과거. YK자산운용, 경비실 앞 (낮)

두식, 기훈에게 증권사 PB(프라이빗 뱅커) 명함을 준다.

두식　이쪽으로 연락하시면 저희 상품 안내해줄 거예요.
기훈　(허리 숙여 인사하며) 고맙습니다. 고맙습니다, 홍대리님.

기훈, 두식이 준 명함을 받고는 몇 번이고 허리 숙여 인사한다.

도하(E)　아무것도 모르는 아빠는 전세금에 대출까지 받아서 투자를 했는데.

S#18. 방송국, 옥상 (낮)

도하, 계속 이야기를 이어가고 성현, 굳은 표정으로 듣고 있다.

도하　몇 년 전 벤자민홀딩스 사태가 터진 거예요.
성현　(알고 있는) ...
도하　전 세계 주가가 폭락하면서 펀드도 반토막이 났고, 아빠는...
...그 충격에 자살 기도를... (차마 말끝을 맺지 못하는)
성현　(안타까움으로 보면)
도하　저 취준생일 때 일이었는데. 한동안 의식이 없으시다가
저 ovN 합격하고 얼마 안 돼서 깨어나셨어요.
성현　(마음 무거운) 인마. 넌 왜 자세한 얘길 안 하고...
미안하다. 힘들었을 텐데 나까지 일로 보탰네.
도하　아닌데, 저 좋았는데.
대충 살고 싶네, 편히 살고 싶네 그런 건 그냥 하는 말이고.

일할 때만큼은 원망, 걱정, 불안 다 떨쳐졌어요.

성현 (보먼)

도하 물론 밤새고 그러면 힘들죠. 근데 그때마다 그런 생각이 들더라구요.
여긴 나한테 기적을 갖다준 회사다, 나는 아빠의 희망이다...

성현 (어깨 두드려주며) 마음고생 많이 했다.

도하 근데 거기서 홍두식을 만날 줄은 몰랐죠. 악연이에요.

성현 (아무 말 못 하는데)

도하 그 자식 때문에 인생 망친 사람 저희 아빠 하나 아니래요.
그때 홍두식 상사도 죽었다고 들었어요. 교통사고로.

성현 (멈칫, 뭔가의 충격으로 보는) ...!

S#19. 혜진의 집, 거실 (밤)

혜진, 무릎을 끌어안은 채 소파에 앉아 있는데 미선, 태블릿PC를 들고 방에서 나온다.

미선 (망설이다가) 저기 혜진아.

혜진 ...응?

미선 (태블릿PC 들고) 너 심란할 것 같아서 얘기할까 말까 망설였는데.
내가 뭘 좀 찾았거든?

혜진 (보면)

S#20. 혜진의 집, 침실 (밤)

혜진이 보고 있는 태블릿PC 속 내용, 몇 년 전 YK자산운용 사보에 실린 기사다. 펀드매니저상을 수상한 정우와 두식, 슈트 차림으로 꽃다발 안고 활짝 웃고 있다.

flash cut.
S#2. 두식의 말, "네가 본 사진 속 가족도 내가 망가뜨렸어. 내가... 형을 죽였어."

기사를 보는 혜진, 뭐가 뭔지 너무나 혼란스럽다...

S#21. 방송국, 편집실 (밤)

편집하는 성현, 모니터가 눈에 들어오지 않는 듯 심란한 표정이다.
성현의 머릿속에 떠오르는 지난날의 기억.

S#22. 과거. 서울 대형병원, 응급실 (밤)

성현, 혼비백산한 얼굴로 응급실에 뛰어 들어오면 찢어질 듯한 울음소리 들린다. 성현의 시선이 닿는 곳... 선아가 흰 천으로 덮인 정우의 시신 앞에서 절규하고 있다.

선아 (울음 섞인 절규로) 아니야... 아니야...!
성현 (황망함으로) 누나...

성현, 선아를 부르며 다가가면 울부짖던 선아, 텅 빈 눈으로 성현을 본다.
그러면 일그러지듯 다시 터지는 울음!
성현, 아무 말도 못 하고 그저 선아를 안아주고 선아, 성현의 품에서 오열한다.
선아의 비통한 눈물에 성현의 눈시울도 붉어진다.

S#23. 방송국, 편집실 (밤)

사촌매형의 죽음에 두식이 관계되었음을 알게 된 성현의 마음이 복잡하다.

성현, 작업하며 쓰고 있던 안경을 벗고 마른세수를 한다.
그러고는 뭔가 고민하는 표정으로 휴대폰을 본다...

S#24. 공진 전경 (낮)

S#25. 화정의 집, 부엌 (낮)

화정, 이준의 간식을 만들고 있는데 삐리릭- 소리 들리며 영국 들어온다.

화정　(안 돌아보고) 장이준 왔어?

영국, 살금살금 들어와 뒤에서 화정을 안으려는 순간 화정, 식칼을 들고 돌아선다! 화정의 살기에 영국, 까무러치게 놀라며 뒤로 철푸덕 주저앉는다.

영국　...살려주세요!
화정　(식칼을 거두며) 깜짝이야. 놀랐잖아.
영국　(어이없는) 상식적으로 내가 더 놀라지 않았을까?
화정　(태연하게) 그러게 인기척을 했어야지.
영국　몰래 백 허그 해주려 그랬지! 달달하게!
화정　(빤히 보다가) ...해.
영국　응?
화정　(다시 돌아서며 수줍게) 하라고.
영국　분위기 다 깨놓고 이제 와 하라 그러면... (표정 바뀌며) ...내가 또 하지!
(백 허그 하고) 뭐 만들고 있었어?
화정　이준이 간식. 오징어 썰어서 김치전 부치려고. 너도 먹을래?
영국　(애교로) 난 오징어보다 고기 넣은 게 더 좋은데.
화정　(살벌하게) 그냥 처먹어.
영국　(목소리 바뀌며) 어, 미안.

이준(E)　엄마? 아빠?

화정과 영국, 한 몸처럼 붙은 채 돌아보면 이준이 놀란 얼굴로 서 있다.

화정　(역시 당황해서) 이준이 왔구나?
영국　(말 더듬는) 이, 이, 이준아. 안녕?

S#26. 화정의 집, 거실 (낮)

이준, 무표정하게 앉아 있는데 화정과 영국, 안절부절못하며 이준을 본다.
누가 먼저 말해야 되나 서로 눈치를 살피다 화정이 먼저 입을 연다.

화정　이준아. 저기 그 좀 전에 본 그 장면이 뭐냐면,
엄마랑 아빠 다시 합치기로 했어...!
이준　(전혀 놀라지 않는)
영국　(기겁하는) 당신은 애 놀라게 왜 돌직구를 뿌려!
이준아. 아빠가 설명할게.
화정　(그래라 하는 느낌으로 빠져주면)
영국　엄마랑 아빠가 예전에 서로 좀 오해를 한 부분이 있었거든?
그것 때문에 잠시 떨어져 있었는데, 최근에 이렇게 잘 화해를 했어.
그래서 말인데... 그러니까... (조심스러운데)
이준　(태연하게) 그럼 두 사람 재결합하는 거야?
영국　(당황해서) ...어? 어어. 우리 아들 어떻게 그렇게 어려운 단어를 막 알지?
화정　(민망하니까 괜히) 원래 영특하잖아. 나 닮아서.
이준　(차분한) 엄마, 아빠 뜻은 잘 알겠어. 그렇게 하도록 해.
화정·영국 (벙쪄서 보는데)
이준　(일어나며) 그럼 나 이제 보라네 집에 놀러 가도 되지?
화정　(당황해서) 응? 김치전 안 먹고?
이준　배불러. 그럼 다녀오겠습니다. (인사하고 나간다)

영국 갔다 와! 차 조심하고!
이준 네!
영국 (이준 나가면 멍하니) 우리 아들은 참... 돌부처야.
화정 그것도 날 닮았어. 평정심. 이너피스...

S#27. 두식의 집, 마당 (낮)

감리, 두식의 집 미닫이문을 열면 마루에 어제 넣어둔 음식이 그대로 있다. 어제의 음식을 치우고 안타까운 표정으로 새로 쪄온 옥수수를 넣어주는데 또 옆에 상하지 말라고 얼린 보리차들 놓여 있다.

S#28. 윤치과, 원장실 (낮)

혜진, 환자 차트를 보는데 선배로부터 전화가 걸려온다.

혜진 (전화받는) 네, 선배.
선배(F) 윤혜진! 생각은 좀 해봤어?
혜진 네... 근데 아직 결정 못 했어요.
선배(F) 뭐야, 단번에 수락할 줄 알았더니.
너 이 자리 탐내는 사람이 얼마나 많은 줄이나 알아?
혜진 ...죄송해요.
선배(F) 나도 길게는 시간 못 줘. 며칠만 더 생각해봐.
혜진 네. 들어가세요, 선배.

혜진, 전화 끊고 작게 한숨을 내쉬는데
똑똑 노크 소리와 함께 문이 열리고 감리가 얼굴을 빼꼼 내민다.

감리 치과슨상 안에 있나?

혜진 (반갑게) 할머니?

감리 (옥수수 소쿠리 들고 들어오며) 내거 슨상님 잡수라고 옥시시를 쪄 왔다니.

cut to.

혜진과 감리, 마주 보고 앉아 있다.

혜진 (옥수수 보며) 잘 먹을게요. 고맙습니다.

감리 이게 머이 벨거라고.

혜진 치료한 데는 불편하지 않으세요?

감리 불펜하긴! 내거 잉플라르 하고 오징어르 을매나 먹었나 몰라.
공진바다 오징어는 마카 내 배때기로 들어왔다니.

혜진 (웃으며) 자주 드시지 말라니까.

감리 치과선상 잔소리가 두식이 못지가 않아.

혜진 (두식이란 말에 멈칫하면)

감리 (진지한 얼굴로) 내거 여어 오기 전에 두식이 집엘 들렀소.
메칠째 갖다논 밥에 손도 안 댔으니 꼴이 을매나 매렝이움쓸지.
옥시시르 놓고 완데 이것도 안 먹지 싶어...

혜진 (표정 어두워지는데)

감리 (일어나는) 일하는데 늙은이가 너무 오래 앉아 있었싸. 마숩게 먹어요.

혜진 (엉거주춤 일어나며) 가시게요?

성현(E) 다시 가자!

S#29. 방송국, 편집실 (낮)

편집 중이던 성현, 팔짱을 끼고 영상을 보다가 선언하듯 말한다.
지원과 도하, 어리둥절한 얼굴로 본다.

지원 어딜?

성현 공진.

지원 (순간 도하의 눈치를 살피는데)

성현 인서트 다시 따야겠어. 그림이 너무 단조로워.

지원 난 나쁘지 않은데. 하여튼 까다로워.

성현 하루 이틀이면 되니까 나랑 왕작가랑 다녀올게. 도하 넌 서울에 있어.

도하 됐어요. 왕작가님 대신 제가 갈게요.

성현 (보면)

도하 저도 프로의식이란 게 있거든요?

성현 (살피며) 그래... 가자.

도하, 담담한 척하지만 성현과 지원, 신경 쓰인다는 듯 도하를 힐끗 본다. 그러다 눈 마주치면 괜히 어색해하는 두 사람.

S#30. 화정의 집, 거실 (저녁)

화정과 영국, 같이 앉아 마늘을 까다가 화정, 시계를 본다.

화정 어두워졌는데 이준이가 아직 안 들어오네.

영국 내가 보라한테 전화 한 번 해볼게. (전화 거는) 여보세요. 응, 보라야. 이준이네 아저씬데, 이준이 아직 너희 집에 있어?

보라(F) 아니요? 저 이준이랑 아까아까 낮에 놀고 안 놀았는데요?

영국 (놀라는) 응? 이준이 너희 집에 안 놀러갔어? 그럼... 어딜 갔지?

화정, 영국의 말에 불안해지는 눈빛! 그 위로,

화정(E) 이준아! 장이준!

S#31. 골목길 (밤)

어느새 어두워진 시간. 영국과 화정, 플래시 들고 혼비백산해서 이준을 찾으러 다닌다.

영국 (울먹이는) 이준아! 장이준! 아빠 목소리 안 들려? 이준아!

그때 저편에서 금철과 윤경이 헐레벌떡 온다.

금철/윤경 (동시에) 동장님!/통장님!
화정 (놀라는) 보라 엄마! 몸조리해야지 벌써 이렇게 나옴 어떡해?
윤경 쉴 만큼 쉬었어요. 그리고 이준이가 없어졌다는데 지금 그게 대수예요?
영국 (거의 우는) 금철아. 우리 이준이 어떡하냐. 무슨 일 생긴 거면 어떡해.
화정 (대범하게) 시끄러워! 금방 찾을 거니까 눈물 뚝 그쳐!
영국 (서럽지만 또 말 듣는)
화정 (금철, 윤경에게) 우린 이쪽으로 갈 테니까, 보라네는 저쪽으로 좀 가줘!
금철·윤경 네!

모두 흩어져 이준을 찾기 시작한다. 여기저기 이준을 찾는 소리 울려 퍼진다.

S#32. 청진초등학교, 운동장 (밤)

이준, 캄캄한 운동장 구석의 철봉에 매달려 있다.
울음을 참으려는 듯 애써서 버티다가 뚝 떨어지면 흙바닥에 나뒹군다.
그때 이준을 비추는 플래시 불빛! 불빛 너머로 보이는 얼굴, 보라다.

보라 야! 장이준!
이준 (보면)
보라 너 내가 얼마나 찾았는지 알아?
이준 (울먹이며) 보라야...
보라 (옆에 쪼그려 앉으며) 야, 왜 울어. 누가 때렸어?

이준 아니.
보라 그럼 너도 나처럼 엄마한테 혼났어?
이준 (그 와중에 걱정해주는) 아니. 너 혼났어?
보라 오늘 말고 옛날에. 엄마가 말 안 들으면 망태기 할아버지가 잡아간댔는데 그거 다 거짓말이야! 망태기 할아버지도 없고 산타 할아버지도 없어!
이준 (보는데)
보라 (겁주는) 근데 귀신이랑 좀비는 있을 수도 있어. 얼른 집에 가자.
이준 (단호히) 싫어. 안 갈 거야.
보라 왜? 왜 안 가는데?
이준 왜냐면... 왜냐면...

이준, 차마 말 못 하는데 때마침 뛰어오던 영국, 화정, 금철, 윤경, 두 아이를 발견한다! 대범해 보였던 화정, 이준을 발견하자마자 긴장이 풀렸다.

화정 장이준!
영국 이준아!
이준 (작게) 엄마... 아빠...
화정 (눈물 날 것 같은) 우리 아들 여기 왜 이러고 있어. 엄마 한참 찾았잖아.
영국 이준아! 우리가 얼마나 걱정했는지 알아?
아빠 간 떨어지는 줄 알았어. 심장 쪼그라붙는 줄 알았어!
이준 (울 것 같은 눈으로 보면)
화정 (침착하게) 이준이 왜 여기 있었어? 엄마한테 뭐 화난 거 있어?
이준 (고개 저으며) 아니.
화정 그럼 혹시 아까 얘기했던 것 때문에 그래?
이준 (대답 못 하면)
화정 (조심스럽게) 이준아. 혹시 엄마아빠가 다시 같이 살기로 한 거... 불편하거나 싫어?
영국 (꿀꺽, 긴장으로 보는데)
이준 아니... (눈물 그렁해져서) ...좋아. 너무 좋아서 자꾸 눈물이 나.
영국·화정 (왈칵) ...!

이준 근데 내가 울면 엄마아빠 속상하니까.

영국 (명치를 맞은 듯한) 그래서 여기 혼자 숨어 울고 있었던 거야?

이준 (눈물 고인 채 고갤 끄덕이면)

화정 (속상함에 왈칵) 장이준. 너 겨우 아홉 살이야.
네 마음부터 생각해야지, 왜 엄마아빠 마음을 먼저 생각해.

이준 (그렁해서 보면)

영국 (뭉클해져서) 그래, 이준아. 너무 어른스럽게 멀리 내다보지 마.
코앞만 보고 한 치 앞만 알아. 그래도 돼.

이준 (망설이다가) 나... 사실은 생일날 말고 상 받은 날 말고도
엄마아빠랑 같이 밥 먹고 싶었어. 같은 집에서 살고 싶었어...

항상 어른스럽던 이준, 처음으로 솔직한 마음을 터뜨리며 아이처럼 엉엉 운다.

화정 (눈물로 다독이는) 우리 아들이 그랬구나...
엄마가 우리 이준이 맘 몰라줘서 미안해.

영국 (눈물 그렁해진 채 이준 얼굴 보며) 이준아, 우리 집에 가자.
집에 가서 엄마아빠랑 같이... 밥 먹자.

영국과 화정, 우는 이준을 끌어안고 진정한 마음을 나눈다.
금철과 윤경, 그 모습 흐뭇하게 보는데 갑자기 보라도 으앙- 울음을 터뜨린다.

윤경 (놀라서) 보라야. 넌 또 왜 울어?

보라 (울면서) 엄마, 나도 이준이랑 맨날 같이 밥 먹을 거야.
이준이랑 같이 살 거야. 이준이 인 외롭게 해줄 거야.

금철 저기 보라야... 그건 이준이 의사도 들어봐야...

윤경 (조용히 하라는 듯) 쓰읍!

금철, 입을 다물고... 이 상황을 아는지 모르는지 이준, 영국과 화정 품에서
울고 있다.

S#33. 두식의 집, 대문 앞 및 마당 (밤)

걸어오는 혜진, 어느새 두식의 집 대문 앞에 도착했다.
불 켜져 있는 두식의 집을 바라보며 잠시 망설이다가 결심으로 들어선다.

S#34. 두식의 집, 거실 및 부엌 (밤)

두식, 생각에 잠긴 얼굴로 앉아 있는데 드르륵 미닫이문 열리며 혜진이 옥수수 담긴 소쿠리를 들고 들어온다.
두식, 혜진을 발견하고 놀라는데 혜진, 아무 일 없었다는 듯 태연히 말한다.

혜진 할머니가 옥수수 두고 가신 거 알아?
나도 갖다 주셔서 먹어봤는데 역시 옥수수는 강원도더라.
두식 (아무 말 없이 보면)
혜진 (식탁에 소쿠리 내려놓고) 어머니가 주신 파김치는?
다 익었을 텐데 아직 손도 안 댔지?
두식 (그저 가만히 보면)
혜진 (왈칵하는 걸 참으며) 밥 안 먹었어? 왜 이렇게 말랐어...
두식 (눈시울 붉어지고)
혜진 나 아직 시간 준다는 거 유효해. 이번에도 기다릴 수 있어.
그러니까 오늘은... (눈물 날 것 같아서 시선 피하며) 밥만 차려놓고 갈게.
아니다, 한 술 뜨는 것까지만 보고 갈게.
두식 (가만히 보다가) ...내 얘기... 듣고 가.
혜진 (멈칫, 놀란 눈으로) 응?
두식 (힘겹지만 차분하게) 할 말... 있다고 했잖아.

cut to.
혜진과 두식, 소파에 등을 기댄 채 바닥에 나란히 앉아 있다.

두식, 잠시 망설이는가 싶더니 천천히 자신의 이야기를 시작한다.

두식 형이 있었어... 박정우라고, 기숙사에서 같은 방을 배정받았는데,
나는 신입생, 형은 복학생이었어.

혜진 (듣고 있는데)

두식 (희미하고 쓸쓸한) 한 방을 쓰면서 자동으로 친해졌지.
같이 술 마시고, 해장하고 또 마시고, 할아버지 기일날 같이 제사도 지내고.

혜진 (할아버지 얘기를 처음 한 사람이 정우구나 짐작하게 되는)

두식 (그리운 듯한) 형을 만나고 알았어. 친형이 있다면 이런 느낌이겠구나.
사실은 회사도 형 따라 들어간 거야. 형이 펀드매니저였거든.

혜진 (보면)

두식 처음엔 고민했어. 전공도 다르고 너무 돈돈 하는 일 같아서 내키지가 않더라고.
근데 형이 그러는 거야.
펀드매니저는 평범한 사람도 부자가 될 수 있단 희망을 주는 일이라고.
그 말에 마음이 움직였던 것 같아...

S#35. 과거. 펀드매니저 두식의 몽타주

- 여의도 증권맨 스타일의 두식, 정우와 함께 회의 및 세미나를 한다.
  담당 종목에 대한 프레젠테이션 중이다.
- 두식, 장(오전 9시-10시)이 열리면 지켜보며 섹터별 움직임, 수급현황 등을 체크한다.

두식(E) 시작해보니까 의외로 일이 재밌었어. 적성에도 맞고 돈도 잘 벌고
새로운 사람들도 많이 만나고. 도하 아버지도 거기서 알게 됐어.

S#36. 과거. 두식과 도하 아버지의 몽타주 (낮)

- 두식, 정우와 함께 들어가며 기훈에게 친근하게 인사한다.

정우 안녕하십니까.
두식 안녕하세요, 아저씨!
기훈 예, 안녕하세요. 박팀장님, 홍대리님.
두식(E) 맨날 인사하다가 공진서 아저씨들이랑 그랬던 것처럼 금방 친해졌는데.

- 두식, 출근할 때 기훈에게 자신과 같은 음료를 주고 도망치듯 간다.
- 두식이 정우, 기훈과 함께 화기애애한 대화를 나누며 순대국밥을 먹는다.

두식(E) 어느 날 아저씨가 내 펀드에 가입하고 싶다는 거야.
그때 내가 운용하던 펀드들, 수익률이 꽤 높았거든.
리스크risk가 있으니까 처음엔 말렸어. 근데 너무 간곡히 부탁하시더라고.

- 두식, 기훈에게 증권사 PB(프라이빗 뱅커) 명함을 준다. (S#17의 상황)

두식 이쪽으로 연락하시면 저희 상품 안내해줄 거예요.
기훈 (허리 숙여 인사하며) 고맙습니다. 고맙습니다, 홍대리님.
두식 (당부하는) 절대로 무리하지 마세요! 아셨죠?

S#37. 두식의 집, 거실 (밤)

혜진, 진지한 표정으로 얘기를 듣는데 두식, 굳은 표정으로 이어 말한다.

두식 그런데... 일이 터졌어.
혜진 (보면) ...!

S#38. 과거. YK자산운용, 사무실 (아침)

시끄럽게 울려대는 운용사의 전화기들. 사무실은 비상이 난 분위기다. TV에선 〈*미국발 악재에 코스피 연중 최저치... 국내 증시 폭락*〉 자막과 함께 뉴스 나온다.

앵커(F) 미국 벤자민홀딩스의 파산 신청 여파가 국내 금융시장으로 이어지고 있습니다. 증시는 폭락하고 환율은 급등하고 있습니다.

두식, 망연자실한 얼굴로 뉴스를 보고 있는데 누군가 두식을 부른다.

기훈 홍대리님... 홍대리님!

두식, 돌아보면 기훈이 황망한 표정으로 서 있다.

S#39. 과거. YK자산운용, 로비 (아침)

두식, 기훈의 이야기를 듣고 사색이 된다.

두식 예? 제가 추천한 상품은 ELF(주가연계펀드)가 아닌데... 왜 그걸 가입을.
기훈 저는 그냥 잘 모르니까 그분이 알아서 해주시겠거니 했어요.
두식 (난감한) 아, 제가 그때 바로 확인을 했어야 됐는데.
기훈 어떡해요, 홍대리님. 지금 벌써 마이너스 70%래요.
두식 (이미 알고 있는) 아저씨. 지금은 이미 녹인Knock-in(투자 시 원금 손실이 발생할 수 있는 수준)이 발생해서 원금 손실 가능성이 커요.
기훈 (충격으로) !
두식 근데 상황 정리되고 시간이 지나면 회복될 거예요. 그러니까 절대 급하게 환매하지 마세요.
기훈 그치만 홍대리님... 저희 집 전세금을 뺐는데.
두식 (놀라는) 네?

기훈　거기다 대출까지 받았어요. 가족들은 몰라요.

두식　(당황하는) 무리하지 마시라니까, 왜 그렇게까지 하셨어요?

기훈　(울먹이는) 모르겠어요, 귀신에 홀린 건지 무슨 욕심이 난 건지.
그냥 집사람 뜨거운 물 잘 나오는 집에 살게 해주고 싶었어요.
우리 아들 학자금 대출도 갚아주고...
면접 때 좋은 양복도 해 입히고 싶었는데.

두식, 안타깝고 당혹스러운데 그때 휴대폰(3-4년 전 모델)이 요란하게 울린다.
사무실에서 걸려온 전화다.

두식　(급히 달래는) 아저씨, 일단은 저 믿고 기다려주세요.

기훈　(황망하게 보면)

두식　제가 급한 일 좀 수습하고 바로 다시 연락드릴게요. 네?

기훈, 차마 붙잡지 못하고 두식, 보안검색대를 통과해 급하게 들어간다.
초라하게 서 있는 기훈... 동아줄을 놓친 것 같은 표정으로 간절히 두식을 보는데 두식, 뒤도 돌아보지 않고 그대로 엘리베이터에 오른다.

S#40. 과거. YK자산운용, 사무실 (아침/밤)

며칠 뒤, 계속해서 전화통에 불이 나고 정신없는 사무실의 풍경.
타이 느슨하게 풀려 있고 며칠 밤을 샌 듯한 두식,
심각한 표정으로 급락 중인 장을 모니터하거나 해외리포트를 읽고 있다.
그때 휴대폰 진동이 울리는데 보면 '기훈 아저씨'다.
그러나 일하던 중인 두식, 전화가 오는 걸 알고도 받지 않는다.
휴대폰이 몇 번이고 울리다 맥없이 끊어진다. 화면에 남은 부재중 전화 표시...

cut to.
두식, 여전히 초췌한 얼굴로 모니터 들여다보고 있다.

정우 (옆에 커피 놓으며) 이거라도 마시고 하자. 며칠째야, 벌써.

두식 (답답한) 형... 이 상황 언제쯤 회복될까?

정우 글쎄, 지켜봐야지. 아직 추가 파산 가능성도 있고
돌발악재 변수도 배제할 수 없으니까.

두식, 끄덕이고는 정우가 준 커피를 들어 한 모금 마시려는데
그때 직원 한 명이 들어오며 말한다.

직원 (다급하게 들어오며) 팀장님. 대리님. 그 소식 들으셨어요?

정우 무슨 소식?

직원 우리 회사 경비 아저씨, 자살 기도했대요.

정우, 놀라고 두식, 손에 들고 있던 커피를 떨어뜨린다.
충격에 휩싸인 두식의 표정! 바닥에 엎질러진 검은 커피가 구두를 적신다.

S#41. 과거. 지하주차장 및 두식의 차 안 (밤)

두식, 혼비백산한 얼굴로 주차장에 내려온다. 휘청거리는 걸음걸이...
정신없이 스마트키를 조작하며 자신의 차를 찾는다. 삑삑- 소리가 나는 고가의 수입차!
차를 발견한 두식, 벌벌 떨리는 손으로 겨우 문을 열고 운전석에 올라탄다.
심호흡을 하고, 시동 버튼을 누르는데 그때 벌컥 문이 열린다.
운전석 문을 열고 들여다보는 사람, 정우다.

정우 내려.

두식 (넋 나간) ...형. 나 가야 돼. 가봐야 돼.

정우 (언성 높이는) 내리란 말 안 들려?

두식 (충혈된 눈으로 겨우 보면)

정우 운전 내가 할게. 너 이 상태로 운전하면 안 돼!

S#42. 과거. 도로 위 및 두식의 차 안 (밤)

두식의 차가 늦은 밤 도로 위를 달린다.
정우, 운전 중이고... 앞만 응시하는 두식, 눈빛에 긴장과 공포가 가득하다.
자꾸만 떨려오는 손을 제어하듯 겨우 깍지를 끼면 힘줄이 파랗게 선다.
그 모습을 본 정우, 두식의 포갠 손에 자신의 손을 얹어 꽉 움켜잡는다.

정우 (주문처럼) 괜찮을 거야, 두식아. 아저씨 괜찮으실 거야.
두식 (미칠 것 같은) 내가 그때 더 자세히 설명을 해드렸더라면...
아니 아저씨 전화를 받았더라면... 다 나 때문이야. 내 잘못이야...
정우 (힘주어) 네 잘못 아니야.
두식 (울 것 같은 눈으로 보면)
정우 설령 네 잘못이 있대도 내가 너랑 같이 나눠질 거야.
그니까 두식아. 지금은 아저씨 무사하기만 빌자. 응?

두식, 말은 못 하고 겨우 고개를 끄덕이면 정우의 손에 두식의 눈물 떨어진다.
그 순간 굉음과 함께 하얗게 앞을 가리는 불빛!
제동을 잃은 대형트럭이 두식의 차를 향해 달려들고 있다.
그 순간 모든 것들이 느려지며... 두식, 마치 그 순간이 영원 같다.
정우, 있는 힘을 다해 핸들을 돌리면 트럭을 피해 미끄러지는 차!
쾅! 엄청난 파열음과 함께 외벽에 부딪치면... 처참하게 부서진 차체에서 연기가 피어오른다.
겨우 눈을 뜨는 두식, 정신이 혼미하다. 이마에선 피가 흘러내린다.
온몸에 가해진 충격으로 몸이 말을 듣지 않는다.
두식, 겨우 고개를 돌려 옆을 보는데 핸들에 고꾸라진 정우에게서 피가 흐른다.
피투성이가 된 정우의 손을 향해 힘겹게 손을 뻗는 두식...

두식 (겨우 새어 나오는 쉰 소리로) 혀엉... 형...

애타게 불러보지만 아무런 대답이 없다.
정우의 죽음을 직감한 두식의 눈에서 눈물이 쏟아져 내린다.

두식 (있는 힘을 다해 쥐어짜듯) 혀엉...!

멀리서 사이렌 소리 들려오고... 다시금 사랑하는 사람을 잃은 두식의 절규가 애처롭다.

S#43. 두식의 집, 거실 (밤)

담담한 표정으로 이야기를 마친 두식, 오히려 혜진의 눈이 그렁그렁하다.
두식, 가만히 혜진을 보는데 혜진, 두식을 꼭 끌어안는다. 그리고 말한다.

혜진 울어도 돼.
두식 (마음이 툭 건드려지는) ...!
혜진 너도 힘들었잖아. 아픈 거 꾹꾹 눌러왔잖아.
심장에 모래주머니 매달고 살았을 거잖아.
두식 (왈칵하게 되는)
혜진 나한테는 아프다고 해도 돼. 슬프다고 해도 돼. 그냥 울어도 돼...

혜진의 말에 두식의 눈에서도 후두둑 눈물이 흐른다.
마치 오랫동안 쌓아뒀던 감정의 둑이 무너져 내린 것처럼.
두식, 혜진의 품에 안겨 서럽게 울며 처음으로 감정을 토해낸다.
그러면 혜진, 두식의 등을 토닥토닥해주며 그저 위로를 건넨다.
그런 두 사람의 모습에서...

S#44. 도로 전경 (낮)

성현의 차가 공진으로 향하고 있다.

S#45. 성현의 차 안 (낮)

운전 중인 성현, 유달리 조용한 도하를 힐끗 살피고는 말한다.

성현 기억나? 우리 원래 답사하기로 했던 데 공진 아니었던 거.
도하 네. 세진항인가? 저희 다 거기 가 있는데,
선배 혼자 길 잘못 들어서 공진으로 갔잖아요.
다음번엔 스탭 차를 타시든 연출 봉고를 따로 타시든 좀 그러세요.
성현 그때 이 차 새로 샀잖아. 고속도로 한 번 밟아주고 싶었어.
도하 (어이없다는 듯 피식하면)
성현 (진지해져서) 나 아니었음 네가 공진에서 홍두식을 만날 일은 없었겠지?
도하 (멈칫하는데)
성현 근데 말이야... 어쩌면 처음부터 우리 목적지는 공진으로
정해져 있었던 것 같아. 몰랐는데, 네 얘기 속에 나도 끼어 있더라고.
도하 (무슨 뜻인가 싶어 보면)
성현 교통사고로 죽었다던 홍두식 상사, 내 사촌매형이야.
도하 (놀라는) 네?
성현 내가 예뻐하는 조카 하랑이 아빠.
도하 (어쩐지 충격인데) ...!
성현 (쓸쓸하게) 이러니 내가 운명을 안 믿을 수가 있나.
도하 (뭐라 말해야 할지 모르겠는데)
성현 (조심스럽게) 그래서 말인데...
난 당사자가 아니고, 옆에 비켜 서 있는 사람이니까.
차마 네 맘 헤아리지도 못 하겠지만...
아마 홍반장도 발 뻗고 편하게 살지는 못했을 거야.

도하　(보는데)
성현　그날, 그 교통사고 난 날. 너희 아버지한테 가는 길이었대.
도하　(몰랐던) ...!
성현　(안타깝게) 다들 참... 운이 나빴지?

도하, 성현의 말에 대답 없이 그저 앞만 본다. 도로 옆으로 바다가 보인다.

S#46. 화정횟집 앞 (낮)

초희, 화정횟집 앞으로 걸어오는데 마침 안에서 화정이 나온다.

초희　언니!
화정　(반갑게) 초희야. 웬일이야? 나 보러 왔어?
초희　겸사겸사요. 언니도 보고, 죽도 사고.
화정　죽은 왜? 어디 아퍼?
초희　아니요. 며칠 전에 사랑니 발치했거든요.
화정　(기겁하며) 으응? 아우, 그거 치 떨리게 아픈데. 괜찮아?
초희　뽑기 전엔 겁났는데 지금은 시원해요.
화정　(웃으며) 그래, 그거 뽑아버려야지 안 그럼 계속 덧나고 아파.
초희　(의미심장하게 보면)
화정　들어가자. 내가 전복 많이 넣고 고소하게 끓여줄게.

S#47. 화정횟집 안 (낮)

초희, 창가에 앉아 있는데 화정, 포장한 죽을 초희 앞에 내려놓는다.

화정　두 통으로 나눠 담았어. 너 참새 모이만큼밖에 안 먹잖아.
초희　고마워요 언니. 계산은 나가면서 할게요.

화정 (앉으며) 그냥 가져가. 아이크림에 대한 보답이야. 그게 훨 비싸겠지만.

초희 (눈 동그래져서) 쓰고... 게세요?

화정 그럼. 아침저녁으로 맨날 발라. 촉촉하니 좋더라.

초희 (미소로) 다행이에요. 미간이랑 팔자주름에 발라도 좋대요.

화정 (웃으며) 그래, 네 덕에 다시 좀 젊어져보자.

초희 언니 여전히 젊어요. 예쁘고. 15년 전이랑 하나도 안 변했어요.

화정 설마!

초희 진짜예요. 처음 만났을 때 언니 모습 그대로예요.

화정 (싫지 않은 듯 웃으면)

초희 ...언니. 지금도 그렇지만 저 그때 영국 오빠랑 아무 사이 아니었어요.

화정 (보면)

초희 제가 좋아했던 사람 영국 오빠 아니에요.
(팔찌 만지작거리고는) 저... 언니 좋아했어요.

화정 (놀라지 않는, 알고 있던 눈빛이고)

초희 (화정이 놀라지 않자) 알고... 계셨어요?

화정 (대답 안 하는, 그러나 긍정으로)

초희 (당황해서) 어떻게 아셨어요?

화정 (동요하지 않고) 그냥. 안다기보다 느껴지는 거지.
사람이 사람 좋아하는 눈이 어디 숨겨지나.

초희 (멍해지는데)

화정 그때 너 참 예뻤어.

초희 (보면)

화정 착하고 다정하고 상냥하고. 애들 좋아해서 초등학교 선생님이 천직인 애.
그런 애가 왜 그렇게 외로워 보이던지, 자꾸 챙겨주고 싶었어.

초희 (눈물 그렁해지는)

화정 내 마음이 네 마음이랑 같지는 않겠지만, 나도 너 좋아했어. 초희야.
그리고... 지금도 좋아해.

초희 (글썽해져서) 고마워요, 언니.
알고도 모른 척해줘서. 절 그냥 있는 그대로 봐줘서.

화정 (따뜻하게 보는데)

초희 (눈물 닦고) 근데... 저 이제는 안 그래요.
정리한 지 오래고 그런 맘으로 언닐 보지 않아요.
전 그냥 언니가 행복해졌으면 좋겠어요, 오빠랑 같이.

화정 (뭉클함으로) 아직 행복이 뭔지는 잘 모르겠는데,
어디 그 언저리 근방까진 와 있는 것 같아.

초희 (활짝 웃으며) 그럼 됐어요.

S#48. 바닷가 (저녁)

성현, 카메라 설치하고 바다에 물드는 노을빛을 찍고 있다.
진지하게 모니터를 보는데 그 옆의 도하, 어쩐지 집중을 못 하는 얼굴이다.

성현 (툭) 다녀와. 나 혼자 찍고 있을 테니까.

도하 (멍하니) 네?

성현 (모니터 보며) 지금 너 손거스러미 일어난 기분이잖아.
자꾸 거슬리고 따갑고 신경 쓰이고.

도하 (들킨 듯하고)

성현 (도하 보며) 그거 깨끗하게 잘라내야지, 혼자 잘못 뜯음 더 아파.

도하 (생각하는 표정으로) ...

S#49. 두식의 집, 마당 (밤)

두식, 문을 열고 나오다가 평상에 우두커니 앉아 있는 도하의 등을 본다.
도하를 발견하고 멈칫하는 두식, 망설이다 곁으로 다가간다.
두식, 아무 말도 못 하고 서 있는데 도하가 먼저 입을 연다.

도하 수천 수만 번을 상상했어.
홍두식이란 사람이 지금 어떤 모습으로 살고 있을지.

두식　(아프게 듣고 있는)

도하　내 머릿속에서 그 사람은 우리 아빠한테 했던 것처럼,
여전히 누군가를 해치며 살고 있었는데...

두식　...미안해. 진심으로.

도하　(보다가) 늘 이상하다고 생각했어.
아빠 그렇게 되고, 우리 집은 분명 풍비박산이 났어야 됐는데
오히려 이사를 갔거든. 아파트로.

두식　(그저 듣는)

도하　엄마가 그러는 거야. 학자금 대출 다 갚았으니까,
넌 취업 준비만 열심히 하면 된다고. 아빠 병원비도 걱정하지 말라고.

두식　(그저 듣고만 있는데)

도하　엄마는 보험금 덕분이랬지만 그게 말이 안 되잖아.
내가 우리 집 형편을 뻔히 아는데.

두식　...

도하　(확인사살로) ...혹시 당신이었어?

두식, 차마 대답 못 하는데 떠오르는 과거의 기억...

S#50. 과거. 종합병원, 복도 (밤)

두식, 도하 모 앞에서 무릎을 꿇고 있다. 그 앞에는 하얀 봉투가 놓여 있다.

도하 모　(떨리는 목소리로) 이게 뭐예요?

두식　(고개 숙인 채) 제가 가진 걸 다 처분했습니다.

도하 모　(멈칫하는)

두식　...죄송합니다. 그런데 제가 사죄드릴 방법이 이것밖에 없습니다.

도하 모　(분노로) 많이 배우고 돈 많은 인간들은 원래 다 이래요?

두식　어떻게 생각하셔도 좋습니다.
그래도 받아주세요. 제발 이렇게 부탁드립니다.

도하 모　(기가 막힌데)

두식　저... 아저씨 일어나실 거라고 믿습니다.

도하 모　(멈칫하는) !

두식　(간절하게) 다른 뜻 없어요. 그저 그때까지 버틸 수 있게,
기다릴 수 있게 해드리고 싶습니다.

도하 모　(눈물 고인 채) 아, 정말 징그럽다.

두식　(보면)

도하 모　돈이 뭔지 정말 소름이 끼치네요. 지금 당장 다 찢어발겨도 시원찮은데!
...받을게요. 이걸로 우리 빚도 갚고 더 좋은 병원으로 갈 거예요.
나중에 딴소리하지 마요!

두식　(고개 푹 숙인 채) 네...

일부러 위악을 떤 도하 모, 봉투를 가슴에 안은 채 꾹꾹 울음을 눌러 담는다.

S#51. 두식의 집, 마당 (밤)

도하, 자신의 질문에 대답하지 못하는 두식을 뚫어지게 본다.

도하　...역시 그쪽이었네.

두식　(아무 말 못 하면)

도하　(자조적으로) 그냥 돈으로 보상하면 되지, 그런 거였어?
어차피 없는 집이니까, 우리 아빠 목숨 값 뭐 그런 건가?

두식　그런 거 아니야.

도하　그게 아니면 뭔데? 왜? 불쌍해서?

두식　...아저씨가 나한테 마지막으로 하신 말은, 가족 걱정이었어.

도하　(마음이 쿵 떨어지는)

두식　아들 면접 때 좋은 양복을 입히고 싶단 아저씨 말이 계속 생각났어.

도하　(충격으로) ...!

두식　그렇게라도 내가 대신 해주고 싶었어.

도하 (자기 허벅지를 툭, 툭 치며) 나 때문이었네...

두식 (놀라는데)

도하 욕심 없는 우리 아빠, 뭐 한다고 그런 걸 들었을까 했는데.
방송국 몇 번 떨어지고 내가 술 먹고 그랬거든.
후진 양복 입고 가서 그런 거라고.
빈티 나서, 돈도 없고 빽도 없어서, 취직이 안 되는 거라고.

두식 (안타까움으로) 아니야. 아저씨는 항상 널 자랑스러워하셨어.

도하 (감정이 올라오지만 꾹 누르는)

두식 공부 잘해서 좋은 대학 나왔다고 몇 번이나 자랑하셨는데,
그게 이제야 기억이 나네.

도하 (고개 푹 숙이고 있는데)

두식 (진심으로) 내 잘못이야. 나한테 내민 손을 내가 잡아드리지 못했어.

도하 아니, 당신 잘못 아냐. 아닌 거 아는데, 누구라도 원망할 사람이 필요했어.

두식 (마음 아프고)

도하 (왈칵) 근데... 우리 아빠 중학교밖에 안 나왔단 말이야...
친했다면서. 자세히 좀 봐주지. 괜찮을 거라고 한 번만 더 말해주지.

두식 (눈물 고인 채) 미안해, 정말 미안하다...

진심 어린 사과와 위로 속에서 도하와 두식, 그저 그렇게 있다.
그러나 오래 묵혀뒀던 슬픔이 조용히 녹아내리고 있다.

S#52. 바닷가 (밤)

성현, 촬영이 끝난 지 오래인데 계속해서 그 바닷가에 우두커니 앉아 있다.
그때 지원에게서 전화 걸려온다.

지원(F) 지피디. 언제 올라와?

성현 ...글쎄. 아주 긴 얘기라, 어쩌지 시간이 더 필요할 것 같네.

지원(F) 뭔 소리야. 아직 다 못 찍었어?

성현, 지원의 말에 대답 대신 희미하고 쓸쓸하게 웃는다.
두식과 도하를 향한 그의 배려이자, 위로다.

S#53. 두식의 집, 마당 (밤)

두식과 도하, 평상에 나란히 앉아 있다. 감정이 해소된 얼굴들이다.

도하 ...우리 아빠 요즘 재활 치료받아요.
될진 모르지만 다시 걸으려고 열심히 노력 중이에요.
두식 (마음이 왈칵하는데)
도하 아빠도 저렇게 앞으로 나아가려고 애쓰는데,
홍반장님도, 나도, 이제 그만 뒤돌아보고 삽시다.
두식 (보면)
도하 그렇게 정리해요. 그리고 이제 모르는 척 각자 살아요.
두식 (뭉클한데)
도하 ...오해한 것도, 그때 때린 것도 미안했습니다.
두식 (가만히 보다가) 독활 더 말려놨는데 가져갈래?
도하 (끄덕이며) 예...

두식, 독활을 가지러 안으로 들어가면 도하, 홀로 남아 밤하늘을 올려다본다.
어딘가 시원해진 얼굴. 별이 많다...

S#54. 공진 전경 (아침)

S#55. 두식의 집, 침실 (아침)

셔츠에 검은색 타이를 멘 두식,
옷장 문을 열어 정우가 사준 슈트 재킷을 꺼내 걸쳐 입는다.

S#56. 두식의 집, 거실 (아침)

두식 나오면 기다리고 있던 꽃다발을 든 혜진, 다가와 말한다.

혜진　형한테 간다고 멋지게 빼입었네?
두식　(희미한 미소로) 나 면접 보러 갈 때 형이 사준 옷이야.
혜진　의미 있는 옷이네. 보면 좋아하시겠다.
두식　꽃도 샀어?
혜진　웅. 정식으로 인사드리는 건데 잘 보이고 싶어서.
　　　용인이라고 했지?
두식　(고개를 끄덕인다)

S#57. 상가거리 (아침)

꽃을 든 혜진과 두식, 걸어가는데 두식, 누군가를 발견하고 멈칫한다.
반대편에서 걸어오는 사람 선아와 하랑이다. 혜진 역시 선아를 알아보고!
두식, 하랑에게서 눈을 뗄 수가 없는데... 선아, 두식을 가리키며 하랑에게 말한다.

선아　하랑이 저기 삼촌 기억 안 나?
하랑　(갸웃하며) 삼촌 아닌데. 성현이 삼촌 아니잖아.
선아　(미소로) 삼촌 맞아. 두식이 삼촌이야.
　　　하랑이 어릴 때 맨날 안아주고 엄청 예뻐해줬는데.
두식　(눈시울이 붉어지는) ...!
선아　삼촌한테 가봐! 가서 씩씩하게 안녕하세요, 해.

하랑 (두식에게 걸어가서) 안녕하세요, 삼촌.

두식 (쪼그리고 앉아 눈높이 맞추며) 안녕, 하랑아? 오랜만이야.

하랑 (어리둥절하게 보면)

두식 (눈물 참으며) 하랑이 아직도 공룡 좋아해?

하랑 (공룡 얘기에 신나서) 네! 에우스트렙토스폰딜루스랑요
파키케팔로사우루스랑요 스테고사우루스랑요...

두식 (하랑을 와락 끌어안는데, 걷잡을 수 없이 눈물 쏟아진다)

하랑 (영문 모르고) 삼촌... 왜 울어요?

두식 으응, 하랑이가 공룡 이름을 너무 잘 알아서. 기특해서.

두식과 하랑을 보는 혜진의 마음이 뭉클하다...

S#58. 바닷가 (낮)

모래 위에 꽃다발이 놓여 있다.
혜진과 하랑, 함께 모래사장에 앉아 모래성을 쌓고 있다.

혜진 이모가 모래성 쌓아줄게. 이게 어떻게 하는 거냐면,
(노래 부르며) 두껍아 두껍아 헌 집 줄게. 새집 다오.

하랑 (처음 듣는다는 듯 보면)

혜진 아, 이 노래는 모르는구나? 하여튼 엄청 예쁘게 쌓아줄게.
이모가 예쁜 거 되게 좋아하거든.

그리고 멀찍이 벤치에 앉아 그런 혜진과 하랑을 바라보는 두식과 선아...

선아 정우씨 많이 닮았지?

두식 응...

선아 하는 짓은 더 닮았어. 잘 때 손 위로 만세 하면서 자. 당근도 안 먹어.
친구도 엄청 많고 은근히 고집도 세.

두식 (뭉클한) 진짜 형이랑 똑같네.

선아 그렇다니까.

(잠시 뜸 들이다가) 너 여기 있다고 성현이가 말해줬어.

두식 (멈칫했다가) 성현이? 설마... 지성현 피디?

선아 응, 나랑 이종사촌이야. 너랑도 잘 안다고. 세상 참 좁지?

두식 (전혀 몰랐던) ...!

선아 그렇게 사라지고 여기 와 있는 줄은 몰랐네.

두식 (아무 말도 못 하고 있으면)

선아 두식아. 그때 내가 너한테 그랬던 거... 미안하다고는 안 할게.

그때는 나 정말 살고 싶지 않았거든.

정우씨가 없는 세상에서 숨 한 모금도 쉬기가 싫었어.

두식 (가슴 아프고)

선아 근데... 살아지더라. 숨도 쉬고 밥도 먹고 물도 마시고.

어떤 날은 하랑이 입가에 묻은 밥풀을 보며 웃기도 하고.

그렇게 살다보니까, 어느 순간 살고 싶더라.

두식 (슬프게 보는)

선아 (담담하게) 두식아, 난 이제 더는 너를 원망하지 않아.

그러니까 너도 그만 너 자신을 용서해줘.

두식 (마음이 왈칵하는데)

하랑 (저 멀리서) 엄마! 이모가 두꺼비집 만들어줬어!

선아 (활짝 웃으며) 와, 정말? 우리 하랑이 좋겠네!

하랑 (손짓하며) 엄마, 이리 와! 얼른!

선아 응, 갈게!

선아, 웃으며 혜진과 하랑에게로 걸어가 그 옆에 쪼그리고 앉는다.
혼자 남아 저 멀리 혜진과 선아, 하랑을 보는 두식의 마음이 뭉클하다.
내가 사랑하는 사람들이 함께하는 풍경에 한 사람이 빠져 있다...
두식의 눈에 눈물이 고이는데 그때 옆에서 들려오는 익숙한 목소리.

정우 이야, 홍두식 완전 울보 다 됐네.

두식, 옆을 보면 환영인 듯 정우가 보인다. 옆에 다가와 앉는 정우, 하얀 옷에 피 한 방울 묻지 않은 깨끗한 손, 말간 얼굴이다.

두식　(믿을 수 없는, 투둑 고여 있던 눈물 흐르며) 형...?
정우　(장난스럽게) 어때? 너도 내 나이 되니까 눈물 많아지지?
　　　하랑이 태어났을 때 나 눈물 1L 흘렸다고 네가 엄청 놀렸잖아.
두식　(믿을 수 없다는 듯 보는데)
정우　우리 하랑이 진짜 많이 컸네.
두식　(울컥해서) 형... 나 형 너무 보고 싶었어.
정우　(웃으며) 나도, 인마.
두식　(보다가) 미안해, 형... 그때 나만 아니었어도.
정우　두식아, 그때도 형이 그랬지? 네 잘못 아니라고.
두식　(눈물 날 것 같은) 그래도... 미안해...
정우　(따뜻하게) 괜찮아. 네가 이렇게 살아줬잖아.
두식　(왈칵 보면)
정우　그러니까 앞으로도 계속 살아가. 나 대신 말고 너 자신으로.
두식　(감정이 북받쳐 오르는)
정우　보고 싶은 거, 하고 싶은 거 질릴 때까지 하고.
　　　이만하면 더할 나위 없이 잘 살았다 싶을 때, 그때 우리 다시 만나자.
두식　(눈물 흐르는) 형...
정우　그때는 꼭 같이 낚시하자. 알겠지? 내 동생.

정우의 따뜻한 말에 두식, 눈물이 그렁한 채 겨우 고개를 끄덕여 보인다.
그러고는 멀리서 놀고 있는 혜진과 하랑, 선아를 바라본다.
두식의 얼굴에 비로소 옅은 미소가 떠오른다.
이제야 그간의 모든 짐을 내려놓은 듯 평화로워진 얼굴이다.
사실 정우는 없다... 그저 환영이다...
홀로 앉아 사랑하는 사람들을 바라보는 두식의 뒷모습.
그러나 이상하게도 더는 외로워 보이지 않는다.

S#59. 감리의 집, 마당 (낮)

집 가방을 들고 마당에 들어서는 감리. 스태프들이 모두 떠난 집은 비어 있다. 감리, 툇마루에 앉아 가만히 집을 보다가 손걸레를 들어 바닥을 훔치기 시작하는데 맏이와 숙자가 크기가 다른 빗자루를 들고 들어선다.

숙자　형님. 청승맞게 왜 혼자 청소를 하고 그러셔.
맏이　닦기는 냉중에 닦고 먼첨 쓸기부터 해야지요!
감리　(좋으면서 괜히) 시끄루와. 느이 집에나 가지 여는 왜서 왔다니!
맏이　사램들이 밀물처럼 왔다 썰물처럼 가지 않았소. 성님 에루울까 봐 왔재.
숙자　(신나서) 우리 얼른 청소부터 한 다음에 저녁 먹어요.
아예 그냥 여기서 다 같이 자고 갈까?
감리　(질색하며) 이러이, 귀찮게들 왜서 그래니.
맏이　(그러거나 말거나 숙자에게) 좋은 생각이야. 니는 저짝부터 쓸라니.
숙자　예에.

맏이와 숙자, 비질을 시작하면 감리, 싫지 않은 듯 몰래 웃는다.
소중하게 집 안을 쓸고 닦는 할머니들.

S#60. 방파제 (밤)

어느새 어둑어둑해진 하늘...
혜진과 두식, 등대가 보이는 방파제에 나란히 앉아 있다.
물결에 불빛이 어른거리는 것을 보다가 혜진이 먼저 입을 연다.

혜진　하랑이가 홍반장이 맘에 들었나 봐. 나중에 삼촌이랑 같이 놀러 오래.
두식　(희미하게 웃는)

혜진　그러고 보니 원래 형한테 가기로 했는데, 거길 못 갔네.
두식　(정우가 왔다갔음을 아는 미소로) 괜찮아. 아마 이해해줄 거야.
혜진　(보다가) 웃으니까 좋다...
두식　(멈칫해서 보면)
혜진　앞으로도 그렇게 편하게 웃어.
내가 웃어도 될까, 내가 행복해져도 되나. 그런 생각하지 말고.

혜진의 위로이자 당부에 가만히 바다를 보던 두식, 진지한 얼굴로 혜진을 부른다.

두식　(진지하게) 혜진아.
혜진　(보면)
두식　...사실은 나 그때 죽으려고 했어.
혜진　(놀라는) ...!
두식　나는 살아 있는데 형은 잘못됐단 얘기 듣고 병원에서 그대로 뛰쳐나왔어.

S#61. 과거. 한강 다리 위 (밤)

환자복 차림의 두식, 하염없이 걷는다. 휴대폰 진동이 울리지만 알아채지 못한다. 그 발걸음이 한강 다리에 이르러서야 멈춘다.

두식(E)　그냥 하염없이 걷다가 한강 다리에 멈춰 섰는데, 그런 생각이 들더라.
여기서 생을 끝내자. 그럼 이 물이 돌고 돌아 바다에 닿겠지.
그럼 부모님도 만날 수 있으려나.

두식, 다리 난간에 발을 딛으려는데 몸에 힘이 없어 순간 휘청하며 뒤로 기울어진다. 그 순간 주머니에서 휴대폰이 빠져 바닥에 나뒹군다.
두식, 텅 빈 눈으로 휴대폰을 보는데 액정에 감리가 보낸 문자가 보인다.
두식아. 내거서울으완데혹시 볼수있나? 니 조와하는 반찬도 싸왔다니.

얼굴 까먹겠다. 내니 마이 보고숲다.

감리(E) 두식아. 내거 서울으 완데 혹시 볼 수 있나? 니 조아하는 반찬도 싸 왔다니.
얼굴 까먹겠싸. 내 니 마이 보고 숩다.

두식(E) 그런데... 왜 하필이면 그때였을까?

서툴게 힘겹게 보냈을 감리의 그 투박한 문자에... 두식, 무너진다.
어린아이처럼 입을 삐죽거리다가 결국 울음을 터뜨린다.
그 자리에 풀썩 주저앉아 오열하는 두식...

두식(E) 사는 게 바빠 소홀해졌는데, 솔직히 잊고 있었는데,
띄어쓰기도 맞춤법도 다 틀린 그 문자가... 나를 붙잡았어.
죽기로 결심한 그 순간에, 감리씨가... 공진이... 나를 살렸어.

S#62. 과거. 버스정류장 (아침)

14화 S#4와 같은 날. 버스에서 내린 두식, 캐리어를 들고 내린다.
바다를 바라보는 두식의 표정 없는 얼굴...

두식(E) 그래서 다시 돌아온 거야.
죽지는 못했는데 어떻게 살아야 할지도 모르겠어서.

S#63. 방파제 (밤)

혜진, 두식의 말을 뭉클한 맘으로 가만히 듣고 있다.

두식 불도 안 들어오는 빈집에 날 가뒀는데, 자꾸 사람들이 문을 두드려.
아무것도 묻지 않고 그저 나한테 뭘 먹여. 날 들여다봐...

꼭 혼자 있는 길고양이 돌보듯, 무심하고 따뜻하게.

혜진 (어쩐지 알 것만 같고)

두식 그러다 어느 날부터는 막 부탁을 하더라?

화장실 전구가 나갔다, 세탁기가 고장 났다, 잠깐 와서 카운터 좀 봐라.

일부러 그랬던 거겠지...

혜진 그게 지금의 홍반장을 만들었구나?

두식 (끄덕이면)

혜진 (따뜻해지는) 맞네. 정말 공진이 홍반장을 살렸네.

두식 (저편의 마을을 바라보는데)

혜진 이제 알겠다. 홍반장이 왜 이곳을 좋아하는지.

특별할 것도 대단할 것도 없는 이 쬐그만 바닷마을이 왜 그렇게 애틋한 건지.

두식 (미소로) 이제 내 얘기는 이걸로 끝이야.

오래 기다리게 해서... 미안해.

혜진 고마워. 계속 미완결일까 봐 걱정했는데, 이렇게 용기 내줘서.

두식 전부 너한테서 배운 거야. 네가 없었으면 못 했을 거야.

두 사람, 애틋하게 서로를 바라보다가 두식, 뭔가 생각난 듯한 얼굴이 된다.

두식 근데 그날 치과도 나한테 할 말 있다고 하지 않았어?

혜진 (당황하는) 응? 아아... 그게...

두식 (보며) 곤란한 얘기면 안 해도 돼. 이번엔 내가 기다릴게.

네가 나한테 해줬던 것처럼.

혜진 (망설이다가) 사실은 나 임상교수 제안을 받았어.

두식 (멈칫) ...서울이구나?

혜진 (피할 수 없는) 응...

두식과 혜진, 또 다른 벽에 부딪친 것 같은 얼굴로 서로를 본다.

S#64. 감리의 집, 방 안 (밤)

감리, 맏이, 숙자 나란히 누워 있다.

감리와 맏이, 눈을 감고 있으면 숙자, 보채듯이 일어나 묻는다.

숙자 성님들. 벌써 주무셔?

맏이 (졸린) 으응... 나느 하마 눈꺼풀이 여까지 내려왔싸.

나느 요새 졸레서 연속극도 잘 못 보잖나.

감리 그기 다 늙어서 초즈낙잠이 많아 그런 기야.

숙자 그렇긴 해요. 나는 내가 언제 칠십이 넘었나 싶어.

맘은 처녀적 물레방앗간 드나들 적이랑 똑같은데.

맏이 얄궂해라. 니는 뚫핀 입이라고 벨소릴 다 한다니!

숙자 (약 올리는) 왜? 성님은 한 번도 못 가봤나 보지?

맏이 (발끈해서) 이러이, 나도 왕년엔 문턱이 닳도록 드나들었싸.

감리 (버럭) 야야라, 도투막질 그만하고 얼른 자라니!

숙자, 입을 삐죽이고 잠시 조용한가 싶더니 못 참고 금세 입을 연다.

숙자 근데 성님들은 그럴 때 없으셔?

몸은 늙어 가는데 마음은 안 그래서 서글플 때.

맏이 그럴 때가 개락이다야.

말도 느레지고 생각도 더뎌지고 자꾸 엇박자가 나. 세월이 야속하다니.

감리 (그저 옅게 웃으며 듣고 있으면)

맏이 행님은 그런 적 없소?

감리 나라고 왜서 없겠나. 근데 나느 지끔이 좋다니.

숙자 나이 먹는 게 좋긴 뭐가 좋아요?

감리 나이르 먹은 만큼 마수운 것도 마이 먹고 좋은 풍겡도 마이 봤고

사람도 마이 얻었잖나. 그기 다 행복 아이겠나?

숙자 성님은 행복해?

감리 (느릿하게) 으응. 행복하제.

테레비도 나와보고 노래자랑서 노래도 해보고

니들이랑 이래게 지걸이고 을매나 재미있나.

맏이·숙자 (동의하듯 미소 짓는)

감리 그뿐이나? 오늘 노을이 참 고왔싸. 즈낙에 먹은 오징어도 마수웠고.
잘 둘러보라니. 마커 귀한 것 투성이야.
나느 사는 게 매일 소풍 가기 전날 같다야.

숙자 (까르르) 소풍 좋다. 성님, 그럼 우리 내일은 뭐 하고 놀까?

맏이 그런 기느 막내가 생각하는 기야.

숙자 (앙탈로) 꼭 뭐 시킬 때만 막내래!

숙자의 볼멘소리에 감리와 맏이, 와아아- 웃는다.
옹기종기 이불 밖으로 나란히 나온 세 할머니의 발이 작달막하다.

S#65. 감리의 집 외경 (새벽)

어둠이 걷히고 하늘이 조금씩 밝아져 온다.

S#66. 감리의 집, 방 안 (새벽)

어슴푸레한 새벽빛이 비쳐 들어오는 방 안, 숙자, 맏이, 감리 순으로 자고 있다.
숙자, 맏이의 몸에 턱 하니 다리를 올려놓으면 맏이, 억- 하며 일어난다.

맏이 (성질로) 이러이, 잠을 우떠 이래 요란하게 잔다니!

맏이, 숙자의 다리를 밀어내듯 치우고 감리를 보는데 감리, 깊이 잠들어 있다.
맏이, 감리에게 투덜거리듯 불만을 토로한다.

맏이 행님. 나 숙자 옆에서 못 자겠소. 밤새 이불으 뭉세이로 끌어가고
팔이고 다리고 턱턱 얹으니 내거 속에서 천불이 나요.

감리 (미동도 없으면)

맏이 내 말 안 들레요? 잠귀도 밝은 양반이 웬일이래요? 행님!

맏이, 감리의 몸을 흔들어보는데 미동조차 없다.
어쩐지 이상한 기분이 드는 맏이, 감리의 얼굴에 귀를 갖다대 숨소리를 들어본다. 고요하다. 감리의 죽음을 직감한 맏이의 표정!

맏이 같이 놀자더니 그놈의 성질머리는 우태 그래 급해요.

맏이, 눈시울 붉어진 채 여름 홑이불을 끌어다 감리 위로 폭 덮어주며 말한다.

맏이 ...행님, 잘 자오. 예쁜 소풍, 먼저 가 있소.

길고 긴 잠에 든 감리의 표정, 평온하기 그지없다...

S#67. 에필로그. 언제나 네가 있었다

과거, 혜진이 차(과거에 타던 차)를 운전하고 있다. 혜진의 차가 다리 위로 접어들면 혜진, 난간 앞에 웅크리고 있는 환자복 차림의 두식을 발견한다.

혜진 뭐야? 저 사람 저기 왜 저러고 있어? 병원에서 나온 건가?

궁금하긴 하지만 그냥 가려던 혜진, 자꾸만 왠지 신경이 쓰인다. 결국 비상등을 켜고 차를 세우는 혜진, 휴대폰(3-4년 전 모델)으로 전화를 건다.

혜진 (119에 전화 거는) 네, 수고하십니다. 여기 서강대교 윈데요,
환자복을 입은 사람이 난간 앞에 웅크리고 있어요. 좀 위험해 보여서요.
네. 빨리 와주세요.

혜진, 전화를 끊고 사이드미러를 통해 한참 동안 두식을 지켜본다.
두식, 무릎에 얼굴을 파묻고 있는데다가 꽤 먼 거리라 식별은 불가능하다.
10분도 되지 않아 바로 구급차가 도착하고, 구급대원이 두식에게로 다가간다.
구급대원, 두식을 일으켜 차에 태우면 혜진, 그제야 안도한 듯 떠난다.
자기도 모르는 새에 두식을 구했던 혜진이었다...!

16화

늘 이렇게 잔잔하지만은 않을 거야.

풍랑도 있을 거고. 태풍이 불어 닥치는 날도 있을 거야.

비 좀 맞으면 어때? 바람 좀 불면 어때?

다 괜찮아. 우린 한배를 탔으니까.

S#1. 감리의 집 외경 (낮)

감리의 집 지붕 위로 마당의 풍경이 비춰진다.
하얗게 천막이 쳐진 상가喪家의 분위기.

S#2. 감리의 집, 마당 (낮)

혜진, 무거운 표정으로 들어서면 사람들 북적북적하고 시끄럽다.
맏이, 숙자, 춘재, 영국, 화정, 남숙, 금철, 윤경, 은철, 미선, 주리, 보라, 이준
모두 다 와서 한쪽 상에 모여 앉아 있지만 혜진을 보진 못한다.
그때 검은 셔츠를 입은 두식, 상에 음식 나르다가 혜진을 발견한다.

두식 왔어?
혜진 (약간 울컥한) 으응.
두식 (어깨 다독여주며) 인사부터 드려야지.

S#3. 감리의 집, 방 안 (낮)

혜진, 감리의 영정사진 보면 마음이 왈칵한다.
국화를 내려놓고 향을 꽂는다. 그러고는 눈을 감고 묵념하는데
감리와의 지난 시간들이 짧게 스쳐 지나간다.

S#4. 감리와 혜진의 추억 플래시백 몽타주

- 3화 S#66. 감리와 함께 툇마루에 앉아 있던 순간.
- 3화 S#70. 임플란트를 하러 와서 돈뭉치를 내어놓던 감리.
- 7화 S#52. 감리와 함께 다 같이 밥을 먹던 장면.
- 11화 S#65. 두식과 사귄다는 사실을 알렸을 때 좋아하던 모습.
- 15화 S#28. 혜진에게 옥수수를 가져다주며 웃던 얼굴.

S#5. 감리의 집, 방 안 및 마당 (낮)

혜진, 그 모습 떠올라 눈물이 핑 돈다.
꾹 참으며 돌아서서 감리의 아들 원석, 손녀와 인사를 하고
나오다가 툇마루에 마련된 포토테이블을 뒤늦게 본다.
테이블 위 감리의 수많은 사진들이 액자에 담겨 놓여 있다.
감리, 맏이와 함께 활짝 웃고 있는 사진... 두식과 함께 찍은 사진도 있다.
그때 두식이 다가오면 혜진, 두식에게 묻는다.

혜진　이 사진들은 다 뭐야?
두식　내가 해놨어. 지금까지 찍은 감리씨 사진들로.
혜진　(의아한) 그니까 이걸 왜.
두식　예전에 감리씨가 계장님 아들 결혼식에서 포토테이블을 보고 그랬거든.
나중에 내 장례식 때도 이런 거 하나 있었으면 좋겠다.
혜진　(보면)
두식　(슬프지만 담담하게) 그게 무슨 소리냐니까,

앞으로 남은 제일 성대한 잔치가 장례식일 텐데
그날도 다들 웃고 떠들고 실컷 놀았으면 좋겠대.
좋은 데로 갔을 거니까 감재적이나 부쳐 먹고 막걸리나 실컷 마시래.

혜진　(마음 아픈) 홍반장...

두식　그래서 우리 다 같이 감리씨 마지막 소원 들어주는 중이야.

혜진, 마을 사람들을 보면 맏이, 숙자, 춘재, 영국, 화정, 금철, 윤경, 은철 등...
감리가 사랑하던 사람들이 모두 모여 떠들며 웃고 있다...
혜진, 어쩐지 울컥하는데 그때 화정이 혜진을 향해 손 흔들어 보인다.

화정　선생님! 여기로 오셔!

두식　(희미한 미소로) 가봐. 다들 기다린다.

혜진　응...

두식　육개장 한 사발 줄까? 아참, 안 먹겠구나.

혜진　(변한 모습으로) 곱빼기로 줘. 밥도 한가득 주고.

두식　(미소로) 그래.

그때 마당으로 성현과 지원이 들어선다. 여기저기서 "지피디님" 아는 척하면
성현, 고개 숙여 인사하며 들어와서는 곧장 혜진, 두식에게로 온다.

성현　(안타까움으로) 혜진아! 홍반장!

혜진　선배... 왕작가님.

지원　안녕하세요. 갑자기 이게 무슨 일이에요.

두식　(애써 웃으며) 둘 다 육개장 먹을 거지?

S#6.　감리의 집, 대문 앞 및 마당 (밤)

대문 앞 근조등에 어느새 불이 밝혀져 있다.
밤이 가도록 잦아들지 않는 떠들썩한 상가의 분위기.

감리의 바람대로 정말 잔칫날처럼 보이기도 한다...

S#7. 바다가 보이는 길가 (밤)

두식과 혜진이 성현의 차 앞에서 성현, 지원을 배웅하고 있다.

두식 오늘 와줘서 고마워.
성현 당연히 와야지. 걱정했는데, 생각보단 괜찮아 보여서 다행이다.
두식 (애써 웃는) 응. 가려면 한참인데 얼른 올라가. 왕작가도.
지원 네. 감리 할머님 좋은 곳으로 가셨을 거예요. 정말 좋은 분이셨어요.
두식 (뭉클한) 고마워.
혜진 왕작가님 조심히 올라가시고, 선배도 운전 조심해요.
성현 응. 가볼게.

성현과 지원, 차에 오르고 성현의 차가 출발하면 두 사람 잠시 그 모습 보다가.

두식 가자. 집에 데려다줄게.
혜진 아니야. 나 홍반장이랑 같이 있을래.
두식 거기 불편해서 안 돼. 집 가서 쉬고 내일 일찍 와. 응?
혜진 (보다가) 홍반장... 괜찮아?
두식 응?
혜진 괜찮지 않은데, 괜찮은 척하고 있는 것처럼 보여서.
두식 (혼란스러운) 모르겠어. 아직 실감이 안 나나 봐.
이런 일, 처음이 아닌데 겪을수록 낯설고 이상해.
혜진 (가슴 아프게 보면)
두식 툇마루에 앉아 있던 감리씨 모습도 생생하고
저 길목을 돌면 감리씨가 두식아 하며 손 흔들 것 같고...
아직은 그냥 할머니가 내 곁에 있는 것 같아.
혜진 (안쓰럽고)

두식 (그리움으로) 그래서 어쩐지... 떠나보내고 싶지 않네.
조금 더 계셨으면 좋겠어. 이렇게.

혜진, 두식의 마음을 알기에 그저 가만히 그의 손을 잡아준다.

S#8. 감리의 집, 마당 (밤)

사람들이 떠나고 조용해진 상가. 원석, 힘없는 얼굴로 툇마루에 걸터앉아 있다. 두식, 원석 옆에 가만히 앉으면 원석, 멍하니 툭 말한다.

원석 두식아. 나 어머니 얼굴이 잘 기억이 안 난다.
두식 (보면)
원석 하루 종일 영정사진을 보고 있는데도 왜 이렇게 딴 사람 같냐.
두식 (그 맘 알겠는, 그저 듣고 있는데)
원석 네가 보던 어머니, 아니 우리 엄마 얼굴은 어땠어? 잘 지내셨어?
두식 응. 많이 웃고 놀러도 다니시고 남들도 챙기시고.
좋아 보였어. 평소랑 똑같으셨어.
원석 (왈칵) 나는 엄마가... 내 옆에 아주 오래 있을 줄 알았어.
그래서 늘 다음에 보면 되지, 다음에 보면 되지 그랬는데. 이제 다음이 없네...
두식 (마음 아프고)
원석 부모 돌아가시면 후회 많은 놈이 제일 많이 운다는데
난 염치가 없어서 눈물도 안 나.
그깟 임플란트 얼마나 한다고. 우리 엄마 치과 한 번을 못 보냈네.
두식 ...임플란트 받으셨어.
원석 (보면)
두식 (위로하듯) 잘 받으시고, 고기도 뜯고 오징어도 실컷 잡쉈어.
원석 (눈시울 붉어져) 아이고, 미친놈... 내 새낀 유학까지 보내놓고,
우리 엄마도 자기 새끼라고 나 그렇게 키웠을 건데. 아이고, 미친놈...
두식 (안타깝고)

원석　(울음 참으며) 엄마한테 미안해서 어떡하지?
이제 사과도 못 하는데 더는 잘해드리지도 못 하는데
나 이제 이런 채로 어떻게 살지?

두식　(힘주어) 형. 그러지 마. 감리씨 절대 그렇게 생각 안 해.

원석　(보면)

두식　감리씨한테 형은 그냥 어릴 때부터 속 한 번 안 썩이고 큰 착한 아들이야.
서울서 회계사 하는 자랑스런 아들이고.

원석　(왈칵하고)

두식　형은 감리씨의 기쁨이었어. 행복이었고 위안이었고, 인생의 이유였어.

원석, 참았던 눈물을 터뜨린다. 아이처럼 '엄마'를 부르며 운다.
그 모습 보는 두식의 눈도 젖어가는데, 영정사진 속 감리의 미소가 온화하다.

S#9. 공진 전경 (아침)

S#10. 감리의 상여 몽타주 (아침)

장례 마지막 날, 감리의 상여가 집에서 나온다.
영정사진을 든 원석과 원석 처, 손녀와 딸 내외... 두식과 혜진이 상여를 뒤따른다. 맏이, 숙자를 비롯 마을 사람들 모두 상여를 따라 일렬로 걷는다.
공진을 도는 상여행렬이 장엄하고 아름답다.
감리의 상여가 이편의 생을 지나 다시는 볼 수 없을, 모든 그리운 곳을 지난다.
하늘은 높고 파도는 잔잔하다.
초록물결이 넘실대는 벌판을 지나고, 평생을 보냈던 바다 옆을 지난다.
감리, 그렇게 세상과 영원히 작별한다...

S#11. 감리의 집, 마당 (낮)

맏이, 감리의 빈집에 들어선다. 아무것도 변한 게 없는데 감리만 없다.
툇마루에 앉아 손바닥으로 바닥을 쓸어보는 맏이, 왈칵하는데 그때 숙자가 들어온다.

맏이 　니가 여는 웬일이라니?
숙자 　뭐 훔쳐갈 거 없나 해서 왔어요. 성님은요?
맏이 　(눈물 참으며) 내도. 성님 씨간장은 내거 가지갈 끼라니.
숙자 　(눈물 핑 도는) 그럼 고추장은 내 꺼예요. 욕심내지 마셔!

서로를 보는데 숙자, 못 참고 먼저 울음을 터뜨린다. 맏이도 눈물을 흘린다.

S#12. 감리의 집, 방 안 (낮)

숙자, 걸레로 방을 훔치고 맏이, 감리의 사진을 들여다보고 있다.

맏이 　원석이가 이 집은 정리르 안 하고 그냥 둔다대.
숙자 　(눈 동그래지며) 정말이요?
맏이 　가인테도 여가 본가 아이겠나. 가끔 들른다 했싸.
숙자 　그럼 내가 자주 들여다봐야겠네. 이상하게 빈집은 금방 낡더라.
맏이 　(액자를 애틋하게 손으로 쓸며) 행님 지금쯤 저승에 도착했겠제?
숙자 　(애틋하게) 예. 아마 거기서 성님 때깔이 제일로 고울 거야.
치과선생 덕분에 오징어 원 없이 잡숫고 가셨잖아.
맏이 　(흐뭇하게) 니 말이 맞다야.
숙자 　(불쑥) 성님. 오래 살아요... 성님마저 없으면 나 심심해 못 살아.
맏이 　(찡하게 보다가 괜히) 마카 타박만 하는데 없으믄 펜하고 좋지 모.
숙자 　구박해도 돼. 맨날 시키고 놀려먹어도 돼. 그니까 성님은 좀 더 있어요.
맏이 　(뭉클해져서) 알았싸.
숙자 　(새끼손가락 내밀며) 진짜로! 약속!

맏이　(손가락 걸어주는) 알았다니.

S#13. 두식의 집, 마당 (낮)

두식, 빨랫비누를 썰고 있는데 양이 너무 많다.

두식　너무... 많이 만들었네... (감리 생각에 멍해진다)
혜진　(들어오는) 홍반장!
두식　(다정하게) 왔어?
혜진　그건 뭐야? 비누야?
두식　응. 좀 가져갈래?
(예전에 감리에게 말했듯) 귤피가루 팍팍 넣었는데.
혜진　나야 좋지. 밥은 먹었어?
두식　(배고픈지도 모르겠는) ...어? 아직.
혜진　(그럴 줄 알았다는 듯) 시간이 몇 신데! 안 되겠다. 나가서 뭐 좀 먹자.
두식　뭐 하러 나가. 들어가자. 내가 해줄게.
혜진　(웃으며) 내가 해줄게!

S#14. 두식의 집, 부엌 (낮)

두식, 식탁에 앉아 있으면 혜진, 앞치마를 두르며 자신 있게 말한다.

혜진　내가 이번에는 레시피를 달달 외워왔어.
좀만 기다려? 내가 진짜 맛있는 거 해줄게.

혜진, 일부러 더 밝고 경쾌하게 말한 뒤 냉장고 문을 여는데...
안에 감리가 두고 간 옥수수 소쿠리 들어 있다. 혜진, 소쿠리를 꺼내면 두식, 멈칫한다.

혜진　이게... 아직 그대로 있네.

두식　(힘겹게 겨우) 어. 다 말라비틀어졌지? 근데 못 버리겠더라고.
그냥 왠지 손을 못 대겠어.

혜진, 안타까운 얼굴로 소쿠리의 옥수수를 들어보는데 그 아래 봉투 놓여 있다. 옥수수에서 나온 물기에 봉투 겉면이 젖었다가 말라서 쪼글쪼글하다. 봉투에 "두식이 보아라"라고 적혀 있다. 삐뚤빼뚤한 글씨지만 정성 들여 쓴 느낌. 감리가 쓴 편지다... 두식, 멍하니 봉투를 보는데.

혜진　(보다가) 있잖아. 사랑하는 사람을 잃었을 땐 충분히 아파해야 된대.
안 그럼 슬픔이 온몸을 타고 돌아다니다가 어느 순간 더 크게 터져버리거든.

혜진, 그 말과 함께 봉투를 두식에게 내민다.
그러면 두식, 잠시 생각하다가 떨리는 손으로 편지를 꺼내 읽기 시작한다.

감리(E)　두식아. 밥 먹으라니.
아무리 심든 일이 있싸도 밥은 꼭 먹어이 대.

S#15. 과거. 감리의 집, 방 안 (낮)

감리, 옥수수를 삶아두고 두식에게 편지를 쓰고 있다.

감리(E)　언나 적부터 가심에 멍이 개락인 너인테, 내거 해줄 기 밥밖에 없었싸.
그 밥 먹고 키가 크다맣게 됐으니, 그기 을매나 기특했나 몰라.

S#16. 두식의 집, 부엌 (낮)

감리의 편지를 보는 두식의 눈에서 걷잡을 수 없는 눈물이 흐른다.
함께 보는 혜진 역시 마찬가지다.

감리(E) 두식아. 니가 알킈준 말 기억하나?
부모가 진짜 자슥을 위하는 일은 아프지 않는 거랬제.
부모 맘도 똑같다니. 자슥이 아프믄 억장이 무너져...

S#17. 두식과 감리의 추억 플래시백 몽타주

- 1화 S#55. 두식이 발목 다친 감리를 업고 간다.
- 5화 S#32. 두식, 꽃 앞에서 환히 웃는 감리를 카메라로 찍는다.
- 7화 S#52. 모두가 함께하는 식사자리에서 감리, 두식 숟가락에 반찬 놔준다.
- 7화 S#60. 두식과 감리, 나란히 툇마루에 앉아 우유를 마신다.
- 10화 S#55. 감리, 팥빙수를 앞에다 두고 두식에게 진심 어린 조언을 건넨다.
- 14화 S#58. 두식, 들통을 들고 감리를 업고 간다.

감리(E) 두식이 니는 내인테 아들이고, 손주야...
그기르 절대 잊으믄 안 돼.

S#18. 두식의 집, 부엌 (낮)

계속해서 편지를 읽는 두식, 눈물이 흐르고 혜진의 눈가도 벌써 촉촉하다.

감리(E) 두식아. 사람은 마카 사람들 사이서 살아이 대.
가끔은 사는 기 묵직할 끼야. 그래도 사람들 사이에 있으믄 있잖아?
니가 내르 업어준 것처럼, 분맹 누가 니르 업어줄 끼야.
그래니 두식아. 혼저 가두케 있지 말고 할머이 밥 먹고 얼릉 나오라니.

두식, 눈물 가득한 얼굴로 역시 그렁한 혜진에게 말한다.

두식 ...감리씨 글씨 참 이쁘지?

혜진 응...

두식 (웃으며 울먹이는) 내가 전에 할머니한테 그런 적이 있어.
왜 내 돈은 안 받냐고. 남이라 이거냐고.
근데 나 감리씨 아들이래. 손주래...

혜진 응, 맞아.

감리의 마음을 확인하고 나서야 비로소 이별을 실감하는 두식...
억눌러왔던 감정이 터진다. 두식, 걷잡을 수 없이 터져 나오는 울음을 고스란히 토해낸다. 혜진, 역시 눈물로 그런 두식을 가만히 안아준다.
두식, 상실을 경험한 이래 가장 솔직한 슬픔을 누군가의 앞에서 꺼내는 중이다. 두 사람, 그렇게 서로의 감정을 있는 그대로 위로한다.

혜진(N) 우리는 그날 감리 할머니와 뒤늦은 안녕을 했다.
인생에서 수많은 죽음을 경험하고도 그저 참기만 했을 뿐,
단 한 번도 충분히 슬퍼하지 못했던 그는... 처음으로 오래 울었다.

S#19. 감리를 애도하는 사람들의 몽타주 (낮)

혜진(N) 그리고 사람들 역시 저마다의 방식으로 할머니를 애도하고 있었다.

- 맏이, 빨래를 개다가 감리가 두고 간 양말 한 켤레를 발견한다.
  "이걸 두고 가셨네..." 하며 양말을 정성스레 접는다.
- 숙자, 빨랫줄의 오징어를 걷다가 괜히 만지작거린다.
- 남숙, 공진반점 앞에서 오토바이에 시동을 걸다가 하늘을 한 번 본다.
- 춘재, 쓸쓸한 느낌으로 기타를 치다가 마음이 왈칵한다.
- 금철과 윤경, 보라슈퍼 평상에 앉아 감리가 앉아 있던 자리를 쓸쓸히 본다.

- 영국, 캔커피 마시다가 감리를 떠올린다.
- 화정, 마을회관을 청소하다가 괜히 방석을 어루만져본다.

혜진(N) 그 속에서 우리는 깨달았다.
소중한 기억이 있는 한, 존재는 결코 사라지지 않는다는 것을.

S#20. 두식의 집, 거실 (낮)

슬프지만 어딘가 홀가분해진 얼굴의 두식, 감리와 함께 찍은 사진을 액자에 넣는다. 그러고는 어린 시절 할아버지와 함께 찍은 사진 옆에 세워둔다.
나란히 놓인 사진을 보며 미소 짓는 두식.

S#21. 방송국 외경 (아침)

[자막] 한 달 뒤.

S#22. 방송국, 편집실 (아침)

편집실 책상 가득 쌓여 있는 과자봉지와 각종 에너지드링크...
성현, 편집 중이고 그 옆에 지원과 도하, 폐인 같은 몰골로 앉아 있다.
지원, 5대5 가르마에 머리를 하나로 묶었는데 기름이 올라와 반질반질하다.

도하 왕작가님 머리가 단아하시네요. 꼭 동백기름 바른 것 같고.
지원 응, 너도 정수리에 방앗간 차려도 되겠다. 떡 졌어.
성현 (키보드, 마우스에서 손 떼며) ...됐다!
지원·도하 (보면)
성현 (환희로) 막화 편집 끝!

도하　(화색이 도는) 진짜요? 정말요? 레알이요?

성현　다들 그동안 고생 많았어.
(하다가 둘을 보며) ...우리 제작발표회 날은 좀 씻자.

지원　그래. 이제 그만 집에 가ㅈ... (하다가 갑자기 배를 움켜쥐는) ...아아!

도하　왕작가님 왜 그래요?

성현　(바로 알아챈) 또 위경련이지?

지원　어. 긴장 풀렸나 봐.

성현　일어나! 병원 가자.

지원　(웅크린 채) 됐어. 하루 이틀이야? 이러다 또 잠잠해져.

성현　(또 고집 피우는구나 싶고) 도하야. 가서 따뜻한 물 좀!

도하　(재빨리) 네에!

성현　그럼 잠깐 휴게실이라도 가서 눕자. 응?

성현, 웅크린 지원을 부축하듯 일으키면 지원, 성현에게 기댄다.

S#23. 방송국, 휴게실 (아침)

지원, 소파에 지친 듯 기대 있는데 성현, 가방을 뒤져 약을 꺼낸다.

지원　어, 그 약...?

성현　안 그래도 너 이거 떨어질 때 다 돼간다 싶어서 내가 미리 사놨어.

지원　(놀라는) ...!

성현　(생수병 따서 건네며) 일단 이것부터 먹어. 아, 그리고... 그게 있을 텐데.
...찾았다! (하며 핫팩을 꺼낸다)

지원　여름 간 지 얼마나 됐다고 벌써부터 가방에 핫팩을 들고 다녀?

성현　(포장 뜯으며) 오늘 같은 날 쓰려고 그랬겠지.

지원　(물끄러미 보면)

성현　(허공에 흔들어 건네는) 배에 대고 있어.

지원　(핫팩을 배에 대는데)

성현 (옆에 앉으며) 건강검진은 받았지? 내시경도 했고?

지원 응. 멀쩡하대. 신경성이야.

성현 우리 이제 야식으로 매운 떡볶이 그만 먹자. 그리고 내가 양배추즙 사줄게. 원효대사 해골물 맛이긴 한데, 그게 위에 그렇게 좋,

지원 (말 자르며) 지피디... 부탁인데, 제발 나한테 다정하지 마라.

성현 (멈칫하면)

지원 눈치 챘겠지만, 나 지피디 좋아해.

성현 (모르지 않았던) ...

지원 네가 나 챙기는 거. 나에 대해 모르는 게 없는 거. 우리가 일하면서 쌓인 시간 때문인 거 알아. 너무 익숙하니까.

성현 (당황해서) 왕작가...

지원 근데 네가 이럴 때마다 자꾸만 착각하고 싶어져. 그래서 내가 너랑 일 못 한다는 거야.

지원, 힘겨운 몸을 일으켜 나가면 혼자 남은 성현, 마음이 복잡하다.

S#24. 혜진의 집, 침실 (낮)

혜진의 방이 온통 뒤집어져 있다. 이사를 가는 듯 모든 옷가지가 나와 있다. 혜진, 어쩐지 심각한 표정인데 그때 방문 열리며 두식 들어온다.

두식 (어두운 표정으로) 짐은 다... 쌌어?

혜진 아니. 아직 시작도 못 했어.

두식 ...뭐가 많네?

혜진 (애틋하게) 홍반장. 고마워.

두식 (역시 애틋하게 보면)

혜진 힘들었을 텐데, 내 결정 이해해줘서.

두식 (애써 웃으며) 좋은 기회잖아. 가야지.

혜진과 두식, 이별을 앞둔 연인처럼 안타까운 얼굴로 서로를 바라보는데 미선, 문가에 기대선 채 한심하다는 듯 말한다.

미선 누가 보면 서울로 이사 가는 사람인 줄 알겠네.
야, 윤혜진. 넌 2박 3일 학회 가면서 뭔 짐을 그렇게 싸냐?

미선의 타박에 진지했던 분위기 일순간 깨지며 혜진과 두식, 멋쩍게 웃는다.

S#25. 과거. 방파제 (밤)

15화 S#63에서 이어지는 상황이다.

혜진 (망설이다가) 사실은 나 임상교수 제안을 받았어.
두식 (멈칫) ...서울이구나?
혜진 (피할 수 없는) 응...
두식 좋은 기회네...
혜진 엄청나게.
두식 ...서울 가고 싶어 했잖아.
혜진 가고 싶었지.
두식 (안 가길 바라지만) 가야겠네... 그게 네가 원하는 거라면.
혜진 (예전에 두식이 그랬던 것처럼) 눈치가 좀 없는 타입이구나?
두식 (무슨 뜻인가 보면)
혜진 '가고 싶었지'는 과거형이잖아.
두식 (멍하니 보면)
혜진 그걸 꼭 현재형, 미래형으로 다시 말해줘야 돼?
나 더 이상 서울 안 가고 싶고, 안 갈 거야. 여기 있을 거야.
두식 (멈칫했다가) 설마 나 때문이야?
혜진 어허! 날 너무 수동적으로 보는 거 아냐?
이건 전적으로 내 의지에 따라 결정한 거야. 내가 여기서 할 일이 좀 많아.

두식 (보면)

혜진 마을청소도 해야 되고, 이준이네 집에 승승이도 보러가야 되고,
주리랑 가끔 DOS 얘기도 해야 돼.
무엇보다 난 공진에 단 한 명밖에 없는 치과의사야.
책임감이 얼마나 막중한데!

두식 (그제야 안도가 섞인 웃음이 나오는데)

혜진 그리고 마지막으로... (웃으며) ...홍반장이 여기 있잖아.

그러면 그 말과 동시에 두식, 혜진을 꼭 끌어안는다.

두식 (행복감으로) 고마워. 고마워, 혜진아.

혜진 (안긴 채) 나도 여기가 좋아. 너만큼이나... 공진이 좋아졌어.

S#26. 혜진의 집, 침실 (낮)

혜진과 두식, 그때의 기억에 마주 보고 있는데...

미선 왜 아주 이삿짐센터를 부르시지. (하고 나간다)

혜진 (민망함에 두식에게) ...옷이 좀 많은가?

두식 으응, 아니야. 하루에 열다섯 벌씩 갈아입으면 되지.

S#27. 라이브카페 안 (낮)

미선, 거울을 들여다보다가 뭔가 생각난 듯 가방을 뒤지기 시작한다.
커피를 들고 오던 은철, 그런 미선을 보고 묻는다.

은철 미선씨 뭐 찾으십니까?

미선 (가방 뒤지며) 아, 로또요. 어제 맞춰보는 걸 깜빡했어요!

은철 (귀여운) 미선씨는 로또를 참 좋아하시는 것 같습니다.

미선 (안 보이는지 계속 뒤적뒤적) 고구마같이 퍽퍽한 인생에 동치미 한 모금이죠. 은철씨 로또 당첨번호 좀 검색해줘요.

은철 네? 네에. (하며 휴대폰으로 찾기 시작한다)

미선 (로또 꺼내는) 아, 찾았다!

은철 (서툴게 검색해 내미는) 여기요.

미선 (맞춰보기 시작하는데) 6... 8... 9... (표정 바뀌기 시작하는) 24... 36...!

눈 휘둥그레진 미선, 차마 여섯 번째 숫자를 읊지 못하고 손으로 입을 틀어막는다. 은철의 눈도 커지고!
미선, 차마 말이 안 나오는 듯 흥분과 감격으로 버둥거리다가...

미선 (은철 끌어안으며) ...됐어요. 이제 됐어요! 은철씨 우리 이제 됐어요!

은철, 어리둥절한데 미선, 은철을 놓고도 감격에서 헤어 나오지 못하는 듯 벌떡 일어나 두 주먹을 쥐고 허공에 혼자 세리머니를 발산한다.
은철, 믿을 수 없다는 듯 휴대폰과 로또용지를 번갈아 비교해보다가...!

은철 (멍하니) 미선씨...

미선 (못 듣고 혼자 열광 중인데)

은철 ...달라요.

미선 (그제야 듣고) 예? 뭐가요?

은철 회차가 달라요.

미선 (멈칫) 그게 무슨 소리에요?

은철 (어쩔 줄 모르는) 제가 지난 회차 당첨번호를 보여드렸나 봐요.

미선 말도 안 돼...

미선, 믿을 수 없다는 표정으로 종이와 휴대폰 번갈아 보는데 987회차와 988회차다. 띠로리... 비련의 여주인공처럼 풀썩 주저앉는 미선!

S#28. 상가거리 (낮)

미선, 넋이 나간 채 터덜터덜 걸어가면 은철, 눈치를 살피며 묻는다.

은철 화났어요?
미선 아니요. 그냥 다만 나라를 잃었구요. 꿈과 희망이 박살났구요.
명이 좀 줄었을 뿐이에요.
은철 (머리 긁적이고) 만약 로또에 당첨됐으면 뭘 하고 싶으셨습니까?
미선 (순간 수줍어져서) 집 사려고 그랬죠. 언젠가 미래의 우리를 위해.
은철 (심쿵해서 보다가) 따라와요. 같이 갈 데가 있습니다.

S#29. 바다가 보이는 공터 (낮)

은철과 미선, 바다가 보이는 공터 앞에 서 있다.

은철 여기 어떻습니까?
미선 뭐가요?
은철 여기다가 집을 지으면 괜찮을까요?
미선 당연히 괜찮겠죠. 근데 제 통장이 괜찮지가 못 하네요.
은철 (갑자기 통장을 꺼내 보여주는데 938,000,000 찍혀 있다)
미선 (눈 비비고 보며) 내 눈이 이상한가? 0이 왜 이렇게 많아요?
은철 14억에서 33% 제세공과금을 낸 나머지 금액입니다.
미선 (경악으로) 예?
은철 저였습니다. 공진의 세 번째 미스터리, 로또 당첨자.

S#30. 과거. 보라슈퍼 안 (밤)

3년 전. 뿔테 안경을 쓴, 순경시험 공부 중인 공시생 은철이 들어온다.
윤경, 허겁지겁 나갈 채비를 하며 은철에게 말한다.

윤경　아유, 도련님 공부하는데 미안해요. 밖에 아직 도로 복구 다 안 됐죠?
은철　네. 아직 바람도 좀 불어요. 근데 갑자기 무슨 일 있으세요?
윤경　(울상으로) 아니, 보라가 또 이준일 때렸다지 뭐예요!
딱 10분만 있다가 문 좀 닫아줘요.
은철　네, 걱정 말고 다녀오세요. 형수님!

윤경 가고 나면 카운터에 앉는 은철, 로또용지를 힐끗 본다.
호기심에 로또용지를 한 장 꺼내보는데 어떻게 하는 건지 잘 모르는 얼굴이다.
이렇게 하는 게 맞나? 사인펜을 꺼내 엉성하게 색칠하기 시작한다.

S#31. 바다가 보이는 공터 (낮)

미선, 어안이 벙벙한 가운데 은철, 계속해서 이야기를 이어나간다.

은철　그냥 눈에 보이길래 태어나서 처음 해본 건데,
그게 덜컥 그렇게 돼버렸어요. 아무한테도 말 못 했구요.
미선　헐! (하며 다시 보는데 뭔가 이상한) 근데 뭐 이렇게 마이너스가 많아요?
다 빠져나갔는데?
은철　기부를... 했습니다.
미선　(삐끗) ...에?
은철　그때 전 몇 년째 경찰공무원 공부를 하고 있었거든요?
근데 그 돈이 생기니까 마음이 해이해져서 공부가 안 되는 거예요.
그래서 스스로한테 물었어요. 제가 되고 싶은 게 부자인가, 경찰인가.
경찰이더라구요.
미선　(멍하니 보는데)
은철　제가 경찰이 되고 싶었던 이유는,

세상이 좀 더 착한 방향으로 갔으면 해서였어요.
기부도 같은 방향인 것 같아서, 한 걸음 보탰습니다.

미선 (원망스럽다는 듯) 은철씨 진짜 너무하네요.

은철 (당황해서) 네?

미선 진짜... 너무 멋있잖아요! 뭐 사람이 이렇게 완전무결해.
원석을 발굴한 내 눈에 경의를 표한다, 증말!

은철 ...실망하지 않으셨습니까?

미선 솔직히 3초쯤 아깝긴 했는데, 은철씨 좋은 마음에 먹칠하기 싫어요.
그리고 로또를 맞고도 취뽀에 성공하는 성실함이면, 뭘 해도 돼!
집 그까짓 거 우리가 벽돌 날라다 짓죠 뭐!

은철 (그런 미선을 귀엽게 보고) 통장을 한 장 넘겨보십시오.

미선 네? (하고 보는데) ...돈이 좀 남아 있네요?

은철 (벌판 보며) 저 푸른 초원 위에 그림 같은 집을 지으면 어떻겠습니까?

미선 (말 뜻 알아듣고) 사랑하는 우리 님과 한 백 년 살고 싶겠죠.

은철 (미소로 보면)

미선 은철씨! (하며 은철에게 안긴다)

S#32. 상가거리 (아침)

두식, 한 손으로 혜진의 캐리어를 끌고 혜진, 두식의 손을 잡고 걷는다.

혜진 (귀엽게) 가기 싫어. 그냥 지금이라도 안 간다 그럴까?

두식 학회에 발표자가 안 가는 게 말이 돼?

혜진 (앙탈로) 그래도. 며칠을 어떻게 떨어져 있어.
안 되겠다. 홍반장도 같이 갈래?

두식 곤란한데. 스케줄이 풀이라.

혜진 (애교로) 홍반장한테 나보다 중요한 스케줄이 있어?

두식 (놀리는) 응. 멸치 배달도 해야 되고, 그물 손질도 가야 되고,
계장님네 흰둥이랑도 놀아줘야 되고.

혜진　(우이씨) 내가 그보다 못하단 말이야?

두식　(피식 웃고) 그럴 리가. 윤혜진, 주머니에 넣어가고 싶다.

혜진　나는 캐리어에 담아가고 싶다.

두식　(배낭 내리며) 여기 들어갈래? 가능할 것도 같은데.

혜진　(귀엽게 때리는 시늉하며) 어우, 뭐야. 내가 무슨 엄지공주야?

두식과 혜진, 길바닥에서 닭살 배틀을 뜨는데 화정과 남숙, 그 모습을 본다. 못 볼 걸 봤다는 듯한 표정. 화정, 눈을 파낼 듯이 거세게 비비며 가버리면.

남숙　(진절머리) 아오, 나도 이제 쟤들은 물린다.

으으으… 남숙, 몸을 부르르 떨고는 화정을 쫄래쫄래 따라간다.

S#33. 화정횟집 안 (낮)

화정, 횟집으로 들어오면 남숙, 쫄래쫄래 따라오며 말한다.

남숙　야, 심심한데 찜질방 안 갈래?

화정　지난주에 때 밀었어. 너나 가.

남숙　그러지 말고 가자. 내가 맥반석 계란 사줄게.

초희　(때마침 문 열고 들어오며) 언니!

남숙　(인상 찌푸리며) 뭐야, 둘이 약속 있었어?

초희　아니요. 여기 계시나 싶어 그냥 잠깐 들렀어요.

남숙　(샘내는) 언제 연락했어? 둘이 나만 빼고 놀기만 해!

화정　넌 나한테 집착 좀 하지 마… (하는데 영국에게 전화 오고) 여보세요? 지금? 알았어. (전화 끊고) 놀다 가들.

남숙　넌 어디 가는데?

화정　(무표정하게) 장영국이 좀 보재.

초희　(웃으며) 얼른 가보세요. 간 김에 데이트도 좀 하시고.

화정 (재빨리 가버리면)
남숙 (그 모습 보며) 아오, 저거는 찜질방 가자니깐.
초희 (웃으며) 저랑 가요 언니.
남숙 (의외라는 듯) 으응?
초희 저 양머리 되게 잘 만들어요, 딴딴하게.
남숙 (솔깃한) 그래? 그거 안 풀리게 만드는 것도 기술인데.
초희 (앞장서는) 가요!
남숙 (못 이기는 척 따라가며) 나 그거 쓰면 되게 귀여워.

S#34. 주민센터 앞 (낮)

영국과 화정, 주민센터 앞에 나란히 서 있다.

화정 왜 오라 그랬어?
영국 내가 뭐랄까 정식으로 할 말이 있어서.
화정 (멀뚱히 보면)
영국 (힘들게 운 띄우는) 저기 내가 일하는 곳이 어디야?
화정 퀴즈냐? 주민센터.
영국 에이, 이름 바뀐 지가 언젠데. 행정복지센터잖아.
화정 동사무소에서 주민센터로 바뀐 것도 겨우 적응했는데
행정복지센터는 너무 길어!
영국 그럼 줄여서 행복센터라고 불러.
내가 앞으로 공적으론 행정복지센터에서 일하고,
사적으론 여화정 행복센터에서 일할까 해.
화정 (보면)
영국 여화정의 행복을 위한 24시간 민원접수, 빠른 해결 보장할게.
화정 (좋으면서 괜히) 항의 방문 오지게 받을 텐데, 괜찮겠어?
영국 얼마든지. 일단 오늘부터 방문해보시던가. 안에 선물도 있어.
화정 (좋은 걸 참느라 콧구멍 벌름) ...선물? 뭔 선물?

S#35. 주민센터, 동장실 (낮)

영국, 화정에게 관절영양제를 건넨다. 화정이 용훈 통해 준 것과 같은 것이다.

화정 (약간 실망한) 이게 뭐야?

영국 뭐긴 뭐야. 네가 나한테 선물했던 거랑 세뚜세뚜지.

화정 이걸 지금 선물이라고 줘?

영국 멋대가리 없는 거 아는데, 뭘 사려니까 건강 생각밖에 안 나더라고.
이제 인생 절반 살았는데,
이거 먹고 튼튼한 무릎으로 팔십 넘게까지 여행 다니며 살자.

화정 (뭉클한) 뭐 그렇게 꿈이 소박해. 백 살까진 다녀야지.

영국 역시 여화정 배포가 나보다 커.

화정 꺼내봐. 당장 한 봉 하게.

영국 응, 으응. (하며 제품 꺼내서 뜯어준다)

화정 (마시고는) 여화정 행복센터 일 잘하네. 나 좀... 행복한 것 같애.

영국 (그 말에 눈물 그렁해지는) 화정아... 내가 진짜 잘할게. 최선을 다할게.

화정 (쓰읍) 울지 마. 울기만 해!

히끅... 눈물을 참으며 고개를 끄덕이는 영국, 말 잘 듣는 큰아들 같다.

S#36. 보라슈퍼 안 (낮)

몸조리 후 슈퍼에 나온 윤경, 자리에서 일어나는데 금철, 호들갑 떨며 만류한다.

금철 앉아 있어, 앉아 있어. 어머님이 그러셨어. 몸조리 잘못하면 평생 고생한다고.
더 쉬라니까 괜히 일찍 나와서는.

윤경 (껌을 자연스럽게 씹으며) 좀이 쑤셔서 못 누워 있겠어.

슬슬 움직이면 돼. 박스들도 정리해야 되고.

금철 내가 할게, 내가. 윤경이 넌 거기서 구경만 하고 있어.

금철, 박스 들고 선반으로 가는데 박스 모서리와 팔꿈치로 선반을 건드려 진열돼 있던 물건들 쏟아진다. 도미노처럼 쓰러지다가 마지막에 탕- 큰 소리 나면 잠시 정적...
윤경, 껌을 짝짝 씹으며 여고생 시절처럼 쌍욕을 난사한다.

윤경 이런 스파씨바...!
금철 윤경아, 그거... 러시아어지? 이고르한테 배웠어?
윤경 (화르륵) 내가 한다니까 왜 지가 한다고 깝치고 지랄이야.
눈이 뒤에 처박혔냐? 팔꿈치가 어디 달렸는지 지 몸이 컨트롤이 안 돼?
금철 (울먹) 욕도 못 하고 태교할 때가 좋았는데... 윤경아, 우리 셋째 가질까?
윤경 몸 푼 지 얼마나 됐다고 이 미친 새끼가...! (삐 처리되는 욕을 더 난사한다)

S#37. 보라슈퍼 앞 (낮)

안에서 고함소리가 들려오지만 이준과 보라, 한두 번이 아니라는 듯한 표정.
달고나에 그려진 모양을 이쑤시개로 분리하는 데 골몰해 있다.
하트 모양을 거의 성공해가는 이준과 달리 보라의 별은 바로 부서져버린다.

보라 아, 또 부서졌어!
이준 됐다!
보라 장이준 너 이거 어떻게 했어?
이준 살살. 조심해서.
보라 우와, 좋겠다. 하트가 더 쉬운가?
이준 (물끄러미 보다가 하트 달고나 내미는) 이거... 너 가져.
보라 응?
이준 (수줍게) 최보라. 너 하트가 무슨 뜻인지는 알지?

보라 응. 하트는... 하트지. (하며 아무 생각 없이 날름 하트 달고나를 먹는다)
이준 (실망으로) 아, 그게 얼마나 힘들게 한 건데. 어떤 의민데...
보라 (우걱우걱 씹고는) 우리 너네 집에 승승이 보러 가자!
이준 (환하게 웃으며) 그래!

보라, 이준 향해 손 내밀면 이준, 함빡 웃으며 그 손을 잡는다.
함께 걸어가는 둘. 꼬맹이들의 첫사랑도 시작되는 듯!

S#38. 바닷가 근처 길가 (낮)

두식, 걸어가는데 뒤에서 '빵빵' 클랙슨 소리가 난다. 돌아보면 성현의 차다.
성현, 차창을 열고 반갑게 두식을 부른다.

성현 홍반장!
두식 (반가우면서 괜히) 서울이 옆집이냐? 뭐 이렇게 자주 와?
성현 (창문 열고 외치는) 점심 먹으러 왔어. 닭백숙 잘하는 집 있길래.
두식 (받아치는) 그 집 오늘 영업 안 한대.

S#39. 두식의 집, 거실 (낮)

성현, 기대에 찬 얼굴로 두식에게 묻는다.

성현 나 꼭 백숙 아니어도 돼. 그때 먹었던 감바스도 맛있었고.
두식 (무시하고) 피자 시켜 먹자.
성현 (실망하는) 응? 그 섬섬옥수로 손수 안 해주고?
두식 (시계 보며) 지금 출발하면 서울에서 저녁은 먹을 수 있겠다.
성현 (바로) 아니야, 나 피자 좋아해. 피자 최고지.

두식, 진즉 그럴 것이지 하는 표정으로 앱을 켜서 피자를 주문한다.

성현 2판 시켜주면 안 돼? (하다가 눈치 보고) 그럼 라지 사이즈라도...

cut to.
두식, 피자박스 열면 먹음직스러운 피자가 모습을 드러낸다.
피자를 보는 두식과 성현의 눈빛...!
두식, 황홀한 눈길로 한 조각을 집으려는데 성현이 먼저 가로채 베어 문다.

두식 (순간 빠직해서 보는데) ...!
성현 (해맑게) 뭐야? 왜 이렇게 맛있어?
두식 (못 말린다는 듯 보고 다른 조각 먹는데) 와, 그러네? 진짜 맛있네.
성현 (입 안 가득한 채) 그치?

두 사람 잠깐 행복하게 먹다가 성현, 문득 진지한 표정으로 말한다.

성현 그때 그 밥상에선 생각도 못 했는데. 우리가 이렇게 친해질지.
두식 사람 사이가 다 그렇지 뭐. 근데 우리가 친해?
성현 (섭섭함에 집으려던 피자를 놓으며) 그럼 안 친해?
두식 (성현 피자에 갈릭소스 뿌려주며) 글쎄에?
성현 이거 봐, 친하잖아. 갈릭소스 뿌려줬음 끝난 거지!
두식 (자기 피자에 핫소스 짜며) 난 핫소스 파야.

성현, 충격으로 피자를 떨구고 두식, 피자를 먹으며 웃는다.

S#40. 두식의 집, 마당 (낮)

두식과 성현, 평상에 앉아 커피를 마시고 있다.

두식 이제 얘기해. 여기까지 온 이유.
성현 (말 돌리는) 이유는 무슨.
두식 얼굴에 근심, 걱정, 번민 덕지덕지 붙어 있거든?
성현 그냥 좀 심란해서 운전하다보니까 여기까지 왔어.
두식 오늘은 길 안 잃어버렸네?
성현 인생의 길을 잃어버리고 있는 중이야.
두식 (알만하다는 듯) 왕작가 때문에?
성현 (멈칫했다가) ...항상 같은 편이었어. 회의하다 의견이 갈려 죽일 듯이
싸워도 한 번도 다른 편이라고 느낀 적이 없었어.
두식 근데?
성현 지원이랑 진짜 평생 보고 싶었는데... 그래서 더 무서워.
괜한 맘으로 시작했다 영영 다른 편이 될까 봐.
두식 (의미심장하게) 시작할 맘은 생겼다는 거네?
성현 (부인 못 하는데) ...
두식 (말 끊으며) 구더기 무서워 장 못 담고, 장마 무서워 호박 못 심지.
성현 (보면)
두식 망설이다가 또 타이밍이란 놈한테 발목 잡히지 말라고.
성현 (뒤통수를 맞은 듯한데) ...!
두식 (때마침 전화 걸려오는) 여보세요. 뭐? 지금? 어, 알았어.
미안한데 나 급한 일이 생겨서 먼저 간다.
성현 (놀랍지도 않다는 듯) 어, 가! 설거지는 내가 해놓을게!

두식, 뛰어나가고 나면 피식 웃고는 커피를 마시는 성현...
휴대폰 열어 지원과의 카톡 메신저를 켠다. 연락할까 말까 망설이다가
프로필 넘겨 보는데 고양이와 풍경 사진 뒤에 4-5년 전 옛날 사진이 나온다.
'지성현 왕지원 첫 번째 프로그램 종방 축하' 현수막 걸려 있는 편집실에서
지금보다 앳된 모습의 성현과 지원, 어깨동무하고 찍은 사진이다.
사진을 보는 성현, 저도 모르게 애틋하게 웃는다. 이상한 마음의 일렁임이다.

S#41. 서울, 한정식집 (저녁)

혜진, 앉아 있다가 명신이 오는 걸 발견하고 일어난다.

혜진　어머니! 여기요.

명신　(반갑게 손 들어 보이는) 어어...!

cut to.

혜진과 명신, 마주 앉아 식사하고 있다.

명신　오랜만에 서울 왔는데 아빠 없이 나만 나와서 어떡해.
상갓집 간 얘긴 들었지?

혜진　네. 통화했어요.
그러잖아도 어머니 언제 한번 맛있는 거 사드리고 싶었어요.

명신　(그 말이 너무 좋은) ...어? 어어, 맛있어. 너무 맛있어!

혜진　(웃으며) 많이 드세요.

명신　응. 홍반장은 잘 지내지?

혜진　(미소로) 그럼요. 언제 한번 데리고 서울 올라올게요.
그땐 다 같이 밥 먹어요. 공진에서처럼.

명신　(물끄러미 보다가) 혜진아. 너 대학 간 다음에
내가 우리 집 초대했던 거 기억나? 우리 처음 인사했던 날.

혜진　(끄덕이며) 기억나요.

명신　나 사실 그때 엄청 긴장했었거든. 근데 네가 감자조림을 집어 먹고
맛있어요 그러더라고.

혜진　(보면)

명신　그게 끝이었어. 어색해서 그 뒤론 별말도 없이 밥만 먹었는데,
난 그게 이상하게 따뜻하데?
그때 생각했던 것 같아. 아, 이렇게 셋이 가족이 되어도 좋겠구나.

혜진　(마음이 왈칵)

명신　이렇게 매일 식탁에 앉아 잘 먹겠습니다, 맛있어요.

그렇게 살아도 괜찮겠구나.

혜진 (뭉클해져서) 그때 감자조림... 진짜로 너무 맛있었어요.

명신 또 해줄게! 다음에 홍반장이랑 서울 올라오면 집으로 와.

혜진 (미소로) 네.

명신 알지? 우리 집 식탁에 지금 의자 4개 있는 거.

혜진 (보면) ...!

명신 (눈 찡긋하며) 한 명 더 늘어나도 문제없어.

혜진 (두식 얘기구나, 살짝 미소 짓는)

S#42. 두식의 집, 부엌 (밤)

두식, 간만에 혼자 앉아 밥을 먹는데 어쩐지 맛이 없다.
그리고 문득 혜진이 그립다. 두식의 눈에 보이는 집 안 곳곳 혜진의 흔적들...
식탁 앞에서 같이 밥 먹던 혜진, 바닥에서 뒹굴거리던 혜진, 술과 차를 구경하는 혜진, 책을 꺼내보는 혜진 등...
여기저기 혜진의 모습 보이다가 사라지면, 외로워진다.

두식 되게... 보고 싶네.

S#43. 공진 전경 (낮)

S#44. 라이브카페 안 (낮)

두식, 멍한 표정으로 허공을 보며 커피를 내리고 있다.
화장실에 다녀온 춘재, 손에 물기를 탁탁 털며 나오다가 두식을 본다.

춘재 야, 두식아. 너 뭐 하냐?

두식　보면 몰라? 커피 내리잖아.

춘재　봐서 하는 말이야.

두식, 내려다보면 포트에서 흐른 물이 테이블을 흥건하게 적시고 있다.

두식　(당황해서) 어엇! 이게 언제 이렇게... 에잇.

춘재　뭔 생각을 했길래 물 넘치는지도 몰라.

두식　그냥...

두식, 행주로 급히 물기를 닦는데 그때 앞치마의 휴대폰이 울린다.
메시지를 확인한 두식의 눈이 커진다. 급한 일이 생긴 듯한 얼굴이다!

두식　(앞치마 벗어 춘재에게 안기며) 형, 미안한데 나 잠깐 나갔다 올게.
이것 좀 부탁해?

춘재　왜? 무슨 일 있어?

두식　(이미 빛의 속도로 문을 박차고 나갔다)

춘재　(행주로 닦으려다가) 어읏, 뜨거! 지문 없어진 거 아냐, 이거?

S#45. 공영주차장 (낮)

혜진, 차에서 내리는데 저만치서 달려오는 두식이 보인다.
두식, 혜진을 보며 환하게 웃으면 혜진 역시 따라 웃는다.
혜진, 두식에게 달려가 덥석 안긴다. 그러면 혜진을 공중에 두어 바퀴 돌려 주는 두식!

두식　(사랑스런 눈길로) 보고 싶었어.

혜진　(마찬가지고) 나도.

혜진, 다시 두식을 끌어안는다. 행복해 보이는 두 사람의 모습 위로,

혜진(E)　나 홍반장이랑 결혼할 거야.

S#46. 혜진의 집, 거실 (밤)

미선, 놀랍지도 않다는 듯, 혜진을 보며 말한다.

미선　그래, 해. 내가 내년 봄쯤 생각 중이니까 내 부케 받고 하면 되겠다.
혜진　(선언하듯) 내일 당장 청혼할 거야.
미선　(경악하는) 뭐?
혜진　내일은 너무 빠른가? 그럼 모레?
미선　(하아) 그치. 그 정도 급발진은 해줘야 윤혜진이지.
근데 뭐야? 갑자기 왜 그렇게 서두르는 건데?
혜진　(진지해져서) 홍반장... 혼자 두기가 싫어.
내가 그 사람 가족이 되어주고 싶어.
미선　(감동으로) 야아... 윤혜진 언제 이렇게 어른이 됐냐?
혜진　(같이 왈칵해서) 내 부케는 네가 받아줄 거지?
미선　(찬물 끼얹는) 김칫국은 마시지 말고. 홍반장이 널 찰 수도 있어.
혜진　(흠칫) 그건 내 계획에 없는데.
미선　괜찮아. 프러포즈를 기깔 나게 하면 돼. 뭐 생각해둔 건 있고?
혜진　아니. 사실 공진 오는 내내 생각했는데, 이거다 싶은 게 없어.
나 창의력 부족인가 봐.
미선　(쯧쯧) 이게 다 우리나라 교육제도의 문제 아니겠니.
넌 그냥 주입식 교육이 만들어낸 피해자일 뿐이야.
혜진　진짜 특별하게, 평생 기억에 남게 해주고 싶은데 어쩌지?
미선　(보다가) 생각이 안 나면 초심으로 돌아가.
혜진　응?
미선　자꾸 거창한 걸 떠올리려고 하지 말고
처음으로 돌아가서 찬찬히 생각해보라고. 거기 답이 있을지어니!

혜진 (생각하는 표정으로) ...

S#47. 두식의 집, 침실 (낮)

두식, 막 뭔가를 꺼낸 듯 책상서랍을 닫는데 그때 혜진에게 메시지가 온다.

혜진(E) 홍반장! 바닷가로 와.

S#48. 바닷가 (낮)

두식, 두리번거리며 걸어오는데 파도와 가까운 모래사장에 혜진이 앉아 있다.
혜진 옆에 가방과 박스 놓여 있는데 가방에 가려져 박스는 잘 보이지 않는다.
혜진, 어쩐지 생각에 잠겨 있는 듯한 얼굴, 첫 만남 때의 구두를 신고 있다.

두식 (혜진 옆에 앉으며) 무슨 생각해?
혜진 (보고) 그냥. 우리 처음 만났던 날이 떠올라서.
두식 (피식 웃으며) 그때 우리 진짜 엉망진창이었는데.
혜진 최악의 첫인상이었지.
나도 나지만 지금 생각해보면 홍반장도 황당했을 것 같아.
생판 처음 보는 여자가 신발 찾아달라, 돈 빌려달라, 하루 종일 우당탕탕.
두식 (웃으며 듣는데)
혜진 근데 그날의 그 파도가 우릴 여기로 데려다놓은 것 같아.
나한테 이 신발이 돌아온 것처럼.

두식, 혜진을 보는데 혜진, 옆의 상자에서 스니커즈를 꺼내 두식 앞에 내려놓는다. 당황한 얼굴의 두식, 혜진을 보는데!

혜진 현관에 우리 신발이 늘 나란히 놓여 있으면 좋겠어. 외롭지 않게.

두식　(눈 커지는) !

혜진　(진심을 담아) 홍반장. 나랑 결혼해줄래?

두식　(당황한 듯 바로) 아니야.

혜진　(충격으로) 어? 왜...? 싫어...?

두식　(횡설수설) 아니, 그게 아니라... 아, 왜 하필이면... 아니, 왜 지금...

두식, 벌떡 일어나 서성인다. 혜진, 영문 모르고 당황해서 따라 일어나는데. 미치겠다는 듯 머리를 헝클던 두식, 품속에서 주얼리 케이스를 꺼낸다. 혜진의 눈이 휘둥그레지고!

두식　(좌절로) 나도 오늘 프러포즈하려고 했단 말이야.
내가 먼저 하려고 했는데, 내가 한참 전부터 준비했는데.

혜진　(수습하려는) 누, 누가 먼저가 뭐가 중요해.
우리가 같은 생각을 했단 게 중요하지!

두식　(그래도 여전히 절망으로 보면)

혜진　자, 그러면 여기서부턴 홍반장이 해. 내가 바톤터치 해줄게.

두식　(멍하니 보는데)

혜진　이어달리기라고 생각해. 홍반장이 마지막 주자야.
결승선에 골인하라고!

두식　(미치겠는) 지금 이 상황에 어떻게...

혜진　(주먹 불끈) 할 수 있어! 파이팅!

하... 두식, 망했단 표정에 헛웃음이 나오지만 겨우 평정심을 되찾는다. 진지한 얼굴이 되어 바다를 보며 말한다.

두식　아까 첫인상 얘기했잖아. 최악이었다고. ...난 아니었어.

혜진　(보면)

두식　그날 바다 위에서 어떤 여자를 봤어.
한참을 앉아 있는데 어쩐지 눈빛이 너무 슬퍼 보이는 거야.

혜진　(몰랐던 이야기고) !

두식 그게 자꾸 맘에 밟혀서 계속 눈길이 갔어.
근데 그 여자를... 이렇게 사랑하게 될 줄은 몰랐네.

두식, 상자를 열면 예전에 혜진이 샀던 것과 같은 목걸이가 들어 있다.

혜진 (감동으로) 홍반장...?
두식 (목에 걸어주고) 내 637시간의 노동과 맞바꾼 목걸이야.
또 갖다가 중고월드에 팔기만 해!
혜진 (고개 저으며) 절대, 절대로!
두식 (보며) ...현관엔 신발 두 켤레, 화장실엔 칫솔 두 개, 부엌엔 앞치마 두 벌.
뭐든지 다 한 쌍씩 두자.
그런 집에서 오늘을, 내일을, 모든 시간을 함께 살자.
혜진 (그렁해져서 고개를 끄덕이며) 사랑해.
두식 (진심을 담아) 내가 더.

두식, 그대로 한 발 혜진에게 다가가 입을 맞춘다.
사랑을 확인하고 결혼을 약속한, 비로소 결실을 맺은 두 사람이다...
그렇게 키스하는데, 혜진과 두식이 서 있던 곳까지 파도가 밀려든다.
"앗 차거!" 깜짝 놀라 떨어지는 두 사람!
그런데 어느새 두식의 스니커즈 한 짝이 파도에 쓸려가고 있다.

혜진 어? 홍반장! 저기 신발! 신발!
두식 어어, 어디 가 어디! 에잇! (하며 신발을 쫓아 첨벙첨벙 물에 뛰어든다)
혜진 어떡해, 어떡해. (하다가 나도 모르겠다 하며 같이 물속에 들어간다)
두식 (신발을 쫓아가며) 내가 항상 신발이 문제랬지?

두식의 바지와 혜진의 치맛자락이 모두 젖고 첨벙첨벙...
신발을 건지러 들어간 두 사람! 그럼에도 불구하고 행복해 보인다.

S#49. 두식의 집, 거실 및 침실 (저녁)

두식, 욕실에서 나오면 먼저 씻은 혜진, 거실 테이블에 앉아 있다.
젖은 머리를 털며 두식, 다가가보면 혜진, 흰 종이에 뭔가 끼적이고 있다.

두식 뭐 해?

혜진 으응. 결혼생활에 필요한 공동규약을 만들고 있지.

두식 (혀를 내두르는) 이야, 윤혜진. 대체 어디까지 앞서가는 거니.

혜진 내가 계획형 인간이긴 한데 좀 급진파야.

두식 (웃으며) 그래서 뭘 썼는데?

혜진 (종이 보며) 일단 난 부엌일은 못해.
나 주방에 들어가면 무슨 일 벌어지는지 알지?

두식 심각하게 알지. 넌 그냥 손에 물 한 방울도 묻히지 마.

혜진 (으쓱) 맘에 드네. 대신 홍반장 치아는 앞으로 내가 평생 책임질게.

두식 (끄덕) 내가 더 이득인데? 맘에 들어.

혜진 내가 빨래는 좀 좋아해. 워낙 고가의류가 많아서 관리를 해줘야 되거든.

두식 오케이! 청소는 내가 맡을게.

혜진 ('청소는 홍반장'이라고 적고) 근데 홍반장, 그 반장은 언제까지 할 거야?

두식 글쎄, 생각 안 해봤는데. 왜?

혜진 아니, 뭐 지역을 위해 봉사하는 일이 꼭 반장에만 국한될 필요는
없는 것 같아서. 스펙트럼을 좀 넓혀봐.

두식 반장 다음이면... 통장? 하긴 화정 누나 임기가 곧 끝나긴 한다.

혜진 ...아니 그보다 조금 더. 예를 들면, 시의원이라든가 국회의원이라든가.

두식 (으이그) 또 또 나왔다, 그 야망 눈빛!

혜진 (힝) 홍반장 평생 반장만 하긴 아깝단 말이야.

두식 ...그 호칭 말이야. 언제까지 홍반장이라고 부를 거야?

혜진 그럼 뭐라고 불러?

두식 나처럼 이름을 부르든가.

혜진 이름이면... 두식씨? 두식아?
(해보다가 절레절레) 안 돼. 이 이름은 어떻게 불러도 웃겨.

두식 그럼 오빠라고 불러.

혜진 오빠라고 부르면 죽는다며.

두식 (머쓱한) 그땐 그때고, 지금은 지금이지.

혜진 (한 번 해보는) ...오빠! ...오빠?

두식 (팔뚝 쓸어보며) 이상하네. 아직도 소름이 돋아...

혜진 (우이씨) 아, 그럼 뭐라고 불러. 자기라고 불러?

두식 (쑥스러운) 그거 좋네, 자기.

혜진 (의외라는 듯) 응? 좋아?

두식 응. 원래 자기自己란 말, 나를 가리키는 말이잖아.
그렇게 부르면 꼭 내가 너고, 네가 나인 것처럼 들려서.

혜진 (미소로) 맞아. 이제 내가 너고, 네가 나야.

혜진, 그렇게 말하고 두식에게 쪽 가볍게 입 맞춘다.
사랑스럽다. 두식도 혜진에게 똑같이 가볍게 입을 맞춘다.
묘한 분위기가 흐르고... 혜진과 두식, 서로를 뚫어지게 바라본다.
두식, 손으로 톡톡 테이블을 치고 테이블 밖으로 나온 혜진의 발가락이 꼼지락거린다.

혜진 ...나 오늘 집에 안 가도 되는데.

두식 ...보낼 생각도 없었어.

혜진의 눈이 동그래지면 두식, 갑자기 혜진을 공주님처럼 확 안아 든다.
혜진, 작게 "꺄아" 소리를 내고... 두식, 혜진을 안고 침실로 성큼성큼 걸어 들어간다. 스르륵- 침실 미닫이문이 천천히 닫힌다.

S#50. 두식의 집, 침실 (밤)

시간이 지나고 혜진과 두식, 한 침대에 잠들어 있다.
두식, 어깨를 노출한 채 혜진을 꼭 안고 있고 혜진, 이불 밖으로 얼굴만 빼꼼 내민 채다.
혜진과 함께 잠든 두식, 비로소 편안한 표정이다. 희미하게 웃고 있는 듯도 하다. 혜진이 두식의 곁에 있는 한, 두식은 다시는 악몽을 꾸지 않을 것이다...

S#51. 두식의 집, 침실 (아침)

눈부신 햇살 속에서 눈을 뜨는 혜진, 두식의 침대다.
옆에 두식의 모습은 보이지 않고 부끄러움에 이불을 끌어당겨 덮는다.
그때 두식이 쟁반에 브런치를 챙겨서 들어온다. 혜진, 왠지 더 부끄러워진다.

두식 (다정하게) 일어났어?
혜진 (이불 속에 파묻힌 채) 응.
두식 (침대에 걸터앉으며) 배고프지? 내가 토스트 만들었는데. 이것 좀 먹어봐.
혜진 (물끄러미 보면)
두식 왜? 먹기 싫어?
혜진 (부끄러운) 아니, 나 손이 없어. 아직 옷을 못 입어서...
두식 (덩달아 부끄럽고) 아... 그냥 그대로 있어. 내가 먹여줄게.

혜진, 아기 새처럼 입을 벌리면 두식, 포크로 작은 토스트 조각을 먹여준다.
귀엽게 냠냠 잘도 먹는 혜진. 두식의 눈에서 꿀이 뚝뚝 떨어진다.

두식 맛있어?
혜진 응! 너무 맛있어. 나 우유...
두식 잠깐만... (하며 혜진의 입에 컵을 대준다)
혜진 (입가에 우유 하얗게 묻히고) 너무 좋다. 홍반장표 룸서비스.
두식 (입 닦아주며) 앞으로 매일매일 이렇게 해줄게.
혜진 (행복하게 웃고) 나 하나 더.
두식 으응. (하며 토스트 먹이고 툭) ...둘이 좋겠어.
혜진 (무슨 뜻인가 싶어 보면) ?

두식 (뒤늦은 대답) 아이 말이야. 하나는 너무 외로울 것 같고
셋은 네가 너무 힘들 것 같고. 성별 상관없이 둘이 좋겠어.

혜진 (행복한데 부끄러운) 그러려면 부지런히 서둘러야겠네.

두식 (따라 웃다가 문득) 근데 지금 몇 시지?

혜진 (책상의 시계 보며) 아홉 시.

두식 (경악으로) 뭐? 마을청소 갈 시간인데?

혜진 (대수롭지 않게) 마을청소? 그냥 오늘 하루만 빼먹자.
살다보면 그럴 수도 있지.

두식 (두둥! 미실처럼 돌아보며) 다른 사람은 그럴 수 있어.
하지만 나와 내 사람은 그럴 수 없어!

혜진 (어이없게 보면)

두식 (버럭) 일어나 얼른!

S#52. 두식의 집, 마당 및 대문 앞 (아침)

혜진과 두식, 신발을 꿰어 신으며 우당탕탕 마당으로 뛰어나오는데
때마침 청소하러 가던 마을 사람들 무리, 두식의 집 앞을 지나가고 있었다.
맏이, 숙자, 춘재, 영국, 화정, 남숙, 초희, 금철, 윤경, 은철, 미선 모두 다 있다...
잠시의 정적 속에 끼룩끼룩 갈매기만 울고
혜진, 두식과 마을 사람들 잠시 대치하듯 서로를 본다.
갑자기 눈을 돌리는 마을 사람들, 혜진과 두식을 투명 인간 취급하며
동시다발적으로 각자 자신들의 TMI를 난사하며 걸어간다.
"아침 먹었어?" "난 청국장에 밥 비벼 먹었는데." "그래? 난 저탄고지 중이야."
두식, 관자놀이를 긁는데 그때 혜진, 지나가는 사람들을 향해 외친다.

혜진 저희 결혼해요!

일동 (일제히 멈춰 서면)

혜진 (쿡 찌르며) 홍반장도 뭐라고 말 좀 해봐.

두식 ...우리 진짜 결혼해!

그러면 사람들, 들고 있던 빗자루나 청소도구들 집어 던진다.
휘파람을 불고 환호성을 지르고 난리가 난 분위기!
격렬한 축하를 받으며 혜진과 두식, 행복한 얼굴로 활짝 웃는다.

S#53. 제작발표회장, 주차장 (낮)

안경을 벗고 간만에 화사하게 꾸민 지원, 초조한 표정으로 누군가를 기다리는데 성현의 차가 급하게 주차장에 정차한다. 성현, 운전석에서 뛰어내린다.

지원 (버럭) 왜 이제 와! 10분밖에 안 남았는데!
성현 미안. 거실 시계가 고장 난 걸 깜빡했어.
지원 하여튼 일할 때 빼곤 나사 여러 개 빠져 있지.
성현 (급하게) 이쪽으로 가면 돼?
지원 잠깐만! (하며 성현의 접힌 셔츠 깃을 펴주는데)
성현 (익숙한 듯 해주는 대로 있는) 이제 됐어?
지원 응.
성현 얼른 가자! (하는데 슬리퍼 신고 있다)
지원 (보더니) 지피디 신발! 신발 갈아 신어야지.
성현 아, 맞다. (내려다보더니 뒷좌석에서 구두 꺼내 신는다)
지원 (타박하는) 진짜 너 나 없으면 어떡할라 그러냐.
성현 (바로) 너 없으면 안 되지.
지원 (또 시작이구나 싶은데)
성현 그래서 말인데, 나 다음 아이템 정했으니까 우리 회의하자.
끝나고 맛있는 것도 먹고. 내 맛집 리스트 어마어마한 거 알지?
지원 (어이없는) 뭐 하는 거야 지금?
성현 (담백하게) 뭐 하긴. 밥 먹으러 가잔 얘기잖아. 둘이서.
지원 (멍하니) ...어?
성현 (간접적으로 고백하는) 그뿐만이 아니야. 우리 앞으로도 할 일 진짜 많다?

전국 방방곡곡 답사도 더 가고, 해외도 나가고.
아, 다음엔 피렌체 두오모도 올라가자. 옛날에 나 때문에 못 올라갔다며.

지원 (알아듣고) 지성현...

성현 (쑥스럽지만) 아무리 생각해도, 나는 밥 먹는 것도, 노는 것도,
일하는 것도 너랑 해야겠어. 앞으로 계속 나랑 같이 공사다망[公私多忙]해줘.

지원 (눈물 핑 돌지만 괜히) ...우리 지금 늦었거든? 얼른 안 뛰어?

성현 아, 맞다! (하고 막 뛰어간다)

지원 (그 뒷모습 보며 피식 웃는다)

S#54. 마을회관 안 (밤)

두식과 혜진을 비롯한 마을 사람들 전부 모여 있는 가운데
주리가 성현의 제작발표회 기사를 읽고 있다.

주리 지성현 피디는 〈갯마을 베짱이〉를 통해 느리게 흘러가는 일상의 의미를 되찾고 행복한 삶의 기준에 대해서도 다시 생각해보셨으면 좋겠다고 덧붙였다.

주리의 말에 다들 오... 하는 눈빛으로 모두 한곳을 쳐다보는데 성현이 와 있다. 쑥스러운 얼굴로 머리를 긁적이는 성현이고.

성현 그걸 뭘 또 육성으로 읽어주고 그래. 쑥스럽게.

두식 아무리 생각해도 서울이 옆집이야. 너무 자주 와.

혜진 아, 선배한테 왜 그래! 자주 와요, 선배?

성현 응!

영국 진짜 우리랑 첫방 보려고 여기까지 오신 거예요?

성현 네. 어쩐지 그러고 싶었어요.
이 프로그램은 여러분들이 숨은 주인공들이니까.

주리 무슨 소리예요! 우리 오빠들이 주인공이지.

춘재 (입 막으며) 야, 너는 왜 갑자기 분뇨를 싸질러!

화정　잘 오셨네. 다 같이 보면 더 재밌고 좋지.
숙자　가만 있어보자, 우리 딸한테 방송 보라고 내가 전화를 했나?
남숙　(성현에게) 우리 그때 촬영한 건 1부부턴 안 나오죠?
윤경　(고개 내밀며) 저 혹시 그때 말실수한 건 편집 됐을까요?
금철　(간곡하게) 우리 보라가 보고 있어요.

다들 성현에게 할 말을 쏟아내느라 아우성인데 그때 조용하던 맏이가 말한다.

맏이　...오랜만에 우리 감리 행님 얼굴 보겠네.

맏이의 말에 순간 모두 뭉클해지는데, 그때 보라가 TV를 보며 외친다.

보라　(해맑게) 어? 시작한다!

TV에 〈갯마을 베짱이〉 오프닝 영상이 나오기 시작한다.

S#55. 라이브카페 안 (낮)

며칠 뒤, 춘재가 신문을 보고 있다.
〈갯마을 베짱이〉가 첫 방송부터 시청률 10%를 기록했다는 기사다.

춘재　이야, 요즘 같은 세상에 두 자릿수.
우리 지피디님 음악의 길로 안 간 이유가 있었네. 능력자야.

춘재, 허허 웃는데 그때 02로 시작하는 번호로 전화가 걸려온다.

춘재　서울이네? (갸웃 하고 받는) 여보세요.
작가(F)　네, 여보세요. 혹시 오윤 가수님 맞으신가요?
춘재　(그렇게 불리는 게 낯선) 예? 예에... 맞는... 데요?

작가(F) 안녕하세요. 저희는 JKBC 〈슈가피플〉입니다.

춘재 (믿을 수 없다는 듯) ...네?

작가(F) 저희 다음 레전드로 오윤 가수님을 모시고 싶어서 연락드렸어요.

춘재 (멍하니 듣고만 있는)

그때 계단에서 주리가 내려오다가 넋 나간 얼굴로 전화를 끊는 오윤을 본다.

주리 아빠! 나 배고파. 밥 줘.

춘재 주리야... 아빠 볼 좀 꼬집어봐.

주리 싫어. 아빠 얼굴 개기름 쩔어.

춘재 한 번만 꼬집어봐.

주리 에이, 미끄러운데... (옷자락에 손 한 번 닦고는 세게 꼬집는다)

춘재 아악! (이 와중에 발끈) 야잇, 너 왜 이렇게 세게 꼬집어.

주리 (받아치는) 아, 아빠가 꼬집으라며!

춘재 그랬지? (다시 멍하니) 아프네. 통증이 고스란히 느껴져. 살갗이 애려.

주리 왜 저래.

춘재 (그제야 감격으로) 주리야! 아빠 〈슈가피플〉 나간다!!!

주리 헐? 진짜?

춘재 (울컥해서) 응.

주리 (바로 태세전환) 게스트는 누구래? DOS 혹시 안 나온대?

주리가 그러거나 말거나 감격의 눈물을 흘리는 춘재,
벽에 걸린 자신의 포스터를 애틋하게 바라본다.

두식(N) 〈갯마을 베짱이〉는 춘재 형을 다시 가수 오윤으로 되돌려주었다.
그리고 마을 사람들에게도 깜짝선물이 찾아왔다.

S#56. 북적북적해진 공진 몽타주 (낮)

- 버스가 멈춰 서고 거기서 놀러온 중년, 노년의 관광객들이 우르르 내린다. 등산복, 여행복 차림이고… 누군가 "여기가 〈갯마을 베짱이〉 찍은 데라며?" 한다.

  지나가던 맏이와 숙자, 그 얘기 듣고 신나서 "맞아요! 여기예요!"

  "우리 공진이 유서 깊은 고장이오. 용왕님 모시던 데라니." 한다.
- 화정횟집에 사람들이 바글바글하다. 화정, 바쁘지만 얼굴에 웃음이 떠나지 않는다.
- 공진반점에도 손님들이 가득하다. 남숙, 좋아 죽으려고 한다.
- 윤경, 손님에게 DOS 사인을 자랑한다. "이게 DOS 사인. DOS 아시죠?"

두식(N) 눈부시게 반짝이던 짧은 여름의 여운으로 공진은 들썩였고,

S#57. 바닷가 근처 길가 (낮)

두식, 혜진 함께 자전거를 타고 바다가 보이는 길을 달린다.

햇살이, 파란 바다가 눈부시게 환하다.

두식(N) 그 위로 더욱 찬란한 일상이 흘러갔다.

S#58. 방송국, 회의실 (낮)

성현과 지원, 새로운 기획회의 중이다.

지원 그래서 다음 아이템이 뭔데?

성현 난 항상 모든 기획을 관심사에서부터 출발한단 말이지.

지원 (끄덕이며) 그래서 음식이랑 여행이었잖아. 다음 관심사는 뭔데?

성현 일반인 대상으로 한 연애 버라이어티 어때?

지원 (의외라는 듯) 응?

성현 몇 년 이상씩 된 남사친, 여사친들을 모아놓고
관계가 발전할 수 있는지 지켜보는 거지.
지원 (피식 웃으며) 우리처럼?
성현 (따라 웃으며) 우리처럼.

서로를 보고 웃는 성현과 지원 사이에 묘한 설렘이 흐르는데 그때 도하가 들어온다. 황급히 내외하는 두 사람, 프로페셔널을 가장한 헛소리를 한다.

지원 좋네, 그 아이디어! 사랑과 우정 사이.
성현 (헛소리) 그 노래 피노키오가 불렀지?
지원 (코 만지며) 응. 피노키오는 거짓말할 때마다 코가 길어지잖아.
도하 (갸웃) 어째 공기가 약간 이상한데...?
성현·지원 (꿀꺽 긴장으로 보면)
도하 ...너무 탁해!
(싱글벙글 웃으면서) 공기청정기 하나 들여놔달라니까 너무하네 진짜.
성현 너는 그런 얘기를 왜 웃으면서 해?
지원 도하 뭐 좋은 일 있어?
도하 오늘 아빠가 보조기구 하고 처음으로 한 발 걸었대요.
지원 (기쁨으로) 정말?
도하 (뭉클한) 네! 기적 같아요.
성현 (따뜻하게) 진짜 기적이네.

S#59. 두식의 집, 거실 (낮)

혜진이 사준 세미슈트를 입은 두식, 삼각대 위의 카메라를 만지작거리는데 침실 문이 열리고 혜진이 나온다.
심플한 흰색 드레스를 입고, 머리엔 베일을 쓴 혜진, 사랑스러운 신부의 모습이다. 두식, 혜진의 미모에 잠깐 할 말을 잃는다.

혜진 (어쩐지 수줍은) 자기야. 나... 어때?

두식 (황홀한) 너무 예뻐...

(하다가 장난스럽게 태세전환 하는) ...옷이. 어우, 옷이 날개네.

혜진 (우이씨) 짜증 나 진짜.

두식 (웃으며 혜진의 등을 살피는) 날개 어디 갔어?

아무리 봐도 천사 같은데, 날개가 안 보이네?

혜진 (웃으며 받아치는) 아이, 뭐야! 날개 잠시 뗐어!

(두식 옷 보며) 생일선물이 예복이 될 줄이야. 더 좋은 거 사준다니까.

두식 됐어. 이거면 충분해.

혜진 그래. 본식 때 턱시도 좋은 걸로 입으면 되지 뭐.

다음 주에 드레스 가봉인 건 안 잊었지?

두식 벌써 그렇게 됐나?

혜진 그럼, 시간 빨라. 결혼식까지 정신 똑바로 차려야 돼.

아, 관광버스 대절은 알아봤어? 공진 사람들 서울로 다 모셔가야지.

두식 (못 말린다는 듯 웃고) 벌써 불렀어. 근데 좀 의외야?

난 당연히 웨딩촬영도 스튜디오에서 할 줄 알았는데.

혜진 내 웨딩 컨셉이 '융화'야. 화려함과 소박함의 콜라보랄까?

두식 (귀엽게 보면)

혜진 그리고 식은 서울에서 하니까, 사진은 공진에서 찍고 싶었어.

우리의 인연이 시작된 곳. 우리가 앞으로 살아갈 곳이니까.

두식 (사랑스럽게 보고, 손 내밀며) 갈까?

혜진 (활짝 웃으며 두식의 손을 잡는) 응!

S#60. 두식의 집, 대문 앞 (낮)

두식은 삼각대를, 혜진은 생화로 만든 은은한 부케를 들고 나온다.

두식은 혜진이 선물한 스니커즈를, 혜진은 두식이 건져준 구두를 신었다.

그때 모퉁이 돌아오던 남숙이 두 사람을 보고 눈이 휘둥그레진다.

남숙 뭐야, 뭐야. 둘이 지금 셀프웨촬 하러 가는 거야?
두식 웅. 오붓하게 둘이 한번 찍어보려고.
남숙 아니지. 원래 웨촬에는 전문헬퍼가 필요한 거 몰라? 내가 도와줄게, 내가.
혜진 (당황스런) 아니, 안 그러셔도 되는데. 괜찮아요.
남숙 (혜진을 찰싹 때리며) 괜찮긴 뭐가 괜찮아.
면사포도 잡아주고, 드레스도 정리해주고. 나만 믿어!
혜진·두식 (이게 아닌데) ...!

S#61. 웨딩촬영하러 가는 두식과 혜진 몽타주 (낮)

- 혜진과 두식, 걸어가는데 이미 남숙, 뒤를 쫄래쫄래 따라가고 있다.
  라이브카페 앞에 의자 내놓고 기타 치던 춘재, 두 사람 보더니
  "웨딩촬영에 축가가 빠지면 안 되지!" 하며 기타 들고 따라나선다.
  두식, 혜진 괜찮다고 손사래 치지만 소용없다. 남숙에 춘재가 따라붙었다.
- 보라슈퍼 앞을 지나는데 금철과 윤경, "우린 경험자잖아. 포즈 코치해줄게." "무조건 웃으셔야 돼요. 팔뚝살은 뽀샵이 되는데 표정은 뽀샵이 안 돼." 하며 따라나선다.
- 주민센터 앞을 지나는데 영국, "우리 접때 잔치하고 꽃가루 남은 거 있는데. 어떻게 좀 뿌려줄까?" 하면 화정, "얼른 갖고나와!" 하며 성화를 떤다.
- 맏이와 숙자, "동네에 결혼잔치를 얼마 만에 보는 건지 모르겠네." 하며 따라온다.
- 주리, "아, 뭐야. 삼촌 꼴에 양복 입었어? 언니 드레스 그게 최선이었어요?" 열받게 하면서 계속 따라온다.
- 데이트하던 미선과 은철, "선행학습 겸 우리도 따라갈까요?" "네!" 하며 따라간다.
- 점점 길어지는 행렬. 이준과 보라가 모기차 쫓아다니듯 맨 끝에서 달린다.

S#62. 바닷가 (낮)

혜진과 두식, 바다 배경으로 웃는 얼굴로 사진 찍힌다.

화정 (감독처럼) 컷! 오케이!

화정의 소리에 맞춰 스태프들처럼 들이닥치는 마을 사람들!
혜진, 난감한 얼굴로 겨우 웃고 두식, 넋 나간 신랑의 얼굴이다.
남숙, 혜진의 드레스 자락이나 면사포 정리하고 춘재, 축가랍시고 계속 기타를 친다.
금철과 윤경, 더울까 봐 신랑신부에게 핸디형 선풍기를 대주고 영국, 삼각대 앞에서 카메라를 들여다본다. 찍긴 찍었는데 카메라를 잘 모르는 얼굴이다.
맏이와 숙자, 흐뭇하게 보는 가운데 미선, 웃으라며 계속해서 수신호를 준다.

혜진 (복화술로 두식에게) 우리 지금 셀프웨딩촬영 하는 거 맞아?
두식 글쎄...
남숙 (머리카락 정리해주며) 가만있어보자.
영국 자자, 이번엔 이쪽 배경으로 가보자고.
숙자 명색이 결혼사진인데 뽀뽀 사진 하나 찍어야 되는 거 아니야?
혜진 (경악으로) 네? 아니에요, 저희 괜찮아요.
두식 (질색하며) 에이, 됐어. 뽀뽀는 무슨.
맏이 (편 들어주는) 그래! 남새스럽게 우떠 여서 그런 걸 찍나?
윤경 아니죠. 하나 찍어야죠. 저희도 찍었는데.
금철 난 지금도 찍을 수 있어! (하며 뽀뽀하는 시늉하다 윤경에게 입을 얻어맞는다)
화정 그래. 두 사람 좀 가까이 붙어봐!
혜진 (울상으로) 자기야. 제발 어떻게 좀 해봐.
두식 오케이! 자, 내가 셋 하면 뛰는 거야.
혜진 응?
두식 하나... 둘... 셋...!

두식, 씩 웃으며 혜진의 손을 잡고 달린다.

사람들 사이를 파고들며 팔을 쭉 뻗어 영국 앞의 카메라 삼각대를 낚아채는 두식! 달리는 두 사람의 모습 슬로우모션으로 보여지다가.

두식 (돌아보며) 다들 고마워! 나머진 우리가 셀프로 할게!

모래사장을 달려 도망치는 신랑과 신부! 혜진의 면사포가 바람에 휘날린다.

S#63. 언덕 위, 두식의 배 앞 (낮)

혜진과 두식, 손잡고 초록 언덕을 뛰어올라와 배 앞에 멈춰 선다.

혜진 (무릎 잡고 숨 몰아쉬는) 여기까진 안 오겠지?
두식 응. 다들 등산 극혐해.
혜진 나도 극혐해. 심지어 힐 신었다구...
(하다가 고개 들면 배에 적힌 '순임' 보이고) 근데 이 배 이름이 순임호였어?
두식 응!
혜진 순임이... 사람 이름 같네 꼭.
두식 맞아. 우리 할머니 함자야.
혜진 아... 할머님이셨구나. (배에다 대고 꾸벅) 죄송합니다.
두식 (그런 혜진 귀엽게 보면)
혜진 할아버지가 사랑꾼이셨네. 그런 것 좀 닮지!
두식 (내가 뭘 하는 표정으로 보면)
혜진 이 배 자기가 물려받은 거니까, 요 밑에다 내 이름도 써주면 안 돼?
두식 어, 안 돼!
혜진 (실망하려고 하는데)
두식 (바로) 앞에다 써줄게. 대문짝만하게.
혜진 (해맑게) 그럼 내가 맨 앞에서 홍반장 가는 길을 활짝 열어줄게.
두식 늘 이렇게 잔잔하지만은 않을 거야.
풍랑도 있을 거고. 태풍이 불어 닥치는 날도 있을 거야.

혜진 (단단하게) 비 좀 맞으면 어때? 바람 좀 불면 어때?
다 괜찮아. 우린 한배를 탔으니까.

두식 (미소로 보고) 사진 찍자.

혜진 (사랑스럽게 고개를 끄덕이는)

두식, 배 앞에 삼각대를 설치하고 타이머를 맞춘 뒤 달려와 혜진 옆에 선다.
혜진과 두식, 자세 바꿔가며 다정한 포즈로 몇 장의 사진을 찍는다.
그때 혜진과 두식의 휴대폰이 동시에 울린다.

두식 여보세요?

혜진 (거의 동시에) 여보세요?

두식 뭐? 넘어지셨어? 어디서?

혜진 네? 입 안이 찢어지셨다구요?

두식/혜진 (마주 보며 동시에) 맏이씨?/맏이 할머니?

혜진과 두식, 누가 먼저랄 것도 없이 동시에 언덕을 뛰어 내려가기 시작한다.
두식, 본격 일하는 태세에 돌입한 사람처럼 셔츠 맨 위 단추를 푼다.
혜진, 신부 복장으로 거리낌 없이 뛰면 하얀 베일이 바람에 길게 휘날린다.
어디선가 누군가에 무슨 일이 생기면 나타나는 커플이 아닐 수 없다!
점점 멀게 비춰지며 언덕을 내려가는 혜진과 두식의 모습 점차 작아지고
바다를 고스란히 품은 아름다운 공진의 모습에서.

* 엔딩 스크롤 올라가고 순서대로
어린 혜진의 가족사진, 어린 두식의 가족사진, 감리와 두식의 사진,
셀프웨딩촬영 때 다 함께 찍은 공진 사람들의 단체사진,
마지막으로 언덕 위 배 앞에서 찍은 혜진과 두식 결혼사진 비춰지며.

[END]

사랑하는 혜진에게

혜진아.

지금 밖에는 눈이 와. 그리고 넌 내 옆에 잠들어 있어.

널 깨우면 분명 눈을 비비고 일어나 강아지처럼 눈 속을 뛰어다니겠지만,

그러지 않으려고. 어쩐지 그냥 이대로가 좋네. 내 옆에 네가 잠들어 있는 이 순간이.

나는 여전히 가끔 네가 나와 함께 있는 풍경이 꿈만 같아.

우리가 한집에서 살아가고 있단 사실이 믿겨지지 않을 때가 있어.

물론 그럴 때 네가 엉망진창으로 만든 부엌을 보면 바로 아... 현실이구나 싶어지지만.

우리 계약 잊었어? 그냥 주방 일엔 손을 떼라니까, 왜 자꾸 요즘 요리 욕심을 부려.

너 지난번에 구운 스콘 보니까 꼭 벽돌 같더라. 나 그거 먹다가 이 나가서 윤치과

VVIP 될 뻔했잖아.

차라리 그냥 도자기 같은 걸 배워. 단단한 거, 안 깨지는 거. 먹을 거 말고.

아, 그리고 신발장! 아무래도 신발장을 하나 더 만들어야 할 것 같아. 네 신발들이

점령을 해서 내 운동화가 발 디딜 곳이 없다. 윤혜진이 앞으로도 구두를 포기할 것 같진

않으니, 더 큰 신발장을 짜 넣어주는 수밖에. 너의 지네 라이프를 응원해.

참 이상하지?

윤혜진 한 명 들어왔을 뿐인데, 이 집이 더 이상 예전의 집이 아니게 됐어.

나는 오랫동안 혼자였던 이 집에 네 웃음소리가 둥둥 떠다니는 게 좋아.

네가 쓴 축축한 수건을 욕실에 다시 걸어놓는 것도 귀엽고, 생각날 때마다 한 번씩 윤혜진이라고 적힌 포도주를 흔드는 것도 좋아. 네가 빨래를 널며 DOS의 노래를 흥얼거리는 것도 좋아. 방에서고 마당에서고 시도 때도 없이 날 불러대는 게 좋아. 본인이 쌀한 가마니란 걸 잊고 저 멀리서부터 와다다 달려와 등에 매달리는 것도 좋아. 내 옷마다 네 머리카락이 붙어 있는 게 좋아.

그렇게 내 모든 생활에는 온통 네가 묻어 있어.

혜진아.

너와 한 침대에서 눈을 뜨고, 따뜻한 밥을 지어 먹고, 너랑 세상 유치하게 놀고,

다시 너와 잠드는 매일 매일이 가장 소중해.

나는 이 북적거림이, 온기가 아주 오래 그리웠거든.

네가 없었다면 난 절대 캄캄한 어둠에서 혼자 나올 수 없었을 거야.

내가 감히 행복해도 될까 망설이던 순간에도, 너에게 솔직할 수 없던 순간에도

너는 언제나 용감하게 내 옆에 있어줬어.

나를 놓지 않아줘서 고마워.

어어, 나 한창 진지한데 윤혜진 또 이불 차 내버리네. 손발도 차가운 주제에.

이러다 또 감기 걸려서 지난번처럼... 만지지도 못하게 하는 거 아니야?

그럼... 아주 곤란해!

안 되겠다. 내일은 배숙을 만들어야겠어.

배숙이 뭔지 모를 윤혜진 씨를 위해 설명해주자면, 배 속을 파내서 꿀과 생강을 넣고 찜기에 쪄내는 거야. 나 어릴 때 감기 걸리면 할아버지가 만들어주셨거든.

제법 손이 많이 가서 웬만한 애정이 있지 않고선 못 만드는 거야. 내가 아주 충만한 애정으로 널 위해 그걸 만들어줄게.

우리 다음 주말에는 아부지, 어머니한테 다녀오자.

아부지 지난번에 나한테 또 바둑 졌다고 삐치셨잖아.

그거 원래 등심 내기였는데 아부지 입 댓 발 나오는 바람에 결국 고기도 내가 사고 말이야. 아직도 삐치셨나 싶어 아까 낮에 전화해봤거든? 이제 바둑은 안 되겠다고 체스 배우실 거래. 근데 어떡하지? 나 체스도 좀 두는데.

어머니가 그러는데, 지난번에 내가 만들어 간 마약 계란장 있잖아. 아부지가 고기 없는 장조림을 무슨 맛으로 먹느냐고 투덜거리더니 벌써 다 잡수셨대.

난 아무리 생각해도 아부지 웃기고 귀여운 것 같아. 어머니도 너무 좋고.

그럴 때마다 생각해.

내 인생에 윤혜진이라는 행운이 넝쿨째 굴러들어 왔구나 하고.

내 가족이 되어주고, 귀한 아버지 어머니까지 만들어주고.

이제 나는 평범한 꿈을 꿔, 혜진아.

그저 오늘을 살던 내가 매일같이 내일을 기다리고 모레를 꿈꿔.

내 시간에는 모두 네가 있고, 나는 이제 너와 함께 하고 싶은 게 너무 많아.

언젠가 꼭 너와 함께 바이칼 호를 보러 가고 싶다.

일단 내일은 윤혜진 키만 한 눈사람을 만들어줄게.

밤새 눈이 더 많이 왔으면 좋겠다...

영화 <홍반장>을 원작으로 한 작품이기에 우선 이와 관련해 묻고 싶은 것이 많다. 해당 영화를 드라마로 써야겠다고 결심한 계기가 무엇인지, 원작이 있는 작품을 리메이크하며 부담감은 없었는지, 2004년 작품을 2021년에 내놓으며 가장 고심했던 요소나 이것만은 원작의 결을 유지해야겠다고 생각했던 것이 있는지?

당시 함께 일하던 PD님의 제안으로 리메이크를 맡았다. 사실 처음에는 검토만 하고 바로 거절할 생각이었다. 개인적인 이유로 부담이 되었던 까닭도 있다. 그러나 PD님과 얘기를 하다 보니, 남녀 주인공의 캐릭터성에 끌렸고 몹시 쉽게 설득당했다. 결국 인연이었겠거니 생각한다.

작업을 시작하며 가장 중요하게 생각한 건 역시 캐릭터였다. 〈홍반장〉은 캐릭터성에 있어 한국 영화사에서도 손에 꼽는 뛰어난 작품이 아닌가. 일단, 원작의 매력은 최대한으로 살려야겠다고 생각했다. '혜진'의 경우, 사랑스러움을 유지하되 진화한 모습을 보여주고 싶었다. 2004년에서 17년이나 지난 만큼 변화한 젠더감수성을 고려해 현대적이고 진취적인 여성으로 그려내려 했다. 공진에 불시착한 서울깍쟁이가 사랑을 하며 용감하게 성장하는 모습에 집중했다.

이제는 고유명사가 되어버린 '홍반장' 캐릭터 역시 새롭게 재해석하고자 했다. 특히 원작에서 소문으로만 등장할 뿐 모호하게 처리된 두식의 미스터리가 흥미로웠다. 그 여백을 잘 채운다면 정말 겹이 많은, 복합적인 캐릭터를 만들 수 있겠다고 생각했다. 그래서 그 미스터리를 설계하는 데 상당히 공을 들였다. 세상 모든 직업군을 다 찾아봤던 것 같다. 온에어 도중 두식의 과거를 추측한 여러 글을 봤는데, 아마 여러분께서 생각하신 걸 저도 다 생각했을 거다. 국정원 직원, 의사, 변호사, 기타 등등. 그러나 결국 현실에 발붙인 평범한 인물로 설정하는 게 맞겠다는 결론을 내렸다. 그래서 선택한 것이 바로 '펀드매니저'다. 두식의 현재 삶과 가치관을 설명할 수 있으면서도 '홍반장'과는 180도 다른 모습, 자본주의 중심에 서 있는 직업군이기 때문이다.

원작의 경우, 주인공 캐릭터와 그들의 에피소드를 중심으로 진행되기에 조연들은 대부분 단역으로만 등장한다. 그래서 인물군을 거의 새로 창작해야만 했다. 정말 어딘가에 살아 숨 쉴 법한 캐릭터들을 만들고자 노력했던 것 같다.

마지막으로 몽글몽글하고 따뜻한 옛날 영화 특유의 감성이 묻어나길 바랐는데, 감독님과 스태프분들께서 완벽히 구현해주셨다. 다시 한번 감사하다는 말씀을 드리고 싶다.

두식의 '반말' 설정에 대한 시청자들의 호불호를 분명 예상했을 것 같다. 그럼에도 쓴 특별한 이유가 있는가? 드라마 팬들은, 트라우마가 있는 두식이 자신의 내면을 감추기 위해 '홍반장'이라는 가면을 쓰고 방어기제로 '반말'을 썼다고 해석했는데 이에 대해 어떻게 생각하는가?

두식의 '반말'은 정말이지 끝까지 고민했던 부분이다. 불호의 반응을 예상하고 염려하면서도 동시에 설득력을 갖춰야하는, '절충'과 '균형'의 작업이었다. 100m 상공에서 외줄타기를 하는 기분이었다면 믿어주실지.

일차적으로는 원작의 설정값이었다. 무뚝뚝한 듯 능글맞은 두식의 성격을 표현하는 방식이자, 혜진과의 관계 형성 과정에서도 의미 있는 부분이었다. 그러나 지금은 2021년. 자신보다 어려 보인다는 이유로 처음 보는 여성에게'만' 반말하는 남자 주인공을 쓸 수는 없었다. 사실 연습 삼아 끼적여본 초고에서는 두식으로 하여금 존댓말을 쓰게 했다. 그랬더니 싸가지가 다소 결여된, 빈정거리는 느낌의 어디서 본

듯한 캐릭터가 되어버렸다. 홍반장이라는 인물이 가진 미스터리하고 이상한 매력이 반감되었다. 자유롭고 엉뚱한 느낌도 사라졌다. 혜진과 급격히 친해지며 나타나는 또래 친구의 바이브도, 극 중 재미도 묘하게 살지 않았다. 결국 작가로서 선택을 해야 했다.

'반말'을 쓰되, 타당한 이유를 만들어야겠다고 생각했다. 우선 모두에게 반말을 한다는 개똥철학을 줌으로써, 원래부터 이상한 캐릭터로 표현했다. 이게 혜진이 처음 만난 두식의 모습이고, 여러분이 당황하셨을 두식의 첫인상이다. 혜진과 여러분이 느끼셨을, "왜... 반말?"의 불호 반응을 이해한다. 여기까지가 서사가 풀리기 전의 두식의 모습이다.

그러나 회차가 진행되고 두식의 어둠, 외로움이 비춰지기 시작하면서 반말하는 홍반장의 모습은 어딘가 이질적으로 느껴진다. 사실 처음부터 '반말=방어기제'라고 명확하게 설정해둔 건 아니었다. 누구에게나 친근한 척 반말하는 호쾌하고 오지랖 넓은 '홍반장'은 두식이 자신의 상처를 감추고 극복하려 애쓰는 외피外皮라고 생각했다. 그런데 9화에서 두식과 태화(혜진의 아버지)의 에피소드를 쓰며 깨달았다. 두식이 솔직한 마음을 전할 때는 존댓말을 쓰고 있다는 것을. 대본을 쓰다 보면 인물이 생명력을 얻어 스스로 움직이는 순간이 있다. 그때가 그랬다. 저 역시 그 순간이 되어서야 두식이란 인물을 완전히 이해할 수 있었던 것 같다. 그렇지만 여전히 반말이 불편하실 수 있는 분들을 위해, 태화의 일갈도 심어두었다. "너나 좋지, 새끼야!" 부디 통쾌하셨길 바란다!

그렇다고 해서 홍반장이 두식이 아닌 것은 아니다. 홍반장은 정우와 공진 사람들 덕분에 다시 살게 된 두식의 새로운 모습이자, 두식이 정말 되고 싶은 사람이기도 하다.

주변을 위해 살아가는 사람이고, 누군가에게 도움이 되는 사람이며, 어디에서나 찾는 사랑받는 사람이다. 동시에 자기 삶의 주인이 되어 살아가고, 악몽을 꾸지 않을 듯한 사람이다. 정말 자유로워지고 싶은 두식의 간절한 소망이 담긴 모습이다. 그렇게 애쓰는 두식의 연약함이 대비적으로 표현되길 바랐다.

삶의 템포가 정반대인 혜진과 두식! 이들이 삐걱거리면서도 서로의 있는 그대로를 사랑하게 되는 서사가 무척 아름답다. 로맨스 드라마에서 종종 보여지는 급발진 전개, 고구마 전개 없이 자연스럽게 두 주인공의 감정선을 그려낼 수 있었던 비결과 이를 위해 특별히 신경 썼던 것이 있는지 궁금하다.

사실 저희 드라마는 두 주인공이 관계를 맺는 속도가 상당히 느리고, 또 늦게 이뤄진다. 그 이유는 '두식'이라는 인물의 특수성에 있다. 두식의 서사가 감춰진 채로 이야기가 진행되다 보니, 로맨스 드라마의 보편적인 호흡을 따라가는 게 애초에 불가능했다. 두식은 혜진과 빠르게 사랑을 시작할 수 있는 상황이 아니었고, 두식의 비밀 역시 중간 갈등요소로 쓰일 수 있을 만한 사이즈가 아니었다. 그래서 철저히 인물들의 감정선을 따라가는 데 집중했다.

처음에는 전혀 다른 두 남녀가 갈등을 겪다가 점차 엮이며 묘한 끌림을 느낀다. 그 안에서 혜진은 먼저 현실적인 문제를 고민한다. '소셜 포지션'이라는 한껏 무례한 표현도 등장한다. 동시에 두식은 애써 자신의 마음을 외면하며 '친구'라는 이름으로 선을 긋는다. 사실 3~5화를 통해 한껏 팽창시켜놓은 두 사람의 텐션을 6~7화에서 다시 꺼뜨리는 게 아깝고 어려웠다. 그러나 두식의 상황을 고려했을 때, 썸에서 친구로 가는 과정이 꼭 필요했다. 친구를 가장한 모호한 관계에서 다시 마음을 자각하는 데에는 성현의 역할이 있었고, 혜진 가족의 등장 역시 중요한 전환점이 되었다. 그 과정에서 혜진이 먼저 용기를 냈고, 순수하고 무모하게 부딪쳐오는 혜진의 마음에 두식 역시 빗장이 열리고 만다.

연애를 시작한 후 행복한 것도 잠시 두 사람에게는 다시 위기가 닥친다. 혜진은 두식과의 미래를 꿈꾸지만 두식은 선뜻 그럴 수가 없다. 사실 이 상황에서 조금 더 강력한 방식을 취할까도 고민했다. 그러나 너무도 어렵게 시작한 사랑이기에, 극적인 상황을 쓰겠다는 욕심에 두 사람을 헤어지게 하고 싶지 않았다. 두식은 혜진에게 솔직하지 못하면서도 주춤주춤 저어하는 듯한 소극적인 모습을 보이면서도, 결코 헤어지자는 말은 하지 않는다. 행복할 자격이 없다고 믿으면서도 혜진이란 동아줄을 놓지 못한다. 그게 사랑이 아닐 리 없다. 혜진 역시 마찬가지다.

두식의 벽을 느끼고도 온몸으로 부딪치는 그녀의 용기를 진심으로 존경한다. 하여 그 둘이 서로에게 유일한 위안이자 구원이 되어주는 것. 오직 그것만 생각했다.

어쩌면 이 과정을 지루하게 생각하신 분도 있을 것이다. 실제로 처음 시놉시스를 보고 속도가 느리다며 우려를 표한 분도 있다. 그런데 제가 '썸'을 오래 한번 잘 태워 보겠다고 실언이자 망언을 했다. 무슨 용기였는지는 아직도 모르겠다.

두식이 혜진에게 언제 사랑을 느꼈는지, 혜진을 얼마만큼 사랑하는지 궁금해하는 독자들이 많다. 두식의 트라우마 때문도 있지만, 두식이 어떠한 말을 하려던 순간마다 상황 때문에 진심이 가로막혔던 장면도 있었다. 괴한이 아니었다면 9-10화에서 두식은 혜진에게 고백했을까? 10화 엔딩에서 혜진이 고백했을 때 두식이 "치과, 나는..." 이후에 하려던 말은 거절이었을까?

두식이 언제부터 혜진에게 사랑을 느꼈을지 그 시점은 여러분의 판단에 맡기고 싶다. 저는 어떤 특정 순간을 생각하며 쓰지는 않았다. 다만, 두식은 1화 에필로그에서부터 혜진이 신경 쓰였고, 4화에서 혜진이가 엄마 얘기를 할 때 애틋한 동질감을 느꼈고(동시에 입맞춤을 받아들였고), 5화 에필로그에서 혜진의 존재로 안도감을 느끼며 깊은 잠에 빠졌다. 순차적으로 스며들어 어느 순간에는 이미 사랑하고 있었다고 표현하는 게 맞을 것이다.

중반부에 이르기까지 두식의 감정선은 직접적으로 드러나지 않는다. 서사가 감춰진 상태라, 두식이란 인물이 자신의 감정에 솔직하거나 겉으로 표현할 수가 없었던 까닭이다. 아마 불친절하거나 생략돼 있다고 느끼셨을 수도 있겠다. 이로 인해, 혜진을 향한 두식의 사랑이 작게 표현되었다면 그건 무조건 저의 불찰이다. 더 좋은 방법을 찾지 못하고 에필로그에 숨겨두었다. 그러나 드라마 후반부를 보신 뒤, 두식의 행보를 처음부터 살펴보신다면 느낄 수 있을 것이다. 혜진에게로 가는 두식의 모든 걸음걸음이 용기였다는 것을.

그리고 실제로 두식이 용기를 낼 뻔한 순간들이 있었다. 9화에서 태화, 명신과 만났을 때가 그랬다. 성현이 두식에게 남자친구 대행이 안 끝난 것처럼 보인다는 의미심장한 말을 던졌을 때, 두식은 "그렇게 보이면 그렇게 보이는 거지." 하고 맞대응을 한다. 두식으로서는 처음으로 타인에게 감정을 드러낸 순간이다. 그리고 그날 밤, 고민하던 두식은 태화의 말을 떠올리고 혜진에게로 나아간다. 괴한이 나타나지 않았다면, 두식은 어쩌면 고백을 시도해봤을 수도 있겠다. 하지만 단번에 성공했을 거라고는 생각하지 않는다. 그렇게 결연하게 만나러 가서도 두식은 분명 망설였을 것이다. 실제로 괴한이 침입한 후에 두식은 혜진과 단둘이 자신의 집에 있으면서도 고백하지 않는다. 혜진에게 시 「문지기」를 읽어주며 '그리하여 나의 사랑을 부정하는 것이 나의 직업이다'에서 멈칫할 뿐이다. 사랑을 고백할 수도, 부정할 수도 없는 그의 마음이었다.

10화에서 혜진의 고백을 받았을 때도 처음에는 이성의 끈을 다잡았다. 혜진을 사랑하지만 감히 맺어지기를 바라지는 못했기 때문이다. "치과, 나는..." 이후의 대사를 따로 생각하진 않았지만, 거절하려고 했던 게 맞다. 그러나 혜진의 '어쩔 수 없다'는 말에 무너져 내리고야 말았다.

'로맨스 드라마', '성역할'의 클리셰를 비틀어 보여주며 시청자들의 큰 사랑과 호응을 받았다. 이렇게 써야겠다고 자각한 계기가 있었는지, 상황별 아이디어는 어디에서 얻었는지 궁금하다.

사실 저희 드라마에는 클리셰도 굉장히 많다. 그럼에도 불구하고 역 클리셰에 호응을 해주신 점, 정말 감사하게 생각한다. 로맨스 드라마의 특성상 '이렇게 해야 멋있어'라는 무언의 규범 같은 것들이 있다. 사실 거기에서 완전히 자유롭지 못했다. 그럼에도 불구하고 기존의 성역할을 그대로 답습하고 싶지는 않았다. 그래서 가능한 부분에서는 '비틀기'를 시도했다. 저희 드라마의 상황상 자연스럽게 어우러지는 부분들이 있기도 했고.

예를 들면, 3화의 서울 가는 길에서 혜진이 운전을 하고 두식이 보조석에 앉아 있는 장면이 있다. 난폭운전자의 위협에 혜진은 급브레이크를 밟으면서 동시에 보조석에 있는 두식을 향해 팔을 뻗는다. 의도하지 않아도 자연스럽게 새로운 장면을 보여줄 수 있는 상황이었다. 그리고 혜진에게 각종 사건 사고가 생기는 경우에도,

혜진이 지킴만 받는 존재가 되지 않도록 신경을 썼다. 치과에 성추행범이 등장했을 때도 혜진이 먼저 발차기를 날리지 않나. 이 씬 같은 경우는, 훌륭한 감독님의 덕을 보기도 했다. 혜진이 추가로 빰을 날리는 장면은 현장에서 만들어진 설정이다. 그리고 혜진과 두식의 경우, 경제력이 월등히 차이가 난다. 사실 로맨스 드라마에서 흔히 볼 수 있는 설정은 아니다. 연애는 전혀 다른 두 세계가 맞부딪치는 일이기에 이런 것들이 문제가 될 수 있음에도 뻔하게 풀고 싶지 않았다. 자신을 위한 선물을 플렉스하는 혜진과 그런 혜진에게 자격지심을 느끼지 않는 두식의 모습을 통해, 계산 없는 사랑에 대해 이야기하고자 했다.

가족의 다양한 형태가 등장하는 드라마다. 이혼 가정(화정과 영국), 재혼 가정(태화와 명신), 한 부모 가정(춘재), 혼전임신으로 결혼한 가정(윤경과 금철), 자식을 잃었으며 남편의 유무는 알 수 없던 남숙, 부모를 잃은 두식까지. 가족의 다양한 형태를 나열한 후 어울리는 캐릭터에 부여한 건지, 이를 통해 시청자들에게 보여주고자 한 바가 있는지?

처음부터 가족의 형태를 설정했다기보다는 캐릭터를 만드는 과정에서 자연히 따라왔다. 저희 드라마의 캐릭터들은 완전무결하지 않다. 결핍이 있기도 하고, 단점을 갖고 있기도 하다. 저는 그런 인물들의 서사에 '가족'이 큰 영향을 미친다고 생각했다. 세상에 가족이 없는 사람은 없다. 현재는 잃었거나, 혹은 인연이 끊어졌다 하더라도 모두에게는 한때 가족이 있었을 것이다. 가족은 어떤 형태로든 인간의 삶에 자국을 남긴다. 저는 그런 각기 다른 자국들을 가진 사람들이 '공진'이라는 공동체 속에서 함께 살아가는 이야기를 하려 했다.

그 과정에서 가족의 여러 모습들이 나오게 됐고, 정상 가족 이데올로기에서 탈피해 '변화된 인식'이 반영되면 좋겠다는 마음이 들었다. 혼자 남은 두식에게 감리는 피 안 섞인 가족이었고, 혜진은 대학 때 새어머니를 맞이한 재혼 가정의 자녀다. 물론 새어머니는 너무나도 좋은 사람이다. 화정과 영국은 이혼했지만, 이준의 생일에 모여 함께 축하 파티를 하는 등 부모의 역할을 충실히 하지 않나. 그런 편견 없는 시선이 드라마를 통해 드러나면 좋겠다고 생각했다.

드라마에 언뜻 비치는 책들이 인상 깊다. 캐릭터와 잘 어울린다는 평이 많았는데, 특히 『월든』의 경우에는, 저자 헨리 데이비드 소로우와 두식의 평행이론설까지 팬들 사이에서 돌아다녔을 정도다. 그리고 결정적으로 그의 명언이 <갯마을 차차차> 기획의도 가장 앞에 등장한다. 이와 관련한 작가의 설명이 듣고 싶다.

두식은 앞서 언급했듯이 자신의 속마음을 표현하는 인물이 아니다. 친구에게 시시콜콜한 이야기를 할 수도 없고, 생명체를 키우지 않으니 강아지나 화분에 대고 혼잣말을 할 수도 없다. 그런데 동시에 서사는 짙고 어둡다. 이 어렵고 복잡한 인물의 감정을 보여줄 방법이 많지 않기에, 간접적인 방식을 선택할 수밖에 없었다. 두식이 '책'을 많이 읽는 캐릭터라 가능하기도 했다.

드라마의 1-2화는 서울에서 공진으로 내려온 혜진의 적응기에 초점이 맞춰져 있다. 시청자분들 역시 혜진의 시선을 따라 드라마를 보게 되고, 그 과정에서 두식은 '낯설고 이상한 인간'으로 비춰지는 게 좋겠다고 판단했다. 그러다 보니 두식이 서울대를 나왔다거나, 5년간의 미스터리가 있다거나 하는 정보와 의문은 5화에야 등장한다.

이러한 부분을 보강하기 위해, 두식이 읽는 책으로 『월든』을 빌려왔다. 은유적으로라도 두식이란 인물을 표현하고 싶었기 때문이다. 문명사회를 등지고 숲속으로 들어가 월든 호숫가 근처에 오두막집을 짓고 생활한 헨리 데이비드 소로우의 가치관이 현재 두식과 맞닿아 있다고 생각했다. 평행이론까진 아니어도 헨리 데이비드 소로우가 하버드를 나왔다는 점 역시 알고 있었다. 그게 두식의 정체를 유추하는 단서가 된다면 재미있겠다고 혼자 생각은 했었다.

'더 많이 사랑하는 것 외에 다른 사랑의 치료약은 없다'라는 헨리 데이비드 소로우의 명언은 본래 시놉시스 마지막에 적었던 구절이다. '두 사람은 지난 상처를 딛고 사랑이라는 이름의 구원을 얻을 수 있을까? 이들이 '공진'이라는 이름처럼 행복을 찾아 함께(共) 나아가(進)길 바란다'라는 설명도 줄거리 소개 끝에 덧붙였다. 대본집을 정리하며 그 문장을 기획의도로 가져왔다. 저희 드라마를 관통하는 메시지라고 생각했기 때문이다. 여기서 말하는 사랑은 성애적 사랑만을 뜻하지 않는다. 가족에 대한 사랑이고 친구에 대한 사랑이며 인류애적인 사랑이기도 하다. 사랑으로 상실을 경험하고 상처를 받을 수도 있겠지만, 그에 대한 치유도 결국 사랑에서 온다는 이야기를 하고 싶었다. 이러한 메시지는 두식이가 정우의 가족사진을 꽂아 두었던 톨스토이의 저서 『사람은 무엇으로 사는가』에도 담겨 있다.

'공진즈'가 생생하게 그려질 수 있었던 데에는 각 캐릭터의 개성 넘치는 '말투'가 한몫을 한 것 같다. 캐릭터의 말투를 어떻게 발전시켰는지, 이를 위해 참고한 인물이 있는지, 할머니 3인방의 사투리는 어떻게 공부해 대본을 썼는지 궁금하다.

저희 드라마에는 등장인물이 상당히 많다. 캐릭터 설계를 다 하고 들어갔다고 생각했는데도, 맨 처음 대본을 썼을 때는 많은 인물들의 말투가 비슷했다. 그래서 망했구나, 라고 생각했다. 그럴싸하게 만들어만 뒀지 살아 있는 인물처럼 구현할 방법을 놓친 거다. 결국 다시 처음부터 들여다봤다. 모든 인물의 말투에 성격을 담았고, 그게 모자라면 자주 하는 특정 행동을 집어넣었다. 예를 들어 화정은 툭툭 던지는 듯한 말투 속에 따뜻함과 곧은 심지가 묻어나게 했다. 남숙이 호들갑을 떨 때는 '어머야라'라는 감탄사와 더불어 누군가를 때리는 손버릇을 추가했다. 춘재에게는 감수성 풍부한 딸 바보의 느낌을 주고 싶었고, 영국은 소심하고 귀여운 찌질미를 살리고자 했다. 물론 가장 큰 건 배우님들의 공이다. 기본 설정에 배우님들의 해석이 더해져 비로소 생동감 넘치는 캐릭터가 완성될 수 있었다.

사실 저는 구사할 수 있는 사투리가 없다. 작가로서 굉장히 큰 약점이라고 생각한다. 그런데 '공진'의 향토적 공간성을 살리려면, 새로운 언어가 필요했다. 어차피 공부해서 써야 한다면, 여태껏 한국 드라마에서 자주 쓰지 않았던 사투리를 써야겠다고 생각했다. 그게 바로 강원도, 그중에서도 강릉 사투리다. 지역색이 뚜렷하면서도 표현과 억양이 재미있었다. 어르신들은 쓰지만, 젊은 사람들이 잘 쓰지 않는다는 것도 크게 작용했다. 70분 내내 대사를 사투리로 채우는 것은 사실상 무리였기 때문이다. 그래서 토박이로 설정한 감리, 맏이의 말투에만 사투리를 입혔다. 그때부터는 강릉 사투리 대회 영상이나 강원도 방송을 찾아보며 열심히 공부했다. 나중에 알고 보니 잘못 쓴 표현도 있어 개인적으로는 부끄럽고 아쉽다. 하지만 지방 사투리가 소멸되는 시대에, 드라마에 많이 나온 '개락' 같은 단어들을 여러분들이 기억해주신다면 기쁠 것 같다.

인기가 많았던 만큼 전개, 결말과 관련해 여러 추측이 난무했지만 감리의 죽음은 그 누구도 예상하지 못했다. 작가로서 '감리의 죽음'을 결정하는 일 역시 쉽지 않았을 것 같은데 그럼에도 쓴 이유, 감리의 죽음이 이 드라마에 가져다주는 의미는 무엇일까.

감리의 죽음은 처음부터 계획했던 부분이다. 물론 완전한 해피엔딩을 바라는 분들이 많다는 것을 알고 있다. 음악감독님께서는 감리의 죽음을 쓰면, 그 씬에 〈로맨틱 선데이〉를 깔아버리겠다고 협박(?)하셨을 정도니까. 맞다. 사실 행복하기만 해도 부족한 마지막 화에 슬픈 에피소드를 넣는 것에 대한 부담이 있었다. 그럼에도 불구하고 처음 계획대로 가기로 했다. 제가 생각한 이야기의 완결에 감리의 죽음은 큰 의미가 있기 때문이다.

감리는 공진의 원로이자, 현명한 큰 어른이다. 독립유공자, 태풍 사라호 등을 통해 알 수 있듯이 역사의 산증인이자, 오랜 세월을 묵묵히 견뎌온 우리의 윗세대다. 한 길 사람 속을 찬찬히 들여다보고 가야 할 길을 넌지시 가르쳐주는 스승이다. 특히 두식에게는 유사 부모이다. 그러나 동시에 언젠가는 결국 이별해야 할 사람이기도 하다. 극 중 감리의 나이는 이미 여든이다. 감리의 죽음은 고통스럽고 아픈 것이 아닌, 자다가 맞는 평온하고 예쁜 '소풍'으로 묘사된다. 아주 건강하고 자연스러운 죽음이다. 감리의 삶은 충분히 행복했을 거라 생각한다.

죽음이 그렇게 크고 무겁지만은 않다는 걸 느끼게 해주고 싶었다. 두식에게 제대로 슬퍼하고 애도할 기회를 주고 싶었다. 두식은 소중한 사람들을 잃고도 단 한 번도 소리 내어 울지 못했다. 그런 두식이 오히려 죽음을 통해 지난 상처를 털어내고, 진정한 치유의 과정을 겪기를 소망했다. 죽음도 그저 자연의 섭리일 뿐이라고, 그러니 네 잘못이 아니라고, 마음껏 토해내듯 울어도 좋다고, 옆에는 위로해주는 혜진이 함께 있다고... 두식은 이제 상실을 겪고도 다음을 살아갈 준비가 되었다.

감리가 떠나고 난 자리에는 다시 싹이 돋고 잎이 자라고 꽃이 필 것이다. 그건 공진에 남아 있는 사람들과 혜진, 두식의 몫이다. 그렇게 좋은 것들, 따뜻한 것들을 계승하며 살아갈 것이다. 그렇게 삶은 이어져간다.

<아르곤>, <문집>, <왕이 된 남자>, 그리고 <갯마을 차차차>까지. 매 작품 다른 장르를 집필하는 이유가 있는지, 앞으로는 어떤 작품을 쓰고 싶은지 궁금하다.

사실 드라마를 시작한 지 얼마 되지 않았다. 2017년에 당선됐으니까 이제 겨우 만 4년 차에 불과하다. 그래서 처음에는 계속 배우는 마음으로 작업에 임했던 것 같다. 감사하게도 여러 작품의 공동 집필 제안을 받았고, 심장이 뛰는 작품을 선택했다. 〈아르곤〉은 언론의 역할에 대한 메시지를 담은 작품이었고, 그 시기에 꼭 필요한 이야기라고 생각했다. 〈왕이 된 남자〉의 경우, 정체를 숨긴 광대와 중전의 사랑이라는 소재가 매혹적이었다. 그리고 〈갯마을 차차차〉는 '난 뭘 잘 쓸 수 있을까'를 찾아 헤매던 시기에 만난 작품이다.

처음 이 원작을 받아들었을 때, 저는 공진에 뚝 떨어진 혜진이와 다를 바가 없었다. 낯설고 어려웠고 어쩐지 겉도는 느낌이었다. 이야기의 중심으로 어떻게 하면 들어갈 수 있을까 고민하던 중 그 해답을 주변에서 찾았다. 이 드라마는 나이가 들수록 돌아가신 엄마가 더 보고 싶다는 나의 엄마에게서 왔다. 할머니 장례식장에서 나는 이제 고아가 됐다며 울먹이던 아빠에게서 왔다. 유선이 막혀 새벽에 바늘로 자기 가슴을 찔러 수유를 했다는 친구에게서 왔다. 고난을 함께 겪어내는 사랑에게서 왔다. 결국 사람에게서 왔다.

아무래도 저는 세상에 파문을 일으키는 용감하고 힘 있는 작품을 쓰지는 못할 것 같다. 제가 관심을 기울이는 것들은 대부분 연약하고 힘이 없는 까닭이다. 저는 그저 평범한 이야기를 사부작사부작 쓰려 한다. 사는 게 힘들지만 그래도 여전히 좋은 것들이 더 많다고 믿고 싶어지도록, 부드러움이 날카로운 세상의 모서리를 조금은 갈아낼 수 있길 바라며. 앞으로도 애틋한 생을 응원하는 작품을 쓰고 싶다.